L'HÉRITIER
LIBERTIN

Jillian Hunter

L'Héritier libertin

Traduit de l'américain par Catherine Berthet

J'ai lu

pour elle

Titre original:

The Seduction of an English Scoundrel

Published by Ivy Books,
an imprint of The Random House Publishing Group,
a division of Random House, Inc., New York

1

1814, Mayfair, Londres, Angleterre

Le mariage Boscastle-Welsham aurait pu être l'événement de l'année, si le fiancé avait pris la peine d'assister à la cérémonie. Mais sir Nigel Boscastle demeura désespérément absent. Si bien que, au bout d'un certain temps, le père de la mariée décida de conduire tout de même la pauvre lady Jane jusqu'à l'autel. Là, entourée par un essaim de demoiselles d'honneur affolées, la jeune fille attendit son fiancé. Elle attendit longtemps.

— Après la cérémonie, je dirai deux mots en tête à tête à ce crétin. Ce pauvre Nigel est si empoté, qu'il serait bien capable d'arriver en retard à son propre enterrement, grommela le septième comte de Belshire, tandis que sa fille attendait toujours, le dos tourné à leurs invités consternés.

De longues minutes s'écoulèrent dans une totale confusion. Puis le pasteur et les parents de la mariée décidèrent que Simon, vicomte de Tarleton, frère aîné de Jane, et donc son plus proche parent, se tiendrait aux côtés de la jeune fille jusqu'à l'arrivée du fiancé. Ils demeurèrent donc côte à côte devant l'autel. Et ils attendirent encore.

Au début, nul ne douta que Nigel finirait par apparaître pour sortir Jane de cette situation embarrassante. À condition, fit remarquer un invité assis au troisième rang, qu'il se rappelât quel jour on était.

Après tout, si la générosité de sir Nigel lui valait quelques amis fidèles, on savait, en revanche, qu'il ne brillait pas par son intelligence.

La jeune fille n'avait pas souhaité se marier à l'église Saint-George, de Hanover Square, pourtant très en vogue.

Étant une jeune personne fort respectable, qui n'avait jamais été impliquée dans le moindre scandale, elle évitait généralement les manifestations trop voyantes. Aujourd'hui cependant, la haute société londonienne se trouvait rassemblée dans la chapelle privée de la demeure du marquis de Sedgecroft, à Park Lane, afin d'assister à un mariage qui, selon toutes apparences, n'aurait finalement pas lieu.

Les invités s'accordaient à trouver que lady Jane Welsham avait l'allure d'une princesse de sang royal. Elle était resplendissante dans sa robe de satin blanc, portée sur un fourreau de soie ivoire. Le volant festonné de la jupe flottait gracieusement autour de ses chevilles, révélant d'adorables chaussures rebrodées de perles. Un voile de dentelle dissimulait ses traits, à la grande déception de l'entourage, qui guettait son regard.

Son bouquet de roses blanches, dont les pétales avaient été dorés à l'or fin, scintillait à la lumière des chandelles. Ses mains, revêtues de gants en chevreau blanc, ne tremblaient pas. Ce qui était d'autant plus remarquable qu'elle endurait la pire humiliation qu'on puisse infliger à une jeune femme de son rang. Abandonnée au pied de l'autel par son fiancé.

Mais qu'avait-il bien pu se passer ?

Personne à Londres n'ignorait que cette union avait été arrangée par les deux familles dès la plus tendre enfance de Jane et de Nigel. Et depuis fort longtemps, les journaux de la bonne société se plaisaient à souligner combien les deux jeunes gens formaient un couple idéal.

Alors, où était le problème ?

La sœur de la mariée, lady Caroline, fit remarquer d'un ton acerbe :

— Si Nigel tarde davantage ces fleurs finiront par sécher et seront tout juste bonnes à garnir un pot-pourri ! Oh, je sens que je vais l'étrangler !

Lady Miranda, la plus jeune des trois sœurs, secoua la tête d'un air navré.

— Pauvre Nigel. Crois-tu qu'il se soit égaré en route ? Jane a toujours dit qu'il était incapable de retrouver son carrosse tout seul.

Caroline étrécit ses yeux brun-doré et dit d'un air pensif :

— Tu ne trouves pas que Jane fait preuve d'une dignité admirable ? Comment supporte-t-elle une telle humiliation ?

— C'est une Welsham, chuchota Miranda. À quoi t'attendais-tu ?

— Je ne sais pas. Quoi qu'il en soit, le comportement de Nigel est inadmissible. Au fond, c'est bien un Boscastle ! Il a beau avoir l'air doux et des manières affables, il appartient à une famille qui jouit d'une triste réputation depuis des siècles. Regarde notre hôte, le marquis de Sedgecroft, se prélassant sur son banc. Ne dirait-on pas Sa Majesté le roi des lions, entouré d'une nuée d'odalisques ?

— D'une nuée de *quoi ?* souffla Miranda, scandalisée.

— Ne m'oblige pas à répéter ce mot à voix haute, Miranda. Cette femme vêtue de mauve est lady Greenhall, sa dernière maîtresse.

— Et il a eu l'aplomb de l'amener ici ? Au mariage de Jane ?

— Si mariage il y a.

— Il paraît que ses frères ne valent pas mieux que lui, ajouta Miranda. Ils mériteraient qu'on leur marque le front au fer rouge. D'un G, comme gredin !

— Je me demande ce que Sedgecroft pense de tout ça, murmura Caroline. Il n'a pas l'air très content, qu'en penses-tu ?

L'hôte en question, Grayson Boscastle, cinquième marquis de Sedgecroft, pensait pour sa part que la mariée avait la plus belle chute de reins qu'il ait jamais vue. Non qu'il eût l'habitude de jeter son dévolu sur les jeunes filles en toilette de mariée. Mais il y avait plus de deux heures maintenant qu'il était assis juste derrière elle. Qu'aurait-il pu regarder d'autre ? N'importe quel homme normal aurait manifesté une certaine curiosité. Restait à savoir si le reste de sa personne était aussi affriolant…

Par ailleurs, il faisait des efforts considérables pour ignorer les invités qui occupaient les bancs de la famille : quelques cousins et des oncles à moitié endormis ; deux de ses anciennes maîtresses, dont une avait cru bon d'emmener ses deux balourds de fils, fruits d'une union précédente ; et ses trois jeunes frères, qui étaient affalés sur leurs sièges, sans aucun respect pour la cérémonie religieuse.

Si tant est que ladite cérémonie atteigne un jour son triste aboutissement, autrement dit que le piège du mariage se referme, telle une souricière, sur un pauvre célibataire.

Son frère cadet, le lieutenant-colonel lord Heath Boscastle, qui se trouvait derrière lui, se pencha pour lui murmurer à l'oreille d'un ton amusé :

— Tu ne crois pas que nous devrions commencer à prendre des paris sur l'arrivée éventuelle du fiancé ?

— Il ferait bien d'apparaître, et vite, déclara Grayson d'un air sombre. Sinon ce crétin m'en répondra les armes à la main. J'ai passé une demi-journée à... à contempler une chose normalement destinée au seul regard d'un époux.

Nigel était l'un des cousins préférés de Grayson. Toutefois, en ce moment précis, ce dernier avait plutôt envie de lui envoyer son poing dans la figure pour lui apprendre à être aussi stupide.

Un large sourire éclaira le visage harmonieux de Heath.

— La dernière fois que j'ai vu autant de Boscastle réunis dans une église, c'était pour les funérailles de père. Quel est celui d'entre nous qui a eu l'idée d'inviter ses anciennes maîtresses ?

— Je crois que c'est moi, répondit Grayson en étouffant un bâillement. Seigneur, il y a si longtemps que nous sommes coincés ici que j'ai l'esprit engourdi.

— Tu les as invitées à un mariage ?

— Oui, pourquoi ? Grâce à Dieu, ce n'est pas le mien !

— Certes, mais c'est ta chapelle.

— Donc, j'invite qui je veux.

— Quelqu'un aurait dû penser à inviter le marié.

Grayson croisa les bras sur sa redingote grise.

— Si cela continue, je vais être tenté de le remplacer et d'épouser sa fiancée.

— Ce n'est pas vrai ?

— Non, ce n'est pas vrai, avoua-t-il en riant.

— Au fait, reprit Heath en réprimant lui-même un rire, Audrey nous avait invités à souper, hier soir. J'ai dû refuser, car je n'ai pas réussi à te mettre la main dessus. Où diable étais-tu ?

Grayson laissa échapper un grognement sourd.

— J'ai dû sortir Drake et Devon d'un tripot où ils s'apprêtaient à passer la nuit. Je tenais à ce que nous soyons tous présents à la cérémonie, ce matin.

— Je croyais que les mariages te rendaient nerveux ?

Une étincelle diabolique s'alluma dans les prunelles bleues de Grayson.

— J'abandonne peu à peu mon enveloppe de célibataire endurci.

À ces mots, le sourire de Heath s'effaça.

— Mon instinct de militaire me dit que les ennuis se préparent. Comment va notre belle Hélène au tempérament de feu ?

— Elle est beaucoup moins enflammée qu'autrefois. Du moins en ce qui me concerne. Nous ne sommes pas parvenus à nous mettre d'accord.

— Ah. Il y a du nouveau dans l'air ? Quelqu'un d'autre t'a tapé dans l'œil ?

— Non.

— Non ? Pas encore ?

Grayson jeta un regard à la ronde. Ses deux anciennes maîtresses se lançaient des œillades assassines. Il était fort possible que les hostilités éclatent d'une seconde à l'autre.

Ses plus jeunes frères, Devon et Drake, discutaient avec un de leurs amis, un garçon bien connu des cercles de jeu, et dont la réputation était détestable. Il était question d'une demi-mondaine dont ils avaient fait connaissance la veille. Le ton commençait à monter entre les trois hommes. Apparemment, ils venaient de découvrir que cette jeune personne leur avait fait la même promesse à tous les trois. Une bagarre semblait inévitable.

Chloé, la plus jeune des deux sœurs de Grayson, se pencha vers le banc des demoiselles d'honneur, et murmura à celles-ci quelques mots d'apaisement. Les jeunes filles semblaient plus bouleversées que la mariée elle-même.

Disséminées entre ces trois dangereux clans formés par la famille se trouvaient quelques personnes du beau monde triées sur le volet. Des politiciens, des aristocrates, des débutantes, mais aussi quelques matrones qui songeaient à marier leur fille et considéraient Grayson comme une forteresse dont la conquête restait à faire.

Le marquis glissa l'index à l'intérieur de son col, comme pour desserrer des liens qu'il sentait se nouer autour de sa gorge. L'atmosphère lui parut étouffante. La cérémonie religieuse, ses maîtresses qui partaient en guerre les unes contre les autres, les demoiselles d'honneur au bord de la syncope, les responsabilités dont il avait hérité du jour au lendemain... tout cela l'accablait. Personne, et lui moins que tout autre, ne s'attendait que son père meure si brutalement. Le drame avait eu lieu l'année passée. Le marquis avait été terrassé en apprenant que son plus jeune fils, Brandon, venait d'être tué au Népal. Grayson ne s'était jamais pardonné de ne pas avoir été là pour lui annoncer la nouvelle avec tous les ménagements requis.

Les obligations familiales étaient retombées sur ses épaules d'un coup. Il y avait tant de questions qu'il aurait aimé poser à son père. Mais il était trop tard, désormais. La poursuite effrénée de plaisirs égoïstes à laquelle il s'était adonné jusqu'alors avait soudain perdu tout son attrait. Sa vie d'autrefois lui paraissait vaine.

À vrai dire, il n'éprouvait pas une grande sympathie pour l'homme qu'il était devenu. Ces derniers temps, il lui était même arrivé de se demander s'il pouvait encore changer.

Et aujourd'hui, alors qu'il faisait sa première apparition publique en tant que patriarche du clan Boscastle, il était confronté à *cela.* Son propre cousin, cet ineffable crétin, abandonnant sa fiancée le jour même du mariage ! Comment gérer une telle situation ?

— Que fait-on dans un cas semblable ? marmonna-t-il comme pour lui-même.

Heath secoua la tête, aussi perplexe que lui.

— Dommage que notre chère Emma soit en Écosse. Elle saurait exactement comment il convient de réagir.

Emma, leur sœur aînée, qui était vicomtesse, et veuve depuis peu, occupait ses longues heures d'oisiveté en donnant des leçons d'étiquette à la bonne société d'Edimbourg.

Grayson reporta son attention sur les hanches joliment arrondies de la mariée. Elle était vraiment charmante. Ce n'était pas du tout un mauvais choix, pour une épouse. S'il fallait réellement en choisir une... Mais bien sûr, Nigel avait déjà jeté son dévolu sur elle. Quel dommage qu'il ne soit pas venu chercher son trophée ! De toute façon, comment savoir ce qui se cachait en réalité sous ce voile de dentelle ? Une Belle ou une Bête ? Une sirène ou une mégère ?

Heath lui donna une petite tape sur l'épaule, interrompant ses rêveries libertines.

— La mariée est ravissante, tu ne trouves pas ?

— Mum.

Il croisa les doigts sous son menton creusé d'une fossette et sembla considérer la question avec placidité.

— Je n'ai pas fait attention. Oui, je suppose qu'elle est assez jolie. Ce n'est pas le genre de choses que je remarque.

— Grayson, espèce d'hypocrite ! s'exclama Heath en étouffant un rire. Tu la dévores des yeux depuis tout à l'heure. Qu'espères-tu voir de plus ? Ses jarretières ?

Eh bien, ce qui était sûr, c'est que ses tendances profondes au libertinage demeuraient. Il avait beau être le chef de la famille, il n'en était pas moins un homme.

— C'est une remarque plutôt déplacée dans une chapelle, Heath, répliqua-t-il d'un ton de feinte piété.

Du coin de l'œil, il observa son ancienne maîtresse, Mme Parks. Leur liaison avait duré trois ans. Après leur séparation, Grayson lui avait alloué une pension généreuse, et ils étaient restés bons amis.

— Faut-il que je te rappelle, mon frère, que nous sommes dans un lieu saint ?

— Est-ce la première fois que tu entres dans cette chapelle, Grayson ? interrogea son frère avec curiosité.

— Non, la deuxième.

Il lança de nouveau un regard à la ronde. L'une des demoiselles d'honneur s'était mise à pleurer, et la mariée s'efforçait de la consoler. Les invités commençaient à s'agiter sur leur siège, échangeant à mi-voix des propos étonnés. Dans très peu de temps, il lui faudrait intervenir et trouver une excuse pour justifier la conduite inqualifiable de Nigel. Que diable allait-il leur raconter ?

Bien que ce fût hautement improbable, il ne pouvait exclure la possibilité que son maudit cousin ait malencontreusement glissé sur ses pantoufles de satin et se soit assommé en tombant dans l'escalier. Les invités, qui connaissaient la maladresse de Nigel, n'auraient pas trop de mal à gober ce genre d'histoire.

Grayson reporta son attention sur la jeune et jolie personne qui se tenait devant l'autel, la tête haute et le dos droit. Il aurait fallu avoir un cœur de pierre pour ne pas éprouver une profonde sympathie à son égard… un besoin de la protéger de la souffrance que son propre cousin venait de lui infliger.

Il se renversa dans son siège pour chuchoter à Heath :

— Elle est admirable. Je m'étonne qu'elle n'ait pas encore fondu en larmes ou réduit son bouquet en lambeaux, comme l'auraient à sa place fait certaines dames de ma connaissance.

Il assortit cette remarque d'un regard éloquent en direction de lady Greenhall et de Mme Parks, qui n'étaient pas renommées pour leur douceur ou leur docilité.

Un peu plus loin, un membre du Parlement d'un âge déjà avancé fut éveillé en sursaut par une bourrade de son épouse. En pleine confusion, il poussa une exclamation d'impatience et demanda à haute voix si cette satanée cérémonie était enfin terminée.

— Elle n'a pas encore commencé, murmura Mme Parks, visiblement embarrassée. Le marié n'est pas arrivé.

Le vieil homme secoua la tête et considéra la jeune mariée avec un apitoiement attendri.

— Elle fait bonne figure, observa-t-il d'un ton bourru. Stoïque, comme son père. C'est à cela qu'on reconnaît la vraie noblesse. Un Welsham ne se laisse jamais abattre.

— La pauvre enfant doit être bouleversée, murmura Mme Parks en ravalant ses larmes. Abandonnée le jour de son mariage par l'homme qu'elle a attendu toute sa vie. Je me demande ce qu'elle pense de cela.

Ce que pensait lady Jane Welsham n'aurait pu décemment être répété à voix haute. Avant tout, elle était impatiente de rentrer chez elle pour se débarrasser de son corset de soie et de sa tournure. Les baleines d'acier lui comprimaient la poitrine et l'empêchaient de respirer. Cette torture avait assez duré. Il devait être à présent évident pour tout le monde que son fiancé l'avait laissée tomber.

Sa deuxième préoccupation, c'était sa mère. Créature frêle et délicate, elle n'avait pas la résistance de son mari, aux solides origines saxonnes. Elle semblait dans tous ses états. Incapable de croire qu'une jeune fille, et encore moins sa *propre fille,* puisse subir une telle honte.

— La seule explication plausible, c'est que Nigel a été assassiné, répétait lady Belshire à qui voulait l'entendre.

Ce qui lui avait valu le commentaire suivant du comte:

— C'est certainement ce qui lui arrivera dès que j'aurai mis la main sur lui.

— Mais ils étaient promis l'un à l'autre depuis toujours, répliqua lady Belshire en larmes. L'année même de leur naissance, nous avons décidé, tous ensemble, qu'ils étaient destinés à... à... à nous infliger ce camouflet!

Jane poussa un profond soupir, et enfouit le nez dans son bouquet. Si elle se sentait de taille à affronter le scandale, en revanche, elle ne supportait pas de voir sa mère si affligée à l'idée que le prince qu'elle avait choisi n'apparaîtrait pas pour épouser la princesse, comme dans un joli conte de fées.

Son soupir fut aussitôt interprété par l'assemblée comme le signe évident qu'elle avait atteint les limites de la résistance. Son cœur devait être en morceaux. Comment aurait-il pu en être autrement? Et comment sir Nigel osait-il faire un tel affront à celle qui avait été sa compagne de jeux et son amie fidèle depuis leur plus tendre enfance?

Naturellement, il y eut quelques vipères, ici et là, pour distiller leur venin. Tout d'abord, parmi les débutantes qui avaient toujours jalousé la position sociale de Jane et désapprouvé sa tendance à jouer les bas-bleus en refusant de suivre le troupeau. Et aussi...

Jane eut tout à coup l'impression que le cœur lui remontait dans la gorge, lui coupant le souffle. Son regard venait juste de rencontrer deux prunelles d'un bleu profond qui la fixaient avec une telle intensité qu'un frisson lui courut le long de l'échine. Tout en luttant pour reprendre contenance, elle étudia le propriétaire de ce regard extraordinaire entre les pétales de son bouquet de roses. Mon Dieu, mon Dieu, mon Dieu... C'était donc *lui*, le fameux Sedgecroft, dont la réputation sulfureuse alimentait les commérages de la bonne société depuis des années. Ce magnifique spécimen masculin ne pouvait être que le terrible cousin à la vie tapageuse, dont Nigel lui avait parlé à plusieurs reprises en termes si peu flatteurs. Jane avait toujours secrètement espéré faire sa connaissance. Mais sûrement pas en de telles circonstances !

— Courage, lui chuchota son père à l'oreille. C'est une épreuve à laquelle nous survivrons.

— Les Welsham ont enduré bien pire, ajouta son frère en lui tapotant gauchement l'épaule.

Caroline lui décocha un regard noir.

— Non, je ne crois pas, riposta-t-elle. Pas au cours de ce siècle.

Jane hocha gravement la tête, bien qu'elle n'ait rien entendu de leur échange. C'était la première occasion qui lui était donnée de voir leur hôte, le marquis de Sedgecroft, en chair et en os. Elle devait admettre qu'il était pour le moins intimidant. À sa vue, Jane se sentit prise d'un léger vertige... à moins que celui-ci ne soit dû tout simplement à l'étroitesse de son corset, qui empêchait le sang de circuler normalement dans son corps.

— C'est bien Sedgecroft, assis là, au premier rang, n'est-ce pas ? demanda-t-elle à voix basse à Caroline en se cachant derrière son bouquet.

Le visage aux traits délicats de sa sœur s'assombrit.

— Bonté divine, Jane ! s'exclama-t-elle en proie à un soudain désarroi. Quoi qu'il arrive, ne croise pas son regard. Tu risquerais d'être victime du sortilège des Boscastle.

Jane risqua tout de même un coup d'œil en direction du marquis.

— Que veux-tu dire ?

— Il paraît, chuchota Caroline d'une voix précipitée, que chaque fois qu'une femme croise son regard pour la première fois, elle est... Mon Dieu, qu'est-ce que je raconte ? Tu es déjà tombée amoureuse d'un Boscastle, et il ne pourra rien t'arriver de pire qu'aujourd'hui. J'en ai le cœur brisé pour toi, Jane. Tu es admirable de dignité.

— C'est une épreuve que le ciel m'envoie, Caroline.

— Probablement. Ma parole, il y a trois frères Sedgecroft réunis dans cette salle, et aucun défi n'a encore été lancé, personne n'a été provoqué en duel. C'est un miracle que les murs de la chapelle ne se soient pas déjà effondrés. Je ne crois pas qu'en dehors du mont Olympe, on puisse trouver autant de gredins et de séducteurs réunis !

Jane sourit. Ses sœurs et elle avaient tendance à forcer sur la note dramatique dans les moments difficiles. Mais Caroline avait raison. Il semblait que toute la famille Boscastle, ou presque, soit réunie pour assister à son humiliation. Les quatre frères, aussi beaux les uns que les autres, dépassaient d'une tête les autres hommes de l'assistance. Les trois plus jeunes riaient et bavardaient tranquillement avec leurs amis, tandis que le marquis observait la scène tel un fauve majestueux surveillant sa tribu.

De nouveau, un long frisson la parcourut. Tout dans les manières de ce dernier trahissait une profonde irritation. Rien d'étonnant à cela. Il leur avait offert l'hospitalité en acceptant que le mariage ait lieu chez lui. À en juger par son expression féroce, Nigel payerait cher le tour qu'il venait de lui jouer. Jane espéra qu'elle aurait eu le temps de disparaître avant qu'il ne laisse éclater sa colère. Plus vite elle s'éclipserait, mieux cela vaudrait.

— Veux-tu que j'aille te chercher des sels ? s'enquit Miranda d'un air inquiet.

— Pour quoi faire ? répliqua Jane en détachant enfin son regard du marquis.

— Tu sembles un peu pâle, tout à coup, renchérit Caroline. Tu ne vas pas t'évanouir ?

Allons, bon. Tout cela, c'était la faute de Sedgecroft, songea Jane, mécontente. Même à distance, on sentait que ce n'était pas le genre d'homme à supporter les contrariétés. Elle n'avait plus qu'à prier Dieu pour qu'il ne décide pas d'enquêter personnellement sur la disparition de Nigel. Par chance, cela paraissait peu probable.

Les membres de son clan lui donnaient déjà bien assez de fil à retordre. Sans parler des deux très jolies femmes dont les œillades suggéraient une grande familiarité avec lui.

Les joues de Jane s'empourprèrent à la pensée que Sedgecroft et ses maîtresses allaient discuter de son mariage raté.

— Garde les sels pour la mère de Nigel, conseilla-t-elle à sa sœur. Elle a dû s'évanouir au moins cinq fois en l'espace d'une heure.

— J'ai l'impression qu'elle réagit beaucoup moins bien que toi, fit remarquer Caroline, songeuse.

— Jane parvient mieux à dissimuler ses sentiments, voilà tout, rétorqua Miranda.

Le silence retomba sur l'assistance. Jane risqua un nouveau coup d'œil en direction de Sedgecroft. Le marquis semblait aussi nerveux et impatient qu'elle-même.

— Combien de temps sommes-nous censés attendre encore ? s'enquit alors Simon.

Jane se pencha discrètement pour dégager le bas de sa robe, coincé sous la chaussure de son père. Elle avait l'impression de se noyer, entraînée par le poids de ses habits de mariée. Sur le plan social, en tout cas, elle était bel et bien coulée.

Après un tel scandale, plus personne ne voudrait d'elle comme épouse. À moins qu'elle ne déniche un homme assez courageux pour braver le qu'en-dira-t-on… Car, à coup sûr, ses parents ne se risqueraient plus à arranger un autre mariage. Il y avait même des chances pour qu'ils ne se mêlent pas des affaires de Caroline et de Miranda, leur épargnant ainsi une union malheureuse avec l'époux de leur choix. Il ne leur restait plus, à toutes les trois, qu'à se trouver elles-mêmes un mari.

À cette pensée, Jane eut soudain envie de jeter son bouquet en l'air en criant de joie.

Le nuage noir qui avait assombri ses interminables fiançailles commençait déjà à se dissiper. Le soleil faisait une timide apparition dans sa vie. Elle avait réussi. Enfin ! La perspective de ce mariage redouté ne serait bientôt plus qu'un mauvais souvenir.

— 15 heures, marmonna son père, incrédule, en consultant sa montre à gousset. Nous avons assez attendu. Simon, aide-moi à escorter ta sœur jusqu'à la voiture. Nous lui donnerons chacun le bras, au cas où elle aurait besoin d'être soutenue.

Horrifiée, lady Belshire jeta un coup d'œil autour d'elle.

— Non, pas en public, Howard. Songez à tous les gens du peuple qui attendent à l'extérieur pour voir passer le cortège. Tout ce qu'ils verront, ce sera une… une mariée évanouie !

— Je n'ai pas besoin d'être soutenue, assura Jane avec un pincement de culpabilité à la pensée qu'elle venait d'anéantir tous leurs rêves.

Mais ce mariage n'avait jamais été *son* rêve. Ni celui de Nigel, du reste. À présent qu'il était annulé, ses espoirs secrets allaient enfin pouvoir renaître.

En cet instant, Nigel était sans doute en train d'échanger des vœux avec la femme qu'il aimait et désirait passionnément depuis quatre ans. Autrement dit, la gouvernante des enfants Boscastle qui avait consacré dix ans de sa jeune existence à s'occuper du clan, dans leur manoir de campagne. Jane les envia un peu. Certes, le père de Nigel allait lui couper les vivres. Mais, en contrepartie, il passerait sa vie aux côtés de la femme qu'il aimait.

Car Jane n'avait jamais été la femme de sa vie. Et elle ne l'avait jamais aimé non plus, si ce n'est avec la tendre affection d'une amie d'enfance. En épousant Nigel, elle aurait eu l'impression d'épouser un frère. Ni l'un ni l'autre ne souhaitaient cette union, mais ils n'avaient pas réussi à convaincre leurs parents que ce mariage était une erreur.

— Où diable peut bien se trouver Nigel, pendant que nous sommes là à l'attendre comme des idiots ? grommela son frère en lui agrippant le bras afin de l'aider à regagner l'attelage.

— Lâche-moi, Simon, chuchota-t-elle d'un ton vif. Je ne suis pas le genre de femme à m'évanouir. Je ne l'ai jamais été.

Tout à coup, une ombre tomba sur l'autel. Les chuchotements cessèrent et un profond silence s'abattit dans la chapelle. Jane eut l'impression que son sang se figeait dans ses veines. Le choc s'inscrivit sur le visage de ses sœurs, confirmant son terrible pressentiment.

— Oh, chuchota Caroline, qui avait pâli, c'est *lui* ! Doux Jésus.

— Lui ? répéta Jane, dont les grands yeux verts s'élargirent d'inquiétude. Qui, *lui* ?

Son frère lui lâcha le bras comme s'il s'était brûlé à son contact. Lui aussi avait les yeux fixés sur la silhouette dont l'ombre s'allongeait sur leur groupe. Dans son regard fasciné, elle vit une sorte de peur mêlée de… *respect*.

Son bouquet serré comme un bouclier contre son corsage, elle pivota sur elle-même afin d'affronter son destin. Et se retrouva face au plus beau visage masculin qu'il lui ait jamais été donné d'admirer.

C'était *lui*. Le Très Honorable marquis de Sedgecroft.

Sedgecroft, qui l'enveloppait tout entière de son ombre menaçante. Sedgecroft aux yeux semblables à un ciel d'orage, au corps viril et aux muscles d'acier, dont la réputation de vaurien et de débauché nourrissait les ragots de toute la ville. L'homme dont elle avait sans vergogne utilisé la demeure pour mettre à exécution son plan audacieux. Sedgecroft, qui semblait si embarrassé, et cependant si sûr de lui et...

Et, pour l'amour du ciel, pourquoi s'avançait-il vers l'autel ?

Son cœur se mit à battre follement. Des pensées extravagantes tourbillonnèrent dans sa tête. Par exemple, qu'un artiste aurait eu bien du plaisir à sculpter dans le marbre ce visage aux traits fermes, aux contours bien définis, au menton creusé d'une fossette.

Et que dire de cette bouche sensuelle, de ces épaules solides ? Jane se demanda quelle largeur de tissu son tailleur devait utiliser pour lui confectionner une veste. Et était-il exact qu'il avait une fois fait l'amour dans la Tour de Londres avec une de ses maîtresses ?

La voix profonde du marquis la tira de son absurde rêverie.

— Je suis réellement confus.

Confus ? Il était *confus* ? Eh bien, il avait probablement une centaine de bonnes raisons pour ça, mais malheureusement Jane n'y était pour rien. Elle échangea avec ses sœurs un regard stupéfait.

— Je vous demande pardon ? Vous disiez que vous étiez...

— Confus. Honteux pour mon cousin. Que puis-je faire ?

— Faire ?

— Oui. Pour vous aider à surmonter... cela, précisa-t-il avec un geste ample de la main. Quelle triste affaire !

— Je crois pouvoir tenir la tête haute sans l'aide de personne. Mais c'est très aimable à vous de vous soucier de moi.

Il avait une voix grave particulièrement troublante, qui lui fit l'effet d'une vague chaude déferlant dans ses veines. Elle s'attendait qu'un homme de sa réputation rejette toute responsabilité, et non qu'il lui offre son aide. Montrait-il la même sollicitude, était-il aussi merveilleusement attentionné avec son essaim de maîtresses et d'admiratrices enamourées ? C'était certes le meilleur moyen de faire fondre une femme.

Son père s'approcha d'un air affairé.

— Nous sommes confrontés à un problème d'ordre tactique, Sedgecroft. Comment allons-nous ramener Jane à la voiture, avec la foule qui se presse dehors ?

Sedgecroft enroba Jane d'un regard pénétrant, comme s'il pouvait, d'un coup d'œil, percer à jour ses secrets les plus inavouables, ses espoirs cachés, ses craintes profondes.

— Ce n'est pas un problème. Il n'y a qu'à la faire passer par la sacristie et emprunter l'un de mes attelages personnels. À moins que vous ne préfériez utiliser votre propre équipage.

Il marqua une pause, étudiant de nouveau Jane.

— Ou bien je peux l'escorter moi-même jusqu'à la voiture. Je peux aussi la porter, s'il le faut. Cela donnerait du grain à moudre aux commères qui nous attendent à la sortie.

Caroline ravala une exclamation de stupeur et Miranda écarquilla les yeux, oscillant entre incrédulité et amusement. Jane agrippa le poignet de Simon, si visiblement affolée que celui-ci se tourna vers elle, l'air interrogateur.

— À l'aide, souffla-t-elle.

— Je croyais que tu ne t'étais jamais évanouie de ta vie, rétorqua-t-il entre ses dents.

Elle leva son bouquet à hauteur de ses lèvres, se dissimulant derrière les fleurs pour répondre :

— Je vais peut-être faire une exception aujourd'hui. Tu crois qu'il parle sérieusement ?

Une lueur d'admiration éclaira les prunelles sombres de Simon, qui déclara :

— Avec Sedgecroft, on ne sait jamais. Je l'ai vu gagner une fortune au poker en bluffant son adversaire.

Elle coula de nouveau un regard vers le beau marquis, et décela dans son expression les traces d'une bonne humeur qu'il s'efforçait de ne pas montrer, par égard pour elle, vraisemblablement. Ce qui, une fois de plus, la surprit agréablement.

— Je ne pense pas qu'il soit nécessaire de me porter, lâcha-t-elle.

En d'autres circonstances toutefois, peut-être eût-elle été tentée de le prendre au mot.

— Non ?

Elle croisa son regard d'un bleu profond et sentit, horrifiée, son cou et ses joues s'enflammer. Cet homme irradiait le charme et la sensualité. Jane en aurait été chamboulée si elle n'avait été taraudée par des préoccupations d'un tout autre ordre. Il devenait urgent de mettre un terme à cette attente interminable.

Et il osait suggérer de la porter jusqu'à la voiture ? Quelle idée ! Il tenait vraiment à créer un nouveau scandale. Certes, il fallait admettre que s'abandonner contre ce torse musclé ne lui aurait pas... Oh, où avait-elle la tête ? Le moment et le lieu étaient vraiment mal choisis pour s'affoler à la vue d'un homme.

— Je me sens la force de marcher jusqu'à la voiture et d'affronter la foule, déclara-t-elle.

— Bien sûr, fit-il d'un ton poli et respectueux.

Lord Belshire lança au marquis un regard anxieux.

— Je suppose que vous ignorez où se trouve Nigel ?

Une farouche détermination se peignit sur le visage de Grayson. Sa réponse toucha Jane droit au cœur.

— Croyez-moi, j'ai la ferme intention de découvrir ce qui s'est passé aujourd'hui.

Il darda sur Jane un regard acéré, comme s'il cherchait à transpercer le voile de dentelle qui dissimulait son visage.

— Je sais que vous vivez un moment extrêmement difficile, mais je vous supplie de me répondre. Est-ce que, par hasard, vous vous seriez querellée avec Nigel ?

Jane secoua la tête avec fermeté. Nigel et elle étaient les meilleurs amis du monde, et ils étaient absolument d'accord sur un point essentiel : ils n'étaient pas faits pour devenir mari et femme.

— Non. Il n'y a pas eu de querelle.

Sedgecroft pinça les lèvres. Naturellement, il la soupçonnait de ne pas tout dire.

— Même pas une petite dispute d'amoureux, que vous auriez pu oublier aussitôt, dans l'excitation des préparatifs ? Pas de malentendu, ni de quiproquo ?

Jane prit son temps avant de murmurer d'une voix égale:
— Nigel et moi nous entendions à la perfection.
— Il doit être mort, déclara lady Belshire en balayant la chapelle d'un regard désespéré. Jane, je pense qu'il serait raisonnable d'accepter la gracieuse proposition de Sedgecroft.
Jane sembla frappée d'horreur.
— Maman, je refuse d'être transportée au milieu de la foule comme… comme un ballon de football.
Lady Belshire s'empourpra, et s'éventa nerveusement.
— Je faisais allusion à l'attelage que nous offre le marquis, Jane. Inutile de déchaîner les ragots avec cette histoire.
Lord Belshire eut un sourire amer.
— Armez-vous de courage, Athena. Car l'histoire en question sera dans les journaux dès ce soir, avec tous les détails scandaleux, bien entendu. Nous n'y pouvons rien. Il ne nous reste plus qu'à prendre la chose avec le plus de dignité possible. Sedgecroft ?
Le marquis tressaillit, comme s'il se demandait tout à coup par quel tour de passe-passe il se trouvait impliqué dans ce drame familial.
— L'un de mes frères raccompagnera votre fille chez vous, pendant que je prendrai les choses en main ici. Le déjeuner est servi pour les invités, je vais les convier à rester.
Il carra ses larges épaules. La flamme qui brillait dans son regard était si ardente que Jane eut le souffle coupé.
— Je vais tout arranger, assura-t-il d'une voix douce, dans laquelle perçait toutefois l'arrogance foncière de l'aristocrate.
L'espace d'un instant, Jane eut du mal à réprimer un rire de dérision. Elle se trouvait devant l'autel, avec cet homme qui ne lui avait encore jamais parlé de sa vie. Et ce vaurien, ce libertin, lui promettait de la venger pour un tort qu'on ne lui avait pas fait. Cette promesse était certainement destinée à la rassurer. Mais elle eut l'effet inverse. Loin d'être réconfortée, Jane entendit une sonnette d'alarme résonner quelque part dans son esprit.
En sabotant son propre mariage, elle avait cru échapper au pire. Or un danger plus grand et plus insidieux que tout ce qu'elle avait pu imaginer venait de se dresser

devant elle. Son petit plan, qu'elle trouvait si ingénieux, risquait fort de la mener aux portes de l'enfer... et là, ce serait le diable en personne qui l'accueillerait, pour lui dérober son âme !

2

Moins d'une heure plus tard, Weed, le plus ancien des valets de pied de la résidence londonienne de Sedgecroft, vint trouver son maître dans le vaste hall de réception. Le repas avait été servi sous la gigantesque coupole. Les verres en cristal, les assiettes en porcelaine de Sèvres et les couverts en argent scintillaient sur les nappes de lin blanc. Après un bref moment de gêne et d'incertitude, les invités avaient fini par se résigner à déguster la salade de homard et le champagne qui l'accompagnait, comme si tout était parfaitement normal.

Comme si les deux grandes chaises Chippendale réservées aux jeunes mariés ne demeuraient pas désespérément vides.

Comme si leur hôte ne se comportait pas comme un seigneur médiéval, ordonnant à ses vassaux de prendre du bon temps alors que lui-même ruminait sa vengeance et établissait des plans de guerre.

— J'ai fait ce que vous m'avez demandé, murmura Weed en se penchant pour remplir la coupe de champagne de Grayson. Mais l'oiseau s'est envolé.

Sedgecroft esquissa une grimace redoutable. Il n'éprouvait aucune indulgence pour un homme qui n'avait pas le cran de tenir ses engagements. À plus forte raison si cet homme était un membre de sa famille. Sans compter que ce gredin s'était servi de sa propre demeure, de *sa* chapelle personnelle, pour commettre son indigne forfait ! L'outrage était intolérable.

— Vous en êtes certain, Weed ?

— Son armoire et ses tiroirs sont vides, monsieur. Les domestiques prétendent tout ignorer des projets de leur maître. Son valet a précisé que le lit n'avait pas été défait lorsqu'il est entré dans la chambre ce matin pour aider sir Nigel à se raser, comme chaque jour. La voiture de sir Nigel étant toujours sur les lieux, tout le monde a pensé qu'il était parti se promener à pied afin de se détendre avant la cérémonie.

— Sauf qu'il n'est jamais rentré, conclut Grayson d'un ton de mépris.

Son estime pour son cousin diminuait de minute en minute. Il aurait préféré apprendre que Nigel avait été attaqué par une bande de brigands. Ou qu'il invoque n'importe quelle autre excuse pour tenter de justifier l'abandon de sa fiancée devant l'autel.

— Il est toujours possible que quelque chose de louche se soit produit, risqua Weed, sans conviction.

Heath, le frère de Grayson, s'approcha.

— Alors, que s'est-il passé ? chuchota-t-il, sans cesser de sourire aux invités.

Toutes les matrones présentes lui faisaient les yeux doux. Heath était un parti idéal pour leurs filles. Le marquis figurait bien sûr en tête de leur liste, mais aucune jeune fille à marier n'était encore parvenue à faire sa conquête, ni même à seulement retenir son attention, bien qu'elles fussent nombreuses à s'être mises sur les rangs.

La capture d'un des membres du clan Boscastle était un défi qui occupait fort les mères de la haute société, obsédées par la recherche d'un époux pour leur progéniture. Il y avait une fortune considérable en jeu, sans parler des physiques éblouissants des quatre frères, et de la générosité de la famille Boscastle envers ceux qu'ils aimaient…

— Nigel nous a filé entre les doigts, répondit Grayson, la main crispée sur sa coupe de cristal.

— Filé ? Tu veux dire qu'il s'est évanoui dans la nature ? s'exclama Heath avec un rire cynique. En plein Londres, et le jour de son mariage ? Non, je n'y crois pas.

Grayson haussa les sourcils.

— À vrai dire, moi non plus. Reste qu'il demeure introuvable. La question que je me pose, c'est *pourquoi ?*

Heath croisa les bras.

— Nous allons devoir faire appel à l'un de ces inspecteurs de Bow Street.

— Non, répliqua Grayson avec fermeté.

Il était écartelé entre sa loyauté envers sa famille et un curieux sentiment de responsabilité dans cette affaire. Si la fille de Belshire avait piqué une crise de nerf ou s'était mise à pleurer, il n'aurait peut-être pas été touché aussi profondément. Mais son attitude digne et stoïque, son acceptation résignée, le poussaient à prendre sa défense. Il ne comprenait pas très bien lui-même les raisons qui l'animaient. Mais personne d'autre que lui ne semblait tenté d'endosser ce rôle, et c'était sans doute là une raison suffisante.

— Si ce vaurien s'est vraiment enfui pour échapper au mariage, s'il n'est pas à l'heure qu'il est au fond d'un ruisseau, la gorge tranchée par des bandits de grand chemin, alors ceci doit rester une affaire strictement familiale.

— Oui, acquiesça Heath à mi-voix. Et donc, nous devons observer la plus grande discrétion. Du moins, autant que possible, étant donné que la moitié de Londres est déjà au courant.

Grayson plissa le front, l'air soucieux. Il n'avait jamais supporté l'étroitesse d'esprit qui prévalait chez ses pairs. Cette mesquinerie l'incitait à les choquer en suivant ses plus folles impulsions. Histoire de leur montrer qu'il se moquait de ce qu'ils pensaient. Le problème, c'est qu'il n'était plus à présent le fils prodigue qui pouvait agir comme bon lui semblait.

— La meilleure façon de réagir aux commérages, c'est de les ignorer. Les parents de Nigel sont effondrés. Sans parler de sa fiancée. Je pense qu'il est de mon devoir de veiller à ce que, dans la mesure du possible, la famille soit épargnée.

— Quoi ? Toi, Grayson, tu veux jouer les pacificateurs ? Alors, ça ! C'est un vrai coup de tonnerre ! Par Dieu, je crois bien que cette idée me plaît.

Aucun des six héritiers Boscastle ne s'était encore habitué aux changements drastiques que l'année écoulée avait apportés dans la hiérarchie de la famille. Deux mois avant sa mort, leur père paraissait en parfaite santé. Tout le monde croyait que ce vieux tyran avait encore de belles années devant lui. Et lorsque Brandon, leur plus jeune frère, avait été tué au Népal où il défendait les intérêts de la couronne, il leur avait paru impossible qu'un jeune homme aussi plein de vie et d'enthousiasme ne revienne jamais.

La famille ne s'était pas encore remise du choc provoqué par sa brutale disparition, suivie de près par celle du patriarche. Du jour au lendemain, les rênes étaient passés entre les mains de Grayson, qui s'était retrouvé chargé de toutes les responsabilités familiales. En fait, il était en route pour la Chine lorsqu'il avait appris le brusque décès de son père.

En vingt-quatre heures, il avait dû renoncer à poursuivre ses intérêts personnels pour se consacrer à la gestion de ses vastes domaines. Le reste devrait attendre. Plus de combats de boxe, plus de nuits de beuverie, plus de steeple-chase, plus de voyages dans des pays lointains et exotiques. Désormais, il s'occupait à plein temps des finances et des affaires familiales, des pensions à distribuer à de vieilles tantes malades, des innombrables œuvres de charité que ses parents soutenaient depuis des lustres.

Sans parler du clan Boscastle lui-même. Trois frères qui menaient une vie dissolue, une sœur qui aurait bien aimé suivre leurs traces, une autre, en Écosse, qui tournait ostensiblement le dos à la famille, et enfin une armée de cousins, parmi lesquels le fameux Nigel, qui ne semblaient pas avoir deux sous de bon sens dans leur petite cervelle. Être un Boscastle, c'était ne pas poser de limites à l'extravagance.

Naturellement, si quelqu'un avait prédit à Grayson qu'il verrait un jour le monde avec les yeux de son père, qu'il renoncerait à son mode de vie hédoniste et à son opportunisme, il n'en aurait pas cru un mot. Cela aurait même sans doute provoqué chez lui une irrépressible hilarité.

Il était pourtant clair à présent que l'avenir de la famille dépendait essentiellement de lui. Ces dernières semaines, un sentiment était remonté des profondeurs obscures de son être, et il avait découvert que cette famille lamentable comptait beaucoup pour lui. La perte coup sur coup de son frère et de son père lui avait fait prendre brusquement conscience de son attachement aux valeurs familiales. Cependant, endosser ce genre de responsabilités était un sacré choc pour un débauché de son espèce.

— Qu'allons-nous faire ? s'enquit Heath en gratifiant d'un vague sourire la jolie jeune femme installée en face de lui, qui tentait désespérément d'attirer son attention.

Grayson s'adossa à son siège, amusé.

— Pourras-tu t'arracher aux bras des femmes assez longtemps pour nous être utile ?

— Moi ? Mais bien sûr.

Une telle question, de la part d'un homme dont les maîtresses se pressaient un peu plus tôt sur le banc de l'église dans l'espoir de lui mettre le grappin dessus !

— Je suis prêt à t'aider, déclara Heath, le regard grave.

Grayson approuva d'un hochement de tête. Très peu de gens savaient que Heath avait fait partie du service de renseignements pendant la guerre. Grayson lui-même ne savait pas précisément en quoi consistaient les activités de son frère, et il n'avait pas l'intention de le soumettre à la question pour le découvrir. De fait, sous ses airs charmeurs et ses manières nonchalantes, Heath cachait une vive intelligence et un terrifiant mépris du danger. Grayson songea en son for intérieur qu'il aurait aimé ressembler davantage à son jeune frère, et n'agir qu'à bon escient. Il avait une fâcheuse tendance à regretter des actes parfois trop impulsifs.

— Retrouve Nigel, ordonna-t-il.

Heath avala son verre d'un trait.

— Considère que c'est chose faite. Et quand je lui aurai mis la main dessus, que se passera-t-il ?

— Nous traînerons ce misérable devant l'autel, pour l'obliger à respecter ses engagements. Tu peux emmener Devon avec toi si tu veux. Cela l'éloignera un temps des tables de jeu.

Grayson fit le tour de la table du regard. Il venait juste de remarquer que les places réservées à ses frères étaient toujours vacantes. Drake avait raccompagné la jeune fille abandonnée chez ses parents, mais il n'avait pas encore réapparu.

— Bon sang, où est Devon ?

Heath rajusta ses boutons de manchettes.

— Parti avec de vieux amis dont il a fait connaissance la semaine dernière à Covent Garden. Ils recherchent le trésor des pirates à Penzance, en Cornouailles. Une diseuse de bonne aventure a vu dans sa boule de cristal l'endroit exact où il se trouvait.

— Le Seigneur ait pitié de nous, marmonna Grayson. Cette famille file du mauvais coton !

— Et tu es notre meilleur guide sur le chemin de l'enfer, intervint la brune lady Chloé Boscastle, qui sirotait son champagne, assise non loin de ses frères. Nous ne faisons que suivre ton exemple, mon cher frère.

Grayson poussa un profond soupir. Si la famille suivait ses traces, ils étaient tous condamnés d'avance ! Pourtant, comment nier qu'il avait eu une mauvaise influence sur eux ? Que faire, à présent ? Se repentir ? Continuer de pécher en secret ? Était-il honnête de prétendre que ses actes n'avaient aucun effet sur le comportement de ses proches ?

Pour l'amour du ciel… était-il sur la voie de la moralité ?

Grayson jeta un regard au valet qui se tenait contre le mur, derrière lui. Il lui parut soudain autrement plus facile de s'occuper des péchés commis par les autres, que de méditer sur les siens. Un peu de distraction l'empêcherait de plonger trop profondément dans les ténébreux méandres de son esprit.

— Mon attelage est-il revenu, Weed ?

— Oui, monsieur. Il y a quelques minutes.

— Comment allait notre pauvre mariée abandonnée ?

— Elle était impatiente de rentrer, à ce qu'on m'a dit, monsieur. Elle a demandé à rester seule.

— Je dois reconnaître qu'elle a remarquablement résisté à l'épreuve, commenta Heath. Elle mérite toute notre admiration.

Grayson essaya de se représenter l'insignifiant cousin Nigel au bras de la séduisante jeune femme dont il venait de trahir la confiance. Difficile de les imaginer ensemble. Il y avait dans cette association quelque chose de dissonant.

L'air compatissant, Chloé secoua ses boucles de jais.

— Lady Jane n'osera plus jamais sortir de sa chambre. À sa place, je me consolerais en parcourant le Continent et en prenant des tas de superbes amants.

Grayson darda sur sa sœur un regard lourd de reproches.

— Espérons que cette jeune fille ne sera pas poussée à de telles extrémités par esprit de revanche.

— Mais je le pense vraiment, Grayson ! protesta Chloé d'un ton passionné. Ce qui lui est arrivé aujourd'hui est horrible et insupportable. Une de mes camarades d'école s'est jetée dans la Tamise après avoir subi le même sort. Une femme ne se remet jamais d'une telle trahison. Elle en reste blessée à jamais.

Grayson se remémora le dos gracieux, les mains délicates dans les gants boutonnés de perles, le visage mystérieux, que les plis du voile laissaient à peine entrevoir. Un visage aux traits classiques, un nez fin, des lèvres pleines et sensuelles. De beaux yeux vert émeraude qui, loin d'être noyés de larmes, s'étaient posés sur lui avec une impassibilité étonnante, comme pour le mettre au défi de réparer un mal qu'il n'avait pas commis.

Le marquis fronça ses épais sourcils.

— Cette jeune femme ne me paraît pas du genre à commettre un acte désespéré.

« Surtout pour un crétin comme Nigel », faillit-il ajouter.

— Mais pour elle, c'est une mort sociale ! s'exclama Chloé en haussant ses épaules largement dénudées. Tu es le chef de famille, Grayson, il faut que tu fasses quelque chose pour arranger ça. Sinon, Jane ne pourra plus jamais apparaître en société. Plus personne ne voudra lui adresser la parole.

Grayson imagina la jolie jeune fille aux cheveux couleur de miel, condamnée à passer le restant de ses jours cloîtrée, dans une solitude qui pour être stoïque n'en serait pas moins misérable. Quel gâchis ! Une si belle femme.

— J'ai l'intention de faire ce qu'il faut, affirma-t-il.

Mais *quoi ?* Il aurait été bien incapable de le dire. En fait, son intervention risquait fort d'avoir l'effet inverse de celui escompté, et d'aggraver la situation. Il n'était pas spécialement réputé pour ses bonnes actions. Pourtant, il avait toujours éprouvé le besoin de défendre les opprimés. Sans doute ressentait-il une certaine culpabilité d'avoir eu autant de chance dans la vie sans avoir rien fait pour la mériter.

— Heath ? fit-il en levant les yeux.

— Je serai parti dans moins d'une heure.

— Tu peux flanquer une correction à ce gredin, à condition de ne pas laisser de trace.

— Ah ? Et pourquoi ?

Grayson sourit, l'air déterminé.

— Je ne veux pas qu'il soit trop abîmé quand nous le traînerons devant l'autel.

3

Quarante-cinq minutes plus tard, Grayson franchit la grille de l'imposante demeure du comte de Belshire, à Grosvenor Square. Tandis qu'un valet de pied emmenait son cheval à l'écurie, il nota que toutes les tentures de fenêtres avaient été tirées. Un majordome à la mine maussade l'introduisit dans l'une des salles de réception. La visite qu'il venait d'effectuer chez Nigel ne lui avait fourni aucun indice quant aux causes de sa disparition.

Il patienta un moment, observant les domestiques qui allaient et venaient furtivement dans le corridor. Le silence était pesant. La maison baignait dans une atmosphère lugubre, comme si un membre de la famille venait de mourir brusquement. Il se demanda comment allait être reçue la décision qu'il venait de prendre sur une impulsion. Comment réagirait la fiancée abandonnée quand il se proposerait comme chevalier servant pour lui éviter le scandale ? Avec un peu de chance, son idiot de cousin réapparaîtrait avant même qu'il ait eu le temps de mettre ce projet à exécution. Il n'avait pas encore d'idée précise quant à ce qu'il devait faire exactement... Mais l'essentiel était de protéger la jeune fille et les siens des ragots que ne manquerait pas de susciter ce mariage manqué.

En tant que chef de famille, cette tâche lui incombait. Après tout, il avait le pouvoir et la popularité nécessaires pour aider les Belshire à passer ce cap délicat. En outre, le rôle de chevalier servant serait tout à fait nouveau pour lui. Le plus surprenant dans l'affaire demeurant que, pour une fois, ce n'était pas lui qui était à l'origine du scandale.

Il avait aussi d'excellentes raisons personnelles pour agir ainsi. D'une part, cela éviterait peut-être qu'un des membres de la famille Boscastle ne soit impliqué dans un procès retentissant pour rupture de fiançailles. D'autre part, il avait la ferme intention de mettre de l'ordre dans la conduite scandaleuse de ses frères, sœurs et cousins.

Lord et lady Belshire semblèrent ahuris de le voir pénétrer dans leur salon. Lady Belshire venait tout juste de vider un flacon entier de sherry. Quant au comte, malgré ses cheveux en bataille et son col défait, il parvint à accueillir son visiteur inattendu avec autant de dignité que d'ordinaire.

— Sedgecroft. Prenez donc un verre ! Avez-vous mis la main sur cette fripouille ?

— Pas encore.

Grayson jeta un coup d'œil par-dessus son épaule aux deux charmantes jeunes filles assises dans un canapé, qui feignaient de s'intéresser à leur ouvrage de broderie. Elles lui coulèrent un regard féroce entre deux points, comme si ses liens familiaux avec Nigel le rendaient responsable de l'abandon de leur sœur.

— Heath s'est chargé de cette mission, reprit-il. Il s'efforcera d'être discret. Si Nigel est vivant, il le ramènera pour accomplir son devoir.

Lady Belshire plaqua la main devant sa bouche.

— J'espère qu'on le retrouvera mort, déclara-t-elle. Ce serait la seule excuse acceptable pour sa conduite.

— Ce vaurien, murmura une des deux filles.

— Ce gredin, ajouta sa sœur entre ses dents.

Grayson les examina du coin de l'œil. Il eut la nette impression qu'elles ne faisaient pas uniquement référence à Nigel. Bien que son cousin eût de nombreux défauts, dont la stupidité n'était pas le moindre, il n'avait cependant pas la réputation d'être un séducteur ni un coureur de jupons.

Et c'était bien ce qui rendait encore plus inexplicable le fait que ce crétin ait plaqué devant l'autel une beauté telle que lady Jane. L'imbécile avait-il été impressionné par l'élégance et la dignité exceptionnelles de la jeune femme ? Sacrebleu… Nigel avait peut-être même pris la fuite avec un homme ! Après tout, il se passait tant de choses bizarres. Ce que lui faisait en ce moment, par exemple : essayer de réparer une faute qu'il n'avait pas commise. N'était-ce pas extraordinaire ?

Avec un froncement de sourcils, il se retourna vers le comte, qui s'était laissé tomber lourdement dans un fauteuil. Un épagneul un peu trop gras en avait profité pour s'installer sur ses genoux.

— J'aimerais m'entretenir avec votre fille, Belshire. En privé, si vous n'y voyez pas d'inconvénient. Il faut que quelqu'un lui présente des excuses au nom des Boscastle.

Grayson n'avait nullement l'intention de demander sa permission à Belshire pour expliquer la suite de son plan à la jeune fille. Si elle refusait sa proposition, il aurait du moins la conscience tranquille et pourrait se dire qu'il avait fait de son mieux. Mais il n'y avait aucune raison d'exposer son projet aux parents. Pour l'heure, ni Athena ni Howard ne semblaient en état de prendre la moindre décision, écrasés qu'ils étaient par le désastre sans précédent qui venait de les frapper.

Les jeunes filles se levèrent d'un seul mouvement, sans doute dans un élan de solidarité avec leur sœur. L'une avait des cheveux acajou illuminés de reflets dorés. L'autre était une jolie brune. La beauté ne faisait apparemment pas défaut dans cette famille.

De même que l'aplomb et le cran – ce qui était plus déconcertant.

— Pour quelle raison voulez-vous voir Jane ? s'enquit la brune.

— Elle n'est pas d'humeur à recevoir des visites après l'affront que votre cousin lui a fait subir ce matin, renchérit l'autre.

— Je le comprends aisément, répondit Grayson sans animosité.

— Elle refusera de vous recevoir, avertit la brune.

Il haussa les épaules avec nonchalance. Il n'était pas de cet avis.

— Rien n'interdit de lui poser la question.

— Cette visite tombe mal, Sedgecroft, intervint lord Belshire avec un soupçon d'agacement. Vous pourrez revenir lui présenter vos excuses plus tard.

— Quand quelqu'un fait une chute de cheval, commença Grayson avec circonspection, on lui recommande de remonter en selle sur-le-champ.

Lady Belshire posa bruyamment son verre de sherry et considéra Sedgecroft avec une lueur d'intérêt dans le regard.

— Que voulez-vous insinuer au juste, Sedgecroft ?

Grayson eut une légère hésitation, et répondit en choisissant soigneusement ses mots, afin d'éviter toute méprise :

— La pire chose qui puisse arriver à votre fille, c'est de disparaître de la scène sociale. Car, dans le cas où Nigel demeurerait introuvable, il lui faudrait envisager d'épouser quelqu'un d'autre.

Et de préférence un homme qui ait assez de jugeote pour apprécier ce que son cousin avait eu l'idée saugrenue de refuser.

— Proposez-vous d'épouser ma sœur ? s'exclama la plus grande des deux jeunes filles, son ton se situant à mi-chemin entre l'espoir et l'horreur.

— Non, s'empressa-t-il de répondre, horrifié lui aussi que cette idée ait pu l'effleurer. Pas du tout. Mon intention est simplement de l'aider à retrouver au plus vite sa place dans la bonne société. Plus elle attendra, plus elle aura de mal à reprendre une vie sociale.

— Il a raison, Howard, murmura lady Belshire. En restant claquemurée dans sa chambre, Jane se condamne irrémédiablement au célibat. Et bientôt, elle n'aura plus d'existence sociale. En outre, Sedgecroft bénéficie d'un grand prestige dans l'aristocratie.

Le comte appliqua sur son front la compresse qu'il tenait à la main depuis l'arrivée du marquis.

— Oh, et puis, au diable, les hésitations ! Sedgecroft, faites ce que vous pouvez pour l'aider. Il y a des mois que Jane ne m'adresse pratiquement plus la parole. Je me souviens l'avoir entendue exprimer des doutes sur ce mariage avec Nigel. Mais l'ai-je seulement écoutée ? Je pensais qu'ils s'adoraient en secret. Vous, les jeunes gens d'aujourd'hui, vous êtes si... oh, je ne comprends rien à l'amour, moi !

— Qui peut se vanter d'y comprendre quoi que ce soit ? marmonna Grayson en se tournant vers les sœurs de Jane.

Celles-ci le regardaient comme s'il était un démon armé d'une fourche, sorti tout droit de l'enfer.

— Combien de temps pensez-vous qu'il faudra pour qu'elle... retrouve sa place dans le monde ? s'enquit lady Belshire.

Grayson haussa ses larges épaules.

— Pas très longtemps. J'ai l'intention d'escorter Jane en ville jusqu'à ce qu'elle commence à attirer l'attention de quelques partis acceptables. J'espère qu'elle pourra très vite reprendre une vie mondaine normale.

— Le fait qu'elle ait un marquis comme chevalier servant piquera certainement l'intérêt de certains, murmura Athena, pensive. Votre idée me plaît, Sedgecroft. C'est fort convenable de votre part, de songer à son avenir. Sans votre intervention, sa cause serait désespérée.

— Je tiens à donner l'exemple à ma famille, répliqua-t-il avec fermeté.

Pourtant, un tel sacrifice n'allait pas de soi. Non plus que les complications que la situation allait occasionner, même temporairement.

— Je n'ai peut-être jamais demandé sa main à une femme, poursuivit-il. Mais je n'en ai jamais non plus abandonné une devant l'autel. Je ne suis pas complètement dépourvu de sens moral, contrairement à ce que certaines personnes semblent croire.

Lord Belshire entrouvrit un œil.

— Donner l'exemple, c'est bien joli, mon ami. J'ose toutefois émettre une réserve. Vous avez une belle réputation de libertin.

— Ah, oui ! s'écrièrent les deux sœurs d'une même voix.

— Cela n'en est que mieux, observa lady Belshire. Seule une femme dotée d'un charme considérable peut attirer l'attention d'un homme tel que Sedgecroft. Cela ne fera pas de mal à votre pauvre sœur que les gens voient les choses sous cet angle. Peut-être même en concevront-ils plus d'admiration et d'intérêt pour elle, malgré l'humiliation qu'elle a subie aujourd'hui.

Lord Belshire esquissa une moue sceptique.

— Je ne vois pas en quoi le fait d'être escortée par un vaurien peut être bon pour la réputation de Jane.

Sa femme secoua la tête, d'un air à la fois abattu et résigné.

— Je pense que sa réputation est définitivement ruinée. Notre seul espoir, c'est qu'elle finisse par rencontrer un jeune homme qui se moque du scandale et des ragots.

Grayson sourit.

— Je suis entièrement de votre avis. Nous ne pourrons pas effacer ce qui s'est passé ce matin.

Athena lui rendit son sourire.

— Mais nous pouvons en atténuer la portée.

Lord Belshire poussa un grognement.

— De toute façon, mon opinion ne compte pas. Parlez-lui vous-même, Sedgecroft. Elle est dans la Galerie pourpre, avec toutes ces affreuses statues antiques. Mais ne soyez pas étonné si elle vous oppose un refus catégorique. Cette petite a la tête dure.

Grayson se dirigea vers la porte en réprimant un sourire. Il aurait été très étonné que Jane repousse sa proposition. Aucune femme n'avait encore réussi à décourager un Boscastle quand il avait décidé de lui faire la cour. Après tout, son geste leur serait profitable à tous deux. Où était le mal ?

4

La Galerie pourpre s'étendait sur toute la longueur du second étage. C'était une salle ensoleillée, ornée de tentures rouge sombre et d'une collection inestimable de sculptures italiennes. L'un des murs était presque entièrement occupé par un manteau de cheminée en marbre ouvragé, sous lequel se trouvait un foyer assez grand pour abriter au moins quatre personnes. Le feu n'avait pas été allumé. Des lettres déchirées gisaient entre les chenets, visiblement destinées à être brûlées.

À demi allongée sur un canapé de velours pourpre, Jane avait à la main une pêche dans laquelle elle venait de mordre. Un carton contenant de vieilles missives était ouvert sur ses genoux.

Des lettres d'amour, songea Grayson. Il se tint un moment immobile sur le seuil, fasciné par la pose sensuelle et langoureuse de la jeune femme. Elle était probablement en train de relire la prose insipide que Nigel lui avait envoyée au fil des ans. Son bras rond et blanc était replié sur le dossier pour soutenir sa tête, dans une position qui mettait en valeur sa poitrine. Ses pieds nus reposaient sur l'accoudoir du canapé. La belle au cœur brisé n'avait pas encore ôté sa robe de mariée.

Grayson prit le temps de l'observer dans cette attitude d'abandon. Elle avait fermé les yeux, et ses longs cils bruns projetaient leur ombre sur ses joues pâles. Elle étira les jambes, comme si elle s'efforçait de se détendre. Ses boucles brillantes retombaient en cascade sur ses épaules, effleurant presque le sol. Grayson s'imagina, blottissant son visage dans cette opulente chevelure, saisissant à pleines mains ces courbes voluptueuses. Ces images inattendues lui enflammèrent les reins.

Dire que Nigel aurait pu mettre cette superbe créature dans son lit et qu'il y avait renoncé ! Quel sinistre imbécile. Mais il est vrai que Grayson ne connaissait pas Jane. Peut-être avait-elle un défaut caché. Dans ce cas, il était vraiment bien caché. Il éprouva une vague de désir à la contempler.

— Puis-je vous importuner un instant ?

La voix virile fit sursauter Jane. Elle se redressa si brusquement que les lettres glissèrent et se répandirent à terre. La tension de la matinée alliée au chaud soleil qui pénétrait par les larges fenêtres l'avaient engourdie. Plongée dans ses rêveries, elle réfléchissait à la suite à donner à son plan.

Et surtout, elle savourait la délicieuse liberté que Nigel lui avait accordée.

La liberté de choisir elle-même un compagnon. De flirter selon son cœur. De tomber profondément amoureuse, comme ce cher Nigel avec sa gouvernante. Ou bien de ne pas tomber amoureuse et de ne pas se marier, si elle ne rencontrait pas l'homme de ses rêves.

Elle tentait d'imaginer ce que devait être la passion, la vraie passion, celle qui vous faisait vibrer et vous emportait dans un tourbillon vertigineux, quand la voix grave avait résonné.

Son cœur se mit à battre la chamade. Une ombre vaguement familière s'abattit sur le canapé où elle s'était allongée, enveloppée d'une brume douillette de contentement.

Une ombre qu'elle avait déjà reconnue avec un frémissement d'appréhension. Non ! Ce n'était pas possible. Pas ici, chez elle, dans son refuge…

— Lord Sedgecroft. Quelle… délicieuse surprise. Tout à fait inattendue.

Les mots étaient loin de traduire les sensations étranges et déconcertantes provoquées par cette brusque apparition. Les rayons du soleil tombaient directement sur le visage du marquis, soulignant ses traits au dessin ferme et éclaboussant ses cheveux de reflets d'or.

Il avait une allure incroyable. Son corps athlétique, que l'élégant costume ne parvenait pas à dissimuler, éclipsait celui des statues de dieux antiques qui les entouraient.

Jane se leva, prenant conscience avec un temps de retard que sa tenue était loin d'évoquer celle d'une déesse. Du jus de pêche avait taché sa jupe, et elle avait fourré ses bas de dentelle sous un coussin. Mais que diable faisait-il ici ? se demanda-t-elle, la gorge desséchée par l'anxiété. Ce démon n'avait pas déjà découvert le mariage secret de Nigel, tout de même ?

— Que puis-je faire pour vous aider, monsieur ? s'enquit-elle d'une voix douce, dissimulant ses craintes sous des manières sages et polies.

Sedgecroft lui prit le bras et la fit reculer d'un pas.

— Je pense que c'est *vous* qui avez besoin de mon aide.

Jane retomba dans le canapé, trop stupéfaite pour chercher à masquer sa surprise. Il s'assit à son tour, avec plus de grâce et de souplesse qu'elle-même. Sa jambe se pressa contre le genou de Jane, et ce contact oblitéra toute autre pensée chez la jeune femme. Pourquoi son père avait-il laissé cet homme pénétrer jusqu'ici ?

— Je ne suis pas sûre de comprendre.

— Toute cette affaire a dû vous bouleverser.

— Naturellement.

Mais elle préférait encore cela au sort qui aurait été le sien si elle avait épousé Nigel.

— Je dois avouer que j'ai admiré votre sang-froid tout à l'heure, à l'église.

S'il avait eu la moindre idée des pensées qui tourbillonnaient dans sa tête, Jane doutait qu'il ait tenu à poursuivre cette conversation.

— Merci, répondit-elle néanmoins.

— Cette épreuve a dû être très difficile à surmonter.

— Vous n'en avez pas idée.

Bizarre. Il se montrait vraiment très affable. Où voulait-il donc en venir ?

— Tous ces gens qui avaient les yeux braqués sur vous, fit-il en secouant la tête d'un air navré.

— Je n'y ai pas fait attention.

— Ces chuchotements, ces suppositions. C'est tellement humiliant.

— Ce n'était pas très agréable, mais j'ai survécu.

Il hocha la tête d'un air de doute.

— Être l'objet d'une telle disgrâce. Subir les moqueries, les réflexions apitoyées.

Jane le toisa avec un froncement de sourcils réprobateur.

— Ces paroles sont-elles censées me réconforter ?

— Il ne faut pas craindre de regarder la réalité en face.

Pourquoi ? Elle aurait bien voulu lui poser la question, mais elle pouvait difficilement exprimer son désaccord sur ce point. En outre, elle ignorait totalement ce que le marquis avait en tête.

— En effet, acquiesça-t-elle.

— Celui qui fait subir cette humiliation à une jeune fille doit assumer les conséquences de son acte.

— Oui, il... De quelles conséquences voulez-vous parler ? s'enquit-elle avec un brin d'impatience.

— Faites-moi confiance. Sachez seulement que Nigel payera cher sa désinvolture.

— Il avait peut-être une bonne excuse pour ne pas venir.

— Je vous défends de prendre la défense de ce... ce petit *salaud* !

Jane toussota.

— Surveillez votre langage, monsieur.

— Je vous demande pardon. Il m'arrive d'être submergé par mes émotions.

— Bien sûr, murmura-t-elle.

Elle avait plus d'une fois entendu parler de ces émotions... et même des passions du marquis. Sans jamais imaginer qu'elle serait à l'origine de tels sentiments !

Il ôta ses gants de cuir fin.

— Vous vous doutez, je pense, que les journaux rapporteront cette affaire, assortie de toutes sortes de détails embarrassants.

Jane ne répondit pas tout de suite, troublée par la vue de ces doigts forts et racés. Son trouble fut à son comble lorsqu'il referma l'une de ses mains puissantes sur les siennes.

— Les... journaux... pour l'amour du ciel... que faites-vous ?

Il lui pressa les doigts, visiblement dans l'intention de la rassurer. Hélas, son geste n'eut d'autre effet que de mettre ses sens en émoi.

— Les journaux diront qu'une fois de plus, une de ces canailles de Boscastle a brisé le cœur d'une dame, murmura-t-il. On glosera sur le fait qu'une de mes anciennes maîtresses était assise non loin de moi, dans la chapelle.

Jane arqua les sourcils. « Rien d'étonnant à cela ! » aurait-elle aimé rétorquer. Mais, de fait, c'était elle qui avait saboté son propre mariage. En outre, la façon dont Sedgecroft lui caressait la main était plutôt agréable. Elle décida donc de tenir sa langue.

Le marquis soupira.

— En ce moment même, l'un de mes frères se remet de la bagarre qu'il a provoquée pendant le repas, au sujet d'une demi-mondaine.

— Seigneur !

Chaque fois que le regard bleu de Sedgecroft croisait le sien, elle sentait comme un vide au creux de son estomac. Elle glissait lentement dans… dans un état indéfinissable. Une douce langueur s'était emparée d'elle au point qu'il lui semblait flotter dans la brume.

— Ma sœur Chloé envisage de devenir courtisane sur le Continent, ajouta-t-il.

— Non ? Ce n'est pas vrai ?

Jane se rappela la superbe jeune femme à la chevelure de jais, qui se consacrait à tant d'œuvres de charité.

Non, se dit Grayson. Ce n'était probablement pas vrai. Mais il s'était fixé un but. Et dans l'intérêt même de Jane, il se sentait autorisé à enjoliver un peu la réalité. Et dire que cet imbécile de Nigel aurait pu être au lit avec elle, en ce moment même ! Jamais Grayson n'avait rencontré de femme aussi attirante. Elle avait des mains si douces… Cette robe de mariée brodée de dentelle aurait dû lui donner un air sage et modeste. Mais c'était l'inverse qui se produisait. Et tout au fond de lui, un petit démon ne pouvait s'empêcher de se demander ce qui se cachait sous cette délicate étoffe.

— Devon, un autre de mes frères, est parti avec ses amis à la recherche d'un trésor de pirates, continua-t-il d'un air sombre.

— Un trésor ?

Charmée et amusée par cette idée, Jane ne put réprimer un sourire. Sedgecroft le lui rendit.

— Je suppose que nous avons bien mérité notre réputation, admit-il. Bien que, dans l'ensemble, nous n'ayons pas commis de péchés réellement impardonnables. Jusqu'à aujourd'hui. Nigel n'a aucune excuse. Aucun d'entre nous n'avait jamais délibérément humilié une jeune femme.

Le petit nuage sur lequel Jane flottait prit de l'altitude, tandis qu'elle se laissait fasciner par le charme diabolique de cet homme. Où voulait-il en venir ? s'interrogea-t-elle pour la deuxième fois. Les libertins dans le genre de Sedgecroft n'évoluaient pas dans le cercle des jeunes filles respectables dont elle faisait partie. Même s'ils suscitaient parfois chez elles une certaine curiosité.

Nigel lui avait toujours conseillé d'éviter les hommes de la famille Boscastle. Nigel était son meilleur ami, et naturellement, elle n'avait jamais douté de lui. En fait, elle s'était toujours crue assez fine pour résister aux tentatives de séduction. Mais il est vrai qu'aucun homme vraiment attirant n'avait jamais essayé de la séduire. Est-ce que... Une pensée terriblement flatteuse lui traversa l'esprit.

— Avez-vous l'intention de me séduire ? interrogea-t-elle avec un grand sérieux.

— Bien sûr que non.

— Ah ! Non. Bien sûr.

Une lueur coquine et amusée passa dans les prunelles bleues de Sedgecroft.

— Ne prenez pas cet air offensé. En fait, mon intention était de vous complimenter. C'est toujours une épreuve de prendre conscience de la cruauté du monde, et ce qui s'est passé aujourd'hui constituait une terrible leçon en la matière. Ma chère, si je voulais vous séduire, je ne resterais pas assis là, à vous tenir la main.

Et que *feraient-ils* exactement si ce membre du clan Boscastle avait entrepris de la séduire ? Jane songea que la question allait sans doute la tenir éveillée jusqu'au petit matin. Elle était dotée d'une imagination fertile, et cette entrevue avec Sedgecroft risquait de l'alimenter pendant des mois.

— Lord Sedgecroft, reprit-elle d'un ton aussi poli que possible, si ceci n'est pas une tentative de séduction, qu'est-ce donc ? Désirez-vous me présenter encore des excuses au nom de votre famille ?

— Des excuses, oui. Et plus encore.

Il pressa les mains de Jane contre son menton et lui adressa un sourire charmeur, dans lequel se glissait un brin de malice.

— Je veux aussi vous faire une proposition.

— Une proposition… répéta-t-elle d'une voix neutre.

— Non, non. Ce n'est pas ce que vous croyez. J'imagine aisément ce que vous ressentez après l'humiliation de ce matin. Jamais le comportement d'un membre de ma famille ne m'avait plongé dans un si profond embarras.

À vrai dire, il n'avait jamais prêté attention aux péchés commis par les personnes de son entourage, ayant été bien trop occupé à pécher lui-même.

— Permettez-moi d'être franc, Jane.

— J'aurais du mal à vous en empêcher.

— Une femme dans votre situation court le risque d'être mise au ban de la société. Seul un homme au caractère bien trempé osera vous épouser désormais. Il lui faudra être assez fort pour se moquer de l'opinion publique. Je ne dis pas qu'un tel homme n'existe pas… mais les candidats seront rares.

Les joues de Jane se colorèrent de contrariété. Sedgecroft venait de décrire l'homme de ses rêves, celui qu'elle ne découvrirait sans doute jamais dans la bonne société. Elle mourrait probablement de vieillesse et de solitude avant de l'avoir rencontré.

— Ce n'est pas ma faute si mon fiancé a disparu.

— Certes. C'est pourquoi, vous ne devez pas être punie à sa place. J'ai donc l'intention de vous faire ostensiblement la cour, afin de prouver au monde que vous restez une jeune femme désirable et susceptible d'être prise pour épouse.

Jane en demeura muette de stupeur. Elle ne s'attendait vraiment pas à une proposition de ce genre. Naturellement, elle avait prévu qu'elle serait victime d'un certain ostracisme après avoir été abandonnée d'une façon aussi éclatante. Elle savait que certains se moqueraient d'elle, que d'autres la plaindraient ou l'ignoreraient totalement pendant quelque temps.

Mais qu'un gredin de la réputation de Sedgecroft prenne fait et cause pour elle ? Que cet homme au charme renversant la ramène sur ce marché du mariage auquel elle avait cru échapper ? C'était là la dernière chose au monde qu'elle aurait imaginée. Il fallait être aussi vaniteux que lui, mais aussi terriblement généreux, pour faire une telle suggestion. La protéger des conséquences de ses propres manigances ! Comment devait-elle réagir à cela ?

— Je me rends compte que cela doit vous causer un choc, reprit-il, mi-sérieux, mi-taquin. Est-ce que je vous déplais trop pour que vous m'autorisiez à vous faire la cour ?

Oh, s'il avait su ! Il lui plaisait tellement qu'elle ne parvenait pas à aligner deux pensées cohérentes. Ce qui posait à Jane un réel problème.

— Eh bien, vous êtes plutôt… euh…

— Plus expérimenté que vous ?

— Entre autres, oui, admit-elle d'une voix fluette.

Il se pressa un peu contre elle, lui serrant les mains comme pour l'encourager.

— Mon expérience est un avantage.

— J'en doute.

— Jane, je connais tous les jeux de l'amour, toutes les ficelles dont on use dans notre monde, lui rappela-t-il en soutenant son regard.

— Certainement.

— Si Nigel ne revient pas réparer le tort qu'il vous a fait, je vous aiderai à trouver un autre mari. J'enquêterai personnellement sur ce prétendant avant de lui donner mon accord.

Il lui adressa un clin d'œil complice, avant d'ajouter :

— Le sceau d'un Boscastle.

La dernière chose qu'elle voulait, c'était que quelqu'un se mêle à nouveau de sa vie et prenne des décisions à sa place ! Elle se racla la gorge et chercha les mots susceptibles de réduire à néant cette nouvelle conspiration contre sa liberté.

— C'est très généreux de votre part, mais…

Les lèvres sensuelles de Sedgecroft s'étirèrent en un sourire ensorceleur.

— Mes raisons ne sont pas totalement altruistes, coupa-t-il. Je veux donner l'exemple à ma famille. Il est temps qu'un Boscastle fasse preuve d'un peu de maturité.

Il marqua une pause, puis ajouta, les yeux pétillants de malice :

— Je n'aurais bien sûr jamais cru qu'un tel rôle m'incombe un jour.

Jane fut prise de vertige. Seigneur, dans quoi se trouvait-elle entraînée ? Courtisée… par Sedgecroft ! Pour lui, cela ne serait qu'un jeu. Un plan pour ramener son turbulent troupeau dans le doit chemin. Le problème, c'était son charme et sa virilité. Jane succomberait à une attaque cardiaque si elle devait passer une soirée entière à ses côtés. Sans parler de toutes les complications que cette situation occasionnerait.

L'espace d'un instant, elle envisagea de lui avouer la vérité. Mais cela reviendrait à rompre la promesse qu'elle avait faite à Nigel et à saccager sa vie. Ses parents l'obligeraient à annuler son mariage avec Esther. Celle-ci serait déshonorée, ainsi que l'enfant qu'elle portait. Jane elle-même serait reniée par ses propres parents, qui lui reprocheraient d'avoir jeté l'opprobre sur leur famille. Et elle, qui avait échafaudé ce plan dans les meilleures intentions du monde, serait montrée du doigt. Ses péchés seraient exposés aux yeux de tous, elle serait exclue définitivement de la société. Qui comprendrait son désir de prendre son destin en main ?

— Lord Sedgecroft...

— Oh, s'il vous plaît, Jane ! Ne me lancez pas ce regard sévère. Ce sera drôle et amusant, vous verrez. Vous êtes une très jolie femme, vous savez.

— Vraiment ?

— Vraiment.

Elle soupira. Cet homme était un séducteur né. Il n'était même pas conscient de son propre charme. Sans doute flirtait-il même dans son sommeil. Et il savait s'y prendre. Le seul fait d'être assise à côté de lui lui arrachait des frissons, et elle avait l'impression que son esprit ne lui obéissait plus. Pourquoi ne parvenait-elle pas à trouver une seule excuse valable pour rejeter sa proposition ? Personne ne voudrait croire qu'elle avait retenu l'attention d'un homme comme le marquis.

— Je crois... à vrai dire, je pense être trop timide pour jouer la comédie de manière convaincante.

— Je serai convaincant pour deux, déclara-t-il en plongeant les yeux dans les siens.

Il posa sa large main sur son épaule. Si Nigel avait osé faire un tel geste, elle aurait éclaté de rire. Mais quand Grayson la touchait, elle se laissait déborder par son instinct, fermait les yeux... et savourait l'instant.

Du dos de la main, il lui effleura la joue. Avec lui, n'importe quelle femme se serait sentie belle et attirante. C'était, supposa-t-elle, ce qui faisait son charme.

La curiosité prit le pas sur l'indignation, et elle ne put que murmurer :

— Que faites-vous ?

— Je m'efforce de vous convaincre.

Il lui prit le visage à deux mains. Elle ne savait plus que penser. Son esprit était figé dans une sorte de transe. Son corps, en revanche, était en proie à toutes sortes de bouleversements. Elle crut s'enflammer lorsque la bouche de Sedgecroft effleura la sienne avec une lenteur délibérée. Son cœur se mit à battre à grands coups, et elle frissonna de plus belle.

— Me convaincre… de quoi ? chuchota-t-elle.

— Mum !

Grayson était déconcerté par sa propre réaction. Il s'abandonna un long moment au délice de ce baiser, ce qui, malgré sa vaste expérience, ne lui était jamais arrivé. La situation avait pris un tour inattendu. Jane semblait avoir l'esprit très vif, pour une femme dans sa position. Il n'aurait su dire si cela tournerait à son avantage ou non.

— Écoutez-moi, Jane. Je n'avais pas l'intention de m'expliquer exactement de cette façon, mais on ne peut s'attendre qu'un libertin change du jour au lendemain, n'est-ce pas ? Il y a chez vous quelque chose qui éveille mon instinct masculin. Ce que je veux dire, ajouta-t-il après une pause, c'est que si votre confiance en vous a été ébranlée par les événements d'aujourd'hui, je connais plusieurs moyens de la restaurer d'une façon satisfaisante pour nous deux.

— Je…

— Même s'il ne s'agit que d'un jeu.

— Un jeu ? répéta-t-elle d'une voix tremblante.

— Le jeu n'exclut pas le plaisir, n'est-ce pas ? Votre vie ne s'est pas arrêtée devant l'autel où votre fiancé vous a abandonnée.

En outre, le corps sensuel de Jane était fait pour être aimé, pour faire perdre la tête à un homme. Une bouffée de désir envahit Sedgecroft et son pouls s'accéléra.

Jane esquissa un mouvement de côté et il la sentit se crisper. La caresse sensuelle de sa chevelure sur sa main, la douceur de ses lèvres avaient enflammé ses sens au point qu'il en oublia toute sagesse. Elle venait de faire sa conquête sans même en avoir eu l'intention. La vague de désir brûlant se répandit en un éclair dans tout son corps.

— Oh, souffla-t-elle, l'air égaré.

Elle leva la main pour le repousser, puis la laissa retomber sans force sur ses genoux.

Il frôla de la langue ses lèvres gonflées, perçut son souffle chaud et saccadé.

— Ne bougez pas, ordonna-t-il doucement. Je n'ai pas fini.

Il l'attira contre lui, et poussa un grognement en sentant le renflement de ses seins contre son torse. Doucement, il lui caressa le dos et les épaules, puis laissa ses doigts glisser sur sa taille fine. Mais cela ne suffit pas à calmer son ardeur, bien sûr. D'instinct, il tenta de la renverser sur le canapé.

— Lord Sedgecroft...

— Chut... ce n'est pas poli de m'interrompre quand je vous embrasse.

Elle eut un petit rire rauque.

— Vous osez me reprocher mon impolitesse, alors que...

— Vous m'interrompez encore.

— Il faut bien que l'un de nous deux fasse preuve d'un peu de sang-froid.

— Ah oui, fit-il en souriant. Les invités ont remarqué que vous n'en manquiez pas, aujourd'hui.

— Je suppose qu'ils ont aussi fait quelques remarques à votre propos. Mais ce n'est sûrement pas à votre sang-froid qu'ils ont fait allusion.

Il éclata de rire, enchanté par le franc-parler de la jeune femme. Elle n'était pas aussi timide qu'on aurait pu le croire. C'était une délicieuse surprise. Son rôle de chevalier servant n'en serait que plus agréable. Il aurait trouvé ennuyeux de devoir escorter en ville une jeune fille trop timorée. Il lui effleura de nouveau la bouche, lui arrachant une exclamation étouffée. S'enhardissant, il glissa la langue entre les lèvres roses. Jane ne se plia pas vraiment à sa volonté, mais elle ne résista pas non plus avec trop de vigueur. Il adorait le parfum de ses lèvres, le goût sucré de la pêche qui s'attardait dans sa bouche. Il aimait aussi les rondeurs si attrayantes de son corps. Elle était si douce, si fascinante. Il dut faire un effort de volonté pour s'empêcher de la toucher.

— Vous n'avez pas encore fini, n'est-ce pas ? demanda-t-elle d'une voix faible.

— Pas tout à fait.

— Très bien. Continuez.

Elle se renversa en arrière. Les yeux brillants, il la plaqua contre les coussins, pesant sur elle de tout son poids Son attitude était froide et distante, mais il vit le pouls qui battait à toute allure au creux de sa gorge.

Il goûta longuement à ses lèvres, absorbant ses soupirs. Puis, n'y tenant plus, il dévora sa bouche avec tant de fièvre qu'il la sentit frémir involontairement sous lui.

Elle attisait son désir plus qu'il ne l'aurait cru, cette jeune femme fataliste, avec sa robe de mariée froissée et ses pieds nus. Ce qui lui plaisait le plus, c'était qu'elle n'ait pas versé une larme, qu'elle n'ait pas poussé un cri de dépit ou de vengeance. Avec un soupir, il fit appel au peu de maîtrise qui lui restait, glissa la main sur l'épaule, effleura son bras gracieux, avant de s'écarter.

— Bien… fit-elle en reprenant son souffle. *Bien.*

— Il arrive dans la vie qu'on abandonne les projets qu'on avait formés pour se laisser guider par ses impulsions, expliqua-t-il calmement, tout en essayant de museler ses sens.

Jane lui lança un regard de réprimande.

— Ce qui ne signifie pas qu'on est autorisé à donner libre cours à toutes ses impulsions.

— Si c'était le cas, nous ne serions pas tranquillement assis, en train de discuter.

— Et que serions… Euh, non. Il vaut mieux que je ne pose pas de question.

— Oh, vous pouvez me questionner, ça m'est égal !

— Je m'en doute, répliqua Jane en soupirant.

Il darda sur elle un regard de braise. Seigneur, cet homme était l'incarnation de la séduction !

— Je suppose que vous ne comptez pas vous excuser ?

— M'excuser pour quoi ? s'enquit-il sans cacher son amusement.

— S'il me faut vous l'expliquer, je crois qu'il vaut mieux en rester là. Abandonnons le sujet.

Quel sujet ? Grayson fut sur le point de le lui demander, ne sachant s'il l'avait offensée ou non. Sa réaction aux événements de la journée n'était pas celle escomptée. Dans un sens, son acceptation passive de la défection de Nigel était pour lui un soulagement. Cela le dispensait d'avoir à faire face à des émotions douloureuses, tels que des pleurs ou des crises de nerfs. Mais il trouvait cependant un peu étrange l'attitude de la jeune femme. Peut-être l'avait-il plongée dans l'embarras. Agressée, en quelque sorte. Oui, ce devait être ça. Les Boscastle avaient quelque chose d'intimidant.

— C'est ce qui fait de vous un authentique débauché, remarqua-t-elle pensivement.

— Pardon ?

— Cette poursuite éhontée du plaisir.

— Oh, *ça*.

Il fixa les yeux sur sa bouche humide et gonflée. Difficile de deviner ce que pensait cette jeune personne. Elle ne semblait pas spécialement bouleversée par ce qui venait de se passer.

— Vous ai-je offensée ?

— Offensée ? Non, monsieur. Je suppose toutefois qu'il me faudra plusieurs jours pour m'en remettre. Pourquoi m'avez-vous embrassée, au fait ?

Il se frappa la jambe de son gant, un peu désarçonné. Cette question imprévue dénotait un esprit aiguisé.

— Pour plusieurs raisons, avoua-t-il. La première étant que je ne supporte pas de voir une jolie femme souffrir à cause d'un imbécile.

— Oui, mais…

— La deuxième, c'est que je tenais à vous prouver que vous êtes extrêmement séduisante.

Il laissa son regard glisser sur le corps de Jane, avant d'ajouter :

— La troisième, c'est que j'avais envie de vous embrasser, tout simplement.

Elle se leva, vacillant quelque peu sur ses jambes.

— Je pense que je vais me retirer dans ma chambre, à présent, et perdre connaissance.

Il se leva à son tour. Décidément, il allait de surprise en surprise.

— À votre guise. Attendez-vous cependant à recevoir ma visite dès que vous serez remise.

— Tout cela est très perturbant, Sedgecroft.

Il l'étudia entre ses paupières mi-closes. Et vit une femme bouleversée, déstabilisée par ses tentatives de séduction. C'était là quelque chose qu'il connaissait et qu'il comprenait. Il éprouva un vague soulagement en constatant qu'il maîtrisait encore la situation.

— Apparemment, mon cousin ignore qu'il a laissé filer une femme exceptionnelle. Mais je gage qu'il s'en repentira amèrement.

Jane s'approcha de la fenêtre, consternée.

— Je ne sais pas ce qui nous est arrivé, murmura-t-elle. Ce que nous... À vrai dire, je n'avais jamais été embrassée de cette manière.

— Ah, non ? fit-il, taquin.

Il en éprouva une curieuse satisfaction.

— Cela me rappelle la fois où, désobéissant à mon père, je m'étais faufilée jusqu'à l'écurie pour monter un étalon encore indompté. La chute m'avait coupé la respiration. Votre baiser a eu le même effet.

Grayson s'assombrit en imaginant la jeune femme allongée sur le sol, en proie à une intense souffrance. Ce n'était pas du tout le genre de sensations qu'il pensait lui avoir fait éprouver.

— Je ne sais si je dois me sentir flatté.

Elle se tourna et s'aperçut, troublée, qu'il l'avait suivie, et se tenait tout près d'elle.

— J'apprécie que vous vouliez m'aider. Ce sont vos méthodes qui m'intriguent, avoua-t-elle.

— Je vous l'ai dit, fit-il avec un haussement d'épaules. J'agis ainsi autant dans votre intérêt que dans celui de ma famille.

— Comment réagiriez-vous si je refusais votre proposition ?

— Je m'efforcerais à nouveau de vous convaincre. Mais je suppose que vous avez déjà pris la décision d'accepter, n'est-ce pas ?

— Votre supposition est bien arrogante.

— Non, Jane, c'est un fait historique, rétorqua-t-il sans l'ombre d'une hésitation. Aucune femme, depuis l'époque féodale, n'a jamais pu résister à un Boscastle une fois que celui-ci a décidé qu'elle lui appartenait.

Jane arqua les sourcils.

— Oh, vraiment ? Comme une tête de bétail, en somme. Les marquez-vous aussi au fer rouge ?

Il ramassa ses gants sur le canapé en dissimulant un sourire. Dire qu'il l'avait prise pour une faible femme. Mais peut-être était-elle en état de choc. Pas vraiment elle-même.

— Je reviendrai demain.

— Déjà ? s'exclama-t-elle, effarée.

Effarée et consciente, pourtant, que cette question impliquait qu'un accord venait d'être conclu entre eux.

— Vous n'avez pas envie de finir vieille fille, n'est-ce pas ? demanda-t-il avec un brin de cruauté. D'autre part, il est inutile de vous apitoyer plus longtemps sur vous-même. Cette robe de mariée n'est plus qu'une dépouille, enlevez-la.

— Je vous demande pardon ? bredouilla Jane, indignée par sa brusquerie.

— Les espoirs d'hier sont morts, reprit-il avec plus de douceur. Laissons la place aux caprices et aux folies de demain. Brûlez ses lettres, ma chère. Et choisissez une toilette chic et audacieuse pour sortir avec moi.

Elle le fixa d'un air hautain.

— Je ne possède pas de robe audacieuse, Sedgecroft.

— Il faudra que cela change, rétorqua-t-il en soutenant son regard.

Elle posa les mains sur ses hanches.

— Et si je ne le souhaite pas ?

— Toutes les femmes ont envie d'être désirables, rétorqua-t-il avec désinvolture.

— Les femmes que vous fréquentez, peut-être. J'ai remarqué votre harem, à la chapelle.

— Je les ai invitées par pure politesse.

— Et c'est aussi par politesse que vous avez couché avec elles ? répliqua-t-elle du tac au tac.

Un large sourire éclaira le visage du marquis.

— Je suis trop bien élevé pour répondre à cette question.

— Je vois.

Elle fut submergée par un flot d'images de Sedgecroft en compagnie de ses amantes, dans les situations les plus indécentes qui soient.

— Vos maîtresses ne seront-elles pas fâchées que vous m'escortiez dans des soirées ? s'enquit-elle, soudain curieuse.

— Par chance pour vous, Jane, je suis libre comme l'air en ce moment. Pas le moindre engagement sentimental.

— Par chance pour moi, murmura-t-elle.

Une lame de parquet craqua dans le corridor. Jane s'empourpra à l'idée que quelqu'un ait pu surprendre leur conversation.

— Vous n'êtes pas du tout comme Nigel, dit-elle à mi-voix.

Sedgecroft éclata de rire avant de se diriger vers la porte.

— Je pense que vous n'y perdrez pas au change.

5

L'espace d'une seconde, Grayson envisagea de faire comme s'il n'avait pas remarqué les deux jeunes filles agenouillées derrière la porte. Mais, quand elles se dressèrent pour lui barrer le passage, il ne put faire mine de les ignorer. D'autre part, puisqu'il s'apprêtait à devenir un visiteur régulier, il valait mieux mettre ces deux-là de son côté.

— Excusez-moi, fit-il en affichant un air faussement sévère, mais, est-ce que vous écoutez toujours aux portes quand votre sœur reçoit une visite, ou suis-je l'objet d'un intérêt exceptionnel ?

La flamme qui s'était allumée dans son regard ne laissait aucun doute quant au sous-entendu contenu dans ses paroles. Les jeunes filles rougirent jusqu'aux oreilles.

Se ressaisissant la première, Caroline se baissa pour ramasser le livre qu'elle avait laissé tomber sur le sol.

— Nous… euh… nous poursuivions une araignée…

— Une énorme araignée que nous avons vue dans l'escalier, ajouta précipitamment Miranda.

Caroline agita le livre devant elle, et enchaîna avec emphase :

— Elle se dirigeait droit vers la galerie. Nous voulions l'attraper… Jane a une peur bleue des araignées, vous savez.

— Et une fois que vous l'auriez attrapée, que comptiez-vous en faire ?

Il arrêta le livre de la main avant qu'il ne l'atteigne au menton.

— Lire une histoire avant de vous endormir ?

— Nous veillons simplement sur les intérêts de Jane, riposta Caroline, laissant brusquement tomber le masque.

Grayson se pencha vers elle, les yeux rivés aux siens.

— Y a-t-il une raison particulière qui vous pousserait à croire que je constitue un obstacle à vos nobles intentions ?

— Eh bien, lâcha Miranda à mi-voix, vous êtes un Boscastle.

Caroline approuva d'un hochement de tête.

— Et c'est un Boscastle qui lui a brisé le cœur.

— C'est pourquoi il revient à un Boscastle de redonner espoir à votre sœur.

— Et comment comptez-vous vous y prendre ? interrogea Caroline.

— J'estime que cela ne vous regarde pas. J'ai l'approbation de vos parents.

— Nos parents ne comprennent rien à nos intérêts ! s'exclama Miranda, excédée. Ils auraient dû écouter Jane quand elle leur a exposé ses réserves au sujet de ce mariage avec Nigel.

Grayson hésita un instant. Bon sang, y avait-il une seule faible femme dans cette maison ?

— Il semble plutôt que ce soit Nigel qui ait eu des réserves, contra-t-il.

— C'est sans doute un trait de caractère propre aux Boscastle, répliqua Caroline, incapable de tenir sa langue. Dans votre famille, les hommes sont tous des célibataires endurcis.

Le marquis esquissa un sourire.

— C'est là un sujet de perplexité. Vous pourriez peut-être utiliser votre charme pour essayer de résoudre ce problème. Au lieu d'écouter aux portes.

Miranda s'empourpra, mais Caroline lui flanqua un coup de coude dans les côtes.

— Le *problème,* dit-elle d'un ton crispé, c'est que Jane est excessivement vulnérable. Et que vous êtes…

— Oui ? fit-il en battant des paupières d'un air innocent.

— Eh bien, enchaîna Miranda, volant au secours de sa sœur, vous êtes un peu écrasant. Pour une femme aussi vulnérable qu'elle en ce moment.

Elles étaient vraiment adorables, songea-t-il, attendri. On aurait dit deux chatons agressifs qui s'aventuraient pour la première fois dans un monde cruel. Il serait sans doute obligé de les effrayer un peu pour qu'elles retournent au bercail en toute sécurité.

— Je ne suis pas certain de comprendre où vous voulez en venir.

Caroline serra son livre contre sa poitrine.

— Comment exprimer cela avec délicatesse ? Voyez-vous… il émane de votre personne une sorte de force dangereuse, qui attire irrésistiblement les jeunes femmes sans défense.

— Une force dangereuse ? répéta-t-il en étouffant une exclamation de protestation. Je n'aurais jamais cru cela possible.

— Et notre sœur, poursuivit Miranda, visiblement mal à l'aise, vulnérable comme elle est en ce moment, risque de ne pas pouvoir y résister.

Grayson fit mine de méditer sur ce dilemme absurde. Une force dangereuse ? C'était assez original.

— Je connais un peu la nature sentimentale des femmes, admit-il.

— C'est en effet ce que nous avons entendu dire, acquiesça Caroline, une indéniable note de sarcasme dans la voix.

Il prit volontairement un air horrifié.

— Vous ne pensez quand même pas que… que j'essaierais de *séduire* votre sœur, après l'épreuve qu'elle vient de subir ?

— Certainement pas ! s'exclama Miranda.

— Juste ciel, non ! se récria Caroline, alors que c'était exactement ce qu'elle avait cru. Nous n'avons jamais insinué une telle chose.

Il s'appuya au chambranle de la porte de la galerie, les yeux mi-clos, comme s'il réfléchissait.

— Alors, que vouliez-vous dire ?

Caroline pinça les lèvres.

— Eh bien, pour commencer que vous pourriez vous efforcer d'être moins… charmant quand vous êtes en sa compagnie.

Grayson haussa les sourcils.

— Et comment voulez-vous que je fasse ?

— Il faudrait peut-être, risqua Miranda, que… que vous ayez l'air moins viril.

L'expression d'une profonde confusion s'inscrivit sur le visage de Grayson, qui avoua en baissant le ton :

— J'ignorais que mon apparence était aussi choquante pour le sexe faible. C'est fort regrettable.

Caroline décocha un regard en coin à sa sœur, et s'empressa de rectifier :

— Vous ne comprenez pas. Vos manières masculines sont certes envahissantes, mais elles ne sont pas forcément de nature à offenser une femme.

— Ah, bon ! fit-il avec un soupir de soulagement.

— En fait, précisa Miranda, elles sont loin d'être désagréables.

Caroline approuva d'un hochement de tête.

— C'est justement là qu'est le problème.

— Je vois, murmura-t-il, retenant à grand-peine un rire. Il semble donc que je devrais trouver un remède à cette apparence… effroyablement virile.

— Je pense pour ma part que ce n'est pas votre virilité qui pose problème, déclara une voix dans l'entrebâillement de la porte, derrière lui, mais plutôt la façon dont vous vous en servez.

Grayson s'effaça pour permettre à Jane de sortir de la galerie. Caroline et Miranda demeurèrent figées de stupeur.

Retrouvant ses esprits, Caroline balbutia :

— Nous étions…

— J'ai tout entendu, coupa Jane. Vous ne croyez pas qu'il y a eu assez de problèmes comme ça pour aujourd'hui ?

Grayson hocha la tête.

— Je dirais même pour une vie entière.

Jane lui décocha un regard agacé. Ses sœurs avaient malheureusement vu juste. Le charme physique de cet homme était dévastateur. Par chance, Jane avait toujours exercé un parfait contrôle sur elle-même. Du moins jusqu'à aujourd'hui.

— Si vous avez toutes les deux fini de résoudre les problèmes du marquis, je pense que je vais me retirer dans ma chambre pour me reposer.

— Avez-vous besoin d'aide ? s'enquit Grayson avec un mélange d'affabilité et de moquerie.

Jane le foudroya du regard. Et voilà, il recommençait ! C'était plus fort que lui. Apparemment, séduire lui était aussi naturel que de respirer.

— J'ai juste été abandonnée par mon fiancé, monsieur. Je n'ai pas reçu de blessure mortelle.

— Oh, Jane, fit Miranda, les yeux embués. Ce doit être terrible. Tu es tellement courageuse.

Courageuse et mystérieuse, songea Grayson au souvenir de la réponse énigmatique de la jeune femme à propos de Nigel. Il n'aurait aucun mal à lui faire oublier ce mufle, au cas où celui-ci ne réapparaîtrait pas. Plus vite son cousin tomberait dans les oubliettes, mieux cela vaudrait. Le chagrin et les regrets ne feraient que la rendre moins attrayante aux yeux des autres hommes.

— Jane, déclara-t-il d'un ton solennel en s'inclinant devant elle. Je vais vous laisser vous remettre de cette épreuve.

Elle laissa échapper un léger soupir. Elle avait été moins éprouvée par la débâcle de ce matin que par la présence de Sedgecroft.

— Merci, murmura-t-elle. Vous êtes trop bon.

Et trop charmant. Trop séduisant. Trop beau. Et trop...

— Reposez-vous, lui ordonna-t-il d'un ton autoritaire. Notre plan vaut la peine d'être mis à exécution. Mais je vous préviens, je serai un chevalier servant très exigeant.

Exigeant ? Et que comptait-il donc exiger d'elle ? Le pouls de Jane s'emballa à cette pensée.

— Je n'ai pas encore donné mon accord, monsieur, lança-t-elle dans une dernière tentative de rébellion, alors qu'il lui tournait déjà le dos.

Il lui jeta un coup d'œil par-dessus son épaule. Ses yeux lançaient des éclairs. Il était si sûr de lui que toute provocation relevait de l'exploit.

— Vous êtes une femme intelligente, Jane. Vous finirez par vous rallier à mon opinion.

— Vous risquez d'être surpris, marmonna-t-elle.

— Je n'ai jamais refusé de relever un défi.

— Je ne suis pas sûre de comprendre ce que cela signifie, fit-elle en écarquillant les yeux.

Grayson émit un petit rire sardonique.

— Ce sera bien la première fois qu'un Boscastle aidera à rétablir la réputation d'une dame. D'ordinaire, nous la détruisons.

Sur cette confession, il les planta là toutes les trois. À quel défi faisait-il allusion, au juste ? Elles le suivirent du regard, tout à la fois scandalisées et admiratives.

La nuit était déjà bien avancée, lorsque Jane s'assit devant son secrétaire et trempa sa plume dans l'encrier.

Très cher N.
Je suppose que je peux à présent vous féliciter, ainsi que votre épouse. Notre « mariage » s'est déroulé, ou plutôt devrais-je dire, ne s'est pas déroulé, comme prévu. Il n'y a eu qu'une petite anicroche à notre plan.
Son nom est Sedgecroft.
Dois-je en dire davantage ?
Ne vous inquiétez pas pour moi, je parviendrai à le manœuvrer.

— Du moins, je l'espère, murmura-t-elle en reposant nerveusement sa plume dans son support.

Le front soucieux, elle se leva et se mit à arpenter la pièce. Seul le bruissement de sa robe de lin rompait le silence profond.

Jane n'était pas du genre à se plaindre. Elle s'était engagée dans cette affaire de sa propre volonté. Mais aujourd'hui il lui semblait un peu injuste de devoir faire face seule aux conséquences de leur décision d'annuler ce mariage, tandis que Nigel filait tranquillement le parfait amour avec sa femme.

Les conséquences étant incarnées par ce diable de marquis de Sedgecroft. La situation présente se révélait plus désespérée que le destin qu'elle avait cherché à éviter à tout prix.

Comment s'immunisait-on contre le charme ravageur de Sedgecroft ?

On ne s'immunisait pas. Du moins, pas sans efforts. Son sourire suffisait à faire succomber les femmes. Sous ses allures courtoises, il cachait un cœur de conquérant. Parmi toutes les demoiselles en détresse qu'il aurait pu décider de soutenir, pourquoi avait-il fallu qu'il la choisisse, elle ? Si cet homme voulait absolument racheter sa mauvaise conduite, il n'avait qu'à secourir des orphelins, reconstruire un village, créer un hôpital !

— Jane ? chuchota une voix derrière elle.

Elle fit volte-face. C'était Caroline, qui avait passé la tête dans l'entrebâillement de la porte, mais elle s'était presque attendue à voir Sedgecroft.

— Tu m'as fait peur.

Sa sœur entra et referma doucement derrière elle.

— Je me doutais que tu ne dormirais pas. Je m'inquiétais pour toi.

Jane plaqua sur son visage l'expression affligée qui convenait à une fiancée abandonnée.

— Je n'arrête pas de penser. Tous ces souvenirs que je partageais avec Nigel…

— Entre autres.

Jane eut un haut-le-corps en voyant sa sœur se pencher sur le bureau.

— Pardon ?

— Vous partagiez aussi un grand nombre de secrets, n'est-ce pas ?

— Eh bien… quelques-uns, en effet. Mais…

Elle bondit en avant pour arracher la lettre des mains de sa sœur.

— Je voulais la brûler.

Caroline leva lentement la tête, une lueur de compréhension dans les yeux.

— C'était une lettre destinée à Nigel ?

— Oui. Mais ne te tracasse pas pour moi, dit-elle en se tournant pour jeter la lettre dans les braises du foyer. Toutes les blessures finissent par guérir.

— Je dois avouer que j'admire tes facultés de récupération, commenta Caroline, ironique.

Jane se détourna de la cheminée pour lui faire face.

— Tu me connais. Je ne montre jamais mes sentiments.

— Pourtant, quand ton épagneul est mort, tu as pleuré pendant un bon mois.

— Eh bien, c'était un animal. Là, il s'agit de… de Nigel. Une dame n'étale pas ses sentiments en public.

Le regard doré de Caroline sembla la transpercer.

— Tu n'es pas en public, Jane. Il n'y a que moi, ici.

— Je préfère garder mon chagrin pour moi, si tu permets.

Caroline pianota du bout des doigts sur son avant-bras.

— Allez, vas-y, avoue.

— Avoue ? Que…

— J'ai aperçu le nom de Sedgecroft dans ta lettre. Or, tu viens tout juste de le rencontrer. Donc, c'est une lettre que tu viens d'écrire, et pas une ancienne.

— Une lettre que je n'ai jamais eu l'intention d'envoyer, répliqua Jane d'une voix trop haut perchée pour être convaincante.

— Menteuse.

Caroline inspecta la chambre d'un air soupçonneux. Sur le confortable lit à baldaquin de Jane, une coupe de fruits voisinait avec une pile de revues et quelques romans.

— Combien de temps comptes-tu jouer les héroïnes tragiques ? s'enquit-elle avec malice.

Jane battit des paupières, atterrée, mais aussi soulagée de pouvoir enfin partager son lourd secret. Elle n'avait jamais pu cacher quoi que ce soit à ses sœurs. Celles-ci la harcelaient sans répit, fourrant leur nez dans ses affaires. C'était un miracle qu'elle ait réussi à leur dissimuler la vérité si longtemps.

— J'ai fait cela pour nous, déclara-t-elle sans détour. Afin qu'aucune de nous trois ne soit obligée, dorénavant, d'accepter un mariage arrangé.

— Tu as...

Une expression admirative se peignit sur le visage de Caroline.

— C'était un coup monté ! Mon Dieu ! Je le savais. *Je savais* que Nigel et toi complotiez quelque chose. Toutes ces conversations mystérieuses. Miranda pensait que vous... Bref, ce qu'elle pensait n'a pas d'importance. De toute évidence, elle se trompait.

Jane se laissa tomber sur le lit, épuisée par tant d'émotions.

— En effet, c'était un coup monté. Et tout aurait parfaitement fonctionné si ce satané Sedgecroft n'avait pas décidé de faire un exemple pour la famille.

Caroline la fixa d'un air soucieux, apparemment bien décidée à faire partie de la conspiration.

— Que vas-tu faire ?

— Que *puis-je* faire ? Pas question de lui avouer la vérité. Il serait furieux, et moi, je ne pourrais plus jamais paraître en public.

— Il n'y a qu'une chose à faire, je pense. Entrer dans son jeu jusqu'à ce qu'il croie avoir atteint son but. Cette comédie ne devrait pas durer bien longtemps. D'après la rumeur, le marquis est sur le point de faire une nouvelle conquête. Il s'agit d'une Française, Hélène Renard.

— Il a probablement déjà toute une collection de conquêtes, remarqua Jane d'un ton chagrin. Je ne survivrai pas.

— Allons, Jane, il n'est pas si terrifiant.

— Non. Dans le rôle de libertin, il est même charmant.

— Tu es la femme la plus forte et la plus déterminée que je connaisse, déclara Caroline en fronçant les sourcils. Je ne t'ai jamais vue céder à la tentation. À l'exception du jour où tu as voulu monter le nouvel étalon de papa.

— La tentation ne m'a jamais... Disons que jusqu'à présent je n'ai jamais été tentée.

Caroline cilla. Cette révélation avait enfin réussi à la choquer.

— Tu es tentée par Sedgecroft ?

— Bien sûr que non, répondit vivement Jane.

Un peu trop vivement.

— Peu importe qu'il me tente ou non. J'ai sacrifié ma réputation en échange de ma liberté. Je ne vais pas renoncer à celle-ci pour les baisers d'un débauché.

Même si leur souvenir risquait de la hanter toute sa vie.

— Il t'a embrassée ?

— Évidemment. Il n'a pas pu s'en empêcher.

— Et tu lui as rendu ses baisers ?

— Je n'ai pas pu m'en empêcher non plus, admit-elle en se cachant le visage dans les mains comme si ce geste pouvait effacer ce souvenir de sa mémoire.

— Oh ! Et je suppose que ça ne t'a pas plu ?

— Si, ça m'a plu.

Jane releva la tête et soupira, le cœur lourd.

— Bien, murmura Caroline après un long silence. Je pense que tu as raison. Sedgecroft n'est pas le genre d'homme à s'intéresser longtemps à la même femme. Je veux dire, pas à une femme qui ne...

— Oui, je comprends. Je ne suis pas le genre de femme susceptible de retenir son attention.

— Tu pourrais le devenir, suggéra Caroline.

— Quand j'ai échafaudé ce plan, mon projet n'était pas de devenir ce genre de femme, observa Jane avec un nouveau soupir.

— Je me demande ce que Nigel penserait de tout ça ? murmura Caroline. Sedgecroft est son cousin.

— Je doute que Nigel se pose des questions de ce genre en ce moment, répliqua Jane avec flegme. Il est en voyage de noces.

— En voyage de noces ? répéta Caroline, ahurie.

— Oui. Avec Esther Chasteberry.

— La gouvernante ? s'écria Caroline d'une voix aiguë. La si robuste et si chaste Mlle Chasteberry ? Cette teigne qui ne se sépare jamais de sa badine ?

— Elle est toujours très robuste, d'après Nigel. En revanche, je doute qu'elle soit encore chaste.

— Ça alors ! fit Caroline en se laissant tomber sur le lit, à côté de sa sœur. Qui aurait imaginé cela ?

— Ils s'aiment, dit Jane en souriant. Si tu l'entendais parler d'elle... C'est touchant.

— Nigel est donc heureux. C'est bien beau, mais, et toi ?

Les yeux de Caroline s'assombrirent, et elle ajouta :

— Comment pourras-tu tenir ton rang dans la bonne société, désormais ?

— Je me moque de la bonne société. La question qui me tourmente, c'est comment tenir Sedgecroft à distance. Tu l'as entendu ? Il a l'intention d'être *exigeant*. As-tu une idée de ce que ça signifie ?

Caroline battit des cils, fascinée.

— J'ai toutes sortes d'idées plus indécentes les unes que les autres, confessa-t-elle. Que comptes-tu faire de lui ?

Jane se renversa contre les coussins et avoua, en proie à la plus grande perplexité :

— Je n'ai pas encore réfléchi à cette partie-là de mon plan.

6

Sedgecroft ne vint pas le lendemain matin, et Jane se prit à espérer qu'il était revenu sur sa décision. Emporté par le rythme effréné de ses affaires, peut-être avait-il oublié jusqu'à son existence ? Après tout, il avait reconnu lui-même avoir pris cette décision sur une impulsion. Une bonne nuit de sommeil avait probablement ramené cet arrogant à plus de bon sens.

Une bonne nuit de sommeil ne lui aurait pas fait de mal non plus. Malheureusement, elle avait été réveillée en sursaut par un rêve saisissant. Elle était allongée dans une pose languissante, sur le canapé de la galerie, lorsqu'une des statues romaines, s'animant soudain, était venue se pencher sur elle.

Sedgecroft. Aussi nu qu'un dieu antique.

— Mettez quelque chose d'audacieux pour moi, avait-il murmuré tout contre ses lèvres.

Elle s'était redressée en se débattant, brûlante d'indignation et de curiosité.

— Allez donc vous habiller ! Vous êtes nu !

— Vraiment ? Je suis flatté que vous l'ayez remarqué.

Elle ne sut jamais ce qu'il allait ajouter, car à ce moment-là elle avait jeté les bras autour de son cou, pour attirer son corps nu sur le sien.

Naturellement, elle n'avait pas réussi à se rendormir. Chaque fois qu'elle fermait les yeux, elle voyait un homme au torse puissant se pencher sur elle, le regard ardent.

Repoussant cette image, elle se leva sans prendre la peine de sonner sa femme de chambre. Après avoir fait sa toilette, elle inspecta le contenu de sa garde-robe et choisit une robe grise très sage, avec des boutons en onyx et un corsage à jabot. Il faudrait qu'elle semble avoir le cœur brisé pendant au moins quelques semaines. Tout à coup, un morceau de gaze rose, souligné de rubans de satin, attira son attention. Elle tendit le bras vers la robe et se figea. Une vive rougeur lui colora les joues.

Un visage viril au regard intense passa devant ses yeux comme un éclair. Encore ! Il esquissa un sourire conquérant. Les yeux fixés sur le contenu du placard, elle s'attendait presque à le voir surgir, nu, entre les vêtements.

Mettez quelque chose d'audacieux.

Se ressaisissant, elle empoigna la robe de soie grise. C'est alors qu'elle se rendit compte que la maison était aussi silencieuse qu'un tombeau. Quelque chose clochait.

Elle s'habilla à la hâte, puis dévala l'escalier. Les domestiques qui travaillaient dans le hall dallé de marbre poussèrent en la voyant des soupirs désolés, et la gratifièrent de regards apitoyés. Ce qui lui rappela qu'une fiancée abandonnée n'était pas censée courir dans la maison.

Elle ralentit le pas, inclina la tête et pensa au petit épagneul qu'elle avait perdu, afin de se composer une mine de circonstances.

— Où est donc passé tout le monde, Bates ? demanda-t-elle au grand majordome au visage émacié qui surveillait les valets occupés à frotter les cuivres.

— Les sœurs de mademoiselle prennent leur leçon de français dans le pavillon du jardin, répondit-il d'un ton grave. Monsieur avait une réunion à Saint-James Street. Et lady Belshire est occupée dans le jardin, comme à son habitude.

— Merci Bates, fit-elle en pivotant sur ses talons.

— Lady Jane, au nom de tout le personnel, commença-t-il derrière elle, je tiens à vous exprimer notre plus profonde sympathie.

Elle eut un instant d'hésitation, s'efforça d'ignorer le picotement de culpabilité qui lui parcourut le dos.

— C'est très gentil à vous, Bates.

Ce n'était pas nécessaire, mais très gentil tout de même.

— Je me joins à Bates, lady Jane, ajouta la minuscule silhouette aux cheveux gris qui se tenait à l'autre extrémité du hall.

Jane se retourna, et sourit à l'intendante, qui se tamponnait les yeux avec les cordons de son tablier. Ciel, elle n'avait pas songé à toutes les conséquences qu'entraînerait sa décision !

— Gardons tout de même la tête haute, madame Bee. Nous sommes des Belshire.

— Oui, mademoiselle, approuva la vieille femme en reniflant.

Sa bonne humeur en partie envolée, Jane gagna le jardin. Sa mère, vêtue d'une robe aigue-marine, la tête protégée par un chapeau de paille, arrachait les mauvaises herbes qui s'étaient glissées entre les lupins. Cette scène domestique avait quelque chose de réconfortant. Dans le jardin, la vie poursuivait tranquillement son cours, quelles que soient les complications qui surgissaient dans le monde extérieur.

— Bonjour, ma pauvre chérie.

Lady Belshire scruta le visage de sa fille, cherchant les traces d'un chagrin insurmontable.

— As-tu réussi à dormir ? J'ai demandé qu'on fasse le moins de bruit possible.

— J'ai dormi...

Jane s'interrompit en se rappelant le rêve qui l'avait sortie du sommeil. À sa grande déception, l'image du marquis nu commençait à s'estomper de sa mémoire. Elle ne pourrait plus jamais admirer une statue romaine sans penser à lui. Mais si elle ne parvenait pas à se rappeler Sedgecroft en tenue d'Adam...

— Ma chérie, tu te sens bien ?

Jane battit des paupières.

— Très bien, maman. Est-ce que... Sedgecroft a envoyé un message ? Ce n'est pas que je veuille...

Lady Belshire poussa un profond soupir.

— Il n'a pas pu passer ce matin, Jane. J'espère que nous n'allons pas au-devant d'une nouvelle déception. Quoique, après ce qui s'est passé hier, je ne vois pas ce qui pourrait encore te briser le cœur. Sedgecroft a été retenu par une affaire de famille. Il a envoyé un mot pour nous avertir que...

— C'est très bien, maman. À vrai dire, je ne m'attendais pas qu'il tienne parole. Il regrette sans doute déjà d'avoir fait cette proposition, et je ne lui en tiendrai pas rigueur.

Jane contourna un banc de pierre, le cœur soudain plus léger. Elle avait un sursis. Une chance de recouvrer son équilibre. Évidemment que Sedgecroft ne viendrait pas ! Pourquoi s'intéresserait-il à la terne petite Jane que son fiancé avait laissée tomber ? Quoique… pendant quelques instants, la veille, elle s'était sentie grâce à lui plus désirable que jamais. Eh bien, cela prouvait seulement qu'elle ne s'était pas trompée sur le compte de ce gredin.

— Mes sœurs sont-elles toujours avec Mme Dumas ? demanda-t-elle en tournant les talons.

— Oui, mais…

Agacée, lady Belshire regarda sa fille s'enfuir à toutes jambes dans l'allée.

— Jane ! Pour l'amour du ciel, tu ne m'as pas laissé le temps de terminer…

Jane dut se retenir de courir jusqu'au pavillon pour annoncer la nouvelle à Caroline. Ses deux jeunes sœurs lisaient du Molière, avec un épouvantable accent anglais. Mme Dumas écoutait en se pinçant le nez, comme si elle souffrait intensément.

— Puis-je vous interrompre ? s'enquit Jane, amusée par cette scène pourtant familière.

Mme Dumas referma son livre d'un claquement sec.

— Je vous en prie, mademoiselle. J'en serai ravie. Vos sœurs massacrent tant ma langue maternelle que c'est insupportable.

Miranda bondit sur ses pieds et serra Jane dans ses bras avec enthousiasme.

— Caroline m'a tout raconté, chuchota-t-elle. Je suis débordante d'admiration. Et terrorisée, ajouta-t-elle, comme prise de regrets. Oh, Jane, qu'est-ce que tu as fait ?

— C'est ce que j'appelle savoir garder un secret ! remarqua Jane en entraînant ses sœurs sur les marches de pierre qui menaient au jardin. Je vous interdis de répéter cela à quiconque, vous m'entendez ?

— Personne ne le saura, affirmèrent-elles d'un ton solennel.

— Et j'espère que vous n'avez parlé de rien devant Mme Dumas. Elle n'a déjà pas une très bonne opinion de moi depuis que j'ai décidé d'étudier l'italien au lieu du français.

Caroline chassa un papillon qui venait de se poser sur ses boucles acajou.

— J'ai entendu Mme Dumas dire à Mme Bee que tu serais sans doute obligée d'épouser un Français, car plus aucun aristocrate anglais ne voudra de toi.

Jane n'eut pas le temps de répondre. Lady Belshire accourait, hors d'haleine.

— Il est là !

Avec une brusquerie qui ne lui était pas habituelle, elle agrippa le bras de Jane et l'attira vers elle.

— Et tu n'es même pas encore habillée !

— Habillée... pour quoi ?

Jane lança un regard autour d'elle. À l'exception des deux jardiniers qui greffaient les peupliers, il n'y avait pas un seul homme en vue. Pourquoi sa mère était-elle dans tous ses états ? Tout à coup, elle fut saisie d'un terrible pressentiment.

— De qui voulez-vous parler, maman ?

— De Sedgecroft, bien sûr ! De qui d'autre ?

Lady Belshire posa la main sur sa poitrine en avisant l'expression atterrée de sa fille.

— Oh, ma chérie ! Tu as cru qu'il s'agissait de Nigel, n'est-ce pas ? Comme je suis sotte. Terriblement stupide... Tu espères toujours que ce coquin va réapparaître avec une bonne excuse pour expliquer sa conduite inqualifiable, son immonde cruauté !

Jane éprouva l'envie puérile d'arracher le chapeau de paille de sa mère et de le jeter sur le sol pour le piétiner.

— Vous connaissez la réputation de Sedgecroft, maman. Ne craignez-vous pas que celle-ci ne déteigne sur moi ?

Lady Belshire se pencha pour arracher un brin de chiendent entre deux dalles de pierre.

— Ne sois pas idiote. Mes filles sont au-dessus de tout soupçon, elles ne cèdent à aucune tentation. Il en va différemment pour votre frère, bien sûr. Tu ne m'as pas laissé le temps de te dire tout à l'heure que Sedgecroft avait dit qu'il viendrait cet après-midi.

— Cet après-midi ?

— Oui, Jane, *maintenant,* précisa sa mère, exaspérée. C'est son attelage là, dans la rue.

— Quel attelage ? Où ça ?

— Aucune importance, chuchota sa mère avec impatience en la poussant vers la maison. Il est là. Et... oh, Seigneur, que tu es mal fagotée !

Jane repéra soudain la haute silhouette d'un homme qui traversait la pelouse à grands pas. Le soleil accrochait des reflets d'or dans ses cheveux. Il avait une allure folle avec sa veste bleu nuit et son pantalon chamois. Cela dit, il aurait pu être entièrement nu que... *Oh, non !* Pas cette image de son rêve... Pas maintenant !

Il ralentit le pas et lui sourit. Jane réprima un petit frisson de panique. Toute cette virilité, là, en plein jour ! Il y avait de quoi troubler une femme. Sa première réaction fut de se réfugier derrière la haie de buis. Mais comme elle était bien élevée, elle demeura courageusement à sa place tandis qu'il la rejoignait.

— Vous êtes là, fit-il avec chaleur en lui prenant les mains. Je craignais que vous ne vous soyez cachée. Cela aurait été tellement dommage.

Se doutait-il que c'était précisément ce qu'elle avait été tentée de faire ?

Il pressa doucement ses mains entre les siennes. Elle essaya de se dégager subtilement, mais il ne parut pas s'en apercevoir. Elle coula alors un regard embarrassé à sa mère et à ses sœurs, qui feignirent de ne pas la remarquer, alors qu'elles observaient du coin de l'œil les moindres gestes du marquis.

— Écoutez-moi, Sedgecroft, commença-t-elle à voix basse, bien décidée à lui faire entendre raison.

— Naturellement, ma chère.

Oh... son regard était si intense, si... engageant. Après tout, il avait beau être l'homme le plus arrogant du monde, sa bonne humeur et son charme compensaient largement ce défaut.

— J'ai réfléchi à votre offre généreuse, poursuivit-elle. En somme, vous me proposez de me servir de vous afin de retrouver ma place dans la société.

Il eut un large sourire, laissant penser qu'elle aurait dû être flattée par l'intérêt qu'il prenait à sa situation.

— Très bien, dit-il avec une inclinaison de la tête, comme si la question était réglée.

— Et j'ai décidé…

Toute pensée déserta l'esprit de Jane à l'instant où il posa la main sur son poignet, pour l'entraîner vers le vieux portail de bois dissimulé dans le mur. Elle frémit délicieusement en sentant son corps musclé se presser contre le sien.

— Je crois que nous pouvons rejoindre la rue par là, n'est-ce pas ? reprit-il sans lui laisser le temps de se ressaisir. Mon attelage nous attend. Vous ne pouvez imaginer les encombrements pour venir jusqu'ici.

Affolée, Jane éleva la voix :

— Je suis au regret, mais je dois refuser…

Sans paraître l'entendre, il la poussa dans l'allée de peupliers. Les deux jardiniers, ahuris, s'interrompirent dans leur tâche pour les regarder passer. D'un froncement de sourcils, le marquis leur fit signe de se remettre au travail. Ils obéirent d'instinct. Sedgecroft n'était pas le genre d'homme dont on discutait les ordres.

— Nous parlerons de tout ça dans la voiture. En tête à tête.

Elle lui lança un regard où la rancune le disputait à la stupéfaction. Comment un être humain pouvait-il traverser l'existence en faisant preuve d'une assurance aussi indéfectible ?

— Sedgecroft, je ne suis pas prête à paraître en public.

— Sottises.

Il marqua une pause et l'examina avec un peu plus d'attention.

— Vous êtes tout à fait sortable, bien que je doive admettre que…

Il hésita, et laissa sa phrase en suspens.

— Quoi ?

— Oh, ce n'est rien.

Pensif, il jeta un coup d'œil en direction des trois femmes qui se tenaient dans le jardin, à bonne distance.

— Je suppose que ça n'a pas d'importance, murmura-t-il avec un léger haussement d'épaules. Il est trop tard pour faire quoi que ce soit, de toute façon.

Elle s'immobilisa, plantant ses talons dans le sol. Ce mufle l'avait atteinte dans sa vanité en laissant entendre que quelque chose n'allait pas dans son apparence. Et si elle lui disait *comment* elle l'avait vu dans son rêve, la nuit dernière ?

— C'est important, protesta-t-elle d'une voix ferme. Veuillez, je vous prie, m'expliquer en quoi mon apparence vous déplaît.

Il se tapota le menton du doigt, comme si sa demande le plongeait dans un profond dilemme. Leurs regards se croisèrent, et il déclara :

— C'est seulement votre... non, je ne veux pas vous offenser. Surtout après ce qui s'est passé hier.

Arquant les sourcils, elle darda sur lui un regard acéré.

— M'offenser ?

— Eh bien... est-ce que vous trouvez cette robe *audacieuse* ? s'enquit-il en baissant la voix, comme s'il était gêné pour elle.

— Quoi ? Elle ne vous plaît pas, cette robe ? rétorqua-t-elle avec une indifférence feinte.

— Elle ne montre rien. À part des dentelles, des ruchés et... du gris. Toutes ces dentelles grises sur votre corsage... Cela fait songer à un pigeon. Un très joli pigeon, précisa-t-il devant son regard courroucé.

— Il n'y a rien à montrer, Sedgecroft, répondit-elle entre ses dents.

— Non ? Pourquoi ? eut-il le front de demander.

Jane croisa les bras sur ses dentelles.

— Parce que je ne suis pas l'une de vos demi-mondaines.

— C'est certain, rétorqua-t-il, visiblement enchanté par cet échange.

Jane se sentit presque insultée par sa remarque. Ce qui était ridicule. Une jeune fille bien élevée aurait dû être fière de... d'être comparée à un *pigeon* !

— Cette robe est ma préférée.

— Ma grand-mère avait des tentures exactement de la même couleur.

— Et elle aussi vous faisait penser à un pigeon ?

— Pas vraiment. Mais je ne passerai pas une très bonne journée si je pense à ma grand-mère chaque fois que je vous regarde.

— Cette robe convient à une jeune fille, Sedgecroft. Et elle est à la mode.

— Hum... elle le serait si vous aviez quatre-vingts ans.

Il se retourna et agita la main.

— Lady Belshire, que pensez-vous sincèrement de cette robe ?

Jane leva les yeux au ciel. Le scélérat ! Demander à sa mère d'être sincère...

— Ne faites pas attention, maman, intervint-elle d'un ton glacial. Nous ne voulons surtout pas vous déranger.

— Ma chérie, vous ne me dérangez pas, répondit sa mère, qui semblait au contraire flattée.

De fait, elle n'eut rien de plus pressé que de les rejoindre.

— Retournez vous occuper de vos fleurs, maman, lui intima Jane à voix basse. Le jardin a besoin de vous.

— Cette robe, Athena, insista Grayson. Qu'en pensez-vous ? Faites-nous profiter de vos sages conseils.

Lady Belshire observa sa fille d'un œil critique.

— Pour être tout à fait franche, je pense que les jeunes filles ne devraient pas porter de gris. Sauf dans des occasions extrêmement graves, bien sûr. Le gris devrait être réservé aux gouvernantes et aux femmes de charge. Les tons argentés, à la rigueur...

Jane s'interposa entre Sedgecroft et lady Belshire.

— C'est une conspiration ?

— Absolument pas.

Grayson sourit devant l'expression indignée de Jane.

— Il semble toutefois, continua-t-il, que nos opinions sur la question coïncident. Je crois vraiment que vous devriez vous changer, Jane. Je vous emmène à une réception, et nous aurons sûrement l'occasion de danser.

La jeune fille secoua la tête, incrédule. Elle avait l'impression d'avoir été piégée par un chasseur à la fois très malin et tout à fait charmant. Impossible de lui échapper sans provoquer une scène déplaisante. Surtout avec sa mère qui avait ouvertement pris son parti !

— Danser ? répéta-t-elle, la bouche pincée. Alors qu'hier, j'ai... Très bien, Sedgecroft. Je vais me changer. Voulez-vous aussi inspecter la taille des boutons de ma robe ? La couture de mes gants ? Avez-vous une préférence pour la couleur ?

Une lueur malicieuse apparut dans ses yeux bleus. Irrésistible.

— J'aime particulièrement le rose. Mais je vous laisse le choix, bien sûr.

— Je n'ai pas le choix, marmonna-t-elle en tournant les talons pour regagner la maison. Car ce que j'aime, moi, c'est le gris.

Grayson regrettait presque de l'avoir envoyée se changer, quand elle réapparut, une bonne demi-heure plus tard. Sa robe de tulle rose moulait son corps sensuel, titillant les démons tapis au fond de lui. Il était parfaitement conscient qu'elle l'avait fait attendre à dessein. Mais loin de lui l'idée de s'en plaindre !

Le souffle court, c'est tout juste s'il parvint à se rappeler qu'il aurait dû avoir honte de penser à la séduire. Il savait très bien qu'après avoir été si cruellement abandonnée par son cousin, elle était plus que jamais sensible au regard des hommes. Il ne devait pas profiter de la situation. N'est-ce pas ?

Le visage assombri par le désir, il l'enveloppa d'un long regard appréciateur. Il n'avait pas attendu pour rien. La robe diaphane révélait des courbes délicieuses. Des seins ronds et fermes, des hanches souples, des jambes fuselées. Sa bouche se dessécha d'un coup, tandis qu'il s'adossait au mur avec nonchalance pour la regarder approcher. Elle avait un visage doux, avec juste ce qu'il fallait de sensualité pour faire perdre la tête à un homme. En toute logique, Nigel aurait dû se traîner à genoux à ses pieds. Et ce crétin l'avait abandonnée ?

Sedgecroft avait déjà admis qu'il n'avait pas été uniquement mû par de bonnes intentions quand il avait conçu son plan pour lui venir en aide. Certes, il pouvait toujours invoquer ses motifs officiels, mais il aurait été ridicule d'essayer de se tromper lui-même. Il trouvait Jane attirante, fascinante même. Dans ces conditions, il lui était beaucoup plus facile de l'aider. Cela ajoutait même à leur association une pointe de piquant qui n'était pas pour lui déplaire. L'attrait du danger.

— C'est beaucoup mieux ainsi, commenta-t-il.

Son exquise politesse ne pouvait laisser deviner qu'il venait de déshabiller la jeune femme en imagination, et de l'entraîner dans son lit. L'espace d'un instant, elle l'avait ensorcelé, et il n'était pas encore sorti de la transe dans laquelle il avait été plongé.

— Vous trouvez ?

Son expression agacée ne parvint pas à effacer de l'esprit de Sedgecroft la vision de leurs deux corps enlacés et intimement unis. Il fut presque effrayé par la violence de sa propre réaction. Et même un peu assommé. Grâce au ciel, il avait depuis longtemps appris à dissimuler ses émotions. Sans quoi, la jeune femme aurait été morte de peur.

— Je ne mens jamais, Jane, dit-il en guise de réponse tout en lui offrant le bras.

Elle le toisa, avant de l'accepter à contrecœur.

— Vous ne mentez peut-être pas, mais vous êtes terriblement autoritaire.

— C'est vrai, admit-il en l'attirant vers lui pour ouvrir le petit portail caché sous la verdure.

Leurs corps se frôlèrent, et Jane ne put s'empêcher de réprimer un soupir. Grayson sentait le savon et l'eau de toilette à quoi se mêlait l'odeur masculine de sa peau. Près de lui, elle se sentit à la fois protégée et vulnérable. Une partie d'elle-même aurait aimé s'abandonner contre son épaule et s'enivrer de sa présence. L'autre se révoltait. Ce n'était pas parce qu'elle avait commis un péché, un seul énorme péché, qu'elle était destinée à sombrer dans la déchéance, n'est-ce pas ? La question la tarauda quelque peu.

Comme elle tournait la tête, elle rencontra son regard de braise. Seigneur, elle avait l'impression d'être un morceau de cire que la flamme qu'il dispensait faisait fondre ! Elle se sentait toute molle à l'intérieur.

Il souleva nonchalamment le loquet, puis la guida le long de l'étroite allée pavée qui menait à la rue. Elle laissa échapper un soupir d'exaspération. Dieu seul savait ce qui la poussait à se soumettre au plan qu'il avait échafaudé !

Elle eut une seconde d'hésitation. Elle était si captivée par cet homme qu'elle n'avait pas prêté attention à ce qu'ils faisaient.

— Pourquoi ne pas passer par la porte de devant ? s'étonna-t-elle. Je croyais qu'il fallait que nous soyons vus.

— En effet.

Il rajusta sa cravate tout en lançant à Jane un regard de conspirateur.

— Mais il se trouve qu'un journaliste particulièrement exécrable nous attend dans la rue. Je finirai sans doute par le tuer un jour. Mais il est hors de question d'exposer à ces gens-là des agneaux aussi innocents que vous.

— Oh...

Elle n'avait même pas pensé à lire les journaux du matin.

— Les articles étaient-ils très déplaisants ? hasarda-t-elle.

— Affreux.

— Dans ce cas, je refuse d'aller plus loin.

Il fit signe au valet en livrée qui se tenait à l'angle de la rue, tout en maintenant solidement le bras de Jane pour l'empêcher de s'enfuir.

— Lâchez-moi, Sedgecroft ou je vous... frappe.

— C'est pour votre bien que j'agis ainsi, assura-t-il, alors qu'ils dépassaient un groupe de curieux rassemblés là dans l'espoir d'apercevoir la fiancée abandonnée.

Elle lui donna un petit coup, et chuchota :

— Tout le monde nous regarde.

— Alors cessez de résister, répliqua-t-il avec un sourire en coin.

— Lâchez-moi, vous dis-je.

— Mais, mon ange, vous risquez de tomber.

— De tomber ?

— Là, au milieu de la rue, dans ces horribles bouses de vaches.

— Je prends le risque.

— Pas question. Jamais je ne tolérerai qu'il arrive le moindre mal à la jeune fille que j'escorte.

— Et si c'était *elle* qui vous faisait du mal ?

L'amusement fit briller les yeux du marquis.

— Ah, cela dépend ! Qu'avez-vous en tête, exactement ?

— Probablement pas ce à quoi vous pensez.

Il rit doucement et resserra son étreinte en murmurant :

— Souriez, Jane, on nous regarde. N'oubliez pas que j'ai remplacé Nigel dans votre cœur. Il ne faut pas qu'on nous voie nous quereller dès notre première sortie.

Bien qu'elle ne lui ait jamais donné son accord pour jouer une telle comédie, Jane ne put s'empêcher de lui faire confiance. À l'entendre, on aurait pu croire qu'il vivait chaque jour ce genre de situation, et que c'était une merveilleuse aventure.

— Je n'arrive pas à croire que ma mère vous autorise à m'emmener, sans même un chaperon, marmonna-t-elle.

— Mais nous avons un chaperon, la détrompa-t-il en l'entraînant vers l'élégant attelage qui venait de s'arrêter à quelques pas. Votre frère nous attend dans la voiture.

— Simon ? Il est d'accord pour…

Sedgecroft se pencha, l'enrobant d'un regard sombre et sensuel. Elle le fixa, fascinée, tandis que ses joues s'empourpraient. Son corps se détendit, et elle oublia toute résistance.

— Que faites-vous ? s'enquit-elle dans un souffle.

— Ne tournez pas la tête, ma chérie. Mais ce satané journaliste vient de surgir au coin de la rue.

— Ai-je le droit de m'évanouir ?

— Seulement quand vous serez dans la voiture.

Il se rapprocha d'elle, protecteur, rassurant, et Jane songea qu'il avait lui-même l'habitude de susciter le scandale.

— Ah, bien. Il est parti de l'autre côté. Attendons quand même un instant, juste pour nous en assurer.

Son souffle chaud lui caressa la joue, enivrant. Ses larges épaules la dérobaient entièrement à la vue des passants. En une seconde, elle eut l'impression d'être happée dans une spirale étourdissante. Il leva le bras, comme pour la protéger. Ses lèvres fermes et douces lui effleurèrent la joue. Oh, à peine ! Un observateur aurait cru qu'il n'avait fait que lui murmurer un mot à l'oreille. Pourtant, Jane sentit son cœur s'affoler.

Une onde brûlante déferla en elle, et elle se figea, le corps parcouru de délicieux frissons d'anticipation. Elle s'attendait presque qu'il l'embrasse de nouveau, ici même, dans la rue.

— Euh… Jane ?

Sa voix rauque la fit tressaillir. Elle battit des paupières.

— Que… qu'y a-t-il ?

— Montez dans la voiture, ordonna-t-il avec un petit rire. Je crains que vous n'attiriez l'attention sur vous.

— *Moi ?* Que j'attire l'attention ?

Il soutint son regard en souriant.

— Oui. Vous devriez monter dans la voiture, répéta-t-il.

Elle secoua la tête, comme si elle se réveillait d'un rêve.

— La voiture, articula-t-elle.

— Vous ne vous sentez pas bien, Jane ?

— Eh bien, pendant un instant j'ai cru que… j'ai cru…

Sedgecroft feignit d'être choqué.

— Ne me dites pas que vous avez cru que j'allais vous embrasser ? Devant chez vous ?

— Je n'ai jamais...

D'un doigt ganté de cuir, il lui souleva le menton.

— Vous êtes une dame, Jane. Et mon but est de rétablir votre réputation. Toutefois, si vous souhaitez vraiment que je vous embrasse, je serai très heureux de vous faire ce plaisir, dès que nous serons dans la voiture.

De toute évidence, il se moquait d'elle. Mais cela n'atténua en rien le frémissement de plaisir que sa proximité faisait naître chez elle.

— Je pense que cela ne sera pas nécessaire, riposta-t-elle froidement.

— Dommage.

— Vous devriez avoir honte, répliqua-t-elle, se ressaisissant enfin. Pourquoi ces gens, de l'autre côté de la rue, me fixent-ils ainsi ?

— Je ne sais pas, répondit-il en faisant signe au valet de pied. Sans doute parce qu'ils aimeraient vous embrasser, eux aussi.

Elle eut une exclamation étouffée en sentant sa main se poser au creux de ses reins pour l'inciter à monter dans la voiture. Elle jeta un regard en coin aux deux valets qui encadraient la portière, aussi placides que des statues de marbre. Apparemment, ils étaient habitués aux manières cavalières de leur maître.

— Personne ne m'a jamais embrassée en public, chuchota-t-elle par-dessus son épaule, déterminée à lui mettre les points sur les « i ». Je ne souhaitais pas que vous le fassiez.

— Eh bien, si vous changez d'avis...

Elle lutta contre une affreuse envie de rire.

— J'espère que Simon n'a pas entendu cette conversation. Il vous réprimanderait s'il savait.

La lueur qui traversa le regard du marquis aurait dû la mettre en garde. Elle pénétra dans le spacieux habitacle et contempla avec désespoir l'homme affalé sur l'une des banquettes. Quel chaperon ! Son frère n'avait pas fini de cuver les excès de la veille. Sans les ronflements sonores qui s'échappaient de sa bouche, on aurait pu le croire mort.

— Mais ce n'est pas un chaperon ! s'exclama-t-elle, révoltée. C'est… c'est un cadavre.

Grayson la poussa doucement sur la banquette en esquissant une moue moqueuse.

— Moi je trouve qu'il fait très bien l'affaire.

Il la regarda, amusé, tandis qu'elle essayait de s'installer sur la banquette où son frère était affalé de tout son long. Elle finit par admettre que c'était impossible, et vint s'asseoir à côté de Grayson avec un soupir résigné. Celui-ci commençait de se sentir lui-même envahi par un désarroi qu'il avait du mal à comprendre.

Il avait connu un grand nombre de jolies femmes et ne s'était jamais trouvé aussi déstabilisé en leur compagnie. Peut-être était-il mal à l'aise parce que le rôle de chevalier servant lui était si peu familier. Ou encore, parce que, pour la première fois de sa vie, il devait agir avec une extrême prudence. Cette idée le ramena au problème que lui posait Jane. Il savait que celle-ci le trouvait attirant. Comment était-il censé réagir ? Devait-il prétendre qu'il n'était pas flatté ? Réduire au silence ses instincts de séducteur ?

Oui, c'est certain, il lui fallait se montrer très prudent. Et pas seulement vis-à-vis de l'opinion publique. Il avait fait l'objet de nombreux commérages par le passé. Tant mieux s'il parvenait cette fois à rouler les mauvaises langues ! Les ragots malveillants avaient fait assez de mal à sa famille. Et il se ferait tuer plutôt que de soumettre Jane à une nouvelle humiliation.

La jeune femme s'agita contre lui, le ramenant instantanément du domaine de la pensée à celui, plus terre à terre, du physique. À en juger par sa réaction, il craignait que ses aspirations chevaleresques ne durent pas très longtemps.

On ne s'engageait pas si facilement sur le chemin de la respectabilité. Il était autrement plus aisé de danser dans l'ombre…

Jane ne s'était pas trompée. Il avait eu envie de l'embrasser tout à l'heure, dans la rue. Mais il doutait qu'elle ait deviné jusqu'où il aurait aimé aller.

7

— J'ai pris une décision, déclara Jane un moment plus tard, alors que l'attelage filait à vive allure.

— Laquelle ? s'enquit-il avec amabilité.

— Je vais faire comme si nous n'avions jamais eu cette conversation dans la rue.

Elle s'interrompit pour s'éclaircir la voix, avant d'ajouter :

— Et comme s'il ne s'était rien passé hier dans la Galerie pourpre.

L'ombre d'un sourire se dessina sur le visage du marquis. Il s'empara du journal qui était coincé entre eux, et sur lequel Jane était à moitié assise.

— Comme vous voudrez. Si vous le pouvez.

Jane croisa modestement les mains sur ses genoux.

— C'est déjà oublié.

Il reposa le journal, visiblement peu décidé à en rester là.

— Voulez-vous que je vous rafraîchisse la mémoire ?

— Ce sont vos manières qui ont besoin d'être rafraîchies.

Elle venait de décider de l'attitude à adopter face à un débauché tel que lui. Jane était fille de comte. La maîtrise de soi lui était aussi naturelle que l'art de la séduction l'était pour Sedgecroft. Dans la situation présente, il n'y avait qu'une solution : opposer l'étiquette et la bienséance à ses manières de rustre.

— Vous paraissez reposé ce matin, monsieur. Avez-vous passé une bonne nuit ?

Il y eut un silence. Elle craignit soudain qu'il ne considérât sa question comme un encouragement à raconter en détail ses activités nocturnes, et se prépara bravement à entendre le récit d'aventures coquines.

Mais Sedgecroft lui coula un regard empreint de malice qui lui coupa le souffle.

— Laissez-moi réfléchir. Quelques heures après vous avoir quittée, j'ai attrapé Chloé qui était sur le point de s'enfuir avec les dames de la Société pour les réformes sociales. Elles m'ont violemment pris à partie quand j'ai refusé de laisser ma sœur sortir avec elles pour accomplir l'obscure mission qu'elles avaient en tête. Il a fallu que je l'enferme à double tour dans sa chambre.

— Cela me paraît une activité dangereuse pour la soirée, reconnut Jane.

— Ce n'était que le début. Ensuite, j'ai entrepris de parcourir les jardins de Vauxhall afin de mettre la main sur mon frère.

— Lequel ? s'enquit-elle en songeant au groupe de superbes jeunes gens aux yeux bleus qu'elle avait vus, la veille, dans la chapelle.

— Drake. Il se trouve qu'il était occupé à choisir la paire de bottes qu'il porterait ce matin pour son combat en duel.

— Il s'est battu en duel ce matin ? s'exclama Jane avec stupeur.

— Heureusement, non, répondit-il en soupirant. Son adversaire lui a fait des excuses publiques quelques minutes avant l'heure fixée pour la rencontre.

— Dieu du Ciel, Sedgecroft !

Il se renversa en arrière, sa chevelure blonde balayant son col.

— Ce fut tout sauf une nuit reposante. Les responsabilités familiales ont un prix.

Le mensonge aussi, songea-t-elle, accablée. Le marquis s'installa plus confortablement, les genoux pressés contre les siens. Il avait une présence envahissante, songea Jane, et pas seulement à cause de sa puissante carrure. Comment pouvait-il être aussi différent de son cousin Nigel ? Et pourquoi n'était-ce pas lui qu'elle avait rencontré le premier ? Certes, il ne l'aurait sans doute pas remarquée, avec toutes ces maîtresses pendues à ses basques. Et de son côté, elle n'aurait certainement pas cherché à attirer son attention.

Son regard se perdit à l'extérieur tandis qu'elle réfléchissait aux étranges caprices du destin.

L'attelage s'arrêta, pris dans un encombrement. Des chars à bœufs et des fiacres étaient immobilisés sur la chaussée, des piétons traversaient la rue au risque de leur vie, des balayeurs ramassaient le fumier répandu sur les pavés. Jane retint une exclamation lorsque Sedgecroft se leva soudain, et lui prit le bras pour l'entraîner à sa suite.

Elle jeta un regard de détresse à son frère, toujours endormi.

— Simon, réveille-toi sur-le-champ ! Tu es un chaperon lamentable !

Ce dernier exhala un ronflement sonore, et roula sur le côté.

— Où m'emmenez-vous, Sedgecroft ? Les gens ont les yeux rivés sur votre attelage !

— Je sais, répondit-il sans se troubler. Là, au coin de la rue, je viens de repérer l'un de mes banquiers et son épouse. Cette femme est une commère notoire.

— Et que suis-je censée faire ?

Il l'aida à descendre du carrosse.

— Vous amuser. Et pour commencer, renoncez à cette grimace de chouette ! lui intima-t-il à voix basse. Faites semblant d'être aux anges.

— Aux anges ? Mais pourquoi le serais-je ?

— Parce que notre belle romance ne fait que commencer, ma chérie.

Il fit un signe de la main à deux marchandes de fleurs qui passaient et lança une poignée de pièces dans leur panier. Les deux femmes rougirent et le remercièrent en l'appelant par son nom. Avant que Jane ait pu prononcer un mot, elle se trouva couverte de bouquets parfumés et multicolores. Elle était trop sensible et trop jeune pour ne pas être touchée par cette charmante attention.

Soudain, ses paumes devinrent moites, et elle se mordit la lèvre. La femme du banquier l'avait reconnue et la fixait d'un air scandalisé. Ciel, quel embarras ! Comme si la scène de la veille n'avait pas suffi.

— Que vont penser tous ces gens ? chuchota-t-elle.

— Que j'ai le béguin pour vous, probablement, riposta-t-il avec aplomb.

— Pourquoi penseraient-ils cela ?

— Eh bien, d'une part parce que vous êtes jolie et charmante.

— Ce n'est pas vrai. Je suis plutôt banale.

Le marquis éclata de rire.

— Eh bien ! Vous êtes modeste.

— Et tout Londres devrait croire que vous m'offrez des fleurs pour récompenser ma remarquable modestie ?

Il eut un lent sourire, plein de promesses, qui la fit frissonner.

— Tout le monde pensera qu'il y a quelque chose de plus entre nous.

— Quelque chose…

— Que j'ai l'intention de demander votre main, par exemple.

— Oh, vraiment, Sedgecroft ! Personne ne croira que vous… que je…

— Et pourquoi pas ? demanda-t-il avec tant de spontanéité qu'elle se sentit fondre.

Il lui prit le menton, et le cœur de Jane se mit à battre la chamade. Elle n'avait certes pas autant d'expérience que lui, mais il n'était pas bien difficile d'imaginer le plaisir qu'on devait éprouver à être courtisée par un tel homme. Ainsi que tous les délices et les tourments qui devaient en découler.

— Sedgecroft, lâchez-moi.

— J'attends que vous m'ayez remercié.

— Oh… merci.

— Non, ce n'est pas assez convaincant.

— Ah, non ?

Il secoua négativement la tête.

— Essayez d'y mettre un peu plus d'enthousiasme. Il se trouve que je suis un soupirant généreux. Les fleurs ne sont qu'un prélude. Ce soir, ce seront des perles que vous recevrez. Toute la ville en parlera.

Et après les perles, que lui offrirait-il ? Elle se surprit elle-même en se haussant sur la pointe des pieds pour déposer un baiser rapide sur sa joue.

— Merci, chuchota-t-elle en rougissant.

Doux Jésus, qu'est-ce qui lui avait pris ? Elle venait de l'embrasser, après avoir fait tant d'histoires un instant auparavant !

Il la gratifia d'un regard espiègle.

— C'était très bien, Jane. Mais cela manquait tout de même de… d'enthousiasme.

Elle plaqua sur son visage un sourire artificiel et pressa le bouquet contre sa poitrine.

— Ô Sedgecroft ! s'écria-t-elle alors d'un ton théâtral. Quelle surprise ! Des perles ! Et des fleurs ! Pour *moi* ?

Il grimaça, puis toussota, embarrassé, avant de la ramener à l'attelage.

— Vous manquez encore un peu de pratique, murmura-t-il. Les canards de mon étang jouent mieux la comédie que vous.

Elle enfonça le nez dans le bouquet en étouffant un rire.

— D'abord un pigeon, puis une chouette. Et maintenant, des canards ! Quels autres volatiles est-ce que je vous rappelle ?

— Une oie, peut-être.

Ils reprirent leurs places dans le carrosse. Simon était toujours allongé de tout son long, les bras ramenés sur la poitrine. Grayson laissa son regard glisser paresseusement sur elle, l'air appréciateur. Une fois de plus, elle sentit ses joues s'empourprer. Quel impudent !

— Et moi, à quoi est-ce que je vous fais penser ?

Elle posa les fleurs sur la banquette, et le doux parfum des giroflées emplit l'habitacle.

— À un lion, je crois. Un animal noble et majestueux.

— Un animal ? répéta-t-il en arquant les sourcils. Et vous avez le courage de me dire cela en face ? Venez plus près.

— Plus près ? fit-elle en réprimant mal un rire. Nous sommes à Brook Street, Sedgecroft. Pas dans une maison de rendez-vous.

— J'aime vous sentir près de moi, rétorqua-t-il tranquillement. Et je vous rappelle que je ne suis pas un saint, Jane.

— Cela signifie-t-il que vous êtes un démon ?

Il tira une marguerite d'un bouquet et la coinça entre les doigts de Simon.

— Ce sera à vous de le découvrir, Jane fit-il en cherchant son regard. Et si j'en suis un, je serai *votre* démon. Du moins, le temps qu'il faudra pour rétablir votre réputation. Bon ou mauvais, je me battrai à vos côtés.

La voiture tourna dans David Street et ralentit devant une maison de Berkeley Square dont toutes les fenêtres étaient illuminées. Une musique entraînante s'échappait des jardins que plusieurs rangées de platanes dissimulaient à la vue. Ils passèrent sous une porte cochère dont le portail de fer forgé était grand ouvert.

Des jeunes gens qui s'étaient attardés sur le perron pour discuter se turent en voyant approcher l'élégant attelage noir mené par deux superbes chevaux blancs comme neige.

— Voilà Sedgecroft ! cria l'un d'eux.

— Il est avec une femme, précisa un autre en se tordant le cou pour essayer d'apercevoir la compagne du marquis.

— Naturellement ! répondit son ami en portant une paire de jumelles de théâtre à ses yeux.

— Qui est-ce ?

— Elle porte une robe rose, c'est tout ce que je peux dire.

— Mon frère a vu le secrétaire de Sedgecroft à Ludgate Hill, ce matin. Il choisissait des perles.

— Alors, ce doit être sérieux. Ils ont dû commencer les négociations pour établir le contrat.

— Il n'y avait rien à ce sujet dans les journaux. On ne parle que de la fille Belshire, qui a été abandonnée devant l'autel par son fiancé, Nigel Boscastle.

— Et qui diable est ce Nigel Boscastle ?

— Un raseur. Le cousin de Sedgecroft. Tu crois que...

Comme un seul homme, les jeunes gens descendirent les marches pour essayer d'apercevoir la femme mystérieuse par la fenêtre du carrosse. Le marquis de Sedgecroft constituait un modèle de séducteur que tous les chenapans de la bonne société rêvaient d'imiter. Il était de bon ton d'être vu à une réception en compagnie d'une de ses anciennes conquêtes.

Dans l'ensemble, ces femmes demeuraient d'une loyauté absolue vis-à-vis de leur ancien amant, et demeuraient bouche cousue quant à leur relation. Les causes de cette dévotion étaient un sujet inépuisable de spéculations et de suppositions délectables.

Sedgecroft achetait-il leur silence ? Était-il un amant si extraordinaire que ses anciennes maîtresses, subjuguées, espéraient en secret renouer avec lui ? Ou bien n'avaient-ils jamais rompu ? Ce diable d'homme était bien capable de jongler avec trois ou quatre beautés à la fois !

Ses exploits sexuels, qu'ils soient vrais ou imaginaires, suscitaient l'admiration de la jeune génération.

— Pourquoi crois-tu qu'il ait une telle passion pour le rose ? lança un gentleman effronté. Parce que ça lui rappelle la peau des femmes ?

Son frère eut un rire bruyant.

— Non, idiot. C'est parce que ça lui rappelle les œillets !

Jane avait saisi des bribes de leur conversation. Ses joues s'enflammèrent.

— Vous vous rendez compte, fit-elle d'une voix basse et furieuse, que c'est de moi que parlent ces jeunes gens. Et pas en termes flatteurs !

Cela dit, étant donné la machination qu'elle avait élaborée avec Nigel, et ce qui s'était passé la veille, il valait mieux qu'elle s'habitue dès maintenant à faire l'objet de bavardages. Mais, pour l'amour du ciel, elle n'avait jamais songé susciter le moindre intérêt dans les cercles de la bonne société. Quant à ce pauvre Nigel, il avait toujours été considéré comme un raseur, avec sa passion pour les chiens de chasse et la littérature française.

Grayson jeta un regard acéré aux curieux qui entouraient l'attelage.

— Laissez-moi faire, Jane. Je vais leur remettre les idées en place.

— J'ai décidé que je ne bougerais pas d'ici, déclara-t-elle, la gorge nouée par l'anxiété.

Il lui sourit. C'était le sourire nonchalant d'un homme qui n'avait jamais eu besoin de lever le petit doigt pour attirer l'attention d'une femme. Le sourire de celui qui se moque de provoquer des scandales.

— Désirez-vous que je nous fasse servir le petit déjeuner dans la voiture, demain matin ? Je peux aussi demander à un quatuor à cordes de venir jouer pendant que nous mangeons.

Jane esquissa un sourire. Le regard sombre du marquis l'emplissait d'une chaleur délicieuse. Il lui prit la main et lui caressa délicatement la paume à travers le cuir fin de son gant.

— C'est bien la première fois de ma vie que ma présence provoque un rassemblement, murmura-t-elle avec une moue de contrariété.

— Êtes-vous prête à affronter la foule ? s'enquit-il d'un ton de défi.

— Prête ? Vous voulez dire, prête à affronter le scandale et les sourires narquois ?

Elle tourna le dos à la portière en soupirant et marmonna :

— S'il le faut. Vous êtes un tyran, n'est-ce pas ?

— Allons, Jane, amusons-nous un peu à leurs dépens. Nous allons les rendre fous de curiosité ; ils vont se demander ce que nous sommes l'un pour l'autre.

— C'est aussi la question que je me pose.

Il lui prit le coude et le tint solidement, l'attirant presque sur ses genoux. Son cœur se mit à cogner si fort qu'il en fut déconcerté. Dans quelle voie s'était-il engagé ? Il préférait ne pas le savoir. Il était trop tard pour revenir en arrière, à présent, même si ce chemin pavé de bonnes intentions devait le mener en enfer.

— Attendez, ordonna-t-il, sans trop savoir pourquoi.

Pour gagner du temps sans doute, ou tout simplement parce qu'il éprouvait du plaisir à parler avec elle.

— Mais tous les regards sont braqués sur nous. Ces gens vont croire que… que nous nous embrassons. Ou pire encore.

Il tapota du bout du doigt le bouton de nacre qui ornait sa manche.

— Maintenant que vous le suggérez, ce ne serait pas une mauvaise idée. Malheureusement, je ne peux me laisser aller à nourrir leurs esprits lascifs d'idées inconvenantes. Pas plus que le vôtre, d'ailleurs.

— Je n'ai rien suggéré de tel ! Quel irrésistible monstre vous faites !

— Irrésistible monstre, répéta-t-il en écarquillant les yeux, d'un air à la fois moqueur et satisfait. Cela ressemble presque à un compliment, non ?

Elle sourit, quoique à contrecœur.

— Je suppose que vous essayez seulement de m'aider à votre façon ?

— En effet.

Aussi incroyable que cela parût, c'était la vérité.

— À présent, faites ce que je vous demande, reprit-il. Je vais éclairer ces gredins quant à votre statut.

— Un débauché avec une conscience, murmura-t-elle, songeuse. Une canaille avec un trait de bonté dans le cœur.

Sedgecroft se mit à rire, bien qu'il ne se sentît pas très à l'aise dans ce nouveau rôle.

— Eh bien, ne répandez surtout pas ce bruit. J'ai une solide réputation de vaurien, et il faudra que je l'endosse de nouveau, une fois que j'aurai remis de l'ordre dans votre vie.

Jane croisa les bras et s'adossa à la banquette pour l'étudier.

— Sérieusement, Sedgecroft, vous n'avez jamais envisagé de vous marier ?

— Sérieusement, non, Jane, rétorqua-t-il en fronçant exagérément les sourcils.

— Et pourquoi pas ?

— Pourquoi le devrais-je ? répliqua-t-il avec douceur.

— Un homme ne peut pas rester un coquin toute sa vie. Vous avez des obligations.

— Je pourrais sans doute essayer, admit-il. Autrefois, mes ancêtres avaient le bon sens de ne se marier que lorsque, ayant frôlé la mort sur le champ de bataille, ils n'étaient plus bons à rien d'autre.

— Leurs épouses leur en étaient à coup sûr infiniment reconnaissantes, répliqua Jane, ironique. Quel honneur de veiller sur un Boscastle impotent !

Il eut un sourire énigmatique. Puis il se rendit soudain compte, dérouté, qu'il en avait révélé plus sur lui-même à Jane qu'il ne l'avait jamais fait avec ses maîtresses ou même ses vieux amis.

— L'important, petite impudente, était de perpétuer une lignée de Boscastle braillards et mal élevés, lorsque toutes les autres possibilités d'aventures étaient épuisées. Mes ancêtres mirent un point d'honneur à remplir un si agréable devoir jusqu'à leur dernier souffle.

— Vraiment ?

— Oui, Jane. Et leurs épouses ne s'en plaignirent jamais. Elles s'exécutèrent avec grâce.

— Pardon ?

— Elles accomplirent leur devoir conjugal. C'est-à-dire qu'elles…

— Inutile de m'expliquer plus avant en quoi ce devoir consistait.

Il observa un silence, ne sachant trop jusqu'où il oserait aller, ni pourquoi il aimait tant la provoquer.

— Pardonnez-moi. Je pensais que vous étiez peut-être curieuse.

Les joues de Jane lui brûlèrent de nouveau. L'idée de porter un héritier Boscastle lui fit venir à l'esprit toutes sortes d'images effroyablement terre à terre. Comment diable la conversation avait-elle pu prendre un tour pareil ?

— Mon frère doit nous écouter, chuchota-t-elle sur le ton de la réprimande.

— Avec toute l'attention d'un mort.

Elle se pencha en avant pour secouer violemment Simon. Un sourire aux lèvres, Grayson la regarda faire. Elle ne manquait pas de piquant derrière sa façade réservée.

— Réveille-toi, bon à rien ! fit-elle sévèrement. Rends-toi utile.

Simon s'étira, souleva une paupière et examina d'un œil injecté de sang l'intérieur du carrosse.

— Sedgecroft… Jane. Et toutes ces fleurs…

Il s'appuya sur le coude.

— Quelqu'un est mort ? demanda-t-il, au bord de la panique… Bon sang, on a retrouvé Nigel ? Ne me dites pas que nous allons à son enterrement !

Jane regarda ses vêtements fripés d'un air réprobateur tandis qu'il clignait des yeux, ébloui par la lumière du jour.

— Personne n'est mort, Simon, dit-elle d'une voix tranchante. Tu es censé me servir de chaperon, bien que tu apparaisses bien peu en état de tenir ce rôle.

Son frère passa la main dans ses cheveux en bataille.

— À ta place, je me garderais de faire allusion aux apparences. Je trouve ta robe plutôt audacieuse pour…

Un regard d'avertissement de Sedgecroft le fit taire sur-le-champ.

— Nigel a-t-il donné de ses nouvelles ? hasarda-t-il.

— Rien, répliqua Grayson, les mâchoires serrées de contrariété à cette pensée. Nous sommes toujours à sa poursuite, bien sûr. Mais apparemment il a quitté Londres sans laisser de traces.

Simon laissa échapper un soupir.

— Et où allons-nous ?

— À la garden-party du duc de Wenderfields.

Jane sortit le bas de soie blanc qui dépassait de la poche de son frère.

— Seigneur, Simon, où donc as-tu passé la nuit ?

Il haussa les épaules d'un air impuissant.

— Je ne m'en souviens pas. Je ne sais même pas comment je suis arrivé dans cette voiture.

— Vous avez assisté à un bal masqué la nuit dernière, lui répondit Grayson en tendant la main à Jane pour l'aider à se lever. Votre cocher vous a retrouvé, inconscient, entre une nonne et l'une des servantes de Cléopâtre.

— Ah ? Et… étions-nous tous les trois… ?

Grayson toussota pour l'empêcher d'aller plus loin.

— Nous poursuivrons cette conversation en privé, Simon, suggéra-t-il, une lueur d'amusement dans les yeux.

Dégoûtée, Jane lâcha le bas.

— Il me semble que la réponse à sa question est scandaleusement évidente, fit-elle d'un ton sec.

Grayson ne prit pas la peine de répondre aux bruyantes salutations des jeunes dandys rassemblés sur le perron. L'un d'eux avait fini par reconnaître Jane, et ils la dévisageaient tous avec une curiosité avide qui le rendit furieux.

— Sedgecroft ! murmura-t-elle d'une voix ferme, mais dans laquelle il décela une pointe de tension.

— Tout va bien, Jane. Souriez, mais ne vous arrêtez pas. Ils ne vont pas tarder à comprendre.

Les jeunes gens l'appelèrent bruyamment, prenant des poses grotesques tels des singes déguisés, se bousculant dans l'espoir d'être distingués. Grayson passa, impassible, tout en les maudissant intérieurement. Ces impudents la contemplaient comme si elle était devenue du jour au lendemain une demi-mondaine. Tous ses muscles se crispèrent, et il dut faire un violent effort pour ne pas effacer leurs regards lascifs à coups de poing.

— Je vous l'avais dit, souffla-t-elle, le regard fixé droit devant elle.

Malgré le léger frémissement de sa voix, elle semblait parfaitement calme et maîtresse d'elle-même. Grayson était si accoutumé à ignorer l'opinion publique qu'il se serait moqué du scandale s'il avait été en compagnie d'une autre femme. Mme Parks, par exemple, aurait répondu à ces jeunes gens d'un geste cru, et avec la désinvolture qui la caractérisait.

— Je pense que vous devriez abandonner un peu de votre réserve, Jane, murmura-t-il. Au moins une fois dans votre vie. Cela vous ferait un bien fou.

— Je ne crois pas que le monde soit prêt à voir de quoi je suis capable, répondit-elle de façon assez énigmatique.

L'un des dandys eut la mauvaise idée de la contempler à l'aide de ses jumelles de théâtre, mais le regard que lui décocha Grayson l'incita à cesser bien vite.

L'espace d'une seconde, celui-ci envisagea de traîner le jeune homme à genoux sur les marches du perron, pour l'exemple. Mais un nouveau scandale ne ferait guère de bien à la réputation de Jane. Pour la première fois de sa vie, il tint donc compte des conséquences de son comportement, et s'obligea à ravaler sa colère.

Décidément, guider Jane dans les dédales de la bonne société en lui évitant les embûches allait lui demander un effort plus considérable que ce qu'il pensait. Il lui faudrait être sans cesse sur ses gardes afin de la protéger des insultes voilées comme des avances déplacées.

Cela, il le savait lorsqu'il lui avait proposé son aide. Ce à quoi il n'avait pas songé, c'était la facilité avec laquelle il risquait de l'entraîner lui-même hors du droit chemin.

— À quoi pensez-vous, Jane ? s'enquit-il à mi-voix.

— Je ne peux pas vous le dire, Sedgecroft. Vous seriez choqué.

— Oh, non, ma chère ! Pas moi.

L'idée était même risible, vu la vie qu'il menait. Comme si une jeune fille aussi convenable que Jane pouvait connaître quoi que ce soit de son passé.

— Rien de ce que *vous* pourriez faire ne me choquerait, crut-il bon d'ajouter.

8

Leurs hôtes les escortèrent dans les jardins pour les présenter aux invités étrangers qui assistaient à la réception. Simon attrapa une coupe de champagne sur un plateau et disparut dans la foule en compagnie de lady Damaris Hill, qui lui glissa quelques mots au sujet d'un bas égaré…

Un orchestre jouait à côté d'un pavillon situé à l'extrémité d'une pelouse en pente douce. Une piste de danse avait été installée à côté des musiciens. Plusieurs jeunes gens s'étaient éparpillés dans la partie est du domaine. Telles des ailes papillons, les robes aux couleurs pastel des dames s'agitaient au rythme de leurs gracieux mouvements.

— Avez-vous faim, Jane ? demanda Grayson.

Il avait posé une main légère sur son épaule en un geste quelque peu possessif.

— Je suis affamée.

Elle eut une hésitation et ajouta :

— Mais il faudrait que j'aie des nerfs d'acier pour manger avec tous ces regards braqués sur nous.

— Oh, ces gens ? Je les avais déjà oubliés.

— Comment est-ce possible ?

— Cela tient peut-être au fait que je ne leur accorde aucune importance, répondit-il avec conviction.

— Bien, dans ce cas, moi non plus.

Il s'arrêta, l'étudia un instant avec un petit sourire entendu.

— Vous croyez ? Toutes les femmes accordent de l'importance au regard qu'on pose sur elle.

— Uniquement celles qui cherchent un mari, rectifiat-elle en soupirant.

— Ce que nous pourrions être en train de faire.

— Non, nous…

Elle se mordit la langue. Il ne fallait pas oublier les convenances.

— Je suis pas encore prête.

Et elle ne le serait sans doute jamais, eut-elle envie d'ajouter.

— Il faut vous remettre en selle sur-le-champ, Jane, répliqua-t-il, impitoyable. Une chute accidentelle ne vous condamne pas au célibat.

Résumer sa vie en des termes aussi simplistes ! Elle l'aurait giflé.

— J'aimerais que vous cessiez de comparer la situation dans laquelle je me trouve à une activité équestre.

Grayson lui adressa un regard d'excuse.

— J'oublie toujours combien c'est un sujet sensible pour vous.

— Sedgecroft ! s'écria alors une voix féminine, ravie, dispensant Jane de répondre.

Grayson et elle se retournèrent d'un même mouvement vers la frêle silhouette vêtue de soie chocolat qui se précipitait vers eux, une coupe de champagne à la main. Jane écarquilla les yeux. Non, elle ne rêvait pas, il s'agissait bien de Mme Audrey Watson. Autrefois comédienne, et célèbre aussi bien dans la haute société que dans le demi-monde pour ses soupers qui réunissaient la fine fleur intellectuelle du moment. À en croire la rumeur, le duc de Wenderfield la courtisait et voulait en faire sa maîtresse.

— Audrey ! s'exclama Grayson chaleureusement.

Un peu trop, selon l'opinion de Jane.

— Sedgecroft ! Cela fait des siècles que...

Audrey s'interrompit brusquement et sourit à Jane avec tant de spontanéité et de gentillesse que la jeune fille en fut touchée.

— Mais c'est la fille aînée de Belshire, n'est-ce pas ? Que fait cette jolie personne au bras d'un coquin tel que vous, Sedgecroft ?

Grayson enveloppa Jane d'un regard si ardent qu'elle rougit jusqu'à la racine des cheveux. Si elle n'avait pas été au courant de leur ruse, elle aurait pu croire qu'il était réellement amoureux d'elle ! Décidément, ce diable d'homme était vraiment doué pour la comédie. Elle fut presque tentée d'applaudir.

— Avez-vous déjà eu l'honneur d'être présentée, Audrey ? s'enquit-il en attirant Jane vers lui.

— Non.

Audrey observa la jeune fille avec une sincère sollicitude. Bien que courtisane, c'était une personne sans affectation, qui ne cherchait pas à impressionner son auditoire. Sa truculence lui avait gagné le soutien et l'admiration de toutes sortes d'hommes, depuis les politiciens jusqu'aux poètes misérables, tandis que son franc-parler en avait offensé bien d'autres.

— Ma chère, il vous faut bien du courage pour réapparaître si vite dans le monde, après ce qui vous est arrivé. Et vous, Sedgecroft, vous n'avez pas attendu longtemps avant de passer à l'attaque, n'est-ce pas ?

Passer à l'attaque ? songea Jane, partagée entre le rire et l'indignation. Quelle expression ! Qui la réduisait au statut de proie, alors que Sedgecroft devenait prédateur.

Comme le gredin ne semblait pas désireux de détromper Audrey, elle déclara :

— En fait, lord Sedgecroft est seulement…

— Un homme ensorcelé, murmura-t-il avec une exquise politesse, et tout le sang-froid du prédateur en question.

Le misérable ! Fallait-il qu'il ait du talent pour la faire frissonner d'émotion alors même qu'elle savait que tout cela n'était qu'un jeu.

Jane lui donna une discrète bourrade et reprit :

— Pour être franche, notre association n'a rien de provocateur. Nigel et Grayson sont…

— Des rivaux.

Il lui agrippa la main et la pressa si fort dans la sienne qu'elle le foudroya du regard.

— Le malheur des uns fait le bonheur des autres, n'est-ce pas ? Disons juste que, jusqu'à présent, je m'étais contenté d'admirer Jane de loin. Mais après ce qui s'est passé, je n'étais pas prêt à laisser quelqu'un s'interposer encore une fois entre nous !

Audrey but une gorgée de champagne tout en regardant tour à tour la jeune fille à la beauté classique et le beau gredin qui lui tenait la main d'un air si possessif.

— Si vous le dites, Sedgecroft…

Son regard s'anima tout à coup, et elle reprit :

— Cela signifie que je peux vous inviter à souper ensemble !

— Nous en serions enchantés, bien sûr, répondit Grayson.

Jane quant à elle se demanda ce que ses parents penseraient de ce nouveau développement. Sa mère, qui avait pourtant l'esprit large, n'apprécierait sûrement pas qu'elle s'égare dans le demi-monde. Quoique... La situation prenait un tour tout à fait inattendu, et Jane commençait à penser qu'elle était tombée de Charybde en Scylla.

Et elle pouvait compter sur Sedgecroft pour accroître les tourments auxquels elle était en proie.

— Je viens d'apercevoir une vieille connaissance, mentit-elle en tentant de libérer sa main. Voulez-vous m'excuser un instant ?

Grayson porta sa main à ses lèvres et l'embrassa légèrement avant de murmurer d'une voix enamourée :

— Un très court instant, alors ?

C'était de la comédie, elle le savait. Pourtant, la femme en elle ne put s'empêcher de réagir au timbre séducteur de sa voix.

— Oui, fit-elle, troublée de constater qu'il était parfaitement conscient de l'effet qu'il produisait sur elle. Mais je n'avais pas l'intention d'aller plus loin que le buffet.

Il l'attira vers lui jusqu'à ce que leur corps se frôlent. Une spirale brûlante se déroula au creux de son ventre. Jusqu'où était-il donc prêt à aller pour être convaincant dans son rôle de prétendant ?

— Revenez vite, intima-t-il d'une voix douce, sans la lâcher du regard.

Enfin, il lui libéra la main. Jane inspira profondément, puis tourna les talons et s'éloigna.

Grayson la suivit des yeux, pensif et sentant vaguement le regard scrutateur qu'Audrey dardait sur lui. Jouer les soupirants amoureux était plus facile qu'il ne l'imaginait. Le seul fait de se trouver en présence de Jane l'emplissait de désir, et lui rappelait qu'il n'avait pas eu de maîtresse depuis plus longtemps qu'il n'aurait voulu l'admettre.

Qu'elle soit inaccessible stimulait peut-être son désir. Mais, soupçonnait-il, il y avait plus que ça. Vive et intelligente, Jane n'avait aucun mal à lui donner la repartie dans la conversation. Sa dignité un peu guindée l'amusait, et il aurait mis sa main à couper qu'il y avait en elle des profondeurs qu'elle n'avait jamais osé laissé voir à quiconque. Il aurait aimé explorer ces régions mystérieuses si sa tâche n'avait pas été simplement de lui remettre le pied à l'étrier pour lui permettre de retrouver sa place au sein de la bonne société

Il la suivit d'un regard fiévreux, tandis qu'elle se frayait un chemin jusqu'au buffet. Sa démarche décidée n'empêchait nullement ses hanches d'ondoyer sous le tulle rose. Sa peau aussi devait être rose sous l'étoffe diaphane, songea-t-il en s'embrasant d'un coup. Et crémeuse. Et si douce qu'il n'en ferait qu'une bouchée. Ou plutôt, non... il prendrait son temps. Il la savourerait, la parcourrait de petits baisers tendres...

Bonté divine, il s'égarait ! Ses pensées tournaient en rond, pour revenir chaque fois au point de départ. Son intention était de rétablir la respectabilité de Jane, pas de la détruire !

— Est-ce possible, Sedgecroft ? demanda doucement Audrey. Êtes-vous vraiment à l'origine du scandale provoqué hier par ce mariage manqué ?

Il hésita et esquissa un sourire. Le moment était critique. Saurait-il dissimuler ou serait-il percé à jour ? Audrey le connaissait depuis longtemps. Il n'avait pas envie de lui mentir, mais il risquait de voir ses paroles se répandre dès ce soir dans toute la ville telle une traînée de poudre.

— Pourquoi me posez-vous la question ? Si c'était le cas, pensez-vous que je vous en ferais l'aveu ?

— C'est là un comportement inhabituel. J'avoue que je suis préoccupée. Savez-vous qu'on a surnommé Jane lady Jane Abandonnée ?

— Personne ne l'appellera ainsi devant moi ! répliqua-t-il, furieux.

— C'est la première fois que je vous vois en compagnie d'une femme convenable, observa-t-elle tranquillement en lui emboîtant le pas. Faites attention, Sedgecroft.

— Attention à quoi ? interrogea-t-il avec un haussement d'épaules désinvolte.

Son regard se détourna d'Audrey pour aller se poser sur Jane.

— Je suis un homme honorable. Avez-vous déjà entendu une femme regretter de s'être liée avec moi ?

Audrey posa la main sur son poignet.

— C'est pour vous que je m'inquiète. On ne capture pas facilement votre cœur, mais une fois que c'est chose faite, je crains que ce ne soit irrémédiable. En dépit de ce qui s'est passé hier, je pense que Jane est faite pour le mariage.

— Encore ce satané mot. Oui, je sais qu'elle est faite pour ça.

La contrariété se peignit sur son visage lorsqu'il s'aperçut que plusieurs de ses connaissances s'étaient agglutinées autour du buffet dans l'espoir d'être présentées à Jane. Des gamins, songea-t-il avec mépris. Qui se pourléchaient quasiment à l'idée de l'approcher. Il ne voyait pas l'expression de la jeune femme, et n'aurait su dire ce qu'elle en pensait. Mais croyait-elle vraiment pouvoir manger alors qu'ils se pressaient autour d'elle en bavant ?

— Pardonnez-moi, Audrey, nous poursuivrons cette charmante conversation plus tard. Les loups la serrent de près, et elle n'est pas apte à se défendre.

Audrey tourna la tête, cherchant à comprendre à quoi il faisait allusion.

— Votre côté possessif est fascinant. Je ne crois pas avoir jamais remarqué cet aspect de votre personnalité. Cela signifie-t-il que…

Il la contourna, agacé. N'avait-il pas promis de protéger Jane ?

— Ce n'est pas ce que vous croyez, Audrey, dit-il simplement en s'éloignant.

Pensive, elle observa sa haute silhouette tandis qu'il se frayait un chemin parmi ses amis avec l'arrogance légendaire des Boscastle. Son cœur tressauta dans sa poitrine, bien qu'elle se soit résignée depuis longtemps à n'avoir avec le fascinant marquis qu'une relation platonique.

— Ce n'est peut-être pas non plus ce que *vous* croyez, mon cher, murmura-t-elle avec un brin de mélancolie.

Plusieurs tables recouvertes de nappes damassées avaient été dressées sur la pelouse sud du parc. On y avait disposé de grands plats en argent, des carafes de limonade fraîche, des théières, des pots de café et de chocolat. Un des amis de Sedgecroft avait apporté à Jane une assiette de fraises et d'amandes sucrées.

Elle venait juste de glisser une fraise entre ses lèvres quand elle vit Grayson fendre la foule avec détermination. Elle mordit dans le fruit acidulé et grimaça. Autour d'elle, les femmes interrompirent leurs bavardages pour le regarder passer. Rien d'étonnant à cela. Il émanait de lui une telle vitalité, une telle puissance, qu'on ne pouvait l'ignorer. En sa présence, on était comme happé par un tourbillon irrésistible. Il était une bouffée d'oxygène dans une bonne société étouffante de conformisme.

Ses amis lui tapèrent sur l'épaule au passage, lançant des regards entendus en direction de Jane comme s'ils espéraient être présentés officiellement. Mais, pour une raison mystérieuse, Sedgecroft ignora leur requête silencieuse. Jane connaissait déjà certains de ces jeunes gens par son frère. Mais Sedgecroft semblait en colère contre eux. Contre elle aussi. Quel comédien. Quelle plaie !

— Ah, vous voilà ! jeta-t-il par-dessus la table d'une voix forte et si possessive que nul ne put l'ignorer. Je vous ai cherchée partout. Ne vous avisez pas de me laisser seul de nouveau.

Les gens se turent, et tous les regards convergèrent vers Jane. Une légère rougeur envahit ses joues. Elle n'était pas aussi rompue que lui à ce jeu. Un instant, elle éprouva l'envie de disparaître sous la table.

— J'étais là, dit-elle platement. Avec vos amis.

— *Mes* amis ?

Il foudroya du regard les quatre hommes qui se tenaient derrière elle. Ceux-ci s'éloignèrent aussitôt, comprenant au ton menaçant de Grayson qu'ils s'étaient aventurés en territoire privé.

— Qui aurait deviné ? marmonna l'un d'entre eux. La fiancée de Nigel, avec Sedgecroft ?

— Nigel ne l'a peut-être pas abandonnée, après tout. Il faut plutôt croire qu'on ne lui a pas donné le choix.

Les quatre hommes s'arrêtèrent et regardèrent derrière eux, en proie à la même curiosité envieuse. La superbe fille du comte de Belshire était-elle en passe de devenir la maîtresse de Sedgecroft ? Qui aurait pu se douter qu'un arrangement aussi délicieux était envisageable ? À moins que les projets du marquis ne soient plus sérieux ? Leur idole était-elle sur le point de se laisser passer la corde au cou ?

Comme Grayson s'approchait d'elle, Jane esquissa une moue hautaine.

— Cette sortie était tout à fait inutile, fit-elle avec raideur.

— Vous ne m'avez pas trouvé convaincant ? dit-il avec un petit sourire penaud. Pardonnez-moi, mais j'ai eu l'impression que vous aviez besoin d'être secourue.

— Pourquoi ? Vous craigniez qu'on eût empoisonné mon assiette ?

Il lui prit le bras et expliqua avec une sévérité moqueuse :

— Accepter les attentions d'un gentleman peut se révéler risqué. Aujourd'hui il vous apporte votre déjeuner, demain il vous mettra dans son lit.

— Oh, franchement, Sedgecroft ! Il faut avoir l'esprit aussi mal tourné que vous pour imaginer une chose pareille. Le déjeuner… puis le lit !

— C'est compatible, croyez-moi.

— Dans le monde où vous vivez, peut-être.

— Sommes-nous si différents que cela, vous et moi ? la taquina-t-il.

— Évidemment.

— Loin de moi l'idée de vous corrompre.

— À vrai dire, je pense que vous n'êtes pas aussi corrompu que cela.

Il leva brusquement la tête et plissa les yeux. Quelque chose, derrière elle, avait attiré son attention.

— Vraiment ? dit-il distraitement. Cela signifie-t-il qu'il y a de l'espoir ?

Jane jeta un coup d'œil par-dessus son épaule. Qu'est-ce qui avait pu capter ainsi son attention ? Une autre femme ?

— À votre place, je n'y compterais pas trop, déclara-t-elle.

— Je sais ce que les hommes ont derrière la tête, affirma-t-il avec suffisance. Surtout ces hommes-là.

— Ces hommes-là, murmura-t-elle tout en essayant de s'emparer d'une fraise dans l'assiette qu'il lui avait retirée des mains pour la poser sur la table, appartiennent à la même classe sociale que vous. Ils vous admirent et tentent de vous imiter.

Il la guida le long de l'allée en direction d'un massif de camomille.

— C'est justement pourquoi je sais ce qu'ils pensent. Et pourquoi je m'inquiétais à votre sujet.

— Voilà qui n'est pas très flatteur pour vous.

— N'est-ce pas ? admit-il en riant.

Cette joute verbale avec Jane l'amusait autant qu'elle le stimulait.

— J'aurais sans doute mieux fait de vous laisser avec votre robe grise.

— J'ai essayé de vous mettre en garde.

Ils marchèrent un moment en silence. Elle n'aurait su dire comment il s'y était pris, mais il parvint à poser la main au creux de ses reins, geste à la fois provocateur et possessif. Elle n'avait aucune idée de l'endroit où il l'emmenait. Tout ce qu'elle savait, c'était qu'il semblait préoccupé et qu'elle, de son côté, appréciait ces instants plus qu'elle ne l'aurait dû.

— Je croyais que votre intention était de me relancer le plus vite possible dans l'arène sociale.

— Certes. Mais pas seule, au milieu de féroces gladiateurs ! Vous ont-ils posé des questions personnelles ?

Elle s'immobilisa pour lui faire face. Il commençait à parler comme ses parents !

— Eh bien, oui.

— Lesquelles ?

— Ils m'ont demandé si je préférais le café ou le chocolat.

Une lueur amusée dansa dans les yeux du marquis.

— Qu'avez-vous répondu ?

— Que je n'aimais ni l'un ni l'autre.

— Une femme pleine de mystères, dit-il avec un soupir de déception feint. Ces canailles vont prendre cela pour une invitation à des relations plus intimes.

— Je leur ai dit que j'aimais le thé. Je ne vois pas comment cela pourrait être interprété comme une invitation à quoi que ce soit, sans parler d'une invitation à plus d'intimité !

— Quand un homme se met en chasse, le moindre sourire sur les lèvres d'une femme suffit à l'encourager. Croyez-moi, déclara-t-il avec autorité. C'est un fait avéré, aussi fiable que n'importe quel principe scientifique.

— Sedgecroft, je n'étais pas en train de sourire mais de manger quand vous m'avez retiré mon assiette sans me demander mon avis. Il se trouve que j'ai faim, à présent.

Il rit en lui prenant le bras, pour l'entraîner plus loin dans l'allée.

— On ne vous a jamais dit que votre franchise risquait de vous jouer des tours un de ces jours ?

Elle jeta un regard de regret au buffet, derrière eux.

— Ma mère me le répète au moins une douzaine de fois par semaine depuis que je suis née. Où allons-nous ? Les gens vont jaser.

— Je suis sûr que vous avez fait une excellente impression, Jane.

— Ce n'est pas mon avis. Je vous l'avais bien dit, il était beaucoup trop tôt pour réapparaître en public. Nigel et moi ne nous étions jamais fait remarquer aussi outrageusement.

— Jusqu'à hier.

Il s'arrêta brusquement, comme s'il se rendait compte tout à coup de ce qu'il venait de dire. Il pouvait certes la taquiner, mais il n'avait pas le droit de se montrer aussi cruel.

— Je suis désolé, je ne voulais pas vous faire de peine.

— Eh bien... vous n'avez fait que dire la vérité.

Elle se tut, en proie à un pincement de culpabilité. D'être traitée comme une fragile poupée de porcelaine la déconcertait. Elle aurait aimé mériter ces attentions.

— Je suis dotée d'une certaine force intérieure, Sedgecroft.

— Tout ce que je voulais dire, c'était qu'on nous avait remarqués, répondit-il prudemment. C'était notre but. Redonnez-moi votre bras.

Pourquoi était-elle incapable de refuser ? se demanda-t-elle avec agacement. S'il était le chef des pirates et lui faisait subir le supplice de la planche, elle sauterait sans doute à l'eau sans hésiter ! De fait, elle n'était que trop heureuse de s'accrocher à ce bras puissant et musclé. Et tant pis pour le désastre que cela laissait augurer ! Elle entrevoyait enfin la raison pour laquelle ses parents tenaient tant à ce qu'elle épouse Nigel : ils espéraient ainsi la protéger d'elle-même.

— Sedgecroft, ne faites pas un pas de plus. Le pavillon qui se trouve au bout de cette allée est célèbre dans toute la ville. On prétend que c'est un lieu de rendez-vous.

Le marquis continua d'avancer d'un pas déterminé, comme s'il s'était fixé une mission.

— J'en suis bien conscient, Jane.

Elle battit des paupières, interloquée.

— Eh bien, soyez aussi conscient que *je* ne vous suivrai pas à l'intérieur.

Il se tourna à demi et darda sur elle un regard impérieux.

— Ne traînons pas, Jane. J'ai besoin de vous. Sur-le-champ.

— Je vous demande pardon ?

— J'ai cru voir ma sœur Chloé se glisser à l'instant dans le pavillon avec un jeune officier de cavalerie un peu trop audacieux. Il vaudrait mieux que vous soyez présente pour m'empêcher de commettre un quelconque acte de violence.

— Êtes-vous sûr que c'était Chloé ?

— Non.

Non, car il était tellement obsédé par l'idée de soustraire Jane à cette bande de loups affamés qu'il n'avait pas vraiment prêté attention à ce qui se passait autour d'eux. En outre, Chloé n'était pas censée se trouver là aujourd'hui. Dans le cas contraire, cela signifiait qu'elle avait effrontément désobéi à ses ordres !

— Je ne suis pas certain que c'était elle, reconnut-il avec un soupçon de panique dans la voix. Mais je ne veux prendre aucun risque.

Jane observa le petit bâtiment de brique rouge, flanqué de quatre tours blanches qui lui donnaient l'allure d'un château de contes de fées.

— On raconte que les passages secrets offrent des cachettes idéales pour les rendez-vous galants des invités du duc.

— À dire vrai, Jane, je doute que Chloé soit entrée pour admirer le décor, fit-il d'un ton un peu condescendant.

— Attendez un instant, fit-elle en l'examinant d'un œil soupçonneux. Ne m'aviez-vous pas dit qu'elle était enfermée à double tour dans sa chambre ?

— Une serrure n'a jamais représenté un réel obstacle pour un Boscastle, répliqua-t-il en s'engageant dans l'allée de graviers qui contournait le pavillon. Ce n'est qu'un défi à surmonter. Un avant-goût de l'aventure qui vous attend de l'autre côté de la porte.

— Elle m'est toujours apparue comme une jeune fille raisonnable, fit remarquer Jane en secouant la tête. Je ne l'ai rencontrée qu'une fois, à l'hospice des enfants trouvés, mais elle m'a beaucoup plu.

— Raisonnable ? répéta Grayson, railleur. En surface peut-être, mais on ne sait jamais ce que cachent les apparences.

Jane se mordit la lèvre. Elle ne put se résoudre à soutenir le regard pénétrant du marquis, sachant quel secret elle lui cachait.

— Vous avez sans doute raison.

— Voilà ce que j'aime chez vous, Jane. Vous êtes une femme franche et sensée.

Seigneur, s'il avait deviné à quel point elle s'était montrée perfide et insensée ces deux derniers jours !

— J'aimerais que vous puissiez exercer quelque influence sur Chloé, ajouta-t-il.

— Je suis persuadée que, dans le fond, elle est très raisonnable, s'entêta Jane, de plus en plus mal à l'aise.

— Vous le pensez parce que vous l'êtes vous-même.

— Cessez de me comparer à un parangon de vertu. C'est terriblement embarrassant.

Et elle allait se mettre à hurler s'il continuait de la couvrir de compliments totalement immérités.

— C'est exactement ce que je veux dire, insista-t-il. Je n'ai jamais vu une telle honnêteté chez une femme, or il se trouve que c'est une qualité à laquelle j'accorde de la valeur, poursuivit-il sans se rendre compte que ses paroles lui transperçaient le cœur.

Ce cœur perfide et malhonnête.

— Je n'aurais jamais imaginé que l'honnêteté était une qualité qu'un homme tel que vous admirait chez une femme, dit-elle d'une voix faible.

— Entre autres choses, précisa-t-il avec un sourire coquin qui laissait deviner quelles étaient ces autres « choses ». Vous pourriez peut-être servir d'exemple à ma sœur ?

— Je ne suis pas sûre que ce soit une bonne idée.

— Elle n'a pas de modèle féminin dont elle puisse s'inspirer, voyez-vous. Du moins, pas depuis que notre chère Emma est partie vivre en Écosse. Et je crains de ne pas avoir été un exemple sur le plan de la moralité.

Que dire ? Jane se contenta d'acquiescer d'un petit signe de tête.

— Je ne peux pourtant pas laisser la dynastie Boscastle partir à la dérive, continua-t-il, conscient qu'une fois de plus il se confiait à elle. Le problème, c'est que je croyais avoir encore quelques années d'insouciance devant moi avant de m'assagir.

— Hélas, il a fallu mettre un terme à votre vie de débauche. Quel destin cruel !

Il laissa échapper un rire sonore qui la fit vibrer jusqu'au tréfonds.

Des échos lointains de musique leur parvinrent, portés par la brise. L'allée était protégée par une rangée de saules aux feuillages denses. Un couple de dauphins de marbre flanquait l'entrée du pavillon, projetant dans les airs un jet d'eau qui retombait en brume légère et scintillante sur les graviers. Grayson jeta un rapide coup d'œil autour de lui.

— J'ai entendu dire qu'on l'appelait le Pavillon des plaisirs, murmura Jane. Je me suis toujours demandé à quoi il ressemblait.

— Eh bien, voilà une question que vous ne vous poserez plus, déclara Grayson en la poussant sans cérémonie à l'intérieur. Personne ne nous a vus, je pense.

— Sedgecroft, je ne suis pas sûre de…

— Regardez où vous mettez les pieds, la prévint-il. Le sol est humide, et il fait aussi sombre qu'au royaume des enfers.

Elle réprima un frisson d'appréhension. Elle avait l'impression d'être Perséphone suivant le Seigneur des enfers. Que s'était-il donc passé ? La veille encore, elle se réjouissait de cette liberté chèrement gagnée, et maintenant… qui pouvait dire ce que le futur lui réservait ? Comment allait-elle contrecarrer les projets de Sedgecroft, sans se trahir ?

— Je suppose que vous êtes déjà venu, observa-t-elle avec flegme.

— Une seule fois. Le pavillon venait d'être construit, et le duc nous l'a fait visiter.

— *Nous ?*

— Mon père et moi, précisa-t-il.

Il se tourna vers elle et elle aperçut son beau visage dans la pénombre.

— Grands dieux, Jane, j'avais tout juste trois ans.

— Vraiment ?

— Eh bien, euh… peut-être était-ce treize ?

— Cela me paraît plus vraisemblable. Mais quelle idée a donc eue votre sœur de venir ici aujourd'hui ?

— Je vous laisse deviner, grommela-t-il en fronçant les sourcils.

— Peut-être avait-elle la migraine et cherchait-elle un endroit tranquille pour se reposer ?

Il balaya ce prétexte d'un grognement méprisant.

— Seul un idiot croirait une excuse pareille. Silence, Jane. Quelqu'un approche.

Il désigna d'un signe de tête le couple qui venait de surgir d'un étroit couloir. Ils semblaient tous deux hors d'haleine et contrariés d'avoir été découverts.

— Simon ! s'exclama Jane en s'immobilisant brusquement.

— Jane, balbutia son frère, les yeux ronds. Que fais-tu ici ?

— Je…

— Votre sœur avait la migraine et cherchait un endroit calme pour se reposer, expliqua Grayson avec le plus grand sérieux.

— Oh, bien, fit Simon, sans remarquer l'expression indignée de sa sœur. Le pavillon est le lieu idéal quand on a mal à la tête. Moi-même, j'y viens souvent. Tu devrais essayer de plonger les pieds dans le bassin des Pléiades, Jane, le remède est souverain. On se retrouve dehors, d'accord ?

— Excellente idée, fit Grayson en surveillant Jane du coin de l'œil. Nous vous rejoindrons au bout de l'allée.

Simon flanqua une tape amicale sur le bras de Grayson, avant d'entraîner lady Damaris Hill dans le corridor.

— Eh bien, quel chaperon ! commenta Jane, hautaine, en regardant son frère s'éloigner au bras de la jeune femme qui gloussait joyeusement.

— Au moins, il apparaîtra que nous étions tous au même endroit, fit observer Grayson en secouant la tête.

Il fit signe à Jane de s'engager dans le passage sombre qui bifurquait vers la droite.

— Ce couloir semble mener vers un lieu plein de passion, vous ne trouvez pas ?

— Je me garderai d'émettre une opinion.

— Vraiment ?

Elle lui emboîta le pas le long de l'étroit couloir qui déboucha brusquement sur une série de bassins en forme de coquillages, emplis d'une eau cristalline.

Il se tourna vers elle, la dévisagea longuement.

— À quoi pensez-vous, Jane ? demanda-t-il d'une voix grave.

Elle soupira. Était-ce l'humidité pénétrante ou l'impression de se trouver dans un lieu coupé du monde ? Quelque chose dut lui tourner la tête car, avant même de s'en rendre compte, elle répondit :

— Jamais un homme ne m'avait encore attirée dans un tel endroit. Jamais.

Il sourit lentement, sans la lâcher des yeux.

— Je ne vous crois pas. Il y en a bien un ou deux qui ont essayé.

Ses joues s'enflammèrent. Elle sentait sa robe humide lui coller au corps. Une douce chaleur l'envahit.

— Non. Personne.

— Dans ce cas, permettez-moi, fit-il en lui tendant la main. Venez ici.

Des lambeaux de vapeur qui montaient des bassins enveloppaient sa large silhouette. Les battements du cœur de Jane s'accélérèrent. À son grand étonnement, elle s'avança vers lui, obéissant malgré elle à la voix profonde et veloutée qui lui adressait cet ordre impérieux.

— Que voulez-vous ? chuchota-t-elle, le souffle court.

— Parfaire votre éducation.

Il s'inclina sur elle.

— Puisqu'elle est visiblement incomplète, je vais prendre un moment pour vous procurer l'expérience qui vous manque.

— Comme c'est galant de votre part.

— Inutile de me remercier, dit-il, une étincelle dans les yeux.

Son regard la brûlait tel un feu ardent.

— Je crains que ce ne soit pas très… raisonnable.

Il lui caressa la joue du doigt, provoquant de délicieux frissons.

— Il y a un temps pour être sage et un temps pour être coquin. À quel moment en sommes-nous d'après vous ?

Elle fondait littéralement, ses jambes tremblaient, son cœur battait follement.

— Je pense que… je…

Sa vie eût-elle été en jeu qu'elle aurait été incapable de détacher ses yeux des siens. Sa voix douce la fascinait.

— Soyez coquine juste une fois, Jane. Quelques minutes seulement.

Il attira à lui son corps frémissant. Avant même que ses lèvres eussent touché les siennes, elle fut prise de vertige. Elle sentit son souffle chaud sur sa gorge. Les flammes de l'enfer, songea-t-elle en s'arquant contre lui. Le feu tentateur… Et elle était sur le point de se jeter délibérément dans ce brasier.

De la langue, il traça les contours de sa bouche avec une sensualité qui la fit chavirer. Lorsqu'il saisit sa lèvre entre ses dents pour la taquiner doucement, elle crut que ses jambes se dérobaient sous elle. Un long frémissement de désir se répandit dans son corps. Elle gémit. Le cœur de Sedgecroft battait à grands coups sous sa chemise de lin. La chaleur de son torse se communiquait à elle en vagues puissantes.

C'était donc cela, qui avait poussé Nigel et sa gouvernante à défier le monde ! C'était cela qui transformait des femmes sensées en créatures imprudentes et déraisonnables.

— Eh bien, murmura-t-il d'une voix enjôleuse, j'étais loin de soupçonner que vous étiez aussi coquine.

— Comme si c'était moi qui avais commencé !

Il rit et resserra son étreinte. Décidément, elle était trop futée. Jamais il ne lui ferait croire qu'il n'avait pas souhaité en arriver là.

— Un mot de vous, et j'arrêterai, lui chuchota-t-il à l'oreille.

— Non… non, pas encore.

— Pas encore ? répéta-t-il d'un ton taquin. Mon sage petit pigeon dissimulerait-il un caractère passionné ? Montrez-moi, Jane. Partager vos secrets avec moi.

Avec un grognement sourd, il la poussa contre le mur en lui maintenant les poignets. Sa bouche gardait le goût de la fraise qu'elle avait croquée. Sa peau de satin était enflammée par le désir. Il ne se souvenait pas, durant toute sa vie de libertin, d'avoir jamais exercé une telle retenue sur son propre corps. Il rêvait de la séduire, de se libérer de la tension qui lui nouait les muscles. Elle avait sur lui un effet incroyable…

C'était très embarrassant. Il était censé rétablir sa réputation, mais ne songeait qu'à lui voler sournoisement quelques baisers. Il faisait un bien piètre chevalier servant. Mais…

Mais elle avait quelque chose de particulier. Quelque chose qu'il ne parvenait pas à définir. Elle lui faisait perdre la tête. C'était plus fort que lui.

— J'ai envie de vous dévorer, murmura-t-il.

— Vraiment ?

Elle pressa les épaules contre le mur pour lutter contre cette sensation qu'elle avait d'être aspirée dans un puits sans fond.

— Je suis perdu, murmura-t-il tout contre ses lèvres. Sauvez-moi, Jane.

— Vous sauver ?

Un arc-en-ciel vibrait sous ses paupières. Elle soupira tandis que le souffle de Sedgecroft lui caressait les épaules et le décolleté. Ses seins se tendirent sous l'étoffe fine. Il releva la tête, cherchant son regard voilé de désir.

— C'est moi qui ai besoin d'être sauvée, murmura-t-elle. Je suis…

— … la femme la plus douce, la plus désirable que j'aie jamais approchée, chère Jane.

Ensorcelée, elle contempla son beau visage viril. Le visage responsable de sa chute… Ses yeux d'un bleu profond la scrutaient avec une sensualité qu'il ne cherchait nullement à dissimuler. Des yeux sombres comme un ciel de minuit. Des yeux de la couleur du péché.

Il lui frôla les lèvres du bout des doigts.

— Fermez les yeux, murmura-t-il.

Elle obéit. Il reprit sa bouche avec ardeur, la taquinant de la langue, absorbant avidement le moindre souffle, le plus infime gémissement. Jamais elle n'avait été à ce point consciente de son corps, tour à tour brûlant et frissonnant. Les jambes flageolantes, elle se laissa aller contre les cuisses solides de Sedgecroft. Luttant contre le désir de presser son corps frémissant contre le sien, elle s'inclina légèrement en arrière.

Grayson ne put s'empêcher de répondre bien qu'il sache parfaitement qu'elle était sur le point de perdre tout contrôle d'elle-même. D'un mouvement instinctif, il pressa ses hanches contre les siennes. En imagination, il était déjà en elle. Il perçut le frisson involontaire le long de sa colonne vertébrale, ses seins qui se soulevaient contre son torse. Ses mains glissèrent sur les courbes gracieuses de son corps, lui caressant la taille, s'aventurant sur les rondeurs voluptueuses qui l'attiraient plus que tout. Il aurait aimé lui déchirer sa robe à belles dents.

Grayson ne connaissait pas beaucoup de jeunes personnes susceptibles de lui faire perdre à ce point la maîtrise de lui-même. Il avait seulement voulu lui voler un baiser, et voilà qu'il perdait la tête. Non, il n'aurait pu en nommer une seule qui ait un tel pouvoir. Non que les autres jeunes femmes ne se livrent pas au plaisir, une fois la porte de la chambre refermée. Mais Jane avait une fraîcheur et une spontanéité qui décuplaient l'attrait de l'interdit.

— Sedgecroft… souffla-t-elle.

Il s'écarta légèrement, avec un soupir.

— Oui ?

— Que faisons-nous ? s'enquit-elle d'une voix mal assurée.

À l'origine, se rappela-t-il, il avait voulu la persuader qu'elle était désirable, et lui prouver que l'abandon de Nigel ne la rendait pas moins séduisante aux yeux d'un homme.

Il avait réussi à un degré presque humiliant. Son corps était en flammes, de la lave en fusion coulait dans ses veines. Jamais il n'avait éprouvé un désir aussi violent. Était-il possible que cette jeune fille cache un brin de malice sous son apparence convenable ? Non. Il rejeta cette supposition trop audacieuse. Il ne pouvait prêter à cette jeune personne au teint de lys, et à l'éducation irréprochable, d'obscurs motifs. Seuls d'invétérés débauchés – tel que lui – et leurs maîtresses abritaient de sombres arrière-pensées. Dommage.

— J'entends des voix au-dessus de nous, chuchota-t-elle, rompant le fil de ses pensées. Écoutez.

Il se rembrunit et pencha la tête de côté. Seigneur. Dans le tourbillon sensuel qui venait de l'étourdir, il avait complètement oublié sa sœur Chloé.

— Vous avez raison. Et l'une de ces voix est celle de ma sœur.

Jane lissa nerveusement sa robe, le visage était en feu. Elle n'était pas en état de se présenter devant qui que ce soit. Jamais encore elle n'avait été la proie d'un tel assaut de sensations tumultueuses. Elle avait besoin d'un peu de temps pour se ressaisir.

Le marquis, lui, recouvra son arrogance coutumière en un clin d'œil.

— Dépêchez-vous, fit-il en lui prenant la main. Le moment est crucial.

— Je ne l'entends pas appeler au secours, murmura Jane, agacée.

— Justement, rétorqua-t-il en l'entraînant dans l'étroit couloir, vers un escalier faiblement éclairé par des appliques fixées dans la muraille. Le silence implique qu'une femme est consentante.

— Je m'en souviendrai.

Il lui lança un regard par-dessus son épaule. Son fin visage était encore rose d'émotion. Nul doute qu'elle était loin de soupçonner la force du désir qu'il avait éprouvé un instant plus tôt entre ses bras.

— Ce n'était pas *votre* comportement que je critiquais, Jane. Nous savons tous deux que vous êtes suffisamment raisonnable pour savoir quand il convient d'arrêter.

— Vraiment ? murmura-t-elle, perplexe.

Ils atteignirent le sommet de l'escalier et pénétrèrent dans la petite chambre douillette logée dans la tour. Elle était si exiguë qu'elle ne contenait qu'une méridienne et… un couple enlacé. L'homme portait une veste d'officier bleue et des bottes de cuir fauve. Une jeune femme à la chevelure de jais était assise sur ses genoux, la tête blottie au creux de son épaule.

La voix grave de Grayson résonna dans le silence.

— Excusez-moi. J'ai l'impression que nous arrivons au mauvais moment.

L'officier bondit sur ses pieds. Le visage assombri par la peur, il examina l'homme à la puissante silhouette qui le dominait de toute sa hauteur.

— Monsieur, je vous prie, laissez-moi vous expliquer...

— Cela me paraît inutile, rétorqua Grayson.

Il écarta le jeune lieutenant terrifié de la main comme s'il s'agissait d'un insecte gênant. Ses yeux lançaient des éclairs.

— Je m'adressais à mon trublion de sœur.

Chloé se leva gracieusement. Son visage s'empourpra lorsqu'elle avisa Jane derrière son frère.

— Que fais-tu ici, Grayson ?

— Et toi ?

— Pourrions-nous en discuter plus tard ? demanda-t-elle tranquillement.

Elle semblait partagée entre la repentance et la rébellion. L'officier tenta de s'interposer entre le frère et la sœur, mais Chloé le repoussa discrètement vers la méridienne une seconde avant que son frère se tourne vers lui.

— Je ne veux pas que vous soyez punie, déclara gauchement le jeune homme, dissimulant mal son appréhension.

Jane contourna Grayson, et alla s'asseoir à côté du lieutenant, à qui elle murmura :

— Plus un mot.

Sedgecroft n'était plus le même homme. Quel tempérament !

— Mais... je souhaite l'épouser, balbutia le jeune officier en triturant son chapeau. Je veux demander sa main à son frère.

Jane ne put réprimer un sourire devant tant de romantisme et de courage. Le pauvre garçon n'avait pas la moindre chance d'apaiser la colère de Grayson.

— Depuis combien de temps la connaissez-vous ? s'enquit-elle à mi-voix.

— Quelques jours.

Il contempla Chloé avec adoration.

— Je n'avais jamais éprouvé de sentiments aussi profonds pour quelqu'un. Vous comprenez ce que je veux dire ?

— Eh bien…

Le regard de Jane glissa sur le marquis. Elle croyait encore sentir l'empreinte de ses muscles sur son corps. Comprenait-elle ? se demanda-t-elle, un peu étourdie. Était-il possible qu'on vous vole votre cœur sans même que vous vous en rendiez compte ? Avait-on le moindre contrôle sur ce genre de situation, ou les choses arrivaient-elles malgré nous ?

Le frère et la sœur étaient engagés dans une âpre querelle. Grayson menaçait la jeune femme de l'envoyer à la campagne, chez des parents, si elle ne changeait pas de comportement.

— Ce serait aussi bien ! rétorqua-t-elle. De toute façon, tu me rends la vie impossible en me poursuivant comme tu le fais, nuit et jour !

Jane ne savait lequel défendre, ni même si elle oserait intervenir. Impressionnant dans sa fureur, Grayson tournait autour de sa sœur en la sermonnant.

Il fallait que celle-ci soit très courageuse, ou vraiment insensée, pour lui tenir tête ainsi. Il semblait parfaitement capable de mettre ses menaces à exécution. Jane se pencha vers le lieutenant et chuchota :

— À votre place, je m'esquiverais tant que j'en ai encore la possibilité. Il paraît hors de lui.

Le jeune homme étudia le visage sévère assombri par la colère de Grayson, et ne put que se rendre à l'avis de Jane.

— Vous pensez que Chloé comprendra ?

D'après ce que voyait Jane, Chloé était en proie à une telle rébellion qu'elle avait certainement du mal à débrouiller ses propres sentiments.

— Je pense qu'elle s'en sortira mieux seule, dit-elle doucement. Je crois aussi qu'elle ne souhaiterait pas que vous risquiez votre vie pour… un moment d'égarement.

Le jeune homme se leva, évalua la distance qui le séparait de l'entrée, située derrière le frère et la sœur.

— Dans ce cas, je vais suivre votre conseil.

Il la regarda comme s'il la voyait alors pour la première fois.

— Il est rare de rencontrer une femme telle que vous, à la fois belle et raisonnable. Oserais-je vous demander de transmettre mes excuses à lady Chloé ?

— Partez, l'encouragea Jane. Le marquis fait deux fois votre taille.

Et la colère semblait décupler ses forces.

Le jeune homme disparut dans l'escalier sans se faire prier davantage. Il était temps. Grayson avait achevé sa tirade. Les bras croisés, les yeux brillants de larmes contenues, Chloé lui tourna le dos.

Jane n'était pas étonnée que le jeune officier ait éprouvé ce soudain coup de foudre pour la jeune femme. Tous les membres de la famille Boscastle semblaient avoir le même tempérament passionné. Rien de surprenant, donc, que ceux qui croisaient leur chemin soient touchés par la même flamme.

Elle posa les yeux sur Grayson. Des gens passionnés, en effet, songea-t-elle. Leurs regards se croisèrent, et elle décela dans le sien une émotion si brute que son cœur fit un bond dans sa poitrine. Elle n'osa prononcer un mot de crainte qu'il n'explose de nouveau.

Quels que soient les reproches qu'on pouvait adresser à Grayson, il était difficile de ne pas admirer ses tentatives pour protéger sa sœur. Même s'il s'était laissé un peu emporter. L'énergie vitale qui le caractérisait se retrouvait dans tous les aspects de sa personnalité.

Ce qui devait rendre la vie avec lui assez éprouvante.

— Où est passé notre séducteur ? s'enquit-il en jetant un regard noir à la place laissée vide par le lieutenant.

Il paraissait affreusement déçu de n'avoir plus personne à qui tordre le cou.

— Il s'est brusquement rappelé qu'il avait un rendez-vous, répondit Jane sans se troubler.

— Tant mieux pour lui, parce que son prochain rendez-vous aurait été avec le fossoyeur ! tonna le marquis.

— Calmez-vous, milord. Il est parti.

Chloé fit volte-face, et fixa Jane, les yeux brillants de larmes.

— Que fait-elle ici, après ce qui s'est passé hier ? Oh, Grayson, ne me dis pas que c'est ta prochaine victime ! Je ne peux pas supporter que tu te conduises ainsi.

Jane se leva, certaine que son visage avait pris une teinte cramoisie assez peu seyante.

— Il y a une explication parfaitement logique à ma présence en ce lieu…

— … que nous n'allons pas lui fournir, intervint Grayson d'un ton sec. Tu m'as désobéi, Chloé. Et tu as fait preuve d'un total manque de jugement. Aucune femme convenable ne se laisserait surprendre dans ce pavillon avec un homme.

Les lèvres de Jane s'arrondirent d'étonnement. Avait-elle bien entendu ? Le scélérat !

— Trouve un valet et demande qu'on approche la voiture, Chloé, ordonna-t-il, les poings sur les hanches. Tu as eu ton content de mésaventures pour quelque temps !

La jeune fille le contourna, et lança à Jane un regard apitoyé.

— À votre place, je m'enfuirai sur-le-champ. Et sans un regard en arrière.

— Cette dame n'est ici que pour protéger ta vertu, déclara Grayson d'une voix dure. Je te défends de l'insulter.

Chloé haussa les épaules, et enchaîna vivement :

— Mais c'est vrai, Grayson ! Jane est une jeune femme convenable, et elle n'a pas la moindre idée de ce qui lui arrivera quand tu auras décidé de…

— Cela suffit, Chloé.

Ses yeux bleus étincelaient, mais sa sœur s'entêta :

— C'est la vérité.

Jane secoua la tête en soupirant.

— Je vous en prie, arrêtez tous les deux. Vous êtes trop en colère pour avoir une discussion raisonnable.

— Fuyez-le, Jane, chuchota Chloé.

Le marquis se rembrunit davantage. Jane le soupçonnait d'être aussi bouleversé que sa sœur, mais de ne pas savoir comment réagir. Ils étaient comme deux Titans de force égale, se mesurant du regard.

— Cette fois, tu m'as vraiment poussé à bout, marmonna-t-il.

— Je suis désolée, Jane, fit Chloé en lui prenant la main. Désolée de vous avoir insultée. Mais surtout désolée de vous voir tomber entre les griffes de mon frère.

— Chloé ! rugit-il.

Vive comme l'éclair, elle se précipita dans l'escalier. L'écho de ses pas résonna un moment entre les murs de pierre. Grayson demeura hagard, le regard fixé sur l'endroit où elle avait disparu.

Il semblait si désemparé que Jane se sentit presque navrée pour lui. Mais il fallait reconnaître qu'il ne s'était pas montré très habile dans cette affaire.

9

Grayson se passa la main dans les cheveux, l'air un peu piteux, à présent que sa fureur était retombée.

— Eh bien, quelle scène, n'est-ce pas ? fit-il dans une piètre tentative de plaisanterie. Est-ce que vous, jeunes femmes, vous rendez compte des efforts que nous devons déployer pour vous éviter des ennuis.

— Il est si facile pour les hommes comme vous de nous attirer de tels ennuis, n'est-ce pas ?

— Que voulez-vous insinuer ? demanda-t-il en fronçant les sourcils.

— Rien. Rien du tout.

Il la considéra d'un air suspicieux.

— Essayez-vous de défendre cette petite peste ?

— Je ne sais pas.

Elle mourait d'envie de lui avouer à quel point elle l'avait trouvé brutal.

— C'est cela, insista-t-il, stupéfait. Vous la défendez, n'est-ce pas ?

— Très bien, répliqua Jane en soutenant son regard. J'imagine que je la défends, oui.

Sedgecroft parut sincèrement dérouté.

— Mais pourquoi ?

Elle se dirigea vers l'escalier, flattée de constater qu'il accordait de l'importance à son opinion, bien qu'elle fût la dernière personne au monde à qui on puisse demander son opinion en toute honnêteté.

— Vous avez été plutôt dur avec Chloé, vous ne croyez pas ? lança-t-elle par-dessus son épaule. Toutes ces menaces de bannissement, et ces sottises me concernant. Comme si j'étais là pour protéger sa vertu ! Vous nous avez effrayés, tous les trois.

Il fit un pas vers elle, et elle perçut plus qu'elle ne vit sa large silhouette, si intimidante dans la semi-obscurité. Voilà qu'il lui en voulait, à présent, bien qu'il contrôlât sa colère.

— Pardonnez-moi Jane, dit-il froidement, d'avoir voulu empêcher ma sœur de se déshonorer.

— Je persiste à penser que vous auriez pu faire preuve d'un brin de tact, rétorqua-t-elle.

Elle était bien décidée à ne pas céder un pouce de terrain, quelque fragile que pût paraître sa position. Mais tout à coup, elle hésita, émue par l'expression un peu perdue de Sedgecroft. Comment reprocher à cet homme de tenter de remplacer son père et sa mère auprès de ses frères et sœurs, et d'échouer en dépit de sa bonne volonté ?

— Je suis inquiet pour elle, Jane, confessa-t-il. Nous étions si proches avant la mort de notre père. Mais depuis, j'ai l'impression de ne plus savoir qui elle est vraiment.

— Elle ressent peut-être la même chose ? suggéra Jane.

— Que voulez-vous dire ?

— Il se peut qu'elle ne se comprenne pas elle-même, Grayson. Peut-être devriez-vous lui accorder un peu plus de liberté.

Il se rembrunit.

— Jane, je pense que c'est vous qui ne comprenez pas.

Il lui prit le menton et l'obligea à le regarder.

— Aurait-on pu vous surprendre dans un canapé en train d'embrasser un homme que vous connaissez à peine ?

Elle prit une profonde inspiration avant de répondre dans un souffle :

— Hier encore, j'aurais répondu par la négative sans la moindre hésitation. Sedgecroft, vous n'êtes qu'un hypocrite.

— Moi ? s'exclama-t-il, éberlué.

— Oui, vous. Que faisions-nous, il y a à peine quelques minutes ? À moins que ce genre de comportement soit si banal à vos yeux que vous ne vous rendiez même plus compte de votre impudence ?

— Oh, je n'ai pas oublié, bien sûr. Et vous non plus, j'en suis certain. C'était délicieux, n'est-ce pas ?

— Ne détournez pas la conversation, je vous prie. C'est très impoli.

Ses lèvres se retroussèrent en un sourire enjôleur qui aurait suffi à balayer les réserves de n'importe quelle femme, même plus endurcie que Jane.

— Cette conversation ne portait-elle pas justement sur les baisers ?

Il lui lâcha le menton, mais sa bouche demeura si près de la sienne qu'elle avait du mal à ne pas perdre ses moyens.

— Ce n'est qu'une tactique de votre part pour m'éloigner du vrai sujet.

— Oh ? Et quel est ce sujet ? demanda-t-il.

— Le… vrai sujet, articula-t-elle en s'efforçant de résister à la tentation que représentaient ces lèvres, c'est que vous et moi avons commis le même péché que celui qui a valu une réprimande à Chloé et à son officier.

Voilà. Elle avait exprimé son point de vue tout en lui résistant. L'effort que cela avait exigé l'avait épuisée. Mais qu'il essaie donc de réfuter une telle logique.

— C'était différent, déclara-t-il avec désinvolture.

Elle ne put retenir une exclamation de stupeur.

— Et comment en êtes-vous arrivé à cette conclusion ?

— D'une part, il ne s'agissait pas de mes motivations. J'assume pleinement la responsabilité des péchés que je commets. Contrairement à une croyance répandue, je n'ai pas pour habitude de séduire toutes les femmes qui croisent ma route.

— Vous n'êtes donc pas un célibataire débauché ?

— Je suis très sélectif. Et je ne comprends pas pourquoi mes quelques aventures intéressent tant les gens.

— Vous avez invité deux de vos anciennes maîtresses à mon mariage !

— Est-ce que quelqu'un m'a vu dans les bras d'une de ces femmes ?

— Bien sûr que non ! Vous étiez dans une chapelle, tout de même.

— Eh bien. Par conséquent, personne ne détient la preuve que je suis un dépravé.

— Le fait que les gens de la bonne société ont peur de vous reprocher vos péchés en face ne vous absout pas pour autant.

— Où sont les preuves, Jane ? s'enquit-il avec un rire qui la fit frissonner. Où sont les témoins ?

— Revenons à notre discussion, Sedgecroft. Si vous voulez que Chloé se comporte convenablement, il ne suffit pas de la sermonner et de la menacer. Vous devez lui donner l'exemple.

Il cilla, visiblement déconcerté.

— C'est justement la raison pour laquelle je veux rétablir votre réputation, Jane. Vous aider à oublier le scandale causé par mon cousin. Je veux montrer à ma famille comment un Boscastle doit se comporter.

— Et en quoi m'embrasser dans le Pavillon des Plaisirs en est la démonstration ?

— Bon, d'accord. Je reconnais que j'ai fait au passage une petite entorse aux convenances. Quel mal y a-t-il à cela ?

— Eh bien…

Il sourit. Il voulait l'aider, la guérir. C'était une femme peu banale, avec une personnalité probablement trop forte pour ce pauvre Nigel. Le fait d'être trahie avait peut-être altéré sa perception du monde. Il l'avait trouvée si délicate et si vulnérable entre ses bras. Mais son esprit était loin d'être vulnérable. Oh, non ! Elle disposait d'armes secrètes et savait déstabiliser un homme avant même qu'il ait compris ce qui lui arrivait. Mais il lui faudrait longtemps avant de consentir à accorder de nouveau sa confiance. Accepterait-elle de lui faire confiance, à lui ? Grayson n'en était pas sûr.

— J'aurais pu vous embrasser encore pendant des jours, murmura-t-il d'un air de regret.

Il lui caressa la joue avec une grande douceur.

— Vous n'y verriez pas d'inconvénient, dites-moi ?

Un agréable tremblement secoua Jane, la privant de toute force.

— Des jours ? N'est-ce pas un peu exagéré ?

Il rit et laissa courir ses doigts le long de son cou de cygne, avant de s'arrêter sur la rondeur de son épaule.

— Oh, des mois même ! Des années.

Comme les boutons de sa veste effleuraient la pointe ultrasensible de ses seins, elle cessa un instant de respirer. Ses doigts fermes tracèrent sur son épaule des cercles dévastateurs et elle eut l'impression de se liquéfier. Quand il s'agissait de résister à un Boscastle, elle n'était pas plus forte que le reste du monde !

— Quelle peau douce, murmura-t-il. Je crois n'avoir jamais été tenté à ce point. Depuis que je vous ai vue devant l'autel, dans la chapelle, je ne suis plus moi-même. Hors de mon rôle habituel, je suis maladroit, incertain quant à la conduite à tenir, ou aux espoirs qu'on place en moi. Je ne suis même pas certain que vous puissiez me faire confiance, Jane.

Sa bouche s'approchait dangereusement de la sienne. Sa proximité éveillait en elle un irrépressible désir qui prenait naissance au plus secret de son corps. Comme il eût été facile de dévier du droit chemin ! Comme il savait la séduire en partageant ses sentiments avec elle ! Maladroit, lui ? Pas le moins du monde.

— C'est ainsi que vous pensez donner l'exemple ? parvint-elle à articuler.

— Oui, rétorqua-t-il en esquissant un sourire.

— Je vous demande pardon ?

— Si nous étions Chloé et son officier, nous serions allongés sur cette méridienne, dit-il en la regardant droit dans les yeux. Vous ne me poseriez pas de questions, car nous serions sans doute sur le point de faire l'amour.

Elle baissa les yeux, se demandant s'il croyait vraiment à ce qu'il racontait. Mais, à en juger par les battements précipités de son propre cœur, il n'était pas loin de la vérité.

— Je ne pense pas… commença-t-elle.

— Non. Vous ne penseriez pas du tout, Jane. Vous ne parleriez même pas. Vous seriez trop occupée à me permettre de vous donner du plaisir.

Elle se risqua à lever les yeux vers lui. Toute lueur d'amusement avait disparu de son regard. Son visage affichait à présent le masque sombre du désir. Elle n'aurait su dire s'il était sincère, ou s'il tenait une fois de plus ce rôle de séducteur qu'il connaissait sur le bout des doigts. Tout ce qu'elle savait, c'était qu'elle voulait tellement qu'il l'embrasse que son corps entier en vibrait. Ses lèvres s'entrouvrirent. Ses seins se gonflèrent contre la puissante musculature de sa poitrine.

— Non, souffla-t-elle, s'efforçant désespérément de se ressaisir. Vous vous trompez.

— Vous croyez ? demanda-t-il avec une assurance tranquille.

Puis il s'empara de ses lèvres, et un flot de sensations étourdissantes les submergea tous deux. Il la sentit s'affaisser contre lui. Retenant un juron, il lui agrippa les bras pour la soutenir. Dans une région obscure de son cerveau, il prit conscience qu'il déviait de la voie qu'il s'était tracée. Il fallait qu'il s'arrête avant d'avoir fait plus de mal que de bien. Oui, c'était là que le bât blessait dans son raisonnement. Il n'avait pas prévu que les meilleures intentions du monde risquaient de créer plus de problèmes que d'en résoudre.

Il s'écarta d'elle à contrecœur, murmurant d'un ton de regret :

— C'est là que réside la différence.

Au prix d'un violent effort sur elle-même, Jane parvint à retrouver ses esprits. Elle avait l'impression d'être un fruit mûr qu'on avait arraché de l'arbre et jeté au sol. Aurait-elle aimé qu'il continue de l'embrasser ? Non. Oui. *Oui.*

— La différence ? répéta-t-elle sans comprendre. Ah, oui… vous voulez dire entre Chloé et son officier, et nous ?

Sa voix était chevrotante. S'en rendait-il compte ? Elle tremblait de tous ses membres. L'avait-il remarqué ? Oui, naturellement. C'était lui la cause de ce trouble. Et il se tenait là, l'air détaché et lointain.

— La différence entre eux et nous, enchaîna-t-il d'un ton un peu pompeux, c'est la volonté.

Jane se détourna et descendit l'escalier en s'appuyant au mur pour se guider dans la pénombre. Comment osait-il parler de volonté alors qu'ils avaient été à deux doigts d'obéir à leurs instincts ? Les pierres du pavillon devaient être imprégnées d'un philtre magique qui vous insufflait les passions les plus violentes ! Elle espéra de toute son âme qu'une fois au grand air, elle aurait de nouveau les idées claires !

— Nous sommes discrets, ajouta-t-il en lui emboîtant le pas. Chloé m'a désobéi et m'a menti afin d'aller retrouver cet homme. Je ne peux vous imaginer agissant ainsi, Jane. Je ne peux vous imaginer en train de mentir. N'est-ce pas ?

Elle lui débita une vague réponse et sortit en hâte du pavillon. Elle ne l'entendait plus. Tout ce qu'elle entendait, c'était le glas qui sonnait à ses oreilles pour annoncer sa perte.

Il n'imaginait pas qu'elle pût mentir.

Elle ne pourrait donc jamais lui avouer la vérité.

Grayson n'était pas aussi indifférent à ce qui venait de se passer qu'il le paraissait. Il escorta Jane dans le parc chauffé par les rayons du soleil, tout en l'observant du coin de l'œil dans un silence prudent.

Eh bien, eh bien, qui aurait cru cela? La respectable lady Jane l'avait ébranlé jusqu'au tréfonds. Il se demanda ce qu'elle en pensait. Était-elle consciente de l'avoir désarmé à ce point? Se doutait-elle que cette situation le fascinait? Elle devait être l'un des secrets les mieux gardés de la bonne société! Quelles autres surprises gardait-elle en réserve? Jamais encore il ne s'était trouvé aussi stimulé, puis aussi vivement remis à sa place en l'espace d'un seul après-midi! Ébloui par la lumière, il cligna des yeux, mais continua de tenir à l'œil la charmante silhouette rose qui marchait à ses côtés.

Il se remémora le goût enivrant de ses lèvres, la souplesse et la grâce avec lesquelles elle s'était abandonnée contre lui. En la regardant à présent, si modeste et réservée, affichant une dignité un peu distante, qui aurait deviné qu'elle avait répondu à ses baisers avec autant de fièvre? Il brûlait de savoir ce qu'il aurait découvert d'autre s'il avait poussé un peu son avantage. Le moment lui semblait vraiment mal choisi pour apprendre qu'il n'était pas totalement dénué de conscience.

Regardant autour de lui, il constata avec satisfaction que Simon et Damaris les attendaient au bout de l'allée. Ainsi, leur brève disparition n'intriguerait personne, et ils ne pourraient être accusés de badinage. Quant à Chloé, c'était une autre histoire.

Il s'arrêta un instant pour parler à Jane. Tout en se traitant intérieurement d'hypocrite, il demanda d'un ton un peu anxieux:

— Puis-je vous laisser seule quelques minutes? Je veux m'assurer que Chloé a bien pris l'attelage pour rentrer.

10

Encore étourdie par son tête-à-tête avec Sedgecroft, Jane se retrouva entourée par quatre jeunes filles qui discutaient avec animation. Par bonheur, aucune ne sembla remarquer la rougeur de son visage ni ses lèvres gonflées par les baisers.

En revanche, elles savaient toutes ce qui lui était arrivé la veille. Son amie le plus proche, Cécile Brunsdale, fille d'un comte, faisait partie des demoiselles d'honneur, elle avait donc assisté au fiasco de la cérémonie. En revanche, Jane ignorait comment les autres allaient réagir.

Devait-elle s'attendre à un mouvement de sympathie ? À de la gêne ? Seraient-elles assez généreuses et assez courtoises pour agir comme si cet affreux événement n'avait jamais eu lieu ?

Contre toute attente, elles ne manifestèrent qu'un intérêt passager pour cette tentative de mariage ratée. Certes, elles s'apitoyèrent sur sa mésaventure, mais sans s'attarder. La nouvelle datait déjà de la veille, elle suscita quelques sourires bienveillants sinon sincères, et Jane eut droit à une pitié bien dosée. Ce qui intéressait davantage ces quatre jolis papillons de la haute société, c'étaient les détails concernant son idylle inattendue avec le séduisant marquis de Sedgecroft. Elles assaillirent Jane de questions.

— Une idylle ? répéta celle-ci, ébahie, en rougissant violemment. Qu'est-ce qui vous fait croire qu'il y a une idylle entre nous ?

— Une femme ne peut entrer dans une pièce où se trouve Sedgecroft sans tomber immédiatement sous son charme, déclara Priscilla Armstrong, qui se proclamait elle-même experte en affaires de cœur après trois saisons de chasse au mari pourtant infructueuse.

Cécile, une jeune fille mince, aux cheveux blond cendré et aux yeux gris clair, prit aussitôt la défense de Jane.

— Dois-je te rappeler, Priscilla, que Sedgecroft est le cousin de Nigel ? Il est de son devoir de servir de chevalier servant à Jane jusqu'à ce que Nigel…

Jusqu'à ce que Nigel fasse quoi ? La question était sur toutes les lèvres tandis que les regards des quatre filles convergeaient sur Jane.

Mais elle s'entêta à ne rien leur révéler, gardant en tête le conseil de Grayson selon lequel une aura de mystère ne ferait que la rendre plus attirante aux yeux de la bonne société. Non qu'elle souhaitât séduire qui que ce soit. La seule chose qu'elle espérait, en fait, c'était de ne pas contrarier Sedgecroft. Ce dernier lui ayant offert, au cours de ces dernières vingt-quatre heures, un échantillon de son opiniâtreté, elle n'avait aucune envie de provoquer sa colère. Seigneur, elle éprouvait déjà assez de difficulté à l'avoir comme ami. Que ferait-elle s'il devenait son ennemi ?

— Je n'ai rien de plus à dire à ce sujet, déclara-t-elle, en proie à une détresse de plus en plus aiguë à chaque minute.

Mais les quatre jeunes filles remarquèrent à peine son désarroi. Elles étaient bien trop captivées par l'opinion que délivrait Mlle Evelyne Hutchinson au sujet de Sedgecroft, qu'elle étudiait et analysait visiblement avec beaucoup d'attention et de ferveur depuis quelque temps.

— Savez-vous ce que dit la femme de chambre de son ancienne maîtresse ?

— Quelle maîtresse ? interrogea lady Alice Pfeiffer, prouvant par là qu'elle aussi connaissait bien le sujet.

— Mme Parks, répliqua Evelyne.

— Raconte, lui intima Priscilla. Jane a le droit de savoir.

— Mais je…

— Il faut que tu connaisses la vérité, coupa Cécile avec fermeté.

Jane n'était pas du tout certaine de le souhaiter. Elle se tordit le cou, cherchant inconsciemment dans la foule la haute silhouette du marquis.

Evelyne pressa son éventail contre sa joue.

— Mme Parks aurait confié à une de ses amies qu'une nuit avec Sedgecroft était une véritable orgie sensuelle.

Jane dressa aussitôt l'oreille.

— Tu as dû mal comprendre, intervint-elle, alors qu'elle n'en pensait pas un traître mot.

Evelyne hocha la tête d'un air entendu et ajouta en gloussant :

— Elle a dit aussi qu'ensuite il valait mieux renoncer à monter à cheval pendant quelque temps.

— Oh ! Franchement ! s'exclama Cécile d'un ton désapprobateur tandis que ses compagnes se délectaient visiblement de ces commérages Ce n'est pas exactement le genre de détails que j'avais à l'esprit quand je t'ai encouragée à parler, précisa-t-elle.

Mais Evelyne n'en avait pas terminé.

— Et ce n'est pas tout. Il paraît aussi qu'il lit les journaux du matin tout en accomplissant certaines activités *physiques* avec ses maîtresses.

Priscilla se pencha en avant, les lèvres entrouvertes.

— Il fait cela le *matin ?*

— Matin, midi et soir, répliqua Evelyne. Il est capable de satisfaire tous les caprices d'une femme.

Il y eut quelques soupirs, suivis d'un long silence, qu'Evelyne se sentit finalement obligée de briser.

— Passer du temps avec cet homme, c'est tomber sous son emprise. Une fois qu'il a réfléchi et pris sa décision, c'est la fin.

— La fin de quoi ? s'enquit Jane, ressentant un léger picotement dans la nuque.

— La fin de la vertu. Le début du vice. Il a généralement lancé sa stratégie de séduction bien avant que sa victime ait compris où il voulait en venir.

Cécile décocha à son amie un regard d'avertissement.

— Cela suffit, Evelyne.

— À vrai dire, je ne pense pas que les femmes qu'il aime se considèrent comme des victimes, reprit celle-ci après une courte pause. Le terme de trésor conviendrait mieux.

Il y eut un nouveau silence.

Son expérience concernant les prouesses de Sedgecroft étant selon elle suffisante pour la journée, Jane en profita pour fausser compagnie à ses amies.

— Vous m'excuserez, mais je crois que mon frère me cherche.

Comme elle s'éloignait, Cécile la rattrapa.

— Je suis passée te voir, hier soir, chuchota-t-elle d'un air d'excuse, mais tu étais sous bonne garde, et on ne m'a pas laissée t'approcher. Comment vas-tu survivre à cela, Jane ?

Jane contempla les vastes pelouses qui s'étendaient devant elles. Cécile était une de ses plus anciennes confidentes, presque aussi proche d'elle que Caroline et Miranda. À l'âge de trois ans, elle avait déclaré devant toute la congrégation réunie dans l'église qu'elle avait surpris sa tante enfermée dans le cellier avec le vicaire. À cinq ans, elle avait coupé sa longue chevelure blonde, pour jouer à Robin des Bois avec ses frères. À onze ans, elle avait recommencé, mais cette fois parce qu'elle comptait s'enfuir de chez elle pour devenir jockey.

Jane l'adorait, et cela n'avait rien de surprenant. Cécile avait un caractère bien trempé, et elle était follement amoureuse du jeune duc qu'elle était sur le point d'épouser. Elle ignorait cependant tout du plan que Jane avait élaboré avec Nigel afin de mettre un terme à leur fausse idylle.

Lorsque Cécile lui prit la main, elle regretta d'autant plus de ne pouvoir se montrer franche avec elle.

— J'étais malade d'inquiétude à ton sujet, avoua son amie. Si j'avais eu une arme, je serais partie moi-même à la poursuite de Nigel pour le tuer. Crois-moi ou non, mais je sais exactement ce que tu ressens. C'est extrêmement courageux de t'être montrée dans le monde aujourd'hui, Jane, mais… est-ce bien sage ?

Il y a un temps pour être sage, et un temps pour être coquin.

— Quoi que je fasse, les gens parleront, Cécile. Plus vite j'affronterai les regards, mieux cela vaudra.

— Ce n'est pas à cela que je faisais allusion, Jane.

— Mais… à quoi, alors ?

— À Sedgecroft.

— Oh…

Le regard de Jane se posa sur le magnifique spécimen masculin qui se dirigeait vers elle d'un pas à la fois souple et déterminé. Leurs regards s'aimantèrent, et son cœur bondit dans sa poitrine. À regret, elle reporta son attention sur Cécile.

— Ne t'inquiète pas pour moi.

— Mais il s'agit de Sedgecroft, Jane. Le débauché incarné.
— Je me contente de déjeuner avec lui, rien de plus.
— Sedgecroft ne se contente pas de « déjeuner » en compagnie d'une femme, riposta Cécile. Sauf si la femme est le plat principal.

Le déjeuner et le lit. Ses propres paroles résonnèrent dans sa tête.

— Balivernes, répliqua-t-elle avec fermeté.

Cécile jeta un regard à la ronde, consciente que son amie ne lui accordait pas toute son attention. Elle arqua les sourcils en voyant approcher le beau marquis.

— Quand on parle du loup, murmura-t-elle. Jane, je t'en prie. *Je t'en prie*, écoute-moi. Tu es vulnérable. Je sais que Nigel t'a profondément blessée en agissant comme il l'a fait. Mais te lier à Sedgecroft… c'est un peu comme marcher au bord d'une falaise avec les yeux bandés, non ?

— Bonjour, Cécile, fit Grayson en s'interposant entre les deux jeunes filles. Comment va votre père ? Je ne l'ai pas vu au club, ces jours-ci.

Cécile le toisa avec froideur. En tant qu'amie de Chloé, elle n'était que trop consciente du charme fatal que les Boscastle exerçaient sur leur entourage.

— Il va bien, merci. Et votre famille ? Tout le monde semblait se porter comme un charme hier, à la chapelle.

— Comme un charme et tous pleins de charme, si j'ose dire.

Son regard glissa sur Jane, qu'il considéra avec une sollicitude qu'elle savait destinée à la galerie.

— Aimeriez-vous danser, Jane ?

Cécile contempla fixement la main qu'il avait posée sur l'épaule de son amie et pinça les lèvres d'un air désapprobateur.

Jane secoua la tête en signe de refus.

— Non, pas maintenant, merci. Je…

— Que diriez-vous d'une coupe de champagne, alors ? suggéra-t-il en l'éloignant imperceptiblement de Cécile.

Mais cette dernière ne se laissa pas ignorer aussi facilement.

— Oh, j'adore le champagne ! s'exclama-t-elle. Vous devriez aller nous en chercher une coupe, Sedgecroft.

Il lui adressa un sourire faussement candide.

— Mais cela m'obligerait à laisser Jane seule de nouveau, ce qui serait fort grossier de ma part. Soyez un ange, demandez donc à un valet de nous en apporter. Une duchesse doit apprendre à donner des ordres, vous ne croyez pas ?

Cécile affichait une expression si choquée que Jane dut baisser les yeux de crainte d'éclater de rire. Il fallait que Sedgecroft soit un véritable démon, pour provoquer son amie de cette façon !

Celle-ci eut un sourire crispé.

— Cela me rappelle Jane, que Hudson et moi allons faire une promenade à cheval dans le parc mardi après-midi, avec ses neveux et nièces. Aimerais-tu te joindre à nous ?

Grayson lui rendit son sourire et déclara :

— Nous en serions enchantés, n'est-ce pas, Jane ?

Cécile demeura bouche bée.

— Je voulais dire…

— Je n'ai pas revu Hudson depuis notre dernière partie de chasse dans les Highlands, enchaîna Sedgecroft. Nous pourrions peut-être aller à l'opéra ensemble cette semaine ?

Cécile ne sut que répondre à cela. Sedgecroft était l'arrogance incarnée. Mais le pire, c'était que Hudson l'aimait beaucoup. Il lui avait dit à maintes reprises qu'il appréciait sa compagnie, que c'était un chic type et un ami dévoué. Mais quelles étaient les intentions du marquis concernant Jane ? Était-il possible qu'il y ait une once d'honneur en lui ?

— Croyez-vous réellement que Jane doive reprendre une vie sociale si rapidement après… après ce qui s'est passé hier ? demanda-t-elle d'une voix tendue.

Sedgecroft eut un sourire absent et fit pivoter Jane dans l'autre direction comme pour la protéger.

— Je pense pouvoir veiller convenablement sur Jane, même si je vous remercie de votre loyauté envers elle durant ces moments… disons difficiles. Mais avant de partir, je crois que nous allons aller vous chercher ensemble une coupe de champagne, Cécile. Vous semblez avoir besoin d'un petit remontant.

— N'en avons-nous pas tous besoin ? fit remarquer Jane en lançant un coup d'œil par-dessus son épaule à son amie éberluée.

Quelques minutes plus tard, après qu'ils eurent salué leurs hôtes, et retrouvé Simon, le marquis emmena Jane sans lui avoir laissé le loisir de déjeuner.

— Sedgecroft, j'ai trouvé votre attitude avec Cécile tellement… tellement…

— Ne me remerciez pas, coupa-t-il en l'entraînant avec fermeté vers la voiture. Votre gratitude est compréhensible.

— Ah, vraiment ? Quel soulagement !

Il marqua une pause, esquissa un vague sourire.

— Loin de moi l'idée de critiquer qui que ce soit en dehors des membres de ma famille, Jane, mais je commence réellement à me demander si votre tendance a avoir la langue acérée n'a pas intimidé mon cousin.

Jane ne sut comment réagir. Sedgecroft sembla mal à l'aise, tout à coup.

— J'aurais mieux fait de me taire, reprit-il. Il se trouve que j'apprécie beaucoup ce trait de votre caractère.

Cela lui plaisait ? Il appréciait qu'elle lui tienne tête ?

— Vous quoi ? parvint-elle finalement à articuler.

— Dans une certaine mesure, précisa-t-il. Désolé d'avoir ramené le sujet sur le tapis. Et je suis aussi navré si j'ai pu vous paraître quelque peu négligent, aujourd'hui.

Jane se détourna, abasourdie. Aurait-il été plus attentionné qu'elle aurait sans doute fondu sur place !

— C'est à cause de Chloé, avoua-t-il, révélant ainsi ce qui, à l'évidence, le tourmentait. Je ne peux contrôler tous ses faits et gestes, et je crains qu'elle n'aille droit à la catastrophe. À vrai dire, j'assiste rarement à ces stupides garden-parties. Ces réceptions me paraissent insipides. Je suis plus à l'aise la nuit.

— Ce n'est pas ce qu'on m'a dit.

— Je vous demande pardon ?

Elle sentit son grand corps viril derrière elle, tout proche, et se remémora, gênée, ce que Evelyne avait raconté.

— Des ragots, s'empressa-t-elle de préciser. Il paraît que le matin… mon Dieu, oubliez cela, voulez-vous ?

Était-ce vrai ? Sedgecroft lisait-il vraiment le journal en faisant l'amour ?

Il entra à sa suite dans la voiture, et remarqua avec une expression narquoise :

— N'écoutez pas les ragots, ma chère.

Elle jeta un coup d'œil à son frère qui était encore dehors. Elle commençait à découvrir que le marquis possédait une personnalité plus complexe qu'elle l'aurait cru à première vue.

— Que voulez-vous dire ?

Il attendit qu'elle soit confortablement installée, avant de s'asseoir à son tour, et de la fixer d'un regard effronté.

— Si vous vous interrogez à mon sujet, il vous suffit de me poser des questions.

— Je ne pense pas que j'oserai.

— Alors, vous ne saurez jamais la vérité.

— Dans certaines circonstances, il vaut peut-être mieux rester dans l'ignorance.

— Mais pas vous, Jane, rétorqua-t-il. J'ai le sentiment que votre curiosité est loin d'être satisfaite.

11

À peine arrivée chez elle, Jane monta s'enfermer dans sa chambre en ignorant le feu roulant de questions dont ses sœurs l'assaillirent. Elle avait besoin de réfléchir. Mais tout ce à quoi elle put penser, ce fut à Grayson, naturellement. Quand ils étaient ensemble, son esprit cessait de fonctionner normalement.

Son opinion sur lui aurait été toute différente si elle n'avait été étrangement touchée par les émotions contradictoires qu'il avait révélées en s'en prenant aussi violemment à sa sœur. Il avait exprimé son amour, mais aussi l'affolement qu'il ressentait à l'idée de ne pouvoir contrôler le monde.

Il était animé des meilleures intentions, même si ses méthodes laissaient quelque peu à désirer. Elle ne comprenait pas pourquoi elle se sentait aussi à l'aise avec lui. Peut-être cela tenait-il au fait qu'il ne semblait jamais choqué par ses propos. Et elle avait fait quelque chose de très répréhensible.

Serait-il choqué en apprenant son secret ?

Probablement… s'il fallait en juger par la façon dont il se comportait avec sa sœur. Ses idées libérales se limitaient apparemment à ce qui était permis aux hommes.

Mais peu importait comment tout cela se terminerait. Pour l'heure, elle avait le sentiment d'être enfin appréciée. Or jusqu'ici, personne, à part ses chiens, n'avait jamais semblé l'apprécier pour elle-même.

Le problème, c'était que Grayson ne savait pas *qui* elle était en réalité. Ni ce qu'elle avait fait. Que penserait-il si la vérité venait à éclater ?

Si la journée qu'il avait passée avec Jane s'était révélée étonnamment agréable, Grayson redoutait l'inévitable confrontation avec Chloé. Il se faisait plus de souci, et se querellait plus souvent avec sa jeune sœur qu'avec aucun de ses proches. Probablement parce qu'ils se ressemblaient sur bien des points.

Ils étaient tous deux arrogants. Aventuriers. Toujours prêts à défendre les causes perdues. Attirés par les ennuis. Déterminés à atteindre leur but sans se soucier des conséquences.

Il s'arrêta devant la porte de la chambre de la jeune fille, se préparant à mener une nouvelle bataille. Dans des moments comme celui-ci, il regrettait qu'Emma, sa sœur, ne soit pas là pour prendre la relève. Ou même Heath, dont la douceur semblait désarmer les femmes les plus récalcitrantes. Il se serait senti soutenu aussi par la présence de Jane, même si celle-ci devait le réprimander par la suite. Il était conscient d'avoir à peu près autant de tact qu'un bélier dès qu'il s'agissait de questions personnelles. Mais, dans certaines circonstances, il fallait absolument faire preuve de fermeté. Que cela lui plaise ou non, il était désormais le chef de famille. Il devait donc se faire obéir.

Pourquoi Chloé ne ratait-elle jamais une occasion de défier son autorité ?

Comment devait-il s'y prendre avec elle ?

Il ouvrit la porte sans avoir la moindre idée de ce qu'il allait dire.

Elle était assise à son bureau, sa longue chevelure noire déployée sur ses épaules. Elle avait l'air tout à la fois jeune, vulnérable, et terriblement adulte. Elle se raidit en l'entendant entrer, mais ne se retourna point.

— Ah, voilà mon geôlier, dit-elle. Laissez le pain et l'eau près de la porte, je vous prie.

— Chloé.

— Grayson.

Il ouvrait la bouche pour parler quand il aperçut un portrait au crayon de Brandon posé sur le bureau. Brandon avait été le bébé de la famille, puis l'ardent admirateur de Chloé, ainsi que son partenaire privilégié pour les sottises quand ils étaient enfants. Sa mort l'avait anéantie à une époque où elle était censée se préparer au mariage.

Une fois de plus, il se reprocha de n'avoir pas été auprès de son père et de Chloé quand ils avaient appris la nouvelle de la mort de Brandon. Depuis des mois, Royden Boscastle demandait à son fils aîné de les rejoindre dans leur maison de campagne pour y passer une semaine à chasser avec de vieux amis. Grayson avait sans cesse remis sa visite, promettant de venir dès que l'occasion se présenterait, sans se rendre compte que le temps filait et qu'il serait bientôt trop tard.

Son père avait-il pressenti qu'il allait mourir ? Grayson se demanderait jusqu'à la fin de ses jours comment les choses se seraient passées s'il s'était trouvé à ses côtés pour l'aider à supporter choc de la mort de Brandon. Peut-être aurait-il survécu ? Mais Royden était seul avec Chloé quand la lettre était arrivée. Il était mort dans les bras de sa fille, terrifiée et désemparée. La jeune femme n'était plus la même depuis cette épreuve.

— Que croyais-tu faire, aujourd'hui ? demanda-t-il calmement.

— Je ne veux pas en parler.

Il s'assit à côté d'elle.

— Chloé, regarde-moi. Nous allons en parler quand même.

Elle eut une hésitation, puis tourna vers lui un regard froid et… blessé. Grayson soupira, le cœur lourd.

— À quoi t'attendais-tu ? reprit-il d'une voix sourde. Pour l'amour du ciel, Chloé, un militaire !

Elle tapota le bureau du bout de son crayon.

— Si j'avais embrassé un duc, tu nous aurais donné ta bénédiction ?

— Bien sûr que non. Mais avec quelqu'un de même rang que toi, eh bien… si tu étais vraiment amoureuse, le mariage aurait été envisageable. Je n'avais encore jamais vu cet homme.

Elle se mordilla la lèvre.

— Et que comptais-tu gagner en amenant Jane pour qu'elle soit témoin de mon déshonneur ?

— En fait, Jane a pris ta défense.

— Quelqu'un devrait aussi la défendre contre toi ! s'exclama Chloé, ses yeux bleus étincelants.

Il inspira longuement, et décida de ne pas répondre à cette insulte.

— Chloé tu ne vas pas me dire que tu es amoureuse de ce jeune homme ?

— Ça se pourrait.

Il secoua la tête, l'air accablé.

— Je n'aime pas la voie extravagante sur laquelle tu es en train de t'engager. Pas plus que je n'approuve ton travail à l'Hospice des enfants abandonnés et à la prison pour femmes. Tu ne côtoies que des jeunes femmes brisées, des prostituées.

— Personne ne s'occupe d'elles, Grayson, rétorqua-t-elle d'une voix passionnée. Elles n'ont pas de parents pour veiller sur elles.

Pas de parents. Son sentiment de perte était-il si aigu, si envahissant, qu'elle en arrivait à se sentir chez elle auprès de ces pauvres créatures plutôt que parmi les siens ?

— Mais je t'aime, Chloé, dit-il, abasourdi. Nous t'aimons tous.

— Alors, laisse-moi mener ma vie comme je l'entends.

— Non. Pas tant que ce que tu feras me déplaira.

Il se leva, et se mit à arpenter la pièce, les mains dans les poches.

— Nous devrions peut-être te trouver un mari. Je ne sais pas. Quelqu'un que papa aurait choisi.

Une ombre passa dans le regard de Chloé et disparut avant qu'il ait pu en déchiffrer la signification.

— Papa m'aurait laissée choisir mon mari moi-même.

— C'est faux, Chloé, nous le savons tous deux. Nous l'aimions, mais c'était un tyran. Il pouvait se montrer très blessant, parfois.

Elle se leva d'un bond, les joues écarlates, et s'écria d'une voix tremblante :

— Ne dis pas cela !

— C'est pourtant la vérité. Et cela ne veut pas dire que je ne l'aimais pas. Ou qu'il ne me manque pas autant qu'à toi.

— Je veux aller au Népal, lâcha-t-elle tout de go.

— Quoi ?

— Je veux retrouver le corps de Brandon et le ramener.

Grayson laissa échapper un soupir. Il ne fallait pas compter sur lui pour expliquer à sa sœur que les charognards n'avaient sans doute rien laissé du corps de leur frère.

Brandon et ses compagnons étaient morts au fond d'un ravin, pris dans une embuscade tendue par les rebelles. Personne n'avait rapporté ces détails sordides à Chloé. En fait, personne ne savait réellement ce qui s'était passé, en dépit des efforts de Drake et de Heath pour découvrir la vérité.

— C'est hors de question, Chloé, déclara-t-il en secouant vigoureusement la tête.

— Pourtant, c'était ce que papa voulait.

— Il pensait peut-être y aller lui-même.

— Devon m'a promis qu'il m'emmènerait.

— Dans ce cas, je lui tordrai le cou dès son retour, répliqua-t-il en haussant le ton à la pensée du danger que courrait sa sœur en se lançant dans une telle aventure.

Elle soutint son regard, luttant visiblement contre des larmes où le défi se mêlait au chagrin.

— Un jour, je ferai exactement ce que je veux.

— Pas si j'ai mon mot à dire.

Il la prit fermement par les épaules. Elle se crispa et refusa de croiser son regard.

— Je ne veux pas que tu revoies cet officier, dit-il, d'une voix si semblable à celle de son père qu'il en tressaillit.

— Tu l'as probablement éloigné de moi à jamais, marmonna-t-elle.

— Je l'espère.

Elle leva les yeux, et il y décela une lueur d'amusement.

— Tu as peut-être aussi éloigné Jane.

Grayson réprima un rire en se rappelant avec quelle fermeté Jane avait défendu Chloé. Tout le monde semblait la sous-estimer !

— Elle a pris ton parti, si tu veux savoir.

— Je l'aime bien, Grayson, avoua Chloé dans un soupir. Il y a quelque chose d'attachant chez elle. Je t'en prie, ne fais rien qui puisse lui causer plus de tort qu'elle n'en a déjà subi.

Grayson considéra sa sœur avec étonnement.

— Chloé, c'est en partie à cause de toi que je suis devenu son ami. Tu m'as persuadé dans la chapelle qu'il était de mon devoir de l'aider. Cela m'a fait réfléchir. Et tu sais, c'est étrange, je l'aime bien aussi. Il est si facile de parler avec elle.

— Ne pousse pas l'amitié trop loin.

Il soupira, soulagé, et fut tenté de la prendre dans ses bras, comme la petite sœur qu'elle demeurerait toujours à ses yeux. Jane allait former entre eux le lien qui les aiderait à se retrouver. Jane… son petit ange de la paix, sa séductrice ingénue.

— Je pense que Jane est parfaitement capable de sortir de cette situation la tête haute, dit-il. Surtout si nous la soutenons.

— Je l'espère, dit Chloé en esquissant un sourire timide. Peut-être aussi saura-t-elle faire ressortir le meilleur de toi-même ?

— Et pas le pire ?

Elle rit à contrecœur, incapable de résister à son charme.

— J'espère pour elle que non.

12

Au cours des cinq jours qui suivirent, Grayson joua à la perfection le rôle de chevalier servant, escortant Jane dans des soirées, des conférences, et même pour un souper au *Clarendon*, en compagnie de quelques intimes. Il l'initia aux plaisirs et aux raffinements de son univers, un monde fascinant qu'elle n'avait fait qu'entrevoir jusqu'à présent. Au lieu de glisser doucement dans l'obscurité paisible qu'elle avait recherchée, elle fut accueillie dans le cercle des libertins et des radicaux. Elle fit connaissance avec des actrices, des habitués des maisons de jeux et des artistes parisiens sans le sou. Elle alla sur les docks pour voir décharger la cargaison qu'un des navires marchands de Grayson venait de rapporter de Chine. Et durant tout ce temps, elle s'efforça de ne pas oublier que ces joies et ces plaisirs illégitimes s'achèveraient tôt ou tard.

Elle n'avait pas envie que tout cela prenne fin.

Elle ne vivait que pour les instants où elle se retrouvait en compagnie de ce gredin. Elle n'avait jamais autant ri de sa vie. Il était arrogant. Et attentionné. Elle éprouvait une telle attirance pour lui qu'elle craignait de ne plus pouvoir le dissimuler.

Ce jour-là, ils avaient assisté à l'ascension d'un ballon dans Green Park. Et sur le chemin du retour, elle avait été à deux doigts de tout lui avouer. Préserver son secret face à un homme de son expérience devenait intolérable. D'autant qu'il n'hésitait pas à lui confier ses propres craintes et ses espérances. Dire qu'elle persistait à lui mentir alors qu'il lui faisait confiance au point de lui révéler certains secrets de famille ! N'était-ce pas l'inverse qui se produisait d'ordinaire ? Les canailles et les coquins n'étaient-ils pas censés rouler dans la farine les jeunes filles innocentes ?

S'il ne s'était pas impliqué personnellement dans la situation, endossant pour elle le rôle de chevalier servant, il aurait probablement été le genre d'homme à apprécier le tour que Nigel et elle avaient joué à cette bonne société si guindée et rigide.

Ironie du sort, en d'autres circonstances, c'est sans doute vers Grayson Boscastle qu'elle se serait tournée pour demander un conseil. Il était certainement le plus loyal et le plus compréhensif des amis. Et elle aurait souhaité de tout son cœur être digne de son amitié.

Caroline et Miranda entrèrent sur la pointe des pieds dans la chambre de leur sœur. Scrutant la pénombre, elles distinguèrent sa mince silhouette allongée sur le grand lit à baldaquin. Une compresse fraîche plaquée sur le front, sa chevelure répandue sur l'oreiller, Jane gisait aussi immobile qu'une statue de marbre. Elle demeura dans la même position jusqu'à ce que la présence silencieuse de ses sœurs devienne trop oppressante. Non, elle ne pouvait jouer la comédie plus longtemps, sa conscience ne le lui permettait pas.

— Dehors, toutes les deux ! ordonna-t-elle en desserrant à peine les mâchoires.

— Oh, Jane ! s'exclama Miranda, compatissante. Tu… tu as l'air positivement éreintée.

— Sans doute parce que je le suis.

Caroline se laissa tomber sur le lit, et déclara sombrement :

— J'avais raison. Ce Sedgecroft est horrible.

— Non ! protesta Jane en arrachant sa compresse. Il est merveilleux. C'est l'homme le plus merveilleux que j'aie eu le malheur de rencontrer dans toute ma vie !

Ses sœurs échangèrent des regards ahuris.

— Raconte, ordonna Miranda en prenant place à côté de Caroline.

— Je ne vous dirai rien.

— Si tu insinues qu'il a réussi à te séduire dès la première semaine…

— Pas du tout ! répliqua Jane, irritée. Il se peut qu'il m'ait embrassée. Une ou deux fois.

Intriguée, Caroline fronça les sourcils.

— Et c'est pour ça que tu es là, allongée dans l'obscurité ?

— Si tu avais été embrassée par Sedgecroft, tu ne poserais pas une question aussi stupide. Du reste, tu ne serais même pas capable d'aligner deux phrases cohérentes.

Il y eut un long silence, que Miranda finit par briser en murmurant :

— Je crois que nous l'avons mal jugé. Il peut être tout à fait charmant quand on lui en donne l'occasion.

— Y a-t-il jamais eu le moindre doute à ce sujet ? soupira Jane en se rappelant le pouvoir insensé de son charme. C'est bien pour cela que ce scélérat a autant de succès.

— Et comment comptes-tu lui résister ? hasarda Caroline.

— Difficilement, je te le garantis. Apparemment, je ne suis pas aussi insensible à son charme que je l'espérais. Je ne suis pas encore remise de notre promenade d'aujourd'hui.

— Eh bien, tu ferais mieux de te remettre en vitesse, déclara Miranda en consultant la pendulette sur la table de chevet. Weed, son valet, a laissé un message pour te prévenir que le marquis passerait te chercher dans moins d'une heure.

Jane se redressa d'un bond.

— Mais pourquoi ?

— Le bal annuel de Southwick House, annonça Caroline. Une des plus grandes réceptions privées de la saison. Quelques invités triés sur le volet sont conviés plus tôt que les autres. Enfin Jane, tu le sais bien, puisque nous y assistons tous les ans !

Affolée, celle-ci lança un coup d'œil du côté de sa penderie. Sa coquetterie et son goût pour la toilette n'avaient jamais été autant sollicités que ces cinq derniers jours. Qu'elle puisse ressembler à un pigeon lui importait peu, jusqu'à ce que Sedgecroft lui lance ce défi : porter des tenues audacieuses !

— Il aurait pu avoir l'amabilité de me prévenir ! Que vais-je mettre ?

— La robe de tulle rose pâle avec le châle à franges, suggéra Caroline. Celle que tu aurais dû porter pour la réception, après la cérémonie de mariage.

— La réception ? répéta Jane, tout en se demandant si ce rose pâle n'apparaîtrait pas trop sage aux yeux d'un homme aussi dépravé que Sedgecroft. Quelle réception ?

— Celle qui devait être donnée en ton honneur et en celui de Nigel, répliqua sèchement Miranda. Tu sais ? Nigel… ton fiancé. Cet homme avec qui tu avais si peu envie de te marier que tu as échafaudé un plan machiavélique à seule fin de lui échapper.

Se rembrunissant, Jane se leva.

— Oui, je sais tout cela, merci.

— La robe rose n'est pas dans ta garde-robe, l'avertit Caroline avec un regard complice à Miranda. Je suis venue la chercher pendant que tu te remettais de tes émotions, pour la faire repasser par la femme de chambre.

Jane pivota vivement sur ses talons.

— Ai-je encore mon mot à dire dans cette maison ?

— Bien sûr, murmura Miranda, narquoise. C'est justement parce que tu tenais à dire ton mot que tu as tous ces ennuis avec Sedgecroft.

— Elle n'a pas d'ennuis avec Sedgecroft. Du moins, pas encore, observa Caroline, la mine inquiète.

— Tu devrais sonner Amélia pour lui demander de t'aider à te préparer, lui conseilla Miranda. Tu es d'une pâleur ! Et tu as perdu du poids.

— Forcément, je n'ai rien mangé de la semaine, à part une fraise ! s'exclama Jane, excédée à l'idée que le contrôle de la situation lui échappait. Il faut se restaurer convenablement quand on a affaire à un homme pareil. Je me demande si Sa Majesté Sedgecroft s'en rend compte ?

Caroline se mordit les lèvres en réprimant un sourire.

— Probablement, car il a précisé qu'il y aurait un souper avant le bal. Il a suggéré que tu manges une pomme pour tenir jusque-là. Le chef autrichien de Southwick est un génie, paraît-il. Sedgecroft nous conseille d'avoir grand appétit pour goûter aux merveilles qu'il concocte.

Jane contempla d'un air maussade le reflet que lui renvoyait son miroir. Un souper et un bal. Une pomme. Et résister encore toute une soirée à Sedgecroft. Le souvenir des baisers fervents de cet arrogant scélérat la fit vaciller sur ses jambes. Il était insatiable dans sa poursuite du plaisir, mais le sentiment de culpabilité qui la taraudait sans relâche allait lui gâcher ce qui aurait pu être un moment enchanteur. Pourquoi ses parents n'avaient-ils pas jeté leur dévolu sur Grayson dès le début ?

— Et si je refusais d'y aller ? Étant donné les circonstances, je suis sûre que personne ne s'étonnerait de mon absence.

À ce moment précis, on entendit des pas précipités dans le corridor. Lady Belshire ouvrit la porte et passa la tête dans l'entrebâillement. Ses cheveux aux reflets argentés étaient relevés en un élégant chignon, piqué d'épingles en diamants. Sa robe de taffetas doré mettait en valeur sa silhouette élancée et scintillait à la lumière telle une traînée d'étoiles.

— Es-tu prête, ma chérie ? Seigneur, que faites-vous là, toutes les trois, à chuchoter dans l'obscurité ? On dirait trois vilaines petites souris complotant dans une nursery !

— Miranda et moi sommes prêtes, maman, annonça Caroline.

— Eh bien, Jane, dépêche-toi, enjoignit lady Belshire, un peu hors d'haleine. Sedgecroft vient d'arriver, et il est tiré à quatre épingles. Je dois avouer qu'il a de l'allure. Vous allez faire sensation, tous les deux.

— Merveilleux, marmonna Jane. C'est exactement ce qu'il me faut en ce moment. Me faire encore remarquer.

Lady Belshire s'autorisa un soupir désespéré. Elle ressemblait un peu à une reine des fées découragée par la rébellion de sa fille aînée. Mais, naturellement, l'humeur morose de Jane n'avait absolument rien à voir avec l'adorable marquis de Sedgecroft, qu'Athena avait de toute évidence mal jugé. La triste vérité, c'était que cette pauvre Jane n'oublierait pas son cher Nigel en l'espace de quelques jours. Ce que sa famille pouvait faire de mieux en attendant, c'était de la distraire afin de lui prouver que sa vie était loin d'être terminée.

— Quand je t'entends parler ainsi, je pourrais tuer Nigel de mes propres mains ! Mais il faut que tu penses à la réputation des Belshire, ma chérie.

Lady Belshire marqua une pause, plutôt satisfaite de la façon dont elle avait décidé de mener cette affaire, puis ajouta :

— Et maintenant, tu as Sedgecroft à tes côtés.

— Sedgecroft, répéta Jane en se laissant retomber lourdement sur le lit.

— On n'aurait pu rêver meilleur chevalier servant, assura sa mère, oubliant visiblement que, quelques jours auparavant, elle considérait le marquis comme un vaurien irrécupérable.

Mais, après tout, quelle importance, puisqu'il déployait à présent tout son... charme viril, pour aider sa fille à surmonter l'épreuve du déshonneur ?

— En fait, dit-elle pensivement, je ne peux m'empêcher de frémir à la pensée de ce qu'il fera quand il aura retrouvé Nigel.

— Nous en frémissons toutes, murmura Miranda tandis que leur mère tournait les talons.

13

Ce même jour, les journaux du soir firent apparaître le scandale du mariage Boscastle sous un jour nouveau en posant une question provocante : sir Nigel avait-il abandonné lady Jane, ou avait-il été écarté par la branche dominante de la famille ? Un certain marquis avait-il attendu, caché en coulisses, avant de manifester ses intentions ? Ou bien ce séduisant conspirateur avait-il élaboré lui-même toute cette mise en scène ?

D'où un nouveau mystère, à savoir : quand les éléments de ces drames s'étaient-ils réellement mis en place ? Et comment l'affaire se terminerait-elle ? Pourquoi les parents de lady Jane semblaient-ils accepter si placidement la situation ? Sir Nigel s'était-il tout bonnement évanoui dans la nature ? Et puis, il y avait enfin la question la plus époustouflante : envisageait-on de conclure tout de même une union entre ces deux illustres familles ?

En quelques heures, l'article avait fait le tour de la ville, et ces questions étaient sur toutes les lèvres. Les conversations s'interrompirent à Southwick House lorsque Grayson fit son entrée en compagnie de Jane. Toutefois, celle-ci était convaincue que cette réaction était due moins à l'audace dont elle faisait preuve en apparaissant si souvent en public après son mariage raté qu'à la popularité de Sedgecroft.

En effet, les dames ne quittèrent pas des yeux son séduisant cavalier tandis qu'ils traversaient le grand hall. Son élégance et sa démarche nonchalante firent tourner bien des têtes, tandis que les éventails s'agitaient, témoignant de l'émoi de l'assistance.

Grayson quant à lui voyait les choses sous un jour entièrement différent.

Certes, il remarqua qu'on les regardait. Surtout les hommes. Et le désir à peine voilé qu'il lut dans leurs yeux confirma ses craintes. Lady Jane, abandonnée par son fiancé, était déjà considérée comme une proie facile.

Cependant, les regards brûlants disparaissaient dès que ces messieurs croisaient l'œil noir du marquis. Dès lors, on se détournait, on posait des questions à voix basse, on haussait les épaules avec résignation. Nul n'aurait eu le courage de défier Sedgecroft, par le geste ou la parole. Sa courtoisie, son tempérament accommodant lui valaient peu d'ennemis, mais son indéfectible loyauté envers ceux qu'il aimait était trop connue pour que quiconque se risque à l'attaquer sur ce terrain.

Naturellement, il avait lu les journaux. Les spéculations sur le fait qu'il courtise Jane dans l'intention de lui demander sa main ne le gênaient pas le moins du monde. Comme l'avait prédit lady Belshire, il permettait de rétablir la réputation de Jane, et il ne demandait pas mieux que de lui rendre ce service. De fait, il avait ordonné à son secrétaire de ne pas démentir et de ne pas confirmer non plus les suppositions des journalistes.

Ils devraient se contenter d'un sourire énigmatique.

Las de sa réputation de coureur de jupons, Grayson ne voyait pas d'inconvénient à ce qu'on croie qu'il considérait Jane comme une épouse potentielle. Leur union était tout à fait plausible. Et si on le soupçonnait d'être à l'origine du scandale du mariage manqué, après tout, quelle importance ?

En fait, s'il avait fait la connaissance de Jane quelques mois plus tôt, il... il... quoi ? Il fronça les sourcils et se rembrunit en fouillant sa mémoire. Ils avaient dû être invités aux mêmes réceptions au cours des saisons précédentes.

Pourtant, leurs routes ne s'étaient jamais croisées. Pour quelle raison ? Il se rappela vaguement Nigel tournant autour d'elle, la protégeant des vauriens de son espèce. Tout cela, pour lui faire lui-même tant de mal par la suite... À ce propos, il avait reçu un message de Heath deux heures auparavant. Il attendait d'être en tête à tête avec Jane pour lui annoncer la nouvelle. Cela allait certainement gâcher la soirée et il le regrettait, mais elle avait le droit de savoir.

— Quel crétin, grommela-t-il en songeant à son cousin.

— Pardon ? fit Jane, stupéfaite.

— Rien. Je veux que vous vous amusiez.

— Mais comment ? chuchota-t-elle en observant la foule qui se pressait dans la salle brillamment éclairée. Ces regards me mettent à la torture.

— Personne ne vous tourmentera en ma présence. Ignorez-les.

— Êtes-vous toujours aussi aveuglément arrogant ?

— Je crois, répliqua-t-il en se rapprochant d'elle instinctivement.

Il se demanderait sans doute jusqu'à sa mort pourquoi de belles et brillantes jeunes femmes telles que Jane et Chloé étaient aussi sensibles à l'opinion de personnes qui leur étaient presque totalement étrangères.

Il retint son souffle lorsqu'un invité, le heurtant par inadvertance, le projeta contre sa compagne. Son corps s'embrasa aussitôt au contact fugitif de son sein rond et de son bras pressé contre son torse. Il mourait d'envie de savoir ce qui se cachait sous sa robe, d'explorer les endroits les plus secrets de son corps. Il avait tellement envie d'elle qu'il dut serrer les mâchoires pour ne pas céder à la tentation de la prendre dans ses bras ici même.

Il détourna les yeux, perplexe. Comment pouvait-il songer à séduire une femme dont il prétendait être l'ami ? Mais la sensualité enivrante qui émanait de toute sa personne le troublait un peu plus chaque fois qu'il la voyait. À moins qu'il ne fût attiré par sa personnalité hors du commun ? Curieusement, il n'aurait su le dire. Les deux formaient probablement un cocktail irrésistible.

Reportant son attention sur Jane, il lui trouva l'air si misérable qu'il ne put réprimer un rire.

— Vous appliquez-vous toujours aussi soigneusement à ne pas vous amuser ?

— Comment suis-je censée m'amuser ?

— Il suffit de danser un peu. De boire un peu aussi.

Il fit signe à un valet de leur apporter du champagne.

— De me parler un peu. Et puisque nous sommes là, autant en profiter, ajouta-t-il d'un ton léger.

Elle sourit, et il éprouva de nouveau l'envie irrépressible de la prendre par la main et de l'emmener loin d'ici pour l'avoir toute à lui. Le simple fait de venir en voiture avec elle lui avait donné envie de lui faire l'amour toute la nuit. Bien entendu, comme elle était la seule femme au monde qu'il ne pourrait jamais posséder, il était normal qu'il ressentît ce désir insensé de la débaucher.

Et maintenant, il allait probablement ajouter à sa détresse en lui révélant ce que contenait le message de Heath. Elle pleurerait sans doute lorsqu'il lui expliquerait que, de toute évidence, la brusque disparition de Nigel avait été préparée de longue date. Alors autant lui laisser une heure ou deux de répit avant de gâcher définitivement la soirée par ses sordides révélations.

De fait, il s'aperçut qu'il adorait la faire rire. Et la faire enrager aussi. Juste assez pour que ses jolis yeux verts se mettent à briller sous le coup d'une foule d'émotions intéressantes. Ce n'était sans doute pas très gentil de sa part, mais il ne put résister aux petits démons intérieurs qui le poussaient. Des démons qui semblaient être mystérieusement attirés par Jane.

Jane scrutait la foule élégante, essayant de repérer ses sœurs, lorsque Grayson la fit doucement pivoter vers lui.

— Vous cherchez Nigel ? s'enquit-il.

— Nigel ? Oh, je... non, répondit-elle, la gorge nouée.

Le marquis pinça les lèvres.

— Ne vous inquiétez pas. Je suis sûr que le moment viendra où il devra répondre de sa conduite inqualifiable. J'éprouverai une profonde satisfaction le jour où je l'aurai en face de moi.

Une détermination si impitoyable s'inscrivit sur le visage de Grayson que le regard de Jane s'assombrit. Seigneur, pourvu qu'*elle aussi* n'ait pas à répondre de sa conduite !

— Je ne suis pas si sûre, murmura-t-elle.

— À moins qu'il ne soit mort, ajouta-t-il, plein d'espoir.

— Je... j'espère qu'il n'est pas mort.

— Ah, oui, fit-il, une nuance désapprobatrice dans la voix. Aussi incroyable que cela paraisse, vous l'aimez toujours.

En effet, d'une certaine manière, elle aimait Nigel. Elle ressentait pour lui la même affection que pour Simon, l'oncle Gilles, ou les épagneuls de la famille.

— Je connais Nigel depuis toujours. Quand j'avais à peine quatre jours, il a déposé une grenouille dans mon berceau. C'est en tout cas ce qu'on m'a raconté. Durant toute notre enfance nous avons été inséparables.

— Avez-vous la moindre idée de l'endroit où il aurait pu aller ?

— Eh bien, je l'ai entendu mentionner l'Écosse à une ou deux reprises.

Pour dire que ce pays barbare était le dernier endroit au monde qu'il songerait à visiter. Nigel était le genre d'homme à passer sa vie au coin du feu. Oh, Jane se méprisait d'être aussi malhonnête.

— L'Écosse ? répéta Grayson en fronçant les sourcils. Bizarre. Mais je transmettrai ce renseignement à Heath.

Elle sentit son sang se figer dans ses veines.

— Pourquoi ?

— Parce qu'il possède l'instinct d'un loup lorsqu'il s'agit de traquer une proie, ma chère. Son travail dans les services secrets lui convenait à merveille.

Les services secrets. Les loups. La flamme sensuelle qui brillait dans le regard ensorceleur de Sedgecroft. Quelle femme aurait résisté à une telle tension ? Jane avait l'impression que l'étau de sa propre tromperie se resserrait autour d'elle, annihilait son bon sens, lui interdisait toute fuite.

Le bal était grandiose. Le maître de cérémonie offrit une rose rouge à chacune des dames présentes. Un orchestre de musiciens italiens donna un concert pendant le souper. Après quoi, trois salles de jeu furent ouvertes aux invités. En dépit de l'atmosphère élégante, Jane fut incapable de se détendre. Toute la soirée, elle sentit des regards curieux peser sur elle.

Jamais encore elle n'avait été autant remarquée. À vrai dire, sans Sedgecroft à ses côtés, on ne la considérerait pas comme une personne assez intéressante ni assez en vue pour susciter des commentaires et des ragots. Non qu'elle fût mise à l'écart. Elle avait des amis. Mais le scandale qui avait entouré son mariage raté aurait fini par se calmer, et elle aurait elle-même glissé dans l'oubli avant la fin de la saison.

Toutefois le marquis, lui, ne se laissait pas oublier.

Jane était à chaque instant consciente de sa présence, et qu'il soit sans cesse sur ses talons ne contribuait guère à dissiper son anxiété. Elle avait l'impression d'être accompagnée par un fauve qui pouvait devenir féroce d'une seconde à l'autre. Qui aurait su dire ce que lui-même pensait de tout cela ? Son regard bleu ne laissait rien deviner, et le sentiment qu'elle paierait chèrement sa tromperie persistait.

Il l'invita deux fois à danser. Puis il l'entraîna dans les jardins où un groupe de jeunes gens venaient d'improviser un jeu de colin-maillard.

— Qu'allons-nous faire ? s'enquit-elle, amusée, mais résistant un peu alors qu'il lui faisait dévaler les marches de la terrasse.

— Vous voulez vraiment continuer de danser sous les yeux de tous ces prétentieux ? la taquina-t-il. Je sais maintenant d'où vous tenez ce regard sévère de chouette. Votre frère a le même. J'ai bien cru qu'il allait fondre sur moi comme un oiseau de proie.

Jane sourit.

— Le regard sévère des Belshire n'est sûrement pas aussi dangereux que le sortilège des Boscastle, riposta-t-elle.

Il s'arrêta au bas des marches pour demander d'un air candide :

— Le sortilège des Boscastle ? Qu'est-ce que c'est ? Quelque chose d'horrible ?

Elle contempla son beau visage moqueur. Il tenait sa main gantée dans la sienne, et c'était assez pour qu'elle éprouve un délicieux frisson au plus secret de son corps. Il aurait été si facile de baisser la garde et d'oublier le reste du monde.

— Ce n'est horrible que si vous faites partie des victimes, répliqua-t-elle. De ces êtres infortunés qui sont ensorcelés par ces yeux bleus.

— Eh bien, je suis désolé que vous comptiez parmi les victimes de ma famille.

— Vous n'avez pas l'air du tout désolé.

Il la considéra avec curiosité.

— Je ne voulais pas dire que vous étiez *ma* victime, mon ange. Mais celle de Nigel.

— Oh...

Ses joues s'empourprèrent. Comment avait-elle pu oublier qu'elle était censée avoir le cœur brisé à cause de Nigel, et non lutter contre l'attirance qu'elle éprouvait pour son cousin ?

— De toute façon, il a les yeux verts, murmura-t-elle.

— Dans ce cas, le sortilège peut sans doute être brisé, déclara-t-il en se penchant pour repousser une boucle sur son épaule.

Elle perçut le parfum de son eau de toilette, et frissonna involontairement.

— Mum. Peut-être.

— Hé, vous deux ! Vous jouez ? lança une voix amicale.

Un jeune homme approcha, et ôta le bandeau qui lui cachait les yeux à l'instant où ils heurtaient Grayson et Jane.

— Oh, bonsoir, Sedgecroft ! Je t'ai attrapé ?

— Pas encore, répliqua Grayson en entraînant Jane derrière lui dans le jardin éclairé par des lanternes multicolores. Laisse-nous au moins une chance de nous cacher !

— Mais je ne veux pas jouer, protesta Jane.

— Moi non plus. Mais je ne veux pas qu'on m'accuse de vous avoir emmenée dans le jardin pour badiner. Avez-vous déjà visité le parc au clair de lune ?

Elle lui décocha un regard soupçonneux.

— Est-ce qu'il ressemble au Pavillon des Plaisirs ?

— Il faut que je vous parle.

— Quel ton inquiétant, Sedgecroft. Pourquoi tant de mystère, tout à coup ?

— Je ne veux pas qu'on surprenne notre conversation. Séparons-nous, pour nous retrouver au centre du labyrinthe.

— Le labyrinthe n'est pas éclairé.

— Je sais. N'ayez pas peur, je serai là.

— Devons-nous vraiment rôder dans l'obscurité comme des espions ?

— Je cherche seulement à protéger votre réputation. Allez-y.

Il la regarda se glisser entre les haies de troènes, et prendre la mauvaise direction. Quelques secondes à peine s'écoulèrent avant qu'elle ne l'appelle à l'aide.

— Vous êtes certes intelligente, Jane, mais vous n'avez aucun sens de l'orientation, lança-t-il par-dessus la haie. Non, tournez à droite. Je vous retrouverai de l'autre côté.

— Tout le monde nous a vus arriver ensemble, chuchota-t-elle. Que croyez-vous qu'ils vont penser ?

Il ne répondit pas, et elle en déduisit qu'il ne l'avait pas entendue, quand deux mains solides s'abattirent sur ses épaules et la firent pivoter sur elle-même. Retenant une exclamation, elle se retrouva nez à nez avec lui.

— Ils pensent probablement que nous vivons le plus grand amour que le monde ait jamais connu. Que vous êtes une femme fatale à laquelle nul ne peut résister.

Il était si beau et si charmant que Jane ne put s'empêcher de souhaiter que ce fût la vérité.

— Vraiment ? fit-elle d'un ton mutin. Avez-vous jamais songé à écrire dans les journaux à scandales ? Attendez. J'ai un caillou dans ma chaussure.

— Asseyez-vous sur ce banc, je vais vous aider. Je ne pense pas qu'on nous ait vus.

Elle obéit, et il s'agenouilla devant elle, lui ôta son escarpin, et fit glisser lentement ses doigts sous son pied gainé de soie.

— Voilà, ça va mieux ?

— Beaucoup mieux. Puis-je récupérer mon pied, à présent ?

— Je ne sais pas.

Il le contempla, le faisant tourner à droite, puis à gauche.

— C'est un très joli pied. J'ai envie de l'ajouter à ma collection. Il existe des hommes comme ça, vous savez. Non, je suppose que vous ne le savez pas. Personne n'avait encore jamais touché à vos escarpins, j'en suis sûr.

Elle eut un sourire contrit.

— Est-ce votre plaisir secret, Sedgecroft ? Les pieds des femmes ?

Il se redressa en riant.

— Non, pas vraiment. J'aime les femmes tout entières, pas en morceaux.

Il s'assit près d'elle, et murmura d'une voix grave qui la fit chavirer :

— Dans votre cas, on aurait du mal à décider quelle partie de vous est la plus désirable.

— Est-ce cela que vous désiriez me dire en privé ?

— Non.

Son sourire s'évanouit, et il lui prit la main.

— Peu de gens savent que mon frère Heath a été espion de la Couronne, il y a quelque temps.

— Je l'ignorais.

— Heath est un jeune homme très intelligent.

Et aussi un bourreau des cœurs, à en croire Caroline et Miranda.

— Que voulez-vous dire ? s'enquit-elle.

— Je l'ai lancé sur la piste de Nigel. J'en ai discuté avec votre père, Jane, et nous sommes du même avis. C'est plus discret que d'engager un détective de Bow Street.

Elle sentit son estomac se contracter de nervosité.

— Oh, mais il était inutile de…

— Je ne l'ai pas fait que pour vous. Le comportement de Nigel a entaché irrémédiablement le nom des Boscastle.

Il posa un doigt sur ses lèvres pour l'empêcher de protester.

— Oui, je sais que mes frères et moi n'avons pas une conduite exemplaire non plus. Mais nous n'avons jamais humilié une femme publiquement.

Elle soupira et, comme il ôtait son doigt de ses lèvres, elle en profita pour demander dans un murmure :

— Heath a-t-il retrouvé Nigel ?

— Non. Mais il a appris que notre cousin avait été aperçu à Brighton, dans une berline de voyage. Où se rendait-il ? Nous ne le savons pas encore, mais nous ne tarderons pas à le découvrir. Heath est réputé pour sa ténacité, ajouta-t-il d'une voix dure.

Brighton. Jane s'efforça de ne pas laisser voir son inquiétude. Nigel avait une tante à Brighton. Il était tout à fait possible qu'Esther et lui se soient arrêtés chez elle avant de se rendre dans le petit village du Hampshire où ils avaient choisi de s'installer.

Mais Sedgecroft l'ignorait sûrement. Après tout, ce n'était qu'un homme. Pas un dieu omniscient.

Il se leva. Ses cheveux blonds brillaient à la lueur argentée de la lune.

— Il faut que vous sachiez, continua-t-il, que Nigel a une tante à Brighton. L'épouse d'un avocat à la retraite.

Jane se leva à son tour, les joues en feu. Il poursuivit :

— Il est possible qu'il ait passé une nuit chez elle avant de se rendre…

Il s'interrompit et lui agrippa les épaules.

— Jane, ma chère enfant, vous n'allez pas vous évanouir ?

— Je ne sais pas, avoua-t-elle d'une voix faible.

Quel tour de passe-passe lui réservait-il encore ? Allait-il sortir Nigel de sa poche ?

— Se rendre… où ? balbutia-t-elle.

— Dieu seul le sait. Mais, faites-moi confiance, je finirai par le découvrir.

Il lui pressa les épaules avec douceur.

— Je sais que cela ne résout pas votre problème, mais j'espère que ça vous aidera un peu.

— Les mots me manquent. Je ne saurais décrire ce que je ressens.

— Asseyez-vous, ma chère, vous êtes toute pâle.

Elle se laissa retomber sur le banc, la gorge serrée.

— Je ne me sens pas bien.

— Naturellement, vous…

Un bruit de pas à l'extérieur du labyrinthe le fit taire. Des rires et des chuchotements s'élevèrent de l'autre côté de la haie. Un homme et une femme, de toute évidence, engagés dans des plaisirs interdits.

Consternée, Jane regarda Grayson et se leva, dans l'intention visible de s'enfuir. Elle trouvait aussi embarrassant d'être surprise en train de flirter que de surprendre un couple en train d'en faire autant. Mais de fait, cette interruption tombait à point nommé.

— Qu'allons-nous faire ? souffla-t-elle.

— Attendre, murmura-t-il, l'air contrarié.

Elle obéit à contrecœur, et ne comprit qu'un instant plus tard la cause de sa mauvaise humeur.

— Dites-moi Hélène, avant que je meure d'angoisse. C'est bien fini entre Sedgecroft et vous ?

Jane ravala une exclamation de surprise. Hélène Renard. La belle Française, dont le mari anglais était mort moins de trois mois plus tôt. La femme que Sedgecroft courtisait, dans l'intention d'en faire sa maîtresse. Son apparition en public alors qu'elle était censée porter le deuil de son mari était en soi scandaleuse. En outre, elle n'était vêtue ni de gris ni de noir. Mais de rose vif.

Au nom de toutes les femmes de la création, Jane lança un regard noir à l'homme assis à côté d'elle.

— Est-ce que tout est fini entre Sedgecroft et moi ? répéta Hélène d'un ton où perçait l'amertume. Impossible à dire vu que « ça » n'a jamais vraiment commencé. Et le voilà maintenant au bras de cette petite souris grise insignifiante. Cette... Janet.

— Jane, rectifia son compagnon.

Jane crut vaguement reconnaître la voix de lord Buckley, héritier d'une vaste fortune qu'il ne tarderait sans doute pas à dilapider au jeu et avec les femmes. Jane songea à son visage rougeaud et décida qu'elle le détestait.

— Je ne trouve pas qu'elle ressemble à une souris, Hélène, risqua-t-il. En fait, elle est même plutôt séduisante, dans le genre lointaine, bien sûr, s'empressa-t-il d'ajouter.

Eh bien, Jane devrait peut-être réviser l'opinion qu'elle avait de lui, en fin de compte. Dès qu'elle se serait remise du choc de s'être entendu traiter de « petite souris grise insignifiante ». Ressemblait-elle vraiment à une souris ? Était-ce son penchant pour le gris qui donnait cette impression ?

Elle coula un regard de biais à Sedgecroft, qui était plongé dans un silence morose. Si Hélène était, comme le colportait la rumeur, la femme dont il comptait faire sa maîtresse, la situation devait lui être douloureuse. Jane ignorait s'il éprouvait pour Hélène des sentiments suffisamment forts pour aller jusqu'à provoquer Buckley en duel. Quel scandale, si on l'accusait, elle, d'être la cause d'un duel ! Mais, bien sûr, tout dépendait de la façon dont le marquis réagirait à cette conversation.

Demeurerait-il détaché ou aurait-il le cœur brisé ? Difficile de tirer la moindre conclusion devant ses yeux mi-clos et le vague sourire qui flottait sur ses lèvres. Il ne semblait pas plus ému que s'il venait d'écouter de la poésie. À sa place, la plupart des hommes auraient blêmi.

Il y eut une pause assez longue, et Jane en conclut que le couple était en train de s'embrasser.

— Accorderez-vous quelque attention à ma proposition ? reprit Buckley. J'ai déjà fait établir le contrat, vous ne manquerez de rien.

— Nous en reparlerons demain matin. Je suis d'humeur sombre ce soir.

— Et Sedgecroft ?

— Quoi, Sedgecroft ? répliqua Hélène d'un ton sec.

— Eh bien, je veux dire… il a une certaine réputation. Pas seulement comme amant, mais aussi comme adversaire.

— Il s'aime trop pour prendre des risques.

— Mais il paraît…

— Je le trouve ennuyeux, coupa Hélène avec vivacité. Oui, il m'ennuie à mourir.

— Même au lit ? s'enquit Buckley, incrédule.

Hélène poussa un soupir si mélancolique que Jane arqua les sourcils en se tournant vers son compagnon. Celui-ci eut la bonne grâce de hausser les épaules d'un air penaud.

— Ce que je voulais dire, expliqua Buckley, c'est que vous devriez peut-être lui demander l'autorisation de devenir ma maîtresse. Je préfère éviter de l'affronter en duel.

— Si vous voulez connaître son opinion, demandez-la-lui vous-même, Buckley.

La voix d'Hélène se fit plus faible tandis qu'elle s'éloignait.

— Si vous parvenez à l'arracher aux griffes de cette pathétique petite souris, bien sûr. Je ne vois vraiment pas ce qu'il lui trouve.

— La distinction des Belshire en impose, répondit Buckley assez maladroitement.

— Oh, taisez-vous, Buckley ! Vous, les Anglais, vous êtes obsédés par la lignée. Pour moi, cette fille est lady Souris. La princesse des souris. Elle poussera probablement des petits cris ridicules quand Sedgecroft la mettra dans son lit.

Jane eut un sursaut d'indignation et fit mine de se lever, mais Grayson la retint par le bras. Scandale ou pas, elle était bien décidée à remettre cette femme à sa place et…

— Ne poussez pas des petits cris ridicules, mon adorable souris, chuchota-t-il, amusé. Attendez.

Jane croisa les bras, et leva les yeux au ciel. Une longue minute s'écoula, puis elle l'entendit rire.

Elle lui lança un regard dédaigneux.

— Êtes-vous devenu fou ?

— Oh, votre tête… c'était si drôle ! Et quand elle a dit…

— Inutile de répéter ce qu'elle a dit. J'ai parfaitement entendu toutes ses insultes.

Il se moquait d'elle, et ne cherchait même pas à s'en cacher. Quel homme était-il donc ? Et quelle femme était-elle devenue ? se demanda-t-elle, les joues en feu.

— Eh bien...

Il s'efforçait visiblement de contrôler son fou rire.

— Eh bien, quoi ?

— Il faut admettre que leur conversation était très intéressante, murmura-t-il, les yeux pétillants de malice.

— C'est facile à dire, pour vous, riposta-t-elle en s'écartant. Personne ne vous a accusé de ressembler à un rongeur.

— Ce n'est pas moi qui l'ai dit, protesta-t-il en secouant la tête. Et je ne l'ai jamais pensé non plus.

— Alors pourquoi riez-vous ?

— Vous riez aussi.

— Maintenant oui, concéda-t-elle. Mais pas au début. Je me suis sentie trop offensée.

Offensée par la future maîtresse du vaurien qui la protégeait des conséquences d'un acte dont elle était elle-même responsable. Seigneur, comment se sortir d'une pareille situation ? C'était à désespérer.

— Ne m'en veuillez pas, dit-il. Jamais je ne vous comparerais à une souris.

— Non. Seulement à un pigeon. Ou à une chouette.

Il la regarda au fond des yeux, essayant visiblement de paraître sincère.

— Jane, ce n'est risible que parce que c'est absurde. Vous êtes une femme très désirable, je vous l'ai déjà dit.

— Merci, mais je ne me sens pas très désirable. Je me sens surtout... affamée. Croyez-vous qu'il reste un peu de cet excellent fromage de Cheshire que le chef a servi ce soir ?

Il lui prit le menton entre le pouce et l'index, et l'obligea à tourner le visage vers lui. Il ne riait plus. Il avait même l'air un peu trop sérieux.

— Croyez-vous que j'aie dit que vous étiez désirable uniquement pour que vous vous sentiez mieux ?

— Non, car si vous vouliez vraiment que je me sente mieux, vous iriez me chercher ce fromage. Avec une belle tranche de pain pour...

Toute pensée la déserta tandis qu'elle se perdait dans son regard où brûlait la sombre flamme du désir. Jamais aucun homme ne l'avait regardée avec une telle passion. Il est vrai aussi qu'elle ne s'était jamais placée en situation d'être séduite. Par un expert en la matière, qui plus est !

Se pouvait-il qu'il ait vu en elle ce que personne d'autre ne voyait ? Quand il la dévorait ainsi des yeux, elle était tentée de le croire. Et même s'il n'était pas sincère, elle éprouvait un sentiment délicieux. Ils auraient pu rester assis côte à côte dans l'obscurité que cela l'aurait comblée pour la soirée.

La Jane raisonnable aurait dû exiger qu'il la ramène sur-le-champ dans la salle de bal. Mais elle était comme clouée sur place. Apparemment, le scandale du mariage ne lui avait pas suffi. Il n'avait fait qu'éveiller en elle le goût des situations troubles.

— Notre destin est peut-être d'être malheureux en amour cette saison, remarqua-t-il, pensif, en se penchant sur elle.

Le souffle court, elle attendit, tremblant déjà à l'idée de ce qui allait suivre. Cette nouvelle Jane n'avait absolument aucune retenue !

— Il me semble, en effet, murmura-t-elle.

Il lui coula un regard pénétrant entre ses paupières mi-closes. Elle laissa échapper un soupir, puis rompit le charme en demandant de but en blanc :

— Vous ne lui en voulez pas d'avoir dit qu'elle vous trouvait ennuyeux à mourir ?

— Est-ce que je vous ennuie ?

— Oh, non !

— Très bien.

Elle sentait la chaleur qui irradiait de son corps viril, et il lui semblait qu'elle pénétrait en elle par tous les pores de sa peau, se répandait dans son sang, la privait de toute force.

— Qu'allez-vous faire, pour Buckley ? souffla-t-elle sans parvenir à détacher les yeux de ce visage ensorcelant.

Il s'inclina davantage vers elle, et le pouls de Jane s'emballa.

— Pourquoi ferais-je quelque chose ? Il semble avoir bon goût en matière de femmes.

— Hélène est très belle, reconnut-elle à contrecœur.

— C'est à *vous* que je faisais allusion, Jane. La distinction des Belshire est vraiment impressionnante.

— Eh bien…

Il lui prit le visage entre ses mains et l'embrassa à pleine bouche, buvant avec avidité à la source de ses lèvres comme si sa vie en dépendait. Elle posa la main sur son torse. Ses doigts rencontrèrent un mur de granit sous lequel son cœur battait à grands coups sourds. La cadence du désir. Un désir viril et ravageur.

— Oui, Jane, chuchota-t-il, touchez-moi. Accordez-moi la même faveur.

Il fit courir ses doigts de son épaule à la vallée entre ses seins, la caressant doucement jusqu'à ce qu'elle gémisse. Ses lèvres se posèrent sur son cou gracile, et elle frémit de la tête aux pieds. Puis ses mains habiles glissèrent jusqu'à sa taille, s'aventurèrent sur son ventre, puis entre ses cuisses. Incroyable. En quelques secondes, il s'était approprié son corps, et semblait mieux le connaître qu'elle-même. Elle cambra les reins, tandis que la lave brûlante du désir déferlait dans ses veines. Dès qu'il la touchait, elle devenait plus vivante, plus sensuelle. Chaque effleurement de ses lèvres, chaque incursion de ses doigts provoquait un embrasement propre à la réduire en cendres.

— Approchez, dit-il d'une voix rauque en l'attirant pratiquement sur ses genoux, sa main lui entourant la taille. C'est mieux ainsi, non ?

— Mieux pour quoi ? chuchota-t-elle, en proie à un désir si violent qu'il en devenait douloureux.

Il s'était rendu compte dans la chapelle qu'elle avait un corps sensuel. Un corps destiné à faire rêver les hommes. Il s'abandonna à ce rêve, explorant les courbes voluptueuses, les globes fermes de ses seins, les hanches délicieusement rebondies.

— J'ai eu envie de vous faire cela dès que je vous ai vue, le jour de votre mariage, avoua-t-il en enfouissant le visage entre ses seins. J'étais subjugué alors même que vous attendiez votre fiancé devant l'autel.

Elle émit un petit rire à la fois choqué et ravi.

— Étant donné le scandale déjà causé par l'absence de Nigel, il est heureux que vous n'ayez pas cédé à l'impulsion du moment !

Il tira doucement sur ses manches, dénudant ses seins dont la pointe dressée sous l'étoffe le tentait irrésistiblement. Ses lèvres se refermèrent sur le petit bourgeon rose qu'il taquina de la langue. Il était contrarié par cette robe s'interposant entre eux, par le fait qu'ils ne se trouvent pas dans un lieu où il pouvait explorer son corps sans risquer d'être interrompu. Tout cela était imprudent, impétueux, complètement fou, et il en savourait chaque seconde. Il ne laisserait pas les choses aller trop loin, bien entendu. Mais, pour l'heure, il ne voulait pas écouter la voix de la raison.

Il enroula la main autour de sa cheville fine, puis remonta lentement sous sa jupe. Il s'arrêta un instant pour caresser la peau soyeuse juste au-dessus du bas, et reprit sa progression, irrésistiblement attiré par la chair tiède et humide entre ses jambes. Le seul fait d'imaginer le plaisir qu'il éprouverait à la goûter, à se frayer un chemin en elle lui coupait le souffle.

Elle frissonna lorsqu'il glissa le doigt dans ses boucles serrées, mais au choc succéda aussitôt un désir si intense qu'elle en fut comme paralysée. Elle avait voulu se libérer de Nigel pour avoir une chance de découvrir l'amour par elle-même, mais était-ce à cela qu'elle s'attendait ? Son sang bouillonnait furieusement dans ses veines, et l'anticipation dominait la peur qui demeurait tapie au fond d'elle-même. Ce qu'elle vivait dans les bras de Grayson dépassait tout ce qu'elle avait imaginé ou vécu jusqu'ici.

— Mon Dieu, Jane, vous tremblez, murmura-t-il contre ses lèvres. Détendez-vous, laissez-moi vous donner du plaisir.

— Me détendre ? Mais j'ai l'impression que je vais mourir.

— Vous n'allez pas mourir. Enfin, peut-être, d'une certaine manière, mais faites-moi confiance, ce sera très agréable.

— Vous faire confiance ? chuchota-t-elle d'une voix mal assurée. Je vous ai fait confiance jusqu'à maintenant, et regardez où cela m'a menée.

« Alors, ordonnez-moi d'arrêter », songea-t-il, car il ne pouvait trouver en lui-même la volonté de mettre fin à cette exquise torture. Elle n'avait jamais encore été caressée ainsi, et la dernière chose qu'il souhaitait, c'était de la déflorer là, sur un banc de jardin. Et pourtant, au plus profond de lui, il en mourait d'envie. Il rêvait de se noyer dans la chaleur de son intimité. L'odeur de sa peau l'enivrait, l'emplissait d'une passion aveugle et égoïste. Il en tremblait de tous ses membres.

Jane enfouit le visage dans son cou, luttant contre le brouillard sensuel qui l'enveloppait. Quand il écarta les pétales délicats de sa chair et insinua le doigt à l'intérieur de son corps, elle fut trop surprise pour le repousser, trop distraite par la montée irrépressible du désir pour songer à se défendre. Elle s'accrocha désespérément à des lambeaux de conscience tandis que ses caresses l'amenaient au bord d'un gouffre inconnu. Et soudain, elle lâcha prise. Un flot de sensations affolantes la submergea. Seigneur, c'était merveilleux ! Un plaisir vertigineux s'empara d'elle, tout s'effaça, et elle sombra dans un tourbillon de couleurs confuses.

Il la tenait si solidement serrée contre lui qu'elle avait du mal à respirer. À contrecœur, elle reprit pied dans la réalité. Elle entendit des éclats de rire dans le lointain, des voix qui devenaient plus fortes à mesure qu'un groupe d'invités approchaient du labyrinthe. Elle tourna la tête, affolée.

— Je crois…

— Je les ai entendus, murmura-t-il, le visage enfoui dans son épaisse chevelure. Tout va bien. Remettez seulement un peu d'ordre dans votre tenue, ma chérie. Il n'y paraîtra rien.

Elle se redressa en rajustant son corsage.

— Pour vous peut-être. Mais je pense que je ne serai jamais plus la même. Seigneur, mes mains tremblent, Sedgecroft. Ai-je tout bien remis en place ?

Il l'examina attentivement de la tête aux pieds, puis s'attarda sur son visage. Une fois de plus, le chevalier servant avait échoué dans la mission qu'il s'était fixée ! Que lui avait-il fait, ce soir ? Quelle folie s'était emparée de lui ?

— Tout est en place, hélas ! Quel dommage de cacher ces jolis appâts ! dit-il doucement.

Il l'aida à se relever et la tint dans ses bras un moment, en se demandant si elle allait le fuir, après cette aventure, et lui échapper à jamais. Il n'avait pas prévu, en élaborant son plan pour rétablir sa réputation, qu'il aurait envie de la séduire !

— Vous êtes encore plus belle qu'avant, ajouta-t-il calmement. C'est moi qui suis quelque peu enflammé. Comme si j'avais abusé de ces délicieuses friandises au gingembre qui ont un effet si…

— Abusé de… quoi ?

— Dépêchez-vous, Jane, avant que quelqu'un ne remarque notre absence. Il ne faut pas qu'on nous voie sortir du labyrinthe ensemble.

Plaisanterie mise à part, il n'était pas question d'impliquer Jane dans un nouveau scandale.

— Nous allons essayer de trouver ce fromage du Cheshire qui vous faisait tellement envie. D'accord ?

14

Ils traversèrent le jardin, profitant de la brise fraîche de la nuit pour apaiser leurs sens en ébullition. Ils se mêlèrent discrètement aux groupes d'invités si bien que leur courte absence passa inaperçue. Grayson tint la main de la jeune femme jusqu'à ce qu'ils aient atteint la partie illuminée du jardin. En vérité, il n'avait aucune envie de la laisser aller. Il savait certes qu'il avait eu tort de profiter de sa vulnérabilité. Et cependant, sa vie en aurait-elle dépendu qu'il aurait été incapable de résister à l'attrait qu'elle exerçait sur lui.

Il se demanda ce qui faisait que Jane détenait un tel pouvoir sur lui, alors qu'il avait connu toutes sortes de femmes, et des plus rusées. Puis soudain, il comprit. Elle était tout simplement elle-même. Elle ne minaudait pas. Elle ne cherchait pas à l'impressionner ni à le prendre dans ses filets. Elle était Jane. Et c'était suffisant.

Grâce au ciel, personne ne s'était inquiété de ne pas les voir. Ils auraient aussi bien pu se trouver sur la pelouse, à bavarder. Tout de même, il devait se maîtriser s'il ne voulait pas que la réputation de Jane soit définitivement brisée par sa faute.

— Vous êtes-vous fixé pour but de me faire perdre la raison à chacune de nos rencontres ? s'enquit-elle sans le regarder.

— Je suppose que je mérite de me faire tancer, fit-il en lui lançant un coup d'œil penaud.

— Cela ne faisait pas partie de votre plan pour ma rédemption sociale, n'est-ce pas ?

— Je ne fais jamais de plans très précis, du moins pas en qui concerne les femmes. Ces créatures étant imprévisibles, leur partenaire doit garder une certaine liberté d'expression s'il veut avoir la paix

— Ce n'est pas une réponse, Sedgecroft.

— Seriez-vous plus à l'aise si nous planifiions ces « intermèdes » ?

Elle soupira.

— J'imagine que je suis autant à blâmer que vous, mais je me sentirais mieux si nous pouvions nous contrôler et éviter de commettre ce genre de faute.

— Vous en parlez comme s'il s'agissait de péchés mortels ou de meurtres.

Il s'immobilisa soudain au beau milieu de la terrasse. Son visage était en partie éclairé par une des lanternes de jardin.

— C'est à cause de Nigel, n'est-ce pas ?

— Nigel n'a rien à voir avec ça, protesta-t-elle d'une voix qu'elle parvint à rendre convaincante.

— Bien sûr que si. Je connais un peu les femmes, Jane. Au fond de votre cœur, vous gardez l'espoir qu'il va revenir. Vous êtes une femme loyale, intègre, et vous voulez lui montrer que vous n'avez pas cédé à la tentation pendant qu'il était… en train d'accomplir son pèlerinage de célibataire.

— Quel pèlerinage ?

— Il semble que la disparition de Nigel ne soit pas liée à quelque affaire louche. Je suis désolé mais, selon toute probabilité, il est vivant et bien portant.

— Vous êtes désolé que votre cousin ne soit pas mort ?

— Cela m'aurait évité de… Souhaitez-vous que je découvre la vérité, ou non ?

Un terrible pressentiment s'empara de Jane. Jusqu'où Sedgecroft irait-il pour faire toute la lumière sur cette histoire ? Nigel avait promis de demeurer caché jusqu'à ce que Jane et lui estiment que la vérité pouvait être révélée sans risque.

Mais c'était sans compter sur l'intervention de Sedgecroft. Et de Heath. Leur présence rendait le jeu beaucoup plus compliqué.

Elle inspira profondément et fit appel à tout son courage pour déclarer :

— En parlant de vérité, je pense qu'il faut que vous sachiez ce que je ressens pour Nigel.

— Je le sais, dit-il avec un froncement de sourcils.

— C'est impossible.

— Vous êtes une femme intelligente et peu banale, Jane, mais vous n'êtes pas aussi douée que vous le croyez pour cacher vos sentiments.

— Et vous, Sedgecroft ? hasarda-t-elle.

Il la contempla avec un sourire perplexe.

— Moi ? Que voulez-vous dire ?

— Pas de regrets au sujet d'Hélène ?

— Vous plaisantez !

— Non, pas du tout. Ses remarques ont dû vous blesser.

— Pas le moins du monde.

— Êtes-vous honnête, ou est-ce la fierté qui dicte ces paroles ?

— Je trouve la situation trop amusante et trop révélatrice pour éprouver des regrets.

— Mum... il me semble que quelqu'un ici sait faire bonne figure.

— Tiens donc ! Je me demande bien qui.

Elle lui adressa un petit sourire sceptique.

— Disons que l'un de nous se comporte comme un brave petit soldat, et que ce n'est pas moi. La femme qui était sur le point de devenir votre maîtresse s'affiche avec un autre homme.

— Jane chérie, si Hélène signifiait quoi que ce soit pour moi, croyez-vous que nous nous serions retrouvés seuls tous les deux dans ce labyrinthe ?

Elle sentit qu'elle perdait pied ; heureusement, l'arrivée de son frère lui évita de répondre. Elle n'avait pas encore réussi à trouver un début d'explication à cet interlude magique dans le labyrinthe. Mais une complication menant à une autre, il lui apparut que sa vie serait bientôt aussi embrouillée que le légendaire nœud gordien.

— Ah ! s'exclama-t-elle. Voici enfin Simon. Il arrive vingt minutes trop tard pour s'interroger sur notre absence.

Grayson éclata de rire.

— Oh, Jane, vous voilà de nouveau raisonnable !

— En effet, dit-elle. Vingt minutes trop tard.

Jane dansa avec des jeunes gens qui étaient soit trop stupides pour se rendre compte qu'elle était un objet de scandale, soit trop coupés de la sphère sociale pour s'en soucier. Elle avait l'impression de voguer sur un océan d'ennui et d'accablement. Comment aurait-elle pu se concentrer sur une quelconque conversation quand son cœur battait encore la chamade au souvenir de Sedgecroft ? Comment pouvait-elle s'engager dans un jeu, alors qu'elle n'avait aucun espoir de gagner ? Plus elle connaissait Grayson, et plus elle le trouvait fascinant. Et la façon dont il l'avait caressée. Oh, elle tremblait encore !

— Regardez-le donc, marmonna-t-elle. Il se tient là, tel un lion.

— Vous disiez ? s'enquit son partenaire alors que le dernier pas de danse les ramenait l'un vers l'autre.

Elle ouvrit son éventail d'un mouvement sec.

— Je disais que j'étais lasse.

— Ah, oui. Cette danse est un peu stupide, n'est-ce pas ? Aimeriez-vous un verre de limonade ?

— Oui, s'il vous plaît. Je suis assoiffée.

Elle se fraya un chemin à travers la piste de danse pour aller rejoindre Cécile, qui bavardait avec quelques amis. Toutefois, elle pouvait difficilement ignorer Sedgecroft, aussi lui adressa-t-elle un signe discret de la main. Le sourire qu'il lui lança en retour contenait une telle satisfaction qu'elle en fut exaspérée. Ce diable d'homme ne lui laisserait jamais oublier ce qui venait de se passer entre eux.

Elle se demanda pourquoi *elle* avait accepté si facilement ce qu'ils avaient fait. Pourquoi elle n'était pas sous le choc et repentante, au lieu de s'abandonner avec délices au souvenir du merveilleux péché qu'ils avaient commis. Elle n'ignorait rien de sa réputation de séducteur. Mais personne ne lui avait expliqué combien c'était merveilleux d'être l'objet de toutes ses attentions. Personne ne l'avait avertie qu'elle pouvait échafauder toutes sortes de complots ; elle n'avait en revanche aucune prise sur son propre cœur.

Grayson regarda Jane danser avec deux ou trois jeunes gens, tous certainement attirés par l'éclat de son teint. Eh bien, songea-t-il avec cynisme en s'appuyant à l'une des énormes colonnes de la salle de bal, il pouvait se vanter d'être à l'origine de cette mine radieuse. Il aurait dû lui demander pardon, au lieu de la taquiner sans merci. Mais à ce moment-là, ce qui l'avait chagriné, c'était plutôt de ne pas avoir la possibilité d'aller plus loin avec elle. Il avait pourtant fait suffisamment de dégâts pour la soirée. Il fallait mettre un terme à leur relation. Bon sang, qu'est-ce qui lui avait pris ? Hors de sa présence, il semblait de nouveau capable de raisonner normalement.

Il aurait adoré l'attirer dans son lit, la posséder de toutes les manières possibles. Mais il ne connaîtrait jamais ce plaisir. Les obligations familiales étaient prioritaires. Ce qui lui rappela que Chloé s'était moquée ouvertement de ses menaces de l'expédier à la campagne si elle ne s'amendait pas. Sa tristesse et ses accès de rébellion le désolaient, mais il savait que ce n'était qu'une question de temps avant qu'elle le défie de nouveau.

Ses pensées revinrent à Jane. Son parfum, la douceur de sa peau. Ses caresses à la fois timides et audacieuses l'avaient amené au bord de la jouissance. Il en était encore tout tremblant, tel un adolescent.

— Tu viens faire une partie de cartes ? lui proposa soudain un ami.

Il haussa les épaules, soulagé d'échapper à la torture qu'il s'infligeait en ressassant ce souvenir.

— Pourquoi pas ?

Alors qu'il se retournait, il remarqua un grand jeune homme brun qui s'écartait du groupe d'amis de Cécile pour contempler Jane avec une expression qu'il ne reconnaissait que trop.

— Denville, qui est ce type, là-bas ? Celui qui regarde Jane comme un vautour ?

— Le baron de Brentford, non ?

— Il a l'air un peu exalté.

— Exalté, c'est le mot. Il paraît qu'il a tenté de se tuer l'année dernière, quand Portia Hunt l'a quitté pour se fiancer avec son frère. Alors, tu viens ou pas ?

— Dans une minute.

Étrécissant les yeux, Grayson observa Brentford. Jane regardait le jeune baron droit dans les yeux, hochant la tête d'un air grave. Tout à coup, son attention dévia, et elle croisa le regard de marbre de Sedgecroft, comme si elle avait perçu sa désapprobation.

Elle lui adressa un sourire incertain. Il n'y répondit pas. Le baron était certainement considéré comme un bon parti, mais une jeune fille aussi gaie que Jane n'avait pas besoin d'un amoureux émotionnellement instable, qui ne ferait qu'ajouter à ses malheurs. Étant donné le courage avec lequel elle avait accepté la désertion de Nigel, Grayson ne pouvait que louer sa force intérieure.

Il secoua la tête, manifestant clairement sa réprobation. Elle pouvait trouver mieux. Cela dit, songea-t-il, quel homme serait digne de Jane ?

Il était perdu. C'était tellement étrange. Jane et lui avaient été bien près de faire l'amour sur un banc, dans le jardin, et pourtant il restait là, à rôder dans l'ombre, accablé de culpabilité tandis qu'elle dansait et faisait de son mieux pour l'ignorer. Jouait-elle la comédie afin de prouver au monde qu'elle survivrait à l'abandon de Nigel ? Eh bien, soit, il n'allait tout de même pas lui reprocher de suivre ses conseils à présent.

— Votre dernière conquête vous a déjà fait faux bond, Sedgecroft ? murmura froidement une voix féminine dans son dos.

Il reconnut l'accent français d'Hélène, la femme dont il avait brièvement envisagé de faire sa maîtresse. Ses charmes avaient perdu de leur éclat, ces derniers temps, et c'est à contrecœur qu'il se tourna vers elle.

— Je ne vois pas Buckley, répliqua-t-il. Vous lui avez rendu sa liberté ?

— Il est allé me chercher une coupe de champagne.

Elle étudia son beau profil en silence, consciente, en femme d'expérience qu'elle était, que son ardeur s'était grandement refroidie.

— En fait, il a peur de vous.

— Pourquoi ?

— Parce que vous et moi…

Il sourit, avec une indifférence polie, comme s'ils étaient de parfaits étrangers. Il n'était pas cruel, juste impatient qu'elle disparaisse.

— Oui ? fit-il d'un ton si distant et ennuyé qu'elle s'empourpra.

— Votre conquête semble plongée dans une intéressante conversation avec Brentford.

Il jeta un coup d'œil à Jane, et rétorqua, narquois :

— Vous connaissez le proverbe, Hélène. Quand le chat n'est pas là, les souris dansent. En parlant de rongeurs, n'est-ce pas votre ami Buckley qui se cache là-bas, derrière cette fougère ?

Il rit en l'entendant murmurer une obscénité en français, avant de s'excuser pour rejoindre son nouveau protecteur. Il ne la détestait pas, non. En fait, il était soulagé de ne pas s'être engagé davantage avec elle. Autrefois, bien sûr, avant la mort de son père, il aurait plongé dans l'aventure la tête la première, sans se soucier des conséquences.

Ce qui ne signifiait pas qu'il avait renoncé à ses fredaines pour toujours. Juste le temps qu'il faudrait pour reprendre le contrôle du clan et régler cette malheureuse affaire avec Jane.

Au fait, où était-elle passée ? Son triste baron avait disparu également.

— Excusez-moi, lord Sedgecroft, puis-je vous dire un mot ?

Grayson tourna la tête, et rencontra le regard acéré du baron de Brentford. Un peu plus loin derrière lui, il aperçut Jane avec ses sœurs, qui ne manquaient pas non plus de soupirants.

— Cela concerne lady Jane, je suppose ?

Brentford hocha la tête.

— Parlez-vous en son nom ?

— Cela dépend, répliqua Grayson, sur ses gardes.

— Cela dépend de quoi, monsieur ?

— De ce que vous avez en tête. Et de ce que Nigel...

Grayson hésita. Jane et lui n'avaient élaboré aucun plan à long terme. Que diable était-il censé répondre ? La moitié de la ville pensait déjà qu'il allait épouser Jane. Peut-être était-il préférable pour elle d'encourager cette rumeur.

— Ne vaudrait-il pas mieux que vous vous adressiez à son père ou à son frère ?

— C'est le vicomte de Tarleton lui-même qui m'envoie vers vous, monsieur. Il était engagé dans un débat politique.

— Je ne vous connais pas suffisamment pour aborder avec vous mes affaires personnelles, finit par déclarer Grayson.

— Je vois.

Ils observèrent un long silence, chacun essayant, sans grand succès, de ne pas regarder Jane. Grayson s'était senti tout de suite à l'aise avec elle, comme si elle avait été une vieille amie. Mais, depuis ce soir, il craignait qu'il y ait plus que cela entre eux. Quoi, au juste ? Il n'aurait su le dire. Le baron brisa le silence le premier.

— Je comprends la douleur qu'on éprouve à être aimé sans retour, dit-il à brûle-pourpoint. Je connais comme elle l'humiliation de la trahison.

Grayson le considéra en silence. Que se passait-il ? Le prenait-on pour une sorte de vieille fille à qui on pouvait confier sans crainte ses peines de cœur ?

— J'ai cru que je ne m'en remettrais jamais, continua Brentford.

— Le moment est mal choisi pour ruminer, Brentford. Nous sommes à un bal, et Jane est là pour se distraire.

— Vous m'interdisez de l'approcher, c'est cela ?

Grayson parvint à détacher les yeux de la jeune femme. Celle-ci ne lui appartenait pas. Il avait d'autant moins le droit d'interdire à un homme de la courtiser qu'il s'était donné pour tâche de lui faire retrouver sa place sur le marché du mariage. Mais il ne pouvait tout de même pas non plus l'offrir au premier venu ! Il se devait de la protéger.

— Oui, marmonna-t-il. Je suppose que c'est cela.

Il y eut une pause. Les deux hommes regardèrent Jane s'avancer sur la piste de danse avec un ami de son frère. Elle riait et semblait s'amuser sans arrière-pensée. Puis, alors qu'elle virevoltait, elle aperçut les deux hommes qui l'observaient d'un air sombre. Elle se rembrunit, et fit un faux pas.

— Ce que je veux dire, reprit Grayson en s'écartant du pilier contre lequel il était appuyé, c'est que je ne la laisserai pas se complaire dans sa peine si j'en ai la possibilité.

— Je me demande comment elle parvient à être si insouciante alors qu'il n'y a pas une semaine qu'il l'a plaquée, murmura Brentford, pensif. J'applaudis ses talents de comédienne. Mais je ne m'explique pas son attitude.

Grayson, qui avait écouté d'une oreille distraite ses lamentations, lui décocha un regard perçant.

— Que dites-vous ?

Le baron hésita.

— Loin de moi l'idée de croire aux ragots. Mais certains de ses amis la soupçonnent de n'avoir jamais réellement aimé Nigel. Ils vont même jusqu'à croire qu'elle n'était pas si malheureuse que cela quand il…

Le regard méprisant de Grayson l'arrêta net.

— Ce sont des commérages, monsieur, s'empressa de préciser le baron. De vilains ragots.

— Gardez-vous de les colporter, dans ce cas.

Brentford haussa les sourcils.

— Ma grand-mère disait toujours que les commérages étaient des graines qui donnaient des fruits amers.

— Suivez ses conseils, répliqua Grayson d'un ton glacial. Ne semez pas les fruits de la discorde.

Brentford acquiesça d'un hochement de tête.

— Je vous laisse le soin de veiller sur Jane.

— C'est cela, fit Grayson d'un ton sec.

Il espérait que les rumeurs malveillantes qui circulaient au sujet de Jane s'épuiseraient d'elles-mêmes, avant d'avoir atteint leur but.

15

Le lendemain matin, Jane reçut un petit coffret de chez *Rundell, Bridge et Rundell,* les bijoutiers de Ludgate Hill. Il contenait une broche en diamant, en forme de souris, avec des yeux en onyx. Aucune carte n'accompagnait ce présent. Pas de message faisant allusion à un intermède passionné dans le labyrinthe. Juste ce souvenir coûteux d'un moment qu'elle n'oublierait jamais, même si elle le souhaitait. Tandis que Caroline et Miranda admiraient le bijou tout en s'interrogeant sur sa signification, Jane descendit en catimini à la cuisine.

— Du gingembre, mademoiselle ? s'exclama la cuisinière en s'essuyant les mains sur son tablier. Il y a des années que je n'en ai pas vu. Mais ma tante connaît un apothicaire qui vend toutes sortes de plantes et de potions chinoises. Je suis certaine qu'il aura une racine de gingembre.

Un sourire ravi illumina le visage de Jane. Elle allait rendre à Sedgecroft la monnaie de sa pièce.

— Merveilleux. Choisissez-en une belle, et faites-la envoyer dans une jolie boîte au marquis, à Park Lane. Avec mes compliments. Et pensez à nouer un ruban rose autour de la racine.

— Au marquis… une racine de gingembre… avec un ruban rose.

— Dans une jolie boîte, n'oubliez pas ! ajouta Jane avant de tourner les talons pour regagner sa chambre.

La cuisinière regarda la fille de cuisine qui se tenait devant l'évier, l'air ahuri.

— Une racine de gingembre, murmura-t-elle. Seigneur ! Pourquoi une jeune dame voudrait une de ces racines ? Encore une de ces potions d'amour que vendent les bohémiens ! Quelle tristesse... La pauvre petite espère peut-être trouver un mari grâce à ces attrape-nigauds.

— Si je pouvais, s'écria la fille de cuisine, j'achèterais de l'arsenic pour en verser dans le thé de sir Nigel ! Voilà ce que je ferais.

— Moi aussi. Mais l'arsenic serait encore trop doux pour ce misérable. Ce que je voudrais, c'est lui tordre le cou comme à un poulet.

— Calmez-vous, madame Hartley. La jeune dame a la chance d'avoir le marquis pour s'occuper de tout ça.

La cuisinière se renfrogna.

— Une racine de gingembre. Comme si je ne savais pas ce que ça signifie. Ce n'est pas très subtil, je te le dis, ma petite. Quoique, même une vieille femme comme moi peut comprendre ça. Le marquis est très séduisant.

Cet après-midi-là, Grayson gagna à cheval la demeure du comte de Belshire, à Grosvenor Square.

Il avait pensé à Jane toute la nuit, tour à tour perplexe, amusé, et terrifié par l'attirance qu'il ressentait à son endroit. Il avait pensé à elle aussi tandis qu'il écumait les lieux que Nigel avait coutume de fréquenter. Mais nulle part il n'avait déniché le moindre indice susceptible d'expliquer sa disparition. Il commençait à se demander s'il ne se rendrait pas plus utile en prêtant main-forte à Heath. Mais il avait promis de défendre Jane de la cruauté du beau monde. Restait à la protéger aussi de lui, ce qui était une tout autre affaire.

Plus il la voyait, plus il la désirait.

Il avait beau savoir que c'était sans espoir, cela ne changeait rien à l'affaire.

Mais si cette attirance qu'il éprouvait pour elle le mettait mal à l'aise en ce qu'elle ne faisait pas bon ménage avec son idée de ce que devait être le comportement d'un gentleman qui courtisait une dame, ce qui le troublait le plus, c'était le plaisir qu'il ressentait en sa compagnie. Oui, décidément, il l'aimait beaucoup trop pour la laisser à la merci du premier baron venu, en proie à d'horribles pulsions suicidaires.

Son humeur s'améliora d'un coup quand elle apparut sur le perron, son frère sur les talons. Ce dernier avait le teint blafard de celui qui a commis des excès. Il ne se rappelait sans doute pas que Grayson l'avait ramené chez lui et déposé sur les marches, à l'endroit précis où il se tenait en cet instant.

Grayson sourit à Jane, et mit pied à terre pour l'aider à enfourcher sa jument, chassant d'un signe discret le valet de pied qui approchait. À dire vrai, il préférait que personne ne la touche en dehors de lui.

— Je vois que vous portez ma broche, dit-il à mi-voix.

— Oh, oui. Tout le monde l'admire, même si personne ne comprend sa signification. Je vais peut-être lancer une mode, ajouta-t-elle avec un sourire malicieux. C'était une attention très délicate de votre part.

— Tout le plaisir est pour moi.

Elle portait une veste d'équitation ajustée qui mettait en valeur sa poitrine, et Grayson sentit son corps réagir à cette charmante vision. Oui, vraiment, tout le plaisir était pour lui…

— Simon nous accompagne ?

Ils se tournèrent d'un même mouvement vers le jeune homme, affalé sur sa monture, la main plaquée sur les yeux. Jane éclata de rire.

— Je ne suis pas sûre qu'il arrive jusqu'au parc.

— Ne vous inquiétez pas pour lui, déclara Grayson en guidant la jument sur la chaussée encombrée. S'il tombe, les balayeurs le ramasseront.

Tandis qu'ils chevauchaient en silence, Grayson contempla Jane dont la jument trottait devant lui. Le mouvement rythmé de son ravissant postérieur sur l'animal ne tarda pas à lui évoquer une autre sorte d'exercice, si bien que lorsqu'elle se tourna vers lui à Upper Brook Street, son regard était on ne peut plus explicite.

— Grayson Boscastle, murmura-t-elle d'un ton de reproche. Je vous défends de me regarder ainsi en public !

Il lui sourit paresseusement.

— J'admirais simplement votre maintien.

— Vous ne changerez donc jamais ?

— Ce n'est pas ma faute si je réagis comme un homme.

Ni s'il se rappelait avec délices la douce moiteur de son jardin secret, et la sensualité de sa réponse à ses caresses. Le souvenir en était gravé en lui.

— Encore cette indomptable virilité, répliqua-t-elle.

Il ne savait que penser d'elle. Parfois, elle semblait très expérimentée. D'autres fois, très vulnérable. Pétrie de contradictions, tout comme lui.

Elle ne faisait rien pour attirer un autre mari éventuel. Elle l'avait pris dans ses filets sans effort quand les autres femmes élaboraient des plans compliqués pour se faire remarquer.

Elle le perçait à jour sans difficulté, le tançait alors qu'il ne demandait qu'à l'aider. Leur amitié était différente de tout ce qu'il avait connu jusqu'à présent, et cela lui plaisait.

— Au fait, dit-il en rapprochant sa monture de la sienne. Je vous remercie aussi de votre attention. J'ai reçu la racine de gingembre ce matin, mais je n'ai pas osé l'accrocher au revers de ma veste.

Elle feignit la déception.

— Mon cadeau ne vous a pas plu ?

— Oh que si ! J'ai même tellement ri que j'ai failli tomber du lit.

Le pâle soleil accrochait de doux reflets dans la chevelure de Jane. Il contempla ses traits fins, son ovale délicat, et sentit une étrange émotion lui serrer la gorge.

Une émotion inhabituelle et effrayante.

Il préféra ne pas mettre de nom sur ce qu'il ressentait.

Et il espéra, contre toute attente, que ce sentiment, quel qu'il fût, disparaîtrait de lui-même.

Il avait cependant la vague impression qu'il n'aurait pas cette chance.

— Je pense que vous trompez votre monde, Jane, lâcha-t-il de but en blanc.

Elle parut déstabilisée, et la lueur malicieuse s'effaça de son regard.

— Comment cela ? demanda-t-elle d'une voix faible.

— Sous vos airs de grande dame se cache une petite peste. Une vraie diablesse.

— C'est vous qui me dites ça ?

Il sourit.

— Entre démons, on se reconnaît, je suppose. Que diriez-vous si nous tentions de semer votre frère ?

Elle acquiesça d'un signe de tête, et ils éperonnèrent

leurs montures. Au bout de quelques minutes, Grayson tira sur ses rênes, et suggéra de mettre pied à terre. Quelques couples le saluèrent, et observèrent Jane à la dérobée, ne sachant trop quelle attitude adopter.

Elle ignora leurs regards et garda les yeux fixés sur la rivière. La pensée que ces gens les croyaient engagés sur la voie du mariage, Grayson et elle, l'embarrassait et la troublait.

— Je me demande si Simon nous cherche, murmura-t-elle, plus pour chasser ces pensées déconcertantes que parce qu'elle s'inquiétait pour son frère.

Grayson lui prit la main pour l'aider à descendre de cheval, et elle éprouva un choc agréable en sentant son corps musclé se plaquer contre le sien.

— Vous pouvez me lâcher à présent, chuchota-t-elle d'une voix mal assurée.

— Pourquoi ? murmura-t-il, les lèvres contre sa tempe. Vous êtes divine. Cette tenue d'écuyère vous va comme un gant, et je me sens merveilleusement bien contre vous. Quant à Simon, ajouta-t-il en relâchant lentement son étreinte, il me semble l'avoir vu se diriger vers la Serpentine avec un groupe de jeunes femmes.

— J'espère qu'il ne va pas tomber à l'eau. Il tenait à peine sur son cheval, et sa démarche n'était pas des plus sûres ce matin. J'aimerais qu'il rencontre une jeune fille convenable et qu'il se marie.

Ils se promenèrent côte à côte, parmi les nurses qui surveillaient les enfants. En atteignant Rotten Row, Grayson reconnut la voiture du baron de Brentford. Toutes les têtes se tournaient au passage de l'élégant phaéton tiré par deux magnifiques chevaux bais. D'autorité, il guida Jane dans la direction opposée. Décidément, ce Brentford le rendait agressif et possessif.

— Que faites-vous ? s'exclama-t-elle avec un petit rire gêné.

— Je vous protège du danger. Mais, pour en revenir à Simon, pourquoi les femmes pensent-elles toujours que le mariage est un remède contre tous les maux de la création ?

— Le mariage est la pierre angulaire de notre civilisation, répondit-elle distraitement en jetant un coup d'œil derrière l'épaule de Grayson.

Ce dernier tourna la tête, et se rembrunit en voyant le phaéton ralentir. Il pensait pourtant avoir été clair avec Brentford !

— Vous le regardez fixement, Jane, fit-il remarquer avec brusquerie.

Elle tressaillit.

— Désolée. Vous êtes sûr ?

— Oui. Pourquoi ?

— Je ne sais pas. C'est lui qui a commencé. Il est difficile d'ignorer quelqu'un qui vous regarde avec autant d'insistance.

— Jane, déclara-t-il avec un sourire contraint, je risque d'être obligé de mettre fin à ces regards d'une façon définitive.

— Pas ici ? s'écria-t-elle, effarée.

Elle savait le marquis assez audacieux pour mettre sa menace à exécution.

— Pourquoi pas ? rétorqua-t-il d'un ton léger. Ce ne serait pas la première fois que du sang serait répandu sur ces pelouses. Et, après tout, ma famille a toujours observé les traditions.

Elle lui prit le bras et l'attira vers une clairière tranquille, hâtant le pas pour distancer le valet qui les suivait avec les chevaux.

— Une tradition de violence et de poursuite du plaisir, commenta-t-elle. Au lieu de vous en prendre à Brentford, pourquoi ne pas faire une bonne action en présentant mon frère à une aimable jeune fille qui exercera sur lui une bonne influence ?

Les efforts qu'elle déployait pour le remettre dans le droit chemin l'amusèrent. Non qu'elle ait quelque chance de l'influencer dans un sens ou dans un autre, bien sûr. Si le baron devenait un réel problème, Grayson s'occuperait de lui. Peut-être pas dans un lieu public, mais il s'en occuperait tout de même.

— Je m'attends à un nouveau discours sur les avantages du mariage.

Il s'écroula sur le sol dans un geste théâtral et ferma les yeux.

— Suis-je déjà mort ?

— Relevez-vous, Sedgecroft. Les journaux regorgent déjà de commérages à notre sujet.

Il ouvrit un œil.
— Ah, encore des commérages. Qu'avons-nous fait, cette fois ?
Elle croisa les bras et le gratifia d'un regard noir.
— Nous allons nous marier le mois prochain.
— Oh ! Et quel mal y a-t-il à cela ? s'enquit-il d'un air espiègle. Je croyais que vous approuviez le mariage ?
— Mais nous ne sommes pas fiancés, Sedgecroft ! rétorqua-t-elle avec une grimace. Nous ne pourrons tromper les gens éternellement. À présent, je vous prie de vous relever sur-le-champ et d'adopter un comportement correct.
Il roula sur le flanc et s'appuya sur le coude. Une fois de plus, il la fit songer à un superbe fauve s'étirant au soleil.
— Que faisiez-vous avec Nigel quand vous étiez ensemble ? demanda-t-il d'une voix paresseuse, en laissant son regard glisser lentement sur elle. Vous dessiniez des natures mortes ?
— Nous parlions, si vous voulez savoir. Nous avions ce qu'il est convenu d'appeler des conversations.
Il arracha un brin d'herbe, avec un sourire en coin.
— De quoi discutiez-vous ?
— De la vie, répondit-elle avec un soupir. Des livres. De l'amour.
Et surtout, au cours de la dernière année, de la passion que la gouvernante de la famille inspirait à Nigel.
— De l'amour que Nigel éprouvait pour vous ? demanda Grayson avec curiosité.
Jane croisa son regard, et un léger frisson lui courut le long du dos.
— Hum, pas vraiment.
— Parfois, je me demande si mon cousin est vraiment un Boscastle, déclara-t-il en se levant, les sourcils froncés.
— Que voulez-vous dire ? murmura-t-elle.
— Pour être tout à fait franc, un Boscastle ne se serait pas contenté de vous faire la conversation pendant toutes ces années. Si vous voyez où je veux en venir.
— Je le crains, oui… Oh, regardez, n'est-ce pas Cécile là-bas, au bord de la rivière ? s'exclama-t-elle d'une voix plus forte en le contournant pour s'éloigner.
— Jane.
Il tira sur les pans de sa veste de velours pour la ramener vers lui. Puis, avec un sourire indulgent, il se pencha pour lui murmurer à l'oreille :

— Cela vous met-il si mal à l'aise de parler de désir ? Personne ne peut nous entendre.

Le corps entier de Jane frémit à son contact.

— Vous êtes le seul homme qui ait jamais osé aborder ce sujet devant moi, répliqua-t-elle.

Elle s'écarta brusquement en entendant qu'on l'appelait.

— Cécile nous a vus, elle nous fait signe de les rejoindre. Vous venez ? Je pense que Simon est avec elle.

— Vous êtes transparente, mon ange.

— Vous aussi, Sedgecroft.

— Vraiment ?

— Absolument.

— Alors, dites-moi à quoi je pense.

— Je n'oserais pas prononcer les mots.

— Je pensais à ce qui s'est passé hier soir, dit-il doucement, en repoussant une mèche sur la nuque de Jane.

Il eut le temps de voir une petite veine battre follement sur son cou avant qu'elle ne se détourne.

— Essayez de penser à autre chose pendant un moment, lui conseilla-t-elle, le souffle court. Je n'aimerais pas que vous finissiez dans la rivière.

Pensif, Grayson lui emboîta le pas. En dépit de ses tactiques d'esquive, elle ne parvenait pas à lui faire oublier son abandon si spontané de la veille, dans le labyrinthe, qui avait changé les sentiments qu'il éprouvait pour elle du tout au tout. Il n'avait jamais rencontré de femme aussi désarmante. Modeste un instant, tentatrice l'instant d'après. Docile et délicieuse. Puis digne et hautaine. Un peu peste, aussi.

Une femme susceptible de rendre un homme fou de désir. Et de le pousser à s'engager.

Il se figea, inspira à fond et secoua la tête. D'où diable lui venait une pareille idée ?

Et pourtant, c'était vrai. Il avait découvert chez Jane une foule de qualités, un trésor caché. Et ce qui n'était pas caché était aussi très appétissant. Pourquoi serait-elle condamnée, par la stupidité de Nigel, à être exclue de la société ?

Le désir qu'elle lui inspirait rendait ridicules les critères du beau monde. Sa petite souris si futée l'entraînait dans une sacrée chasse. Et cela l'enchantait.

Ses amis la soupçonnent de ne jamais avoir réellement aimé Nigel.

« Oh, Jane, songea-t-il avec un sourire. Vous avez encore deux ou trois choses à apprendre en amour. Et moi aussi, peut-être. »

Rassemblées sur la berge, les amies de Jane se lamentaient sur la perte du haut-de-forme de Simon qu'un de leurs compagnons avait jeté par jeu dans la rivière. Il y eut des acclamations lorsque le courant le ramena brièvement vers le bord, puis des exclamations de tristesse lorsqu'il commença à sombrer et qu'il devint évident qu'il était perdu corps et âme.

— Cela ne te ressemble pas, Jane, marmonna Cécile, tout en ignorant ostensiblement le marquis qui demeurait à quelque distance du groupe.

Elle portait une tenue d'amazone en soie couleur chocolat et son chapeau assorti arborait des plumes de cygne.

— As-tu lu les journaux ?

Jane garda les yeux fixés sur l'eau, consciente de la présence de Sedgecroft derrière elle. Apparemment, elle n'était pas seule à lui trouver du charme. La plupart de ses amies lui lançaient des œillades engageantes tout en le suppliant de sauver le chapeau de Simon. Le fait qu'il exerce une telle attraction sur les femmes l'irrita inexplicablement.

— Oui, dit-elle au bout d'un moment. J'ai lu les journaux. La moitié de ce qu'ils racontent est faux.

— Donc, l'autre moitié est vraie ? riposta son amie en plissant les yeux. Non. Ne réponds pas.

— Je n'en ai pas l'intention.

— Tout le monde dit qu'il va demander ta main, Jane. Si ce n'est déjà fait.

Jane soupira. Ce matin, quand elle avait vu leurs noms imprimés dans la presse, et lu qu'un certain marquis était tombé amoureux d'elle, elle avait ressenti une bouffée de joie totalement injustifiée. Et qui n'avait pas duré.

— Je dois avouer que, par certains côtés, je t'admire, confessa Cécile après une hésitation.

Du coin de l'œil, Jane remarqua que Grayson regardait du côté du parc. Hélène se promenait au bras de lord

Buckley, sa chevelure blond pâle scintillant au soleil. La Française s'arrêta brusquement à la vue du marquis, puis donna un léger coup de coude à son compagnon pour l'entraîner dans une autre direction.

Sedgecroft porta sa main gantée à sa bouche et bâilla.

— Tu m'admires pour quelle raison ? demanda-t-elle distraitement, absorbée par la petite scène sans parole à laquelle elle venait d'assister.

Que diable signifiait ce manège ? Pourquoi les gens éprouvaient-ils des sentiments si compliqués ? Elle se demanda si, dans quelques mois, elle aussi se promènerait au bras d'un homme en essayant désespérément d'attirer l'attention de Sedgecroft. Elle se demanda aussi si Grayson avait déjà attiré Hélène dans un labyrinthe et lui avait donné tant de plaisir qu'elle en avait perdu la tête. Ou encore s'il la regarderait un jour en bâillant d'ennui.

— Je t'admire d'avoir pris Sedgecroft comme amant, chuchota Cécile.

Cette fois, elle parvint à retenir l'attention de Jane. Celle-ci sentit une onde de chaleur se répandre dans tout son corps. Son visage s'empourpra. À en juger par la lueur diabolique qui dansait dans ses yeux bleus, Sedgecroft avait entendu la remarque de son amie.

— Ce n'est *pas* mon amant, répliqua-t-elle d'un ton moins convaincant qu'elle ne l'eût souhaité. C'est juste un... un compagnon. Un ami de la famille.

— Oui, le genre d'amitié qui prépare au grand sacrifice, rétorqua Cécile d'un ton acerbe, mais plus discret. Le monde entier peut admirer cette énorme broche de diamant épinglée sur ta poitrine. Nous savons tous d'où elle vient, et que, si cette amitié finit par un mariage, tout sera oublié et pardonné. Mais imagine que Sedgecroft suive l'exemple de Nigel ? Ou encore que Nigel réapparaisse ?

— S'il te plaît, Cécile, change de sujet, chuchota-t-elle, certaine d'avoir entendu Grayson rire dans leur dos.

Cécile entraîna son amie au bord de l'eau.

— Il faut t'éloigner de lui. Au moins jusqu'à ce que tu aies recouvré suffisamment de sang-froid pour réfléchir.

— Essaie donc de t'éloigner de Sedgecroft.

— Je suis vraiment inquiète pour toi, Jane. Tout le monde a l'impression que tu apprécies sa compagnie.

— Peut-être est-ce le cas ?

— Et peut-être n'es-tu pas en état de savoir ce que tu fais.

— Il est possible aussi que, pour la première fois de ma vie, je fasse ce que je veux.

Jane fut surprise elle-même par l'ardeur qu'elle mettait à défendre ce gredin. Ses amies ne voyaient que la façade. Elles n'avaient pas conscience de sa gentillesse et de l'amour qu'il portait à sa famille. Il avait beau être un scélérat, parfois, mais il veillait sur les siens. S'il tombait un jour amoureux, songea-t-elle avec un brin de mélancolie, la femme qu'il choisirait ne serait pas seulement comblée physiquement, elle serait aussi entourée de tendresse.

— Mais...

Une ombre tomba entre les deux jeunes femmes, et Cécile s'interrompit abruptement.

— Voulez-vous que nous reprenions les chevaux à présent, Jane ? proposa Grayson aimablement, comme s'il ignorait qu'il était au centre de leur conversation.

Un délicieux picotement parcourut Jane tandis qu'elle levait les yeux vers lui. C'était peut-être un démon, mais ce qu'elle éprouvait en sa présence défiait toute description. Avec une moue désapprobatrice, Cécile se tourna vers la rivière sur laquelle flottait une brassée de fleurs sauvages censées commémorer le souvenir du chapeau disparu.

— Si vous voulez, répondit Jane, craignant d'être la cause d'une querelle entre ses deux amis.

Elle se rendit compte à cet instant que Sedgecroft et Cécile étaient tous deux ses amis. Si dissemblables fussent-ils, chacun à sa manière voulait la protéger. Mais comment maintenir la paix entre eux ?

— Oui, c'est une bonne idée, reprit-elle en adressant à Cécile un sourire d'excuse.

— À présent, Cécile est en colère contre moi, fit remarquer Jane deux heures plus tard, alors qu'ils se promenaient dans les allées ombragées du jardin de Grosvenor Square.

— Eh bien, elle se trompe à mon sujet, répliqua Grayson, assumant qu'il était la cause de ce désaccord entre les deux jeunes filles. J'espère que vous avez pris ma défense.

— J'ai essayé, mais…

Elle s'arrêta devant l'abri de jardin et jeta un coup d'œil vers la maison. Le rideau d'une des fenêtres retomba vivement à sa place.

— Le réseau d'espions nous a repérés, annonça-t-elle en grimaçant.

— Qui est-ce, cette fois ? s'enquit-il d'un ton complice. Caroline ou Miranda ?

— Les deux. Il me semble que Caroline tenait des jumelles de théâtre à la main.

Il observa sa compagne avec un petit sourire en coin.

— Voulez-vous que nous leur donnions des raisons de s'inquiéter ?

— Oh, Sedgecroft, vous êtes un vrai vaurien ! Qu'allons-nous faire ? Il faut arrêter cette comédie avant que toute la bonne société ne s'enquière de la date de notre mariage !

— Désirez-vous rompre nos fiançailles, Jane ?

— Vous n'êtes donc jamais sérieux ?

Il leva les yeux, distrait par le grincement caractéristique d'une fenêtre qu'on ouvrait. Avec une expression amusée, il prit Jane par la main et l'emmena derrière la cabane de jardin.

— Maintenant, elles ne peuvent plus nous voir. C'est là que ça devient vraiment drôle. Elles vont s'affoler. Qu'allons-nous faire ce soir ? Préférez-vous une réception mondaine ou un souper en tête à tête ?

Jane eut toutes les peines du monde à ne pas se laisser aller contre son torse puissant.

— N'avez-vous jamais eu l'idée de faire comme tant de gens qui restent simplement chez eux pour lire ou… se reposer ?

— Il n'y a pas de repos pour les impies, ma chère. C'est du moins ce que dit la Bible.

— Comme si vous l'aviez lue.

— Oh, mais je l'ai lue !

Ce souvenir alluma dans ses prunelles une lueur coquine.

— Avec une gouvernante qui avait pratiquement mon âge et me menaçait sans cesse de sa badine. Ce qui explique sans doute que j'aie du mal à me plonger dans les Écritures depuis. Parfois, je me demande ce que cette femme est devenue, et qui elle torture à présent.

Jane s'efforça de dissimuler sa stupeur et plaqua un sourire sur son visage. Elle n'avait aucune peine à croire que Grayson avait été un enfant turbulent. Mais… Seigneur ! La gouvernante dont il parlait ne pouvait être qu'Esther Chasteberry, ou plutôt lady Boscastle, à présent. La future mère d'une nouvelle génération de garnements Boscastle. Celle qu'on surnommait la Main de Fer.

— Je ne sais que dire, fit-elle. Vous méritiez probablement les châtiments qu'elle vous infligeait. Je…

Elle battit des paupières lorsqu'il lui attrapa brusquement le menton pour l'embrasser. En une fraction de seconde, un flot voluptueux la submergea. Puis il reflua tandis que le marquis s'écartait, la laissant à la fois désemparée et agacée.

— Vous devrez vous contenter de cela en attendant mieux, déclara-t-il d'un ton de regret. Les jardiniers approchent.

— En attendant… Franchement, Sedgecroft, comme si une femme ne pouvait vivre ni respirer sans vos baisers ! Quelle prétention !

Il éclata de rire, et la tira avec naturel vers le bord de l'allée, pour laisser la place à un jardinier qui poussait une brouette.

— C'est un reproche qu'on m'a fait plus d'une fois, avoua-t-il en laissant négligemment la main sur son épaule. Mais je veux juste empêcher que vous tombiez entre les griffes d'un jeune baron morose qui semble s'intéresser à vous.

— Il me fait de la peine, protesta Jane. Vous ne devriez pas vous moquer de lui.

— Un séducteur ne doit se soucier que de lui-même s'il veut remporter la victoire, répliqua-t-il cyniquement.

— C'est un expert qui le dit.

— Vous pouvez viser plus haut que Brentford, Jane. Nous venons tout juste de commencer à chercher un remplaçant pour Nigel.

— Avez-vous jamais eu le cœur brisé ? demanda-t-elle avec douceur.

Il s'écarta d'elle, et laissa retomber sa main le long de son flanc. Caroline et Miranda venaient d'apparaître dans le jardin et feignaient d'admirer les roses trémières.

— Si, une fois. C'est un sentiment horrible, dit-il avec une grimace.

Puis, se dirigeant vers le portail, il lança :

— Nous allons bien nous amuser ce soir. Apportez une Bible. Ou une badine. À votre guise.

16

Une Bible ou une badine.

Jane suivit des yeux la haute silhouette en réprimant un frisson. Elle aurait besoin de toutes les prières de la Bible et d'une badine pour se protéger de la fureur de Grayson lorsqu'il découvrirait ce qu'était devenue sa gouvernante, et le rôle que Nigel et elle avaient joué dans sa vie ! Combien de temps encore réussirait-elle à jouer la comédie ? Combien de temps faudrait-il à Sedgecroft pour découvrir qu'elle l'avait trompé ?

Elle croisa les bras en entendant ses sœurs approcher.

— Que s'est-il passé ? s'enquit Caroline, les yeux fixés sur le portail.

— Nous sommes sorties aussi vite que possible lorsque nous ne vous avons plus vus, ajouta Miranda.

— Il ne s'est rien passé, répondit Jane d'un ton peu convaincant.

Caroline lui décocha un regard perçant.

— Il t'a emmenée derrière l'abri de jardin.

— Oui, car je voulais lui montrer les bulbes que tante Mathilde nous a expédiés de Bruxelles.

— C'est pour cela que ta veste est déboutonnée ? s'enquit Miranda d'un air innocent.

— Nous sommes allés au parc cet après-midi, rétorqua Jane, indignée. Il faisait chaud.

Caroline soupira d'un air entendu.

— Oui, bien sûr. Oh, Jane, ma sœur si raisonnable, si respectable, sans histoires. Comment as-tu pu te laisser entraîner dans cette affaire ?

— Je me le demande à chaque instant, marmonna Jane en poussant une pierre du bout du pied.

Elles lui prirent chacune un bras et l'entraînèrent dans l'allée ombragée.

— Cela te ressemble si peu, Jane, fit Miranda en lui coulant un regard de côté. Tu sais qui est cet homme.

— Je n'en suis pas sûre, répliqua-t-elle, pensive. Tout ce que je sais, c'est qu'il ne mérite pas que je lui mente.

— Tu comptes lui avouer la vérité ? risqua Caroline, déroutée.

— Il le faut, non ? Je ne cesse toutefois d'espérer qu'un miracle se produira, qu'il décidera qu'il a fait son devoir et que les choses en resteront là, sans qu'il découvre jamais ce qui s'est réellement passé.

Caroline se rembrunit, soucieuse.

— Il faudrait pour cela que Nigel quitte l'Angleterre et ne réapparaisse jamais. De toute façon, Sedgecroft n'abandonnera pas la partie tant que… tant que tu auras des bulbes à lui montrer.

Il y eut un silence.

— Veux-tu que nous nous chargions de le lui dire ? suggéra Miranda.

— Non ! protesta Jane avec fermeté. Ce serait lâche de ma part.

Elle marqua une pause, se mordilla la lèvre, et finit par déclarer :

— Je lui parlerai vendredi.

— Réfléchis bien, lui conseilla Caroline. S'il décide, sous le coup de la colère, de dévoiler tes manigances, ce scandale-là te sera fatal. Rien ne te prouve que tu peux lui faire confiance pour garder le secret.

— Je doute qu'il prenne cette affaire à la légère, renchérit Miranda d'un ton lugubre. Un Boscastle peut faire un excellent ami, mais je n'aimerais pas en avoir un comme ennemi.

Cette pensée avait plus d'une fois traversé l'esprit de Jane. En proie à un affreux pressentiment, elle tourna les yeux vers la cabane de jardin. Tout ce charme, toute cette énergie virile transformé en colère et en vengeance. Tous les moments délicieux qu'ils avaient partagés à jamais ternis par le mensonge. Cette perspective lui était insupportable !

— Il va pourtant falloir que j'en prenne le risque, n'est-ce pas ? déclara-t-elle d'une voix ferme.

Ce n'était pas le scandale qu'elle redoutait, non. C'était de perdre la confiance de Grayson.

Grayson était conscient de s'aventurer en terrain glissant avec Jane. Il avait déjà envisagé de rompre leur arrangement. Sans succès. Il trouvait des douzaines d'excuses pour continuer de la voir. Qu'il cesse du moins de penser à elle quand ils n'étaient pas ensemble, décida-t-il. Il n'avait que trop négligé ses affaires ces derniers temps, et n'était pas homme à se complaire dans l'oisiveté, contrairement à la plupart de ses pairs de l'aristocratie.

D'autre part, il avait appris par la bande que Drake avait l'intention de rejoindre les rangs de la Compagnie des Indes Orientales, comme Brandon, et il voulait éclaircir cette histoire.

Mais il avait beau raisonner, Jane occupait presque toutes ses pensées, et il ne vivait que dans l'attente de leurs rencontres.

Dans quelle voie leur arrangement allait-il les entraîner? Il n'osait pas y penser.

Cinq jours passèrent encore sans que Jane trouve le courage de confesser sa faute. Cinq jours durant lesquels Sedgecroft occupa tout son temps et ses pensées. Cinq jours qui furent les plus heureux et les plus terrifiants de son existence. Heureux, car l'audace, la bonne humeur et la franchise du marquis l'enchantaient. Terrifiants, parce qu'elle s'était rendu compte qu'elle était amoureuse de cet homme qui ne la courtisait que pour tromper la galerie.

Terrifiants aussi à cause de ce secret qui l'étouffait.

Les quelques soupirants qui eurent l'audace de lui rendre visite furent éconduits avec politesse et fermeté. Jane renonça même à aller faire des achats dans Bond Street avec Cécile, comme chaque semaine, redoutant un nouveau sermon. À la place, elle se rendit à Chelsea avec Grayson, Simon et Chloé pour faire du bateau. Leur groupe affronta la troupe bruyante des amis de Drake. Naturellement, ce fut le bateau de Grayson qui l'emporta.

Le lendemain soir, ils assistèrent à un bal, et la veille du jour qu'elle avait choisi pour faire sa confession, ils allèrent au théâtre avec les parents de Jane, et rentrèrent seuls, car ces derniers avaient décidé d'aller jouer aux cartes avec un de leurs vieux amis à Piccadilly.

— Je vous la confie, Sedgecroft, dit lord Belshire. Ramenez-la à Grosvenor Square.

Il n'approuvait cet arrangement que parce que Jane semblait plus heureuse qu'elle ne l'avait jamais été depuis... depuis ses fiançailles avec Nigel, en fait. Plus personne n'avait entendu parler de ce misérable, et Belshire en était profondément peiné pour sa fille. Si peiné qu'il l'encourageait à passer du temps avec ce prétendu vaurien, qui se révélait mille fois plus fiable que son cousin !

— Simon et ses sœurs sont à la maison, précisa-t-il. Vous ne serez pas seuls.

Pourtant, Jane et Grayson se retrouvèrent bel et bien en tête à tête. Seuls les domestiques allaient et venaient telles des ombres dans les couloirs de la vieille demeure. Lord Belshire avait apparemment oublié que Simon devait emmener ses sœurs à une réception d'anniversaire.

Grayson et Jane demeurèrent un instant immobiles dans le grand hall carrelé de marbre noir et blanc, tels des pions sur un jeu d'échec. L'air était chargé de tension, de tentation. Lequel des deux ferait le premier pas ?

Grayson attrapa une plume de paon dans un grand vase de cuivre et chatouilla le nez de Jane avec une grimace comique.

— Enfin seul avec vous, murmura-t-il, les lèvres contre ses boucles blondes. D'après vous, par quoi devrions-nous commencer ?

— Déjà, par cesser de dire des bêtises.

Elle ôta sa cape de soie prune, et sa gorge se noua lorsqu'elle surprit son regard rivé sur elle. Depuis l'épisode du labyrinthe, ils s'étaient montrés fort sages.

— Vous allez finir par me faire éternuer avec cette plume...

— Dieu vous bénisse, dit-il en lui tapotant la tête à l'aide de la plume. Je suis très sérieux. Préférez-vous que je vous séduise dans le salon rose ou dans le jaune ?

Elle se mit à rire, dans l'espoir de cacher son trouble.

— Nous n'avons ni salon rose ni salon jaune. La question est donc réglée. Il est tard. Je suppose qu'il vaut mieux que vous vous en alliez.

— Pourquoi ?

Il l'attira doucement à lui et l'enlaça. Jane aperçut leur reflet dans le miroir du hall. Sa haute silhouette en habit sombre penchée sur elle, son propre corps tendu vers lui. L'espace d'une seconde, elle eut l'illusion qu'ils ne formaient plus qu'un. Son cœur s'emballa à cette pensée. La plume s'échappa des doigts de Grayson et voleta jusqu'au sol.

— Je n'ai pas l'intention de vous laisser toute seule, dit-il en lui soulevant le menton pour croiser son regard.

— Les domestiques sont là. Je n'ai rien à craindre.

En un sens, elle était plus en sécurité seule qu'avec lui. Mais, d'autre part, elle savait au fond d'elle-même que Grayson ne permettrait à personne de lui faire le moindre mal. Dommage qu'il n'ait pas eu le pouvoir de la protéger contre elle-même...

— Nous pourrions jouer aux cartes, suggéra-t-il avec nonchalance en l'entraînant vers le salon. Je suis sûr que nous pourrions parier sur des choses intéressantes.

— Euh... Oh non ! J'avais oublié. Je suis censée prendre le petit déjeuner avec Cécile et Armhurst, demain matin.

— Remettez à la semaine prochaine, répliqua-t-il avec fermeté.

— C'est impossible. Il faut que je la voie avant qu'elle ne parte dans le Kent avec sa famille pour préparer son mariage.

Grayson referma la porte derrière eux. La pièce n'était éclairée que par quelques bougies. Il suivit Jane du regard tandis qu'elle se dirigeait vers la desserte. Toute la soirée il avait eu envie de la toucher. Le moindre frôlement de son épaule ou de son bras l'avait mis à la torture. Lorsqu'elle revint vers lui, les battements de son cœur prirent un rythme fou. Son sang se mit à bouillonner, tandis qu'une vague de désir le traversait de part en part.

Elle goûta une gorgée du whisky qu'elle lui avait servi avant de lui tendre le verre.

— Oh, fit-elle avec une grimace. Cela brûle.

Il referma un instant les doigts sur la main de Jane en s'emparant du verre, puis desserra sa cravate.

« Mettez-moi à la porte, Jane, avant que je n'oublie ma résolution de ne pas aller plus loin », la supplia-t-il en silence.

Elle s'approcha de l'énorme sofa qui trônait au centre de la pièce et s'y laissa tomber dans un froissement de soie.

— Comment avez-vous trouvé la pièce ?

— Je ne l'ai pas regardée, avoua-t-il en s'installant confortablement à côté d'elle. J'avais la tête ailleurs.

Elle l'observa à la dérobée. Dans l'ombre, ses yeux paraissaient gris. Ils brillaient d'une lueur coquine.

— Je ne vous demanderai pas ce qui vous préoccupait.

C'était elle, naturellement. Tout en feignant de s'intéresser au spectacle, il s'était creusé la cervelle pour tenter de se rappeler tout ce qu'il avait entendu dire sur Jane au fil des années. Pensant comme tout le monde qu'elle était promise à Nigel, Grayson ne s'était jamais beaucoup intéressé à elle. C'était une jeune fille d'excellente condition. Belle. Un bas-bleu, somme toute. Un bas-bleu, oui, mais avec un corps digne de figurer dans un harem. Personne n'avait jamais fait allusion à son caractère espiègle, ni à ses yeux verts ensorcelants, ni non plus à ce léger manque d'assurance qui la rendait si attirante. Bref, on ne l'avait pas prévenu qu'avec elle, tout diable qu'il fût, il trouverait à qui parler.

— Qui est ce Armhurst ? s'enquit-il en buvant une gorgée de whisky.

— Un ami de Cécile.

— Un jeune homme ?

— Je pense, oui.

— J'ai entendu dire qu'un certain Armhurst avait pris part à un duel l'année dernière. Au sujet d'une femme.

Elle retint son souffle. Sa voix était glaciale. Le regard ardent, il s'inclina lentement sur elle. Son haleine sentait le whisky, et elle en fut grisée.

— N'y allez pas, fit-il d'un ton faussement désinvolte.

Le cœur de Jane manqua un battement. Ils se tenaient en équilibre au bord d'un abîme, prêts à basculer dans l'inconnu, mais elle aurait été incapable de dire si cela l'effrayait ou pas.

— Pardon ?

— Vous ne ferez pas la connaissance de cet Armhurst. Je vous l'interdis.

— Et si j'y vais quand même ? riposta-t-elle pour le taquiner.

— Alors, je viendrai aussi. Et Armhurst n'osera même pas poser les yeux sur vous.

— Ne me faites pas croire que vous n'avez jamais été impliqué dans un duel, répliqua-t-elle, troublée plus que de raison par son attitude possessive.

Qu'est-ce qui avait changé entre eux ?

— Ce n'est pas de ma moralité dont il est question, Jane.

Ce qui était une excellente chose étant donné les pensées parfaitement immorales qu'elle faisait naître en lui.

Elle renversa la tête contre le dossier du sofa.

— Dites-moi, Sedgecroft, épouseriez-vous une femme que vous n'aimez pas ? Si votre famille insistait, par exemple. Ou bien si elle était très belle et possédait une immense fortune ?

Il tendit le bras pour poser son verre sur le guéridon derrière lui, histoire de gagner quelques secondes. Il était conscient de prendre des risques en parlant aussi librement avec une femme.

— Pour être tout à fait honnête, Jane, je n'ai jamais été sûr que je me marierais avec une femme que j'aimais, fortunée ou pas.

— Ah, non ?

— Eh bien, il y a encore un mois, j'aurais préféré me faire brûler vif plutôt que de me laisser passer la corde au cou. Mais, récemment, j'ai commencé à considérer la vie sous un angle différent.

Elle le sentit se rapprocher imperceptiblement. Un mouvement sur l'échiquier. L'angoisse lui dessécha la bouche. Encore un peu, et elle serait sur ses genoux. Elle se presserait contre son corps puissant… et ils seraient perdus.

— Depuis la mort de votre père, vous voulez dire ? Vous faites allusion au fardeau que représente la responsabilité de votre famille ?

Il lui effleura les lèvres du doigt. Ses responsabilités familiales étaient bien le dernier de ses soucis, en cet instant. Il la désirait avec tant de fièvre que tout son corps en était douloureux.

— Entre autres. Vous a-t-on déjà dit que votre bouche était terriblement érotique ?

— Bien sûr que non, répliqua-t-elle vivement. Nigel ne connaît sans doute même pas la signification de ce mot.

Elle s'aperçut soudain qu'elle avait complètement oublié le sujet de leur conversation. Impossible de contrôler ses pensées avec ces lèvres si près des siennes, ce regard sensuel qui l'enveloppait comme si elle lui appartenait déjà. Son corps vibrait en réponse à sa demande muette. Elle était prête à lui donner ce qu'il exigeait, et tant pis si c'était de la folie.

— Je n'aurais pas dû rester, dit-il d'une voix sourde.

— Je sais.

Elle ferma les yeux lorsqu'il fit glisser ses doigts sur son corsage, refermant doucement les mains sur les globes de ses seins.

— Vous n'imaginez pas à quel point j'avais envie de faire cela quand nous étions au théâtre, Jane, murmura-t-il en déposant une pluie de baisers sur son cou.

Il tira sur la soie vert bronze de son corsage pour dénuder ses seins ronds.

— Quel joli corps vous avez. Je vous veux, Jane.

Elle frissonna, en proie à un étrange mélange de désir et d'incrédulité.

— Je croyais que nous devions jouer aux cartes ?

— Je connais d'autres jeux.

Il l'attira sur ses genoux, et pressa son visage entre ses seins tout en lui remontant ses jupes. Un flot de sensations étourdissantes se répandit en elle. Dans un état de semi-conscience, elle sentit sa main s'aventurer le long de sa cuisse. Et puis il insinua les doigts au cœur de sa féminité, pour lui procurer la plus intime des caresses, et elle crut qu'elle allait s'évanouir.

— Seigneur, chuchota-t-il, vous êtes déjà humide... je pourrais me noyer en vous. Je n'ai cessé de penser à vous depuis l'intermède dans le labyrinthe.

Sa voix lui parvenait de très loin, à présent, perçant à peine la brume de désir qui l'enveloppait. Elle était envoûtée par la force et la douceur de son étreinte. Elle lui agrippa les épaules, éprouvant la puissance de ses muscles d'acier. Son propre corps semblait ne plus lui obéir. Elle s'ouvrait à lui, s'offrait sans réserve à ses caresses audacieuses, telle une proie docile se prêtant au jeu du prédateur qui l'a capturée.

La maison était plongée dans un si profond silence que le moindre bruit semblait amplifié. Les gémissements de Jane furent rapidement absorbés par les rideaux de velours et les lourdes tapisseries. De même que son cri lorsque les doigts habiles plongèrent en elle, le tic-tac de la vieille horloge, le grognement de satisfaction de Grayson.

Les pupilles dilatées par le remords et le désir, il grommela :

— Je ne devrais pas être là. La tentation est trop forte. Il faut que je parte…

— Non.

La note de désespoir contenue dans sa propre voix la stupéfia. Elle lui caressa la joue, traça les contours de son visage, puis chercha son regard.

— Je ne veux pas que vous partiez.

— Oh, Jane, fit-il à mi-voix en pressant le visage contre sa paume. Ne m'encouragez pas. Je sais trop bien à quoi cela peut nous mener.

Elle sentit sa gorge se nouer. Avec ses cheveux en bataille, son corps de guerrier dissimulé sous ses habits de soirée, cet homme était la tentation incarnée. Et il la désirait, lui qui avait choisi d'être son ami quand tout le monde souhaitait lui tourner le dos. Oh, oui, où cela allait-il les mener ?

— Peu importe, chuchota-t-elle en approchant ses lèvres des siennes. Je veux que vous restiez.

— Vous ne savez pas ce que vous dites.

L'angoisse perçait dans sa voix, mais il était incapable de lui résister. Aucune autre femme n'aurait pu apaiser ce feu qui le consumait. Et elle le désirait aussi. Ou du moins elle pensait le désirer.

— Vous n'avez encore jamais fait cela. Ça me donne un avantage sur vous, c'est injuste.

— Mais qui mieux que vous pourrait m'initier à ces plaisirs ? contra-t-elle en nouant les bras autour de son cou.

Il inspira brusquement. Elle ne détourna pas les yeux. Cet homme représentait tout ce qu'elle avait toujours désiré. Qu'il agisse selon son bon plaisir.

Grayson se figea et contempla son adorable visage entre ses yeux mi-clos. Elle vit ses narines se dilater et éprouva un frémissement d'appréhension. L'espace d'un insupportable instant, elle craignit que ses paroles l'aient choqué, comme elles l'avaient choquée elle-même. La honte lui colora les joues. Quelle sorte de femme fallait-il être pour demander à un coquin de la séduire ?

Puis, brusquement, le regard de Grayson s'anima, son corps bougea sous le sien. Fascinée par l'intensité de son regard, elle ne fit pas un geste. Il n'était plus temps de se demander si elle avait eu tort. De la main gauche, il dénoua les rubans de son corsage avec une telle dextérité qu'elle se retrouva nue jusqu'à la taille avant d'avoir compris ce qu'il faisait. Eh bien, c'était ce qu'elle voulait non ?

Tandis qu'il la buvait des yeux, ses lèvres viriles esquissèrent un sourire incroyablement sensuel. Son invitation avait eu raison de ses dernières réticences.

— Qui mieux que moi, en effet ? souffla-t-il en glissant davantage dans la douce moiteur de sa chair. Personne, Jane. J'exige d'avoir ce privilège, avec votre permission.

Elle creusa les reins, s'abandonnant au plaisir aigu qui l'inondait. Grayson la caressait avec une lenteur et une délicatesse exquises. Il la tourmenta divinement jusqu'à ce qu'elle ait la sensation de se dissoudre entre ses bras.

Grayson inspira avec délices le parfum enivrant de sa peau échauffée par le plaisir. Le salon familial n'était certainement pas l'endroit idéal pour lui faire l'amour pour la première fois, pourtant, il brûlait de s'enfouir dans l'étroit fourreau de sa féminité. D'autant qu'elle ondulait contre lui avec une sensualité candide propre à déchaîner la passion la plus primitive. C'était ce qu'il désirait et redoutait tout à la fois. Comment diable avait-il pu imaginer qu'il saurait venir en aide à une jeune femme aussi ensorcelante ?

— Grayson, murmura-t-elle, le regard égaré.

Elle était offerte, consentante. La femme la plus désirable que la terre ait jamais portée.

De sa main libre, il ôta sa veste, impatient de sentir sa poitrine gonflée se presser contre son torse. De la tenir ainsi entre ses bras, à moitié nue, était une telle torture qu'il était au bord d'envoyer au diable le peu de contrôle qui lui restait. Le plaisir qu'il lui procurait ne suffirait pas à calmer l'incendie qui brûlait son ventre, il le savait. Il avait besoin de la posséder totalement. Au prix d'un effort surhumain, le corps tendu comme un arc, il luttait pour contenir ses instincts.

Du pouce, il titilla le bouton délicat, source du plaisir féminin. Jane agrippa sa chemise, le corps cambré contre lui. Le cœur de Grayson battait à tout rompre. Il ne la quitta pas des yeux tandis qu'elle approchait de la jouissance. C'est à peine s'il jeta un bref regard à la porte, qu'il avait fort heureusement fermée à clé. Jane devait être toute à lui, rien ne devait gâcher cet instant de plénitude.

Comme elle se pressait contre sa main, haletante, il vit l'extase la balayer telle une lame de fond, et la caressa plus profondément afin d'accroître son plaisir.

Le corps secoué de spasmes incontrôlables, elle se sentait tout à la fois éperdue et mortifiée. Pourtant, lorsque la vague du plaisir reflua, elle trouva naturel de s'abandonner contre Grayson, sa robe retroussée sur les hanches, les bras noués autour de son cou. Elle aurait voulu rester ainsi pour toujours. Ne plus penser.

Ils s'allongèrent, et il appuya la tête sur son bras replié, glissant sa jambe sous la cheville de Jane. L'air parfaitement maître de lui à présent, il fixa le plafond des yeux, apparemment absorbé par de sombres pensées. Inquiète, elle se demanda s'il était contrarié de n'avoir pu satisfaire son propre désir. Elle ne put se résoudre à lui poser la question, bien qu'il lui parût… frustré. À moins qu'il ne déplore la perte du parangon de vertu qu'il avait cru trouver en elle ? Cette pensée la ramena brutalement sur terre.

— Grayson ?

— Un moment, Jane. J'ai besoin d'un peu de temps.

De temps ? Elle jeta un regard autour d'elle.

— Il faut réellement faire un effort si nous ne voulons pas être surpris ainsi, murmura-t-elle au bout d'un instant qui lui parut durer un siècle. Il ne nous manque plus qu'une armée d'esclaves pour ressembler à Antoine et Cléopâtre.

Sa tentative d'humour tomba à plat. Grayson soupira lourdement. Il ne fermerait pas l'œil de la nuit, c'était certain. Jane et lui venaient de franchir une frontière, ce soir Cela donnait à réfléchir.

— Très bien, dit-il, levons-nous. Allez chercher des cartes pendant que j'allume d'autres bougies. Il faut que nous ayons l'air sage quand vos parents rentreront.

— Pourquoi paraissiez-vous si soucieux il y a un instant ? risqua-t-elle tandis qu'ils quittaient le sofa.

— Pardon ? fit-il en enfilant sa veste. J'essayais de me ressaisir. Et je réfléchissais.

Elle rajusta sa robe d'une main mal assurée.

— À quoi ?

Les sourcils froncés, il s'approcha pour l'aider à remettre de l'ordre dans sa tenue.

— Heath m'a envoyé un message aujourd'hui pour m'annoncer son retour. Il veut me parler de toute urgence. Je suppose qu'il doit avoir des nouvelles fraîches.

Jane se tourna vers la table de jeu tandis qu'il allumait un chandelier. Une chape glacée s'abattit sur ses épaules.

— Quel genre de nouvelles ?

Non qu'elle désirât réellement le savoir. Elle n'avait guère envie que son bonheur illicite soit ruiné par la découverte de son secret. À cette pensée, sa gorge se noua.

Grayson haussa les épaules, la rejoignit et lui prit le paquet de cartes des mains.

— Je n'en ai aucune idée.

Ils reprirent place sur le sofa, à distance respectable l'un de l'autre cette fois. Jane le regarda battre les cartes avec la même adresse que celle qu'il avait déployée pour la faire chavirer de plaisir.

— Il a bien dû vous mettre sur la voie.

Grayson secoua la tête, les lèvres pincées.

— Son message était très mystérieux. Il ne contenait pas la moindre indication quant à ce qu'il avait pu découvrir. Déformation professionnelle, je suppose.

— Sans doute, murmura Jane en croisant son regard.

Elle baissa les yeux sur ses cartes. Grayson avait confiance en elle. Il ne savait pas encore.

— Que diriez-vous si je vous avouais qu'il m'est totalement indifférent que Nigel revienne ou non ?

Il eut du mal à cacher sa satisfaction.

— Je ne vous blâmerais pas une seconde.

Allons, bon. Cet aveu allait être encore plus difficile qu'elle ne l'avait imaginé.

— Et si je vous disais que je n'ai jamais vraiment voulu l'épouser ?

Il la dévisagea calmement. Que voyait-il ? se demanda-t-elle avec anxiété.

— Le recul nous apporte souvent la sagesse dont nous aurions pu manquer.

— Mais je suis sincère, protesta-t-elle. Je n'ai pas besoin de recul pour me rendre compte que je ne l'ai jamais aimé autrement que comme un ami.

Grayson médita ces paroles tout en continuant de distribuer les cartes. Seul un petit sourire en coin laissait deviner que cet aveu lui faisait plaisir. Mais, tout au fond de lui, il se sentait absurdement soulagé. Il avait bien failli se trouver en compétition avec Nigel, ce crétin !

— Eh bien, cela rend les choses plus faciles, non ? dit-il d'une voix égale.

— Les choses ?

— L'amour. Vous ne pleurez pas sur celui que vous avez perdu. C'est comme moi avec Hélène, figurez-vous. Quand je la regarde, je me demande ce qui a bien pu m'attirer chez elle. Bref, la seule question importante, c'est de savoir ce que vous ferez si Nigel revient et se jette à vos pieds en implorant votre pardon ?

— Je ne sais pas, dit-elle en observant ses cartes. Rien. Que...

— Êtes-vous prête à lui pardonner ? demanda-t-il sans sourire.

Jane chercha en elle la force de soulager sa conscience.

— Nous ne savons pas encore s'il y a quelque chose à pardonner, balbutia-t-elle, hésitante.

— Oh, Jane, ma chérie, quel calme ! s'exclama-t-il en riant. Et quelle honnêteté !

— Je vous en prie, cessez de me complimenter ainsi ! répliqua-t-elle, agacée. Je ne suis pas un parangon de vertu. J'ai même beaucoup de défauts, si vous voulez savoir. Du reste, vous devez le savoir, à présent.

— Eh bien, moi aussi.

— Non, protesta-t-elle d'une voix étranglée. Vous n'êtes pas affreux du tout. Pas pour les choses importantes.

Il sourit avec désinvolture, comme pour chasser ses inquiétudes.

— Je peux être épouvantable quand je suis fâché. Mais je ne me fâcherai pas avec vous, sauf si je vous surprends en train de tricher aux cartes.

La mort dans l'âme, elle examina son jeu. Elle savait qu'elle ne pouvait plus tourner ainsi autour du pot. Elle lui devait la vérité. Mais elle avait peur. Peur de voir l'affection faire place au mépris dans son regard. Peur qu'il ne sorte de cette pièce et n'y remette plus jamais les pieds. Peur d'être allée déjà trop loin avec lui pour qu'il puisse lui pardonner si elle avouait maintenant.

— Grayson, je suis désolée. Je n'arrive pas à me concentrer.

— C'est moi qui suis désolé, Jane. J'aurais dû partir, je le savais.

— Non, ce n'est pas ça.

— Qu'est-ce alors ? Vous avez le sentiment d'avoir trahi Nigel ? demanda-t-il en la scrutant.

— Décidément, vous me croyez meilleure que je ne suis. Je vous en prie, je n'ai pas envie de jouer aux cartes.

— Dans ce cas, nous…

Il fut interrompu par des bruits de voix dans le hall d'entrée. Il se leva d'un bond pour aller tourner la clé dans la serrure et revint s'asseoir. Quand la porte du salon s'ouvrit, ils offraient l'image même de la respectabilité.

— Sedgecroft ! s'exclama Simon, éberlué.

Il jeta aussitôt un coup d'œil aiguisé à sa sœur, et constata avec satisfaction que sa tenue était irréprochable, à l'exception de ses chaussures qui avaient roulé sous la table.

— Je vous croyais au théâtre avec mes parents.

Grayson s'était levé pour s'incliner courtoisement devant Caroline et Miranda.

— Nous y sommes allés. J'ai proposé à votre sœur de lui tenir compagnie quand nous avons découvert que vous n'étiez pas là.

Caroline le regarda avec insistance, comme si elle connaissait tous les détails de la scène qui s'était jouée dans le salon un moment auparavant.

— Vous êtes un vrai gentleman, observa-t-elle, caustique.

— N'est-ce pas ? renchérit Jane d'un ton qui dissuada sa sœur d'insister.

Simon se racla la gorge.

— Voulez-vous un verre, Sedgecroft ? proposa-t-il.

— Merci, mais j'ai rendez-vous tôt demain matin avec mon frère. Je devrais déjà être parti. Mesdames, je vous souhaite une bonne nuit.

Une bonne nuit ? songea Jane. Elle ne fermerait pas l'œil tant qu'elle ne saurait pas ce que Heath avait découvert à propos de Nigel.

— Je vous raccompagne, déclara Simon. J'ai entendu dire que vous étiez un tireur expérimenté, et j'ai justement été invité à une partie de chasse chez…

Caroline s'empressa de refermer la porte du salon derrière les deux hommes.

— Tu ne lui as rien dit, n'est-ce pas ? chuchota-t-elle. C'était pourtant le moment idéal.

Jane s'humecta les lèvres.

— J'ai *failli* lui dire. Je serais peut-être allée jusqu'au bout si vous n'aviez pas débarqué. Mais j'ai encore le temps, puisque je m'étais donné jusqu'à vendredi.

— Tu as peur de lui ? fit Miranda en s'asseyant près de sa sœur.

— Je suis terrorisée, avoua celle-ci.

— Nous pourrions nous cacher dans la pièce, pour intervenir au cas où il deviendrait violent, suggéra Caroline.

— Ne sois pas ridicule. Sedgecroft ne me ferait aucun mal.

Elle se baissa pour ramasser le Roi de cœur et ajouta, d'une voix émue :

— Du moins, pas comme vous l'imaginez.

— Ce ne sera pas nécessaire.

— Diable ! s'écria Grayson, vexé. Tu le lui as *déjà* dit ?

— Grayson, tu es complètement idiot ou quoi ? Faut-il vraiment que je t'explique tout en détail ? Seigneur, tu ne me facilites pas la tâche. Jane n'a pas besoin qu'on le lui apprenne, vu qu'elle sait tout depuis le début. Nigel et elle ont saboté leur mariage d'un commun accord. La plupart des jeunes filles seraient prêtes à n'importe quoi pour prendre un homme au piège. Ta Jane a fait tout le contraire. Ta noblesse de cœur et tes bonnes intentions n'ont fait que contrecarrer leurs plans. Ton intervention n'était pas prévue.

— Leurs plans ?

— Hélas, oui ! Jane et Nigel n'ont jamais eu l'intention de se marier.

Grayson demeura muet de stupeur. Des plans. Un mariage saboté volontairement. Dieu du ciel, un complot entre Jane et son cousin. Il n'arrivait pas à le croire. Et pourtant, cela expliquait une foule de petits mystères. Jane n'avait pas été abandonnée par son fiancé, bien sûr. Cette petite peste avait tout manigancé, et elle l'avait copieusement manipulé, *lui*.

Il prit une longue inspiration, comme pour apaiser la colère qui couvait en lui. Impossible de prononcer un mot tant il craignait d'exploser. Ah, il s'était cru très noble ! Avec quelle arrogance et quel aveuglement il s'était persuadé que son sacrifice était nécessaire ! Damnation. Qui était-il pour traiter Nigel de crétin ? C'était *lui*, l'imbécile, lui qui s'était laissé manipuler comme une marionnette. Un complot, et il n'avait été qu'un pion dans cette histoire. Non. Un obstacle.

Il s'efforça de dominer la fureur qui menaçait de l'aveugler. Pourquoi n'avait-il pas vu les signes révélateurs ? Pourtant, dès le début, il avait soupçonné que quelque chose clochait dans cette affaire. Alors pourquoi n'avait-il pas deviné le fin mot de l'histoire ?

Parce qu'aucune jeune fille convenable n'aurait eu l'idée de faire échouer son propre mariage. Aucune jeune fille du rang de Jane n'aurait osé faire une chose pareille. Son parangon de vertu chéri avait fait un pied de nez à la bonne société. Et à lui aussi, par la même occasion.

Quand comptait-elle lui avouer la vérité ? Si tant est qu'elle y eût songé ! se demanda-t-il, de plus en plus indigné.

Combien de temps aurait-elle continué de jouer la comédie ?

Avait-elle trop peur de lui pour se montrer honnête ? Parfait. Elle avait intérêt. Lui-même avait un peu peur de ce qu'il allait faire. Oh, elle allait payer cher ! Et il prendrait plaisir à la punir.

Le regard fixé devant lui, Grayson laissa échapper un rire sans joie. Intrigué par son manque de réaction, Heath prit la boîte d'allumettes sur la table et alluma son cigare.

Un nuage de fumée odorante s'éleva entre les deux hommes.

— Tu n'as peut-être pas bien compris ce que j'ai dit, murmura prudemment Heath.

Grayson eut un sourire froid.

— Qu'est-ce qui te fait croire cela ?

Son frère se carra dans son fauteuil.

— Si tu avais compris, tu ne resterais pas là, à sourire comme un satyre, répliqua-t-il. Elle t'a trompé, Grayson. Elle t'a pris pour un imbécile.

Une flamme dansa dans les yeux de Grayson. On eut dit que le diable en personne habitait son regard.

— C'est toi qui ne comprends pas, rétorqua-t-il d'une voix posée.

— Ah, oui ?

— Ce n'est pas un noble imbécile que tu vois sourire, Heath…

Il marqua une pause, les doigts crispés sur les accoudoirs.

— C'est un homme qui rumine sa vengeance.

— Hé, une minute ! s'exclama Heath, alarmé. On ne t'en demande pas tant. Crois-tu que punir Jane soit la chose à faire ?

Le sourire de Grayson se figea. Plus question de se laisser manœuvrer ni d'obéir à un quelconque sentiment de culpabilité. Il avait voulu faire son devoir, et voilà le résultat. Elle l'avait pratiquement mis à genoux !

— Je veux lui rendre la monnaie de sa pièce.

— « Œil pour œil, dent pour dent », comme dans la Bible, c'est cela ? Oublie ces sottises.

Mais le regard de Grayson demeura implacable. Jane l'avait blessé comme jamais il n'aurait cru possible de l'être.

— « Il pleut sur les justes comme sur les impies », énonça-t-il.

— Certes, mais j'ai l'impression que ce qui se prépare tient plus de la tempête que d'une simple ondée, observa Heath, ouvertement inquiet. Que comptes-tu faire, au juste ?

— L'épouser.

— L'épouser ? répéta Heath, éberlué.

Sa réaction fit rire Grayson, qui précisa :

— Mais d'abord, je la ferai payer.

— Et comment cela ?

— Je vais m'amuser avec elle, comme elle s'est amusée avec moi. Pour tout dire, j'aime Jane.

L'anxiété fit place à l'admiration dans le regard de son frère.

— Et je devine que cette vengeance sera douce ? Pour toi, j'entends.

Grayson croisa les bras derrière la tête et ferma les yeux.

— Il est toujours doux de séduire une femme, non ? La vengeance ajoutera juste un peu de piment.

Dès que Heath l'eut quitté, Grayson envoya Weed chercher son secrétaire. La soirée était très avancée, mais cela n'avait aucune importance. Les meilleurs complots se concevaient au cœur de la nuit.

Était-ce aussi dans l'obscurité et le silence que cette rusée petite souris avait échafaudé son audacieux projet ? Pourquoi ? Sa fureur initiale s'était suffisamment apaisée pour lui permettre de réfléchir. Pourquoi avait-elle fait cela ?

La réponse semblait évidente. Nigel et Jane, en jeunes idiots romantiques, croyaient encore au grand amour et aux serments éternels. Si Jane avait refusé ce mariage sous prétexte qu'elle n'était pas amoureuse de Nigel, ses parents lui auraient forcé la main ou lui auraient choisi un autre mari. Ou l'auraient reniée.

Or, Jane adorait sa famille. Aussi, à sa manière brillante et cependant désespérée, avait-elle échafaudé ce plan. Qui avait échoué, comme il fallait s'y attendre.

La contre-attaque de Grayson serait bien plus sournoise. Il utiliserait tous les moyens à sa disposition pour se venger. Qu'ils soient légaux, spirituels, financiers, et, oui, sexuels aussi. La rouerie dont Jane avait fait preuve l'autorisait à disposer d'elle pour satisfaire ses désirs les plus fantasques.

Fini le héros au grand cœur. Le libertin était de retour. Il émergeait du dédale d'émotions complexes que Jane lui avait fait traverser, et se retrouvait enfin en terrain connu.

Dommage pour Jane.

L'ironie de la situation ne lui échappait pas. Il manigançait pour épouser une femme qui avait elle-même mis à exécution un plan insensé dans le seul but de ne pas tomber dans le piège du mariage. Ce qu'il avait lui-même cherché à éviter toute sa vie.

Grayson n'était pas dupe. S'il aimait cette femme, ce n'était pas *en dépit* de ses ruses… mais peut-être bien à cause d'elles. Oui, il était furieux qu'elle se soit amusée à ses dépens. Mais, maintenant, la roue avait tourné. Ce n'était plus un jeu en noir et blanc, mais en demi-teintes.

Un jeu de vengeance ?

En partie, oui. Mais c'était surtout le jeu de l'amour.

Quelque chose lui disait que, si Jane était capable de saboter son propre mariage, il lui faudrait répondre avec la même audace pour qu'elle le respecte. Une femme dotée d'une telle passion pour la vie, capable de forger son propre destin, attendait de son compagnon qu'il soit à sa hauteur. Et qui d'autre que Jane saurait le prendre à son propre jeu ? Qui d'autre saurait amener le joueur et le débauché qu'il était jusqu'au mariage ?

Il la désirait. Il n'avait donc d'autre choix que de se soumettre, même s'il refusait de le faire avec docilité.

Il avait trouvé son égale, une femme à sa mesure. Mais, avant d'applaudir à ses ruses et à son audace, il s'amuserait un peu. Il faudrait qu'elle gagne son pardon.

Lord Belshire s'éveilla brusquement en sentant une main puissante le secouer sans ménagement.

— Quoi ? Déjà arrivés ? Mais je ne ronflais pas, Athéna. Je ne dormais même…

Il cligna des yeux et regarda autour de lui, éberlué. La voiture était arrêtée au beau milieu de la rue.

— Sedgecroft. Où... Qu'avez-vous fait de ma femme ?

Grayson frappa le plafond de sa canne et l'attelage se remit en route.

— Votre épouse est en sécurité chez vous, avec le reste de la famille. Y compris votre fille aînée, ajouta-t-il en pinçant les lèvres.

— Jane.

Le vieil homme tira sa montre de la poche de son gilet.

— Où... où diable allons-nous à une heure pareille ?

Grayson se renfonça dans son siège.

— Chez moi, afin de parler affaires tranquillement. Mon notaire et mon banquier nous attendent.

— Votre... banquier ? Quel genre d'affaires croyez-vous conclure de manière aussi clandestine, et à une heure aussi tardive ? tonna Belshire. Par Dieu ! Si vous avez déshonoré ma fille...

Quarante minutes plus tard, lord Belshire avait compris de quoi il retournait, et avait accepté à contrecœur les conditions mentionnées dans le contrat de mariage que Sedgecroft et lui venaient de signer. Celles-ci étaient pour le moins bizarres, mais il fallait avouer que le comportement de Jane et de Nigel avait également de quoi étonner.

— Je n'arrive pas à croire qu'elle ait pu faire une chose pareille, marmotta-t-il, abasourdi. Néanmoins, je ne tolérerai pas qu'elle souffre des conséquences d'un tel contrat. Vous devez me jurer devant Dieu de tenir parole et de respecter nos conditions.

— Ne vous y trompez pas, Belshire, fit Grayson en foudroyant le vieil homme du regard. J'aime votre fille.

— En ce moment précis, je ne peux pas dire que je partage ce sentiment. Ce qui ne signifie pas que j'accepterais qu'elle soit abusée de quelque façon que ce soit.

— Faites-moi confiance. Jane sera bien traitée. Dans un an, peut-être moins, j'espère qu'elle vous donnera un petit-fils.

Une lueur d'espoir éclaira le visage de lord Belshire. Un petit-fils. Un futur marquis.

— Je m'interroge sur vos méthodes...

— Vous ne vous interrogerez pas sur le résultat, assura Grayson.

— J'espère que Jane consentira à vous épouser ?

— Cela ne fait aucun doute.

— Ce mariage aura l'avantage de résoudre un certain nombre de problèmes, Sedgecroft.

— C'est également ce que je me suis dit.

Pendant le trajet du retour, tout en réfléchissant au tour que Jane leur avait joué, Belshire en arriva à la conclusion qu'une femme aussi volontaire que sa fille méritait un époux aussi malin et retors qu'elle-même. Tel que Sedgecroft. C'est du moins ce dont il essaya de convaincre sa femme quand il la retrouva.

Athéna lisait dans son lit quand il apparut sur le seuil de leur chambre.

— Je viens de subir un choc, annonça-t-il d'un ton dramatique. Un choc terrible. Je suis complètement sonné.

Son épouse posa son livre.

— Vous n'avez que ce que vous méritez. Voilà ce qui arrive quand on sort boire avec un homme qui a la moitié de votre âge. Du reste, peu importe l'âge, vous n'avez jamais eu la résistance de Sedgecroft. De quoi voulait-il vous entretenir, au fait ?

Lord Belshire referma la porte et traversa la chambre à grandes enjambées.

Quand il eut terminé son récit, sa femme tourniquait nerveusement autour du lit sur lequel lui-même s'était effondré.

— Et vous avez donné votre accord ? Vous avez signé ce contrat ?

— Vous oubliez l'essentiel, ma chère. Jane nous a trompés. Elle n'a jamais eu l'intention d'épouser Nigel.

— Comment a-t-elle osé ! Je vais aller la trouver à l'instant, et…

— Non. Vous allez préparer nos bagages. Et quand elle se réveillera, elle constatera que nous sommes tous partis. À l'exception de Simon et d'oncle Gilles, auxquels je demanderai de rester pendant que Sedgecroft… euh… lui fait sa cour.

Athéna se campa au pied du lit, l'image même de la détresse.

— Je sais que ce qu'elle a fait est mal, mais rappelez-vous qu'elle nous a suppliés de ne pas l'obliger à épouser Nigel. Et maintenant, nous la laissons seule, à la merci d'un homme comme Sedgecroft...

— Un homme qui deviendra sous peu son mari, ma chère. En dépit de ses manigances, Sedgecroft l'aime. Et je pense qu'elle l'aime aussi. D'autre part, pensez-vous qu'il y aura un seul honnête homme dans toute l'Angleterre pour accepter de l'épouser une fois que le pot aux roses aura été découvert ?

— Eh bien, riposta Athéna avec hauteur, il reste encore l'Écosse et le Pays de Galles. Sans parler des aristocrates français chassés de chez eux par la Révolution.

— Je vous le dis, nous avons élevé une Médée dans notre maison. Je suis étonné qu'elle ne nous ait pas encore changés en statues de pierre.

— Vous confondez avec Méduse. Médée, elle, tuait ses enfants.

— Médée, Méduse, vous êtes la seule à faire la différence. Quoi qu'il en soit, Jane aura bien de la chance si elle a un jour des enfants à elle !

Athéna s'assit à sa table de toilette, résignée à accepter la situation.

— Il est certain qu'avec Sedgecroft, elle aura des enfants. Et de beaux enfants, par-dessus le marché. Que leurs oncles ne demanderont qu'à gâter quand nous ne serons plus là pour le faire. Les choses pourraient être pires.

Le regard de Howard se perdit dans le vide.

— Je ne vois pas comment, mais peu importe. Elle épousera Grayson Boscastle, un point c'est tout. J'ignore comment il compte venir à bout de notre fille, mais je lui souhaite de réussir.

— Jane est au courant ? s'enquit soudain Athéna.

— Non. Sedgecroft tient à lui annoncer lui-même la nouvelle. En tête à tête.

— Comme c'est romantique ! J'espère que cette fois Jane sera raisonnable.

Lord Belshire se rembrunit. Grayson lui avait semblé farouchement déterminé à parvenir à ses fins. De là à le trouver romantique...

— Il est totalement différent de Nigel, Athéna. Jane n'aura pas le choix, cette fois. Si elle ne se plie pas à sa volonté, elle finira vieille fille.

— Ne pouvons-nous au moins lui dire au revoir avant de la jeter dans la cage aux fauves ?

— Sedgecroft a l'intention de lui faire la cour, ma chère, pas de la dévorer toute crue. Quoique... Mais non, il faut que nous soyons partis à son réveil. Puisque Jane s'est révélée assez astucieuse pour rouler sa famille dans la farine, elle est tout à fait capable d'affronter Sedgecroft seule.

18

Quand Jane se réveilla le lendemain matin, un silence inhabituel régnait dans la maison. Neuf fois sur dix, elle était réveillée par Miranda qui jouait du piano ou par les éclats de voix de sa mère qui se querellait dans le hall avec Caroline au sujet de sa tenue.

Jane s'habilla à la hâte pour aller voir ce qui se passait.

— Ils sont tous partis à Belshire Hall, lady Jane, l'informa la femme de chambre. À l'exception de lord Tarleton, qui est sorti tôt ce matin pour aller aux courses avec votre oncle, sir Gilles. Ces messieurs ont averti qu'ils rentreraient pour souper.

— Quoi ? Ma famille m'a laissée ici, sans même me demander si je désirais les accompagner ? s'exclama Jane, incrédule.

— Le cousin de lady Belshire est tombé brusquement malade, et celle-ci n'a pas jugé nécessaire de vous emmener, répondit la domestique en baissant les yeux, comme si elle ne croyait pas plus que Jane à cette histoire.

— Je suppose qu'ils ne m'ont pas laissé de message non plus, fit la jeune femme, irritée.

Tous ces mystères étaient bien étranges. Son inquiétude se confirma lorsque, s'étant précipitée dans la chambre de Caroline, elle trouva, glissé sous le buvard de son écritoire, un billet griffonné à la hâte.

Jane,

Emmenées contre notre volonté, quasiment les mains liées. Prends garde, le lion a choisi sa compagne...

Rien d'autre, sinon une énorme tache d'encre, comme si Caroline avait été dérangée.

— Curieux, murmura-t-elle, pleine d'appréhension. Le lion a choisi sa compagne. Qui… ?

Elle tressaillit lorsque le valet frappa à la porte entrouverte.

— Le marquis est là, lady Jane. Il a insisté pour que vous descendiez sur-le-champ.

— Descendre ? Mais pourquoi ?

— Je n'ai pas pensé à le lui demander, mademoiselle.

Intriguée, elle se précipita dans l'escalier et pénétra dans le salon. Grayson se tenait face à la fenêtre, vêtu d'une élégante veste bleue sombre et d'un pantalon d'équitation. Il tapotait impatiemment sa cravache contre sa jambe. Son attitude évoquait irrésistiblement celle d'un fauve en colère.

— Eh bien ! s'exclama-t-elle, tellement ravie de le voir qu'elle se mit à rire. Vous au moins, vous ne m'avez pas abandonnée. J'ai l'impression que toute ma famille est devenue folle. Apparemment, un de nos cousins est tombé malade, et mes parents se sont précipités à la campagne…

Comme elle prononçait ces mots, il se retourna. Jane en eut le souffle coupé. Cela aurait dû être interdit d'être aussi scandaleusement beau.

Leurs regards se croisèrent, et le rire de Jane mourut sur ses lèvres. Pour la deuxième fois de la matinée, elle fut parcourue d'un frémissement d'appréhension. Elle ne se souvenait pas d'avoir jamais vu à Grayson une expression aussi sombre et farouche.

— Avez-vous parlé à Heath ? s'enquit-elle, le cœur battant.

— Oui.

— Oh…

Chancelante, elle scruta son visage dans l'espoir de déceler un indice quant à ce qui était ressorti de cette conversation.

— Je crains que les nouvelles ne soient pas bonnes, Jane, commença-t-il d'un ton grave.

— Non ?

— Il vous faut abandonner tout espoir d'épouser Nigel. Il semble qu'il se soit bel et bien enfui.

— Mais où ?

— Cela a une quelconque importance ?

Elle se demanda s'il percevait les battements affolés de son cœur.

— Je suppose que non, admit-elle dans un souffle.
Le regard de Sedgecroft se fit étrangement distant. Ou bien était-ce un effet de son imagination ?
— Vous ne lui pardonnerez pas, reprit-il.
— Je...
— Il vaudrait mieux l'oublier, Jane.
— Mais...
Que savait-il exactement ? Son attitude la plongea dans la plus grande confusion. Lui annoncer cette mauvaise nouvelle l'embarrassait-il ?
— Nigel n'a plus d'importance, dit-il en lui tendant la main. N'est-ce pas ?
— En effet, fit-elle en le regardant fixement.
Une onde de chaleur pour le moins déconcertante la parcourut. Était-il possible que ce fût aussi facile ? Y avait-il la moindre chance pour que Grayson ne cherche pas à en savoir plus ? À moins qu'il ne connaisse déjà la vérité, mais préfère continuer de feindre l'ignorance ? Qu'il se contente d'annoncer que Nigel était parti, que la vie devait continuer, et qu'elle, Jane, faisait désormais partie de sa vie à lui ?
— Allez chercher votre manteau, dit-il d'un ton neutre. Nous avons un rendez-vous.
L'ombre qui avait passé dans son regard disparut avant qu'elle n'ait pu l'interpréter. Il y avait ce matin une subtile différence dans son comportement vis-à-vis d'elle. Heath en avait-il appris plus qu'il ne voulait bien l'admettre ? Non. Personne ne pouvait connaître l'existence de la maison d'Esther, dans le Hampshire. Et si Grayson avait su quelque chose, il n'aurait pu contenir sa colère. Se sentait-il coupable de ce qui s'était passé la veille ? Avait-il une piètre opinion d'elle à cause de cela ?
« Dis-lui tout, s'exhorta-t-elle. Dis-lui la vérité. »
Elle secoua la tête, comme pour reprendre ses esprits.
— Quel rendez-vous ? Je dois voir Cécile ce matin et...
— Votre voiture est prête, monsieur, annonça le valet du seuil.
— Merci, murmura Grayson. Allez chercher la cape de lady Jane, je vous prie
Sans demander l'avis de Jane, il la poussa dans le hall, puis l'entraîna vers la porte.

— Grayson, seriez-vous assez aimable pour m'expliquer ce que vous faites.

— Montez dans la voiture, Jane. Je vous le dirai en temps voulu.

L'attelage s'ébranla et prit la direction de Bond Street. Mais le marquis garda un silence exaspérant. Jane n'osait s'interroger sur ses intentions ou sur les raisons de sa mauvaise humeur. De toute évidence, quelque chose le préoccupait. Mais cela n'avait peut-être rien à voir avec elle.

Non, il ne fallait pas se leurrer.

— Dites-moi au moins où nous allons.

Son regard glissa brièvement sur elle et elle rougit.

— Chez la modiste, Mme Devine.

— Devine... mais c'est la couturière des demi-mondaines et des danseuses ?

Il ferma les yeux. Mais son expression détendue ne trompa pas la jeune femme.

— Ses robes sont exquises.

— Je sais, rétorqua Jane en fronçant les sourcils. Le fiancé de Cécile lui a commandé quelques dessous scandaleux pour son trousseau. Ce qui me rappelle que je devrais l'avertir que nous ne pourrons pas nous voir aujourd'hui.

La voiture s'arrêta à la hauteur d'une superbe devanture devant laquelle se tenaient deux valets de pied. Des promeneurs les regardèrent descendre sans cacher leur curiosité. Partout où il passait, Sedgecroft était sûr de provoquer l'intérêt.

— Cécile ne vous attend pas, dit-il en la guidant à travers la boutique jusqu'à un escalier caché derrière le comptoir. J'ai pris la liberté de l'avertir que vous ne seriez pas libre. Ni aujourd'hui ni les jours suivants.

— Vous avez fait quoi ? s'exclama-t-elle en se demandant si elle avait bien entendu.

Imperturbable, il continua de gravir les marches.

— L'ami de Cécile, le fameux Armhurst, n'est pas une compagnie qui vous convient. Au fait, Jane, je voulais vous demander quelque chose hier soir, ajouta-t-il comme si cette pensée venait de lui traverser l'esprit. Je suppose que, pour la discrétion, cet endroit en vaut un autre.

Le sang lui battait aux tempes. Quelque chose clochait. Sa famille l'avait abandonnée, la laissant entre les griffes de ce gredin. En surface, il était toujours le même, affichant son arrogance habituelle mais, en profondeur, il avait changé. Et elle ne lui avait toujours pas dit...

— Me demander quoi ? chuchota-t-elle en percevant du mouvement sur le palier.

— De devenir ma maîtresse.

Il regarda autour de lui et enchaîna :

— Ah, voilà Mme Devine ! J'ai demandé un salon particulier pour les essayages.

La gorge de Jane se noua et ses pensées se brouillèrent. Sa maîtresse. Les deux petits mots la glacèrent. Cette fois, il ne pouvait y avoir de malentendu. C'était donc cela qu'il manigançait depuis le début. Fallait-il qu'elle ait été stupide et aveugle pour croire à sa gentillesse et à son sens des responsabilités ! Pendant qu'elle tombait éperdument amoureuse de lui, il tissait sa toile pour parvenir à ses fins.

La séduire.

Eh bien, avait-il jamais tenté de se faire passer pour un saint ?

Elle avait emprunté béatement le même chemin que ses autres conquêtes. Pas à pas. Personne ne l'y avait obligée.

Il la gratifia d'un sourire, visiblement inconscient de lui avoir brisé le cœur avec sa proposition indécente.

— Ma chérie, n'ayez pas l'air si surpris. Il est très improbable que vous receviez un jour une nouvelle demande en mariage. Au moins, en étant ma maîtresse, vous n'aurez plus à vous soucier de votre situation matérielle ni de celle des enfants que vous me donnerez éventuellement.

— Des enfants ? répéta-t-elle, hagarde.

Il haussa les épaules avec désinvolture.

— Les enfants sont la conséquence inévitable d'une relation physique entre un homme et une femme, fit-il, narquois. Et j'ai toujours voulu avoir une grande famille.

— Vraiment ?

— Une douzaine de garnements. La nouvelle dynastie de Boscastle.

— Loin de moi l'idée de m'opposer à une telle ambition.

— Allons discuter de tout cela confortablement, voulez-vous ?

Elle le regarda comme s'il venait de lui avouer qu'il était le diable en personne. Quelle insupportable effronterie ! Mais, avant qu'elle ait eu le temps de réagir, il lui tourna le dos et reprit son ascension en sifflotant avec insouciance.

— Ne vous tourmentez pas, lança-t-il par-dessus son épaule. Je ne vous garderai pas dans mon lit tous les soirs. Il faudra parfois vous habiller pour recevoir. Et je ne veux plus voir ma jolie tourterelle en gris.

Accablée, les jambes de plomb, elle le suivit dans un petit salon meublé d'un paravent, de deux fauteuils confortables, d'un miroir et d'une petite table en merisier sur laquelle se trouvaient deux verres, une carafe de sherry et une pile de gravures de mode.

Sa maîtresse.

Comme les femmes outrageusement vulgaires qu'il avait invitées pour son mariage.

Il voulait faire d'elle une autre Hélène, une autre Mme Parks. Une femme auprès de qui il viendrait chercher son plaisir. Une femme qu'il payerait, pour la voir en privé. Une partenaire dont il se débarrasserait lorsqu'elle ne l'intéresserait plus.

Jane fut prise d'une brusque envie de le pousser dans l'escalier, pour lui faire comprendre ce qu'elle pensait de sa proposition.

Deux couturières l'entraînèrent derrière le paravent, et la dévêtirent pour prendre ses mesures. Pendant ce temps, Grayson servit le sherry, et expliqua précisément ce qu'il voulait en examinant les échantillons de tissus que lui présentaient Mme Devine, une dame très digne à lunettes d'acier, et son assistante.

— Pas cela ! s'exclama-t-il avec un rire arrogant qui fit bouillir Jane de rage. Il y a trop de boutons. Je suis de ces hommes qui aiment mettre une femme dans leur lit en un tournemain.

Mme Devine eut un rire malicieux de petite fille.

— Bien sûr, monsieur, je comprends. Ces dessous, peut-être…

— Non. Cette dame n'a pas besoin de mettre sa poitrine en valeur. La nature l'a généreusement pourvue.

— Ah. Eh bien, que pensez-vous de ce satin rose ?

— Oh, oui. Avec cette dentelle noire ?

L'assistante de Mme Devine soupira.

— Ce sera tout à fait charmant sous une robe de bal.

— Quelle robe ? murmura-t-il. Je pensais qu'elle les porterait seuls.

La jeune femme rougit, et enchaîna :

— Ce corset avec les rubans, monsieur ?

— Pourquoi s'embêter avec un corset ? Je préfère sentir la peau d'une femme sous mes doigts.

C'en était trop pour l'assistante, qui se détourna pour aller ouvrir une fenêtre. L'atmosphère était si surchauffée que les lunettes de Mme Devine étaient couvertes de buée. Cet homme avait tout du libertin sur la piste d'une nouvelle conquête.

Jane passa la tête hors du paravent et le fusilla du regard.

— Je pense que vous avez dit assez de sottises comme ça, Sedgecroft.

— Jane, vous n'allez quand même pas me refuser le plaisir de vous offrir ces fanfreluches ? Je suis décidé à dépenser une fortune pour vous, répliqua-t-il avec placidité.

Les yeux agrandis de curiosité, les couturières n'en perdaient pas une miette.

— Grayson, je ne suis pas complètement idiote. Vous pouvez vous ruiner pour moi si ça vous chante. Mais je ne vous ai *rien* promis en retour.

Il lui adressa un sourire qui la mit hors d'elle.

— Ces paroles m'enchantent, ma chère ! J'aurai ainsi autant de plaisir à vous arracher ces superbes dessous qu'à vous les offrir. À présent, montrez-moi les soies les plus fines que vous ayez, dit-il à Mme Devine en se renversant dans son fauteuil. Je veux voir à travers. Oui, ces culottes fendues sont ravissantes.

Les joues de Jane s'enflammèrent tandis qu'elle croisait dans le miroir les regards envieux des couturières. Ah, la canaille !

Elle ne manqua pas de lui dire son fait dès que les quatre femmes les eurent laissés en tête à tête pour discuter des détails de sa nouvelle garde-robe.

— Êtes-vous devenu fou ? s'exclama-t-elle en prenant le verre de sherry qu'il lui tendait avec un sourire innocent.

— J'ai l'intention de faire pleuvoir les présents sur ma nouvelle maîtresse, dit-il d'un ton peiné. Quel mal y a-t-il à cela ?

— Rien, si ce n'est que je ne vous ai pas donné mon accord, rétorqua-t-elle, les dents serrées. Mon père sera furieux.

Grayson examina son verre.

— Mon ange, dit-il d'une voix douce, votre père n'est pas né de la dernière pluie. Il comprendra.

— Au nom du ciel, qu'est-ce qui vous permet de dire une chose pareille ?

— Nous avons longuement discuté de votre avenir, hier soir, lui et moi. Certes, au début, il a résisté. Mais finalement, la logique l'a emporté.

— Je ne vous crois pas. Mon père mourrait de honte s'il pensait que...

— Votre famille entière est morte de honte, ma chère. Il faut regarder la réalité en face. Vous n'avez plus aucune chance de vous marier.

— C'est faux.

— Vous faites erreur, continua-t-il, impassible. Personne n'épousera ma maîtresse.

— Mais je ne le deviendrai pas.

— Bien sûr que si.

Il lui lança un regard entendu, et reprit :

— Rappelez-vous, hier soir. Je vous ai presque emmenée au septième ciel. Une personne dans votre position doit faire preuve d'un minimum de sens pratique. Cette solution me paraît la plus raisonnable.

Elle avala une gorgée de sherry, luttant contre une furieuse envie de lui envoyer la carafe au visage.

— Je ne veux pas être une femme entretenue, bredouilla-t-elle, alors que l'alcool lui brûlait la gorge.

Il eut un sourire indulgent.

— Et que voulez-vous, alors ?

— Je veux... eh bien, je suppose que je veux l'amour.

— L'amour ? répéta-t-il, amusé. Demandez-moi plutôt une rivière de diamants. Un palais. Un chargement de soie des Indes.

Elle se leva d'un bond, grisée par le sherry et révoltée par ses propos.

— Inutile d'être aussi cynique, Grayson. Certaines personnes tombent amoureuses.

— Ah, oui ? fit-il en se levant à son tour, les yeux étincelants. Ah, c'est vrai, j'oubliais que vous étiez follement amoureuse de Nigel. J'espère que cet attachement s'estompera avec le temps.

Elle eut un mouvement de recul involontaire.

— Je vous ai dit hier soir que je ne l'avais jamais aimé.

— Alors, cela laisse une petite place pour moi dans votre cœur, n'est-ce pas ?

Elle le contempla fixement, désarçonnée par son ton froidement moqueur. Son estomac se contracta douloureusement.

— Je me sens mal, tout à coup. Voudriez-vous me ramener chez moi, je vous prie ?

Les yeux bleus de Grayson s'assombrirent comme un ciel d'orage.

— Bien sûr, Jane. Vous complaire et vous protéger fait partie de notre arrangement.

Heath arqua les sourcils en écoutant le récit que Grayson lui fit de sa journée.

— L'un dans l'autre, je dirai que ça s'est plutôt bien passé.

— Tu l'as emmenée chez Devine. En plein jour. Je n'arrive pas à le croire ! As-tu songé à sa réputation ?

Grayson haussa les épaules, comme pour chasser le léger sentiment de culpabilité qui le tenaillait.

— Parlons-en, de sa réputation ! À l'origine, mon but était de la préserver des conséquences de l'abandon de Nigel. Mais a-t-elle pensé à sa réputation quand elle a échafaudé ce plan délirant ?

— Mais la bonne société…

— Je me suis toujours moqué de ce que pensait la bonne société, répliqua Grayson. Quoi qu'il en soit, tout est bien qui finit bien. Dès que nous serons mariés, les commérages cesseront. Le mariage a le pouvoir ahurissant de restaurer l'honneur perdu, comme tu le sais.

Heath parvint à esquisser un sourire.

— Il ne t'est jamais apparu que quelque chose pouvait clocher dans ton raisonnement ?

Ignorant cet avertissement, Grayson feuilleta distraitement le courrier amoncelé sur son bureau.

— J'ai fait établir un contrat, que j'ai signé avec son père, dans lequel je m'engage à l'épouser. Tu crains que Jane ne soit furieuse ? C'est possible. Mais elle finira par se rendre compte qu'elle n'a pas le choix. Et je suis certain qu'elle m'aime.

Heath poussa un soupir inquiet.

— J'espère que tu sais ce que tu fais. Et que rien ne viendra contrecarrer tes plans.

— Ne t'inquiète pas, dit Grayson en plantant son regard dans celui de son frère. Comme tu le disais, ce n'est qu'un jeu. Et il ne se prolongera pas plus de quelques jours. Que pourrait-il arriver ?

— Dis-lui que je suis tombée brusquement malade, chuchota Jane à Simon. Dis-lui que j'ai la fièvre. Que j'ai attrapé la peste. La malaria. Le choléra. La variole.

Son frère lui tâta le front d'un air soucieux.

— Je le lui ai déjà dit. Il a envoyé Weed chez son médecin pour lui demander conseil. Il n'a pas bougé d'ici de toute la soirée.

— De toute la soirée ? répéta-t-elle, au bord de la panique.

— Il a joué au billard avec oncle Gilles. Cet homme est déterminé à t'avoir.

Simon hésita un instant avant de poursuivre :

— Qu'as-tu fait, Jane ? Je sais que tu as de gros ennuis.

Elle enfouit le visage entre ses mains.

— Ne me pose pas de questions. Je ne peux rien te dire. C'est un terrible imbroglio. Et j'en suis la seule responsable.

— Alors, comment veux-tu que je t'aide ?

— De toute façon, tu ne peux rien faire, murmura-t-elle, accablée.

— Tu en es sûre ? Jane, tu… tu n'attends pas un enfant ?

— Oh, *Simon* !

— Bon. Alors, ce n'est pas si grave, n'est-ce pas ?

— J'ai creusé ma propre tombe, Simon. La situation n'est pas grave, elle est désespérée.

— Sedgecroft est puissant. Il trouvera peut-être une solution.

— Mais tu ne comprends donc pas ? C'est *lui* mon problème. Il veut que je devienne sa maîtresse. Oui, Simon, il me l'a demandé cet après-midi même.

Le visage du jeune homme s'empourpra de colère et il contempla fixement le sol.

— Je suppose que tout ça, c'est la faute de Nigel, dit-il. Je devrais tuer cet imbécile. Qu'allons-nous faire ?

Ce que Jane voulait faire, c'était se cacher sous les couvertures et prétendre que rien de tout cela n'était arrivé.

— Tu es mon frère. Tu sais ce que ferait papa à ta place. Oblige-le à partir.

L'espace d'un instant, il parut si horrifié à l'idée de devoir affronter Sedgecroft que Jane aurait pu en rire. Si elle n'avait eu envie de mourir. Il finit par détourner le regard, et elle comprit qu'elle venait de perdre son dernier défenseur.

— Je lui flanquerais volontiers mon poing dans la figure, commença Simon, mal à l'aise. Le problème, c'est que papa m'a laissé des instructions très précises. Il m'a interdit d'intervenir de quelque façon que ce soit dans la cour que te fait le marquis. C'est d'ailleurs curieux, maintenant que j'y songe.

— La cour ? s'écria Jane, ahurie. Mais il ne me fait pas la cour, il m'assiège. C'est pire que la prise de la Bastille par les paysans français ou que…

Elle se tut abruptement, le visage soudain blême.

— Es-tu en train de me dire que papa ne voit aucune objection à ce que je devienne la maîtresse de Sedgecroft ?

— Ah ! s'exclama une voix sur le seuil. Notre malade se sent assez bien pour discuter. Voilà qui nous redonne de l'espoir.

Jane se recroquevilla sous les couvertures, bien que la voix de baryton du marquis lui fît l'effet d'une caresse.

— Que faites-vous dans ma chambre, Grayson ? C'est inconvenant !

Il s'approcha du lit en arborant un air de sollicitude exagéré.

— Comme Simon ne revenait pas, j'ai eu peur soudain que votre état n'ait empiré. Je dois avouer que vous avez meilleure mine que je ne m'y attendais, Jane.

— C'est aussi mon impression, déclara Simon, jetant ainsi une nouvelle poignée de terre sur la tombe que Jane avait creusée elle-même. En fait, je n'aurais jamais cru qu'elle était malade…

Il s'interrompit en voyant sa sœur lui lancer un regard noir, puis ajouta:

— Si elle n'avait pas eu tant de fièvre.

— Laissez-moi vérifier.

Grayson se pencha et pressa une main fraîche sur le front de Jane en la regardant droit dans les yeux:

— Mon Dieu.

Trahie par son propre corps, elle ne put réprimer un frisson de plaisir au contact de sa main.

— Quoi, « mon Dieu » ? fit-elle, soupçonneuse.

— Vous êtes en effet assez chaude, murmura-t-il d'un ton taquin en se penchant davantage. Est-ce vraiment la fièvre ou pensiez-vous à ce que nous avons fait hier soir?

— Partez, chuchota-t-elle. Mon frère nous regarde.

— Voulez-vous que je lui demande de sortir?

— C'est vous qui devez sortir! parvint-elle à bredouiller. Simon?

Ce dernier s'éclaircit la voix.

— Qu'a dit votre médecin, Sedgecroft?

— Eh bien, tant qu'il n'a pas ausculté la malade lui-même, il ne peut rien conseiller d'autre qu'une saignée ou un séjour au bord de la mer.

— Je refuse de me faire saigner! protesta Jane avec un frémissement de répulsion.

Grayson se redressa, et contempla sa silhouette sous les couvertures.

— C'est bien ce que je pensais. C'est pourquoi j'ai décidé que nous irions passer quelques jours dans ma villa de Brighton. Tout est arrangé. Nous partirons demain à la première heure.

— Parfait, fit Simon, en évitant soigneusement de croiser le regard affolé de sa sœur. Rien de tel que l'air marin pour vous remettre sur pied.

— Mais nous devons rejoindre notre famille à Belshire Hall, intervint Jane d'une voix stridente. Votre proposition est tentante, Sedgecroft, mais nous ne pouvons l'accepter.

— Il s'agit de votre santé, Jane, répliqua, Grayson d'un ton suave, sous lequel perçait cependant une farouche détermination. Nous ne devons prendre aucun risque. J'insiste. Il n'est pas question que vous alliez à la campagne. Je ne vous le permettrai pas.

— Vous aurez de la chance si elle vous obéit, fit observer Simon. Elle ne suit jamais mes conseils.

Jane se redressa lentement, défiant le marquis du regard.

— Vous comptez m'emmener de force ?

— S'il le faut, oui, répliqua-t-il avec un mince sourire. J'ai promis à votre père de veiller sur vous. Je manquerais à tous mes devoirs si je ne prenais pas au sérieux cette soudaine maladie.

— Mais je me sens beaucoup mieux, à présent, je vous assure, déclara-t-elle avec un entrain forcé.

Sedgecroft secoua la tête avec gravité.

— Le choc que vous avez reçu récemment a fini par avoir des conséquences, Jane. Il vaut mieux ne pas rester à Londres.

— Que suggérez-vous ? Que je me cache ?

— Nous ne pouvons vous laisser vous languir dans votre lit, ma tourterelle. L'inactivité risque de vous faire prendre du poids.

— Je ne veux pas partir, déclara-t-elle en détachant chaque mot.

— Vous avez besoin de vacances, Jane. Je vous promènerai au bord de la mer, dans un fauteuil roulant, parmi tous les autres hypocondriaques.

— Cette perspective m'emplit d'enthousiasme.

— Une promenade à dos d'âne, peut-être ?

— Devinez qui sera l'âne ?

Il sourit et continua, imperturbable :

— Je vous conseille les massages aux algues.

— Je préférerais m'en servir pour vous étrangler.

— Je vais demander à une femme de chambre de préparer vos bagages, annonça-t-il calmement, non sans la défier du regard.

Elle ne baissa pas les yeux, mais ne put s'empêcher de se demander si la première femme à être tombée sous le charme des Boscastle avait éprouvé les mêmes sentiments qu'elle. Car, en dépit de tout, elle devait reconnaître qu'elle suivrait ce diable d'homme au bout du monde s'il le lui demandait. Elle voulait être dans ses bras, se donner à lui. Elle était tombée follement amoureuse de ce prétendu protecteur.

— Votre proposition est très généreuse, Grayson, dit-elle dans une ultime tentative de résistance. Mais je ne peux partir en vacances seule avec vous.

— Cela va de soi, fit-il en haussant les sourcils. Votre oncle et Simon seront là. Pas question de déroger aux convenances.

Il y eut un silence et, d'un sourire ironique, Grayson lui fit savoir qu'il se moquait comme d'une guigne des convenances.

Donc, tout avait vraiment changé entre eux. Il avait tout prévu dans les moindres détails. Le détachement qu'il affichait ne lui disait rien qui vaille. Certes, il était aussi charmant et attentif qu'autrefois. Mais, sous cette façade vertueuse, il déployait la ruse et la fourberie d'un… d'un animal sauvage attendant le moment idéal pour se jeter sur sa proie.

N'avait-elle qu'imaginé la gentillesse et la bonté qui le rendaient tellement irrésistible ? Ou bien sa mauvaise conscience l'avait-elle privée de ses facultés de jugement ? Jamais, au grand jamais, elle ne se serait imaginée en maîtresse d'un tel gredin ! Sa vie avait pris un tour inattendu, qui l'éloignait inexorablement de la bienséance. Le retour à une vie convenable serait long et difficile, pour ne pas dire impossible. Peut-être s'en réjouirait-elle.

— Vraiment, s'entêta-t-elle, ce n'est ni possible ni convenable. Une femme ne peut voyager seule avec trois hommes, même si deux d'entre eux font partie de sa famille.

À en juger par son sourire condescendant, Grayson avait déjà une longueur d'avance sur elle, soupçonna-t-elle.

— Jane, vous me connaissez mieux que cela. J'ai demandé à Chloé de nous accompagner, naturellement.

— Et elle a accepté ?

— Oui.

Seulement après deux heures d'une discussion orageuse, agrémentée de larmes et de menaces. Finalement, Chloé avait conclu que sa présence à Brighton serait sans doute la seule consolation de Jane confrontée à l'épouvantable destin d'être séduite par un Boscastle. Non pas que sa sœur ni qui que ce fût d'autre pût l'empêcher de donner une leçon à sa chère petite conspiratrice. Il voulait simplement que rien ne manque au décor de la comédie qu'il s'apprêtait à jouer.

Oh, il était impatient que ces vacances commencent !

— Elle se réjouit autant que moi de votre compagnie, ajouta-t-il en gagnant la porte. Cela tombe très bien, en fait, car cela me permettra de garder un œil sur chacune de vous.

— Dites plutôt que vous voulez nous tenir toutes les deux sous votre coupe ! lança Jane, alors qu'il disparaissait déjà dans le corridor.

19

Passer une journée entière dans une voiture, coincée entre Grayson, Simon, oncle Gilles et Chloé, ne ressemblait en rien à l'idée que Jane se faisait d'un voyage d'agrément. Les hommes discutèrent de steeple-chase et des réformes du Parlement. Chloé refusa d'adresser la parole à son frère ou même de le regarder, utilisant Jane comme intermédiaire chaque fois qu'elle avait quelque chose à lui dire.

Quand ils s'arrêtèrent pour déjeuner, à Cuckfield, plus personne n'avait le courage de faire la conversation. Muets et ankylosés, ils atteignirent tard dans la soirée la villa de Grayson. Jane contempla en silence l'élégante demeure de style georgien, entourée d'une superbe terrasse surplombant la mer, en songeant qu'elle était aussi intimidante que le propriétaire des lieux.

À peine à l'intérieur, le petit groupe se dispersa. Chloé alla s'enfermer dans sa suite, tandis que Simon et l'oncle Gilles partaient se dégourdir les jambes le long du rivage.

Jane et Grayson demeurèrent en tête à tête. Comme il l'avait certainement prévu. Et comme elle l'avait secrètement espéré, dut-elle s'avouer.

Elle fit mine d'admirer un vase Ming dans l'espoir de dissimuler qu'elle était sur des charbons ardents.

— Eh bien, nous sommes arrivés. Heath doit-il nous rejoindre ?

— Je n'en suis pas sûr, dit Grayson en l'observant, amusé par sa tentative de diversion. Seriez-vous rassurée par sa présence ?

— Pourquoi le serais-je ? fit-elle, le cœur battant furieusement.

Grayson la prit dans ses bras, et murmura :

— Mon frère a un curieux effet sur les femmes. Certaines le trouvent attirant. D'autres sont intimidées. Jane, ma chère, auriez-vous peur de moi ?

Peur ? Elle avait surtout peur de le perdre, ce qui détruirait sa vie.

— Je commence à croire que je ne vous connais pas du tout, Grayson, dit-elle d'une voix étouffée.

— Ne vous ai-je pas donné la preuve que j'étais votre ami ?

Il lui caressa doucement la nuque, et elle frissonna.

— Tout dépend de ce qu'on entend par amitié.

— Oh, Jane, vous êtes toujours sur vos gardes, murmura-t-il d'une voix grave, tout contre son oreille.

— Apparemment, je ne l'ai pas été suffisamment.

— Dans ce cas, la solution la plus sage... et la plus agréable, serait peut-être de rendre les armes.

— Et alors, qu'arrivera-t-il ? s'enquit-elle, le souffle court.

— Je ne sais pas. Ce sera une surprise. Pourquoi ne pas suivre notre instinct et laisser les dés tomber là où ils voudront ?

La gorge nouée, Jane déglutit et murmura :

— L'enjeu est plus important que vous ne pensez. Du moins pour moi.

— Mais il y a tant de plaisir à y gagner.

— Arrêtez.

— Impossible, fit-il avec un haussement d'épaules. Je ne veux pas arrêter. Pas tant que vous ne serez pas à moi.

Bien malgré elle, ces paroles lui arrachèrent un nouveau frisson.

— Je ne voulais pas que ça se passe ainsi.

— Nous n'avons pas toujours le choix dans la vie, Jane.

— Peut-être, en effet, admit-elle d'une voix à peine audible. Mais je le regrette.

— Accepterez-vous ma proposition ?

D'une main, il commença de déboutonner sa robe, lui caressant le dos au fur et à mesure qu'il la dénudait. La comédie avait presque atteint son terme. Il ne taquinerait plus très longtemps sa chère Jane, mais il tirerait avantage du temps qui lui restait. La leçon qu'il voulait lui infliger ne pourrait guère aller plus loin. Chaque fois qu'il croisait son beau regard vert, il sentait sa colère se dissiper. Bientôt, elle aurait disparu, et ils se demanderaient mutuellement pardon.

— Ne m'aimez-vous point du tout, Jane ?

Le regard voilé par l'émotion, elle répondit d'une voix claire :

— Vous savez bien que si ce n'était pas le cas, je ne serais pas ici.

Grayson ne douta pas un instant de sa sincérité. Il connaissait Jane maintenant. Ses craintes secrètes, ses ruses, la clé de ses désirs. Un instant, il s'interrogea quant au bien-fondé de continuer cette comédie. Peut-être l'avait-elle induit en erreur, mais n'était-elle pas, elle aussi, tombée amoureuse d'un imposteur ?

Il n'était pas le sauveur pour lequel il s'était fait passer. Il n'était pas un héros. Mais il l'aimait. Il l'aimait avec un désespoir qui mettait à nu ses forces et ses faiblesses.

Le jeu s'achèverait bientôt, et ils seraient l'un à l'autre. Leur vie de couple commencerait. Jane comprendrait qu'elle ne pourrait plus jamais le tromper. Qu'elle n'en aurait pas besoin.

Elle découvrirait qu'elle pouvait lui confier non seulement ses secrets, mais aussi sa vie. Toute la passion, tout l'amour dont ils étaient capables, ils se l'offriraient l'un à l'autre.

— Venez dans ma chambre, Jane, supplia-t-il.

Il n'avait pas prévu qu'il éprouverait une telle impatience. Mais il ne pouvait plus attendre. Il la désirait avec tant de force, il avait tellement rêvé de ce moment où il la posséderait enfin qu'il avait l'intention d'en savourer chaque seconde.

Ses doigts coururent sur ses épaules, puis entre ses seins.

— Venez. Laissez votre dignité à la porte.

— Quelle dignité ? murmura-t-elle. Je n'en ai plus.

— Eh bien, soyez indigne avec moi, suggéra-t-il.

Elle ferma les yeux. Comment en était-elle arrivée là ? Elle avait commis une erreur en croyant pouvoir choisir elle-même l'homme qu'elle aimerait. Elle s'était marquée elle-même au fer rouge. Qu'y avait-il de sincère dans la cour que lui avait faite Grayson ? Uniquement le désir qu'ils éprouvaient l'un pour l'autre ? Non, il y avait sûrement plus…

— Libérez-vous, Jane, la pressa-t-il, interrompant le fil de ses pensées. Soyez vous-même. Je n'ai pas encore vu tous les aspects de votre personnalité, n'est-ce pas ?

— Que… que voulez-vous dire ?

— Il existe une Jane cachée que je ne connais pas encore, j'en suis sûr.

— Vous, en tout cas, vous révélez tel que vous êtes vraiment. Plus noir que noir.

Il la fit reculer vers l'escalier en riant. Et en espérant que, bientôt, ils riraient ensemble. Peut-être après une querelle passionnée. Mais comme il serait bon d'être de nouveau lui-même !

— Oui ou non, Jane ? Embrassez-moi et répondez-moi. Je rêve de vous posséder. Si vous dites non, j'en mourrai.

Elle eut l'impression d'être environnée par les flammes. Le feu. Le feu était partout. Sur ses lèvres, sa gorge, dans l'air qu'ils respiraient. Il lui léchait les jambes, s'insinuait le long de son ventre et jusqu'au bout de ses doigts. C'était effrayant et excitant à la fois. Que resterait-il d'elle après cette nuit ?

— Oui, chuchota-t-elle en nouant les bras autour du cou de Grayson pour l'embrasser. Oui.

Il n'y avait pas d'autre réponse possible.

Ils se consumaient tous deux de désir.

La chambre de Grayson était sombre, et magnifiquement décorée, dans un luxueux style baroque. Deux bougies dans une applique en argent ciselé projetaient des ombres mystérieuses sur l'épais tapis persan. Une brise humide, chargée de senteurs marines, pénétrait par la fenêtre ouverte et agitait les rideaux. Le couvre-lit de soie avait été replié, révélant des draps parfumés à la lavande.

Grayson la déposa sur le lit, et entreprit de la déshabiller avec une lenteur et une habileté qui ne firent qu'exacerber son désir. Elle était impatiente d'expérimenter ces plaisirs inconnus que sa sensualité lui promettait. Éperdue, elle s'abandonna entre ses bras, s'offrant sans réserve à ses caresses.

Son cœur se mit à battre sourdement tandis qu'elle lisait dans son regard assombri le désir qu'elle lui inspirait.

— Tu es parfaite, Jane, murmura-t-il. Fais-moi confiance.

Il s'inclina sur elle, et s'empara de ses lèvres, doucement d'abord, puis avec une fougue grandissante qui la laissa tremblante. La tension au creux de son ventre devint presque insupportable en même temps qu'une douce moiteur se répandait au creux de ses cuisses.

— Fais-moi confiance, Jane, répéta-t-il.

Plus tard, bien plus tard, elle se souviendrait de la peine qui perçait dans sa voix.

— J'ai confiance en toi, souffla-t-elle dans un élan de sincérité. Je n'ai jamais eu autant confiance en personne.

Le regard ardent, il déposa une pluie de baisers sur son cou, ses seins, son ventre. Puis, avec un grognement de plaisir, il lui écarta les jambes, et pressa son visage contre le pâle triangle bouclé, inhalant profondément comme pour s'emplir de son odeur. Lorsqu'elle sentit sa langue s'immiscer en elle, Jane arqua le dos.

— Grayson, non...

— Tu ne peux pas me refuser cela, Jane.

Dans la pénombre qui les enveloppait il était un étranger, un séducteur inconnu. Non plus l'homme à qui elle avait fini par accorder sa confiance, mais un libertin dont le seul but dans l'existence était la recherche du plaisir et qui faisait de la séduction un lent rituel. Et cependant, elle était incapable de lui résister. Parce que son cœur le connaissait, et que son corps le réclamait.

— Je n'arrive pas à croire que nous sommes là, en train de faire cela... chuchota-t-elle, enivrée.

Puis ses hanches se soulevèrent malgré elle, et ses doigts se crispèrent sur les épaules musclées tandis qu'une spirale de sensations étourdissantes tourbillonnait au creux de son ventre. Submergée de plaisir, elle gémit sourdement, et il profita de cet instant de désarroi pour approfondir sa caresse audacieuse.

La volupté de cet instant ! C'était humiliant, exaltant, et encore insuffisant à les satisfaire l'un et l'autre. Elle étouffa un cri en sentant son corps s'ouvrir irrésistiblement sous la douce invasion. Pendant une longue minute, elle ne put se résoudre à ouvrir les yeux, consciente qu'il venait d'affirmer son pouvoir sur elle de la façon la plus élémentaire qui fût.

— Seigneur… tu avais prévu depuis le début que ça se terminerait ainsi, n'est-ce pas ? chuchota-t-elle.

— Il aurait fallu que j'aie l'esprit bien tortueux, dit-il avec un rire grave. Nous avons toujours été honnêtes l'un avec l'autre, n'est-ce pas ?

Elle se garda de répondre. Le cœur battant toujours follement, elle souleva les paupières. Il avait ôté sa chemise et se débarrassait de son pantalon. Son regard glissa de son torse puissant jusqu'à son sexe durci, et un spasme de désir lui contracta le ventre. Elle était prête. Prête à se donner à lui cœur, corps et âme. Et peu importait ce qu'il adviendrait. Ce don d'elle-même engagerait tout son être, toute sa vie. Elle le savait, elle était ainsi.

— Grayson, murmura-t-elle. Un jour quelqu'un viendra à bout de ton arrogance.

— Peut-être que ce sera toi, dit-il d'un ton de défi.

— Peut-être.

— Je crois que ça me plairait beaucoup, Jane.

— J'attends cela avec impatience.

— Mais il te faudra de l'entraînement.

Elle l'observa en silence, se demandant comment il pouvait la fasciner autant et l'exaspérer en même temps.

— Ah, oui ?

— Des mois et des mois. À moins que, comme je le soupçonne, tu ne sois naturellement douée.

Elle sentit son cou et ses épaules se colorer.

— Veux-tu que je te montre comment faire ?

Elle réprima un frisson.

— S'il te plaît, souffla-t-elle.

Il s'allongea sur elle. Instinctivement, elle pressa ses seins contre son torse. Il frémit, glissa les mains sous ses reins pour agripper les rondeurs de ses fesses.

— Donne-moi tout, chuchota-t-il en les caressant. Je te veux tout entière.

Basculant sur le flanc, il l'enlaça. Son corps musclé contre le sien la grisa, elle se lova contre lui avec des ondulations de chatte, vibrante de désir. Lorsqu'elle sentit sa virilité palpiter contre son ventre, son cœur fit un bond dans sa poitrine. Spontanément, elle glissa la main entre eux, et ses doigts se refermèrent sur son sexe dont la douceur la surprit.

— Touche-moi ainsi, et tu auras tôt fait de m'apprivoiser, marmonna-t-il en se pressant contre elle.

— J'aimerais que ce soit vrai, mais j'en doute...

Elle se trompait, songea-t-il. Elle ignorait ce qu'il ressentait, à quel point elle avait changé sa vie, à quel point son existence était vide et superficielle avant elle. Entre ses mains, sous ses caresses, il était un autre. Elle l'avait si complètement ensorcelé qu'il en avait presque oublié le rôle qu'il était censé jouer. Non. Non, il ne jouait plus aucun rôle en ce moment. L'aimer n'avait rien d'un jeu.

— Je suis fou de toi, Jane.

Elle était au-delà des mots, soumise à la tyrannie de son corps qui réclamait ses caresses. Comme s'il l'avait senti, il enveloppa son sein de sa main, en taquina la pointe, jusqu'à ce qu'elle se cambre sous lui, étourdie de plaisir. Sans lui laisser le moindre répit, il caressa alors l'intérieur soyeux de ses cuisses. Elle s'entrouvrit sous ses doigts, offerte, brûlante et humide.

— Grayson... je ne suis pas prête...

— Oh, si, affirma-t-il en s'insinuant plus profondément dans les replis secrets de sa chair.

Ô, Seigneur ! Il l'effleurait à peine, et elle tressaillait de bonheur, le corps à vif. Elle perdait pied tandis qu'il demeurait fort, sûr de lui. Un homme qui maîtrisait parfaitement l'art de l'amour. Elle enfouit le visage au creux de son épaule pour cacher sa confusion.

Les mâchoires crispées, il glissa un deuxième doigt dans le passage étroit de sa féminité. Elle gémit en se plaquant contre sa main.

— Je savais que tu étais un démon...

— Tu n'imagines pas à quel point. Mais tu vas le découvrir bientôt. Nous allons faire de très vilaines choses, toi et moi...

Elle entrouvrit les yeux.

— Tu m'en crois donc capable ?

— Toutes les femmes en sont capables, Jane, pour peu qu'on leur en donne l'occasion.

Elle ne put retenir un rire, puis murmura :

— Tu as tellement d'expérience. Je déteste ça.

— Moi, j'adore que tu n'en aies aucune.

Mais, à vrai dire, il aurait aussi bien pu faire l'amour pour la première fois ce soir. C'est à peine s'il se rappelait les techniques qu'il maîtrisait si bien, les maîtresses qui lui avaient enseigné tant de secrets. Et cependant, son instinct semblait plus aiguisé que jamais, il était concentré sur un seul but, donner du plaisir à cette femme. Son cœur tambourinait dans sa poitrine, affolé de désir.

Tout s'était déroulé selon ses plans. À l'exception des émotions qui l'avaient submergé, le privant de son contrôle habituel. Jane demeurait Jane. Même à l'instant de sa chute, elle parvenait à renverser les rôles, si bien qu'il ne savait plus très bien qui sortirait victorieux de ce jeu. Toutefois, la possibilité, si improbable qu'elle fût, d'essuyer une défaite ne faisait que le stimuler.

Il gagnerait cette bataille-là. Il soumettrait son corps, lui imprimerait sa marque, ferait en sorte qu'elle le supplie de lui donner davantage. Il accéléra le mouvement de ses doigts, et sentit ses muscles intimes se contracter en rythme tandis que la jouissance l'emportait. Elle l'enlaça, se fondit contre lui, provocante, séductrice, et il la contempla avec une satisfaction mêlée de tendresse. C'était la première fois que son cœur était impliqué dans l'acte d'amour.

Il se hissa au-dessus d'elle, positionna son sexe contre la fente délicate, et poussa doucement. Elle se raidit, et il ralentit ses mouvements, entrant en elle en douceur, tout en lui murmurant des paroles rassurantes.

— Jane, chuchota-t-il, la voix rauque. Donne-toi à moi.

Elle crispa les doigts sur sa nuque, concentrée sur la sensation que provoquait l'invasion de son sexe dans le fourreau étroit et encore intact de sa féminité, douleur et plaisir mêlés

— J'essaye...

— J'ai envie de toi, souffla-t-il, la pénétrant plus profondément. Tellement envie.

Elle aussi avait envie de lui. De le sentir en elle, de sentir sa puissance virile, de sombrer dans cet océan de sensations qu'elle devinait vertigineuses. Les yeux grands ouverts, elle contemplait, fascinée, son visage sur lequel dansaient les ombres de la nuit. Il était si beau, son séducteur. Son regard ardent lui faisait battre le cœur, elle se sentait vivante comme jamais. Il se tint un instant immobile au-dessus d'elle, et elle rendit les armes.

— Oui… *oh, oui !* murmura-t-elle.

Il renversa la tête en arrière, et elle se sentit écartelée comme il s'enfonçait en elle d'un seul coup de reins. Cramponnée à ses épaules, elle s'offrit sans réserve à cet assaut. Il se retira doucement, et revint en elle, si puissant qu'elle eut l'impression que toute force l'abandonnait.

— Je… ne peux pas…

Il effleura tendrement ses lèvres tremblantes de sa bouche, et murmura :

— Je suis désolé. Je me ferai pardonner, je te le promets.

Sa voix traversa le brouillard dans lequel elle baignait. Frémissante, elle s'accrocha à lui tandis que leurs corps s'ajustaient l'un à l'autre, trouvaient leur rythme.

— Oh, c'est tellement bon, murmura-t-il. Meilleur que… tout ce que j'ai connu.

— C'est vrai ? fit-elle, transportée.

— C'est vrai, Jane. Je n'avais jamais ouvert mon cœur à une autre femme comme je le fais avec toi.

Elle était trop enivrée de bonheur pour reconnaître le pincement de culpabilité que cette confession provoqua. Quelle que fût la douleur qu'elle avait éprouvée au début, celle-ci s'était miraculeusement effacée. L'union charnelle, dans sa force instinctive, la transcendait, la danse intime des corps lui apparaissait magnifique, excitante, d'une volupté inouïe.

Grayson avait dû faire un considérable effort de volonté pour ne pas céder au plaisir dès les premières secondes. La chair douce et soyeuse de Jane semblait l'aspirer, lui faisant perdre la tête. Au moindre frisson, à la moindre pression de ses muscles, il craignait d'exploser. Mais ce ne fut que lorsqu'il la sentit s'abandonner sous lui qu'il s'autorisa à donner libre cours à sa fougue, au risque de lui faire mal.

La jouissance l'enflamma comme une torche. Il entendit Jane crier son nom, tandis que, le corps secoué de spasmes, il refermait les bras sur elle. Elle était si petite, si gracile, comparée à lui. Mais, dans la passion, elle était son égale. Ils demeurèrent blottis l'un contre l'autre, épuisés, exaltés par la bataille qu'ils venaient de livrer.

Il avait fait preuve, dans son projet de séduction, de la même détermination sans faille que celle qu'il appliquait à tous les aspects de sa vie. Mais il n'avait pas prévu que des sentiments accompagneraient sa victoire. Tandis qu'il la tenait serrée contre lui, leurs cœurs battant à l'unisson, il se sentit submergé par des émotions qui rendaient toute idée de vengeance inepte. Son cœur était à nu, débordant de tendresse. Jamais encore il n'avait aimé si totalement.

Il avait voulu se venger, c'était fait. Mais avait-il pris le dessus sur elle en la possédant physiquement ? La réponse demeurait incertaine. Certes, la revanche avait été douce. Jane lui appartenait à présent, il ne pouvait plus la laisser partir. De même qu'il ne pouvait lui laisser croire qu'il ignorait son secret.

Elle s'agita, et ouvrit les yeux.

— Oh, Grayson, ne me regarde pas ainsi, murmura-t-elle d'une voix rauque d'émotion.

— Comment ? interrogea-t-il, sa grande main posée sur le ventre de la jeune femme.

— Avec l'air satisfait d'un lion qui vient de manger…

— … une souris ? la taquina-t-il en insinuant le genou entre ses jambes.

Il ne pouvait s'empêcher de la toucher. Il était même absurdement jaloux à l'idée qu'elle avait failli épouser son cousin.

— Tu devrais peut-être retourner dans ta chambre.

— Mais je suis dans ma chambre ! protesta-t-il avec bonne humeur. Toutes les chambres sont à moi.

— Je voulais dire… Écoute, Grayson, en dépit des apparences, je ne suis pas le genre de femme dont on peut faire sa maîtresse. Nous ne pouvons pas continuer de nous comporter comme des païens.

Il en était parfaitement conscient. Jane était faite pour être une épouse et une mère. Son désarroi provoqua en lui un affreux sentiment de culpabilité. Mais il ne pouvait non plus lui pardonner aussi facilement. Le jeu n'était pas encore terminé.

Il fit mine de réfléchir à la question.

— Eh bien, tu ne peux certainement pas finir vieille fille.

Elle se redressa lentement, son bonheur s'évaporant au fur et à mesure que la réalité reprenait ses droits.

— Je ne peux pas non plus devenir courtisane.

— Rallonge-toi, Jane. Il te reste encore quelques petites choses à apprendre avant d'obtenir ce statut.

— Il n'y a pas d'alternative, Grayson. Il faut nous marier.

— Nous marier ? s'exclama-t-il en plaquant la main sur son cœur, l'air faussement horrifié. Par Dieu, cela revient à me coller un pistolet sur la tempe !

Elle plissa les yeux.

— Si tu continues ainsi, ça pourrait bien t'arriver.

— Tu connais mon opinion sur le mariage. Pour moi c'est une souricière. Même si tu es la plus ravissante des souris, ajouta-t-il.

— Je suis une femme convenable. Ou, du moins, je l'étais. Tu t'es fait passer pour un gentleman respectable aux yeux de mes parents, et tu te comportes en séducteur.

— Est-ce une demande en mariage, Jane ? s'enquit-il avec un amusement évident.

— Je le crains, admit-elle, agacée.

— Je pensais pourtant que nous avions trouvé un arrangement qui nous convenait.

— Être une catin ne me convient pas, rétorqua-t-elle, indignée.

— Non ? Je trouve pourtant que tu as des dispositions.

— Où est ce pistolet ? J'ai furieusement envie de m'en servir !

Il lui caressa le ventre paresseusement, regardant ses muscles se contracter en réponse.

— Le mariage ? Laisse-moi un jour ou deux de réflexion. Je me laisserai peut-être persuader. En attendant, ma chérie, retourne-toi sur le ventre.

— Sur le... Que veux-tu faire ?

— Il y a un miroir sur ta gauche. Tu peux regarder, si tu veux, répondit-il d'une voix de velours. Sinon, je te suggère de fermer les yeux et de savourer l'expérience.

Il passa la nuit entière à lui faire l'amour. Pour la première fois de sa vie, il ne prit aucune précaution pour éviter une grossesse. Il était tout à fait disposé à reconnaître et à élever les enfants qu'elle lui donnerait, et à la protéger ainsi que ceux qu'elle aimait. Elle serait son amie, sa maîtresse, sa femme. Il séduirait cette adorable intrigante, et la mènerait jusqu'à l'autel.

Et il l'aimerait jusqu'à la fin de ses jours.

20

Jane souleva le bras musclé qui l'emprisonnait et le laissa retomber sur le lit. Son propriétaire poussa un grognement de satisfaction, avant de rouler sur le côté, et elle en profita pour admirer son corps splendide, si habile à lui procurer du plaisir. Alors qu'elle le contemplait, il empoigna et serra contre lui l'oreiller qu'elle avait vainement tenté de caler entre eux au cours de la nuit.

Cette barrière s'était révélée tout à fait inefficace pour repousser ses assauts. Il ne lui avait pas fait l'amour avec douceur et poésie. Il l'avait séduite avec une joyeuse sensualité, et elle avait montré autant d'enthousiasme à encourager ses élans merveilleusement indécents.

Rêveuse, elle parcourut des yeux la chambre que leurs ébats avaient transformée en champ de bataille. Des chaises renversées, des coupes de champagne posées à même le sol, et sa chemise suspendue au montant du lit tel un emblème de sa défaite. Sa défaite ? Seigneur. À la fin, elle s'était montrée aussi audacieuse que lui, tirant le meilleur parti de sa chute. Était-ce bien elle qui s'était laissée attachée au lit avec ses bas ? Et ces petites morsures sur leurs corps…

Comment en était-elle arrivée là ? Elle avait certes toujours été rebelle sous son apparente docilité. Mais comment la jeune fille convenable qu'elle était encore récemment avait-elle pu s'adonner à des actes aussi scandaleusement répréhensibles ? Son univers avait définitivement basculé au cours de la nuit. La pensée que Grayson pourrait ne pas répondre à son amour lui était intolérable.

Un bruit de pas résonna dans le corridor, suivi de quelques coups légers à la porte. Retenant son souffle, Jane garda les yeux fixés sur la poignée, mais celle-ci ne tourna pas. Leur visiteur ne pouvait être que Simon, songea-t-elle, effarée, en quittant le lit où son partenaire de débauche dormait toujours à poings fermés.

Elle enfila en hâte sa robe de voyage de mousseline bleue et récupéra ses bottines au milieu d'un enchevêtrement de draps sur le sol. Alors qu'elle se dirigeait vers la porte, elle surprit son reflet dans le miroir. Le reflet de la femme perdue qu'elle était devenue en l'espace d'une nuit. Sa vie était sens dessus dessous, et elle devinait qu'il lui faudrait un certain temps avant d'y voir un peu plus clair.

Alors qu'elle descendait l'escalier, elle se rappela soudain que la tante de Nigel vivait à Brighton. Elle pourrait sans doute lui demander de la recevoir jusqu'à ce qu'elle ait réussi à convaincre Simon de la ramener à Londres. À supposer que ses proches acceptent un jour de lui adresser de nouveau la parole.

Mais elle signerait sa perte en restant plus longtemps dans cette maison. Se faufilant sur la pointe des pieds entre les piliers de marbre du hall, elle repéra sa cape et son sac sur un fauteuil.

Elle prit sa cape et jeta un coup d'œil à la porte. Les vitraux qui l'ornaient laissaient filtrer de pâles rayons de soleil. Elle aurait l'air d'une prostituée si elle s'aventurait sur la promenade dans cette tenue, à une heure aussi matinale. Mais n'était-ce pas justement le sort qui l'attendait si Sedgecroft parvenait à ses fins ?

Une voix grave résonna dans l'ombre.

— Mon frère ne me pardonnerait jamais de vous avoir laissée vous échapper.

Une haute silhouette masculine se détacha d'un des piliers.

— Je ne me le pardonnerais pas moi-même, à vrai dire. Pourquoi ne pas partager le petit déjeuner avec moi dans le salon vert ? Je ferai ainsi connaissance de la femme qui a tourné la tête au chef de la famille.

L'invitation fut proférée d'un ton trop autoritaire pour que Jane songeât à résister. L'homme lui prit le bras et la guida vers l'aile est de la villa. C'était probablement Heath, devina-t-elle en l'observant à la dérobée. Une version brune, calme et discrète du mâle Boscastle. Ses cheveux lisses étaient coiffés en arrière, révélant des traits fermes et une mâchoire volontaire qui donnait une impression de force. Il était aussi grand que son frère, peut-être un peu plus mince, et il se déplaçait avec la même aisance féline. L'arrogance aussi était présente, quoique plus subtile, moins évidente que chez Grayson. Elle sentit son regard peser sur elle alors qu'ils traversaient le vaste hall dallé de marbre.

— Vous êtes matinale, fit-il remarquer.

Une brève hésitation, puis il ajouta :

— Surtout après un si long voyage. Comme vous l'avez sans doute deviné, je suis Heath. Il me semble que nous n'avons jamais été convenablement présentés.

— Je ne pense pas que les circonstances se prêtent aux mondanités, murmura-t-elle avec un sourire penaud.

— Non ? fit-il avec une lueur amusée dans ses prunelles gris-bleu.

— Vous connaissez Grayson.

— Oui, dit-il d'une voix grave qui inspirait la confiance. Mais je ne vous connais pas, Jane.

— Vous ne me voyez pas sous mon meilleur jour.

Sa voix se brisa, et elle s'humecta les lèvres, consciente de ce regard scrutateur qui notait chaque détail de son apparence, depuis les cernes mauves sous ses yeux jusqu'au sac de velours qu'elle serrait nerveusement sous son bras. Naturellement, il se doutait, qu'elle n'était pas épuisée par le voyage, mais par la nuit échevelée qu'elle venait de passer entre les bras de son frère aîné. Ses joues s'empourprèrent à cette pensée, et elle secoua la tête.

— Je ne veux pas de petit déjeuner.

— Peut-être pourrais-je vous faire changer d'avis, risqua-t-il en haussant les sourcils.

— Je sais ce que vous devez penser de moi, dit-elle d'une voix heurtée.

— Cela m'étonnerait.

Elle se détendit imperceptiblement, se demandant comment il se débrouillait pour qu'elle se sente aussi étonnamment à l'aise.

— C'est vous qui avez frappé à la porte de la chambre, n'est-ce pas ?

— Oui, admit-il avec un sourire d'excuse.

— Alors, je suis prise la main dans le sac.

Il la fit entrer dans une grande pièce. Un bon feu crépitait dans la cheminée, et un petit déjeuner pour deux était servi sur la table drapée de lin blanc.

— Oui. Je vous ai surprise alors que vous partiez vous promener sans avoir mangé. Quel terrible péché ! Venez, Jane ! Asseyez-vous et reprenez des forces.

— Vous ne comprenez pas, insista-t-elle d'un ton lugubre. Ma vie est en lambeaux.

— N'y a-t-il pas moyen de la raccommoder ? s'enquit-il prudemment.

Elle songea au gredin endormi dans la chambre à l'étage et esquissa un sourire triste.

— Je ne vois pas comment.

Il souleva le couvercle d'un plat en argent, découvrant du bacon frit et des œufs pochés. Jane s'aperçut soudain qu'elle mourait de faim. Elle s'assit, croisa les mains sur ses genoux et soupira.

— Je ne pourrai pas manger après...

Il lui lança un regard pénétrant qui rendait les mots superflus. Comme elle s'abîmait dans le silence, il hasarda :

— Aimez-vous donc ce monstre à ce point ?

— Je ne serais pas dans cette maison si je ne l'aimais pas.

— Ah ! Dans ce cas, je suis désolé, dit-il en baissant les yeux et en réprimant un sourire.

Mais pour lequel des deux se sentait-il le plus désolé ? Il ne le savait pas encore. De toute évidence, Grayson s'était entêté dans ce stupide projet de revanche, qui lui avait paru si amusant. Mais maintenant que Heath était assis en face de Jane et pouvait se forger sa propre opinion à son sujet, il constatait qu'elle n'était pas la personne frivole et rusée qu'il avait imaginée. En fait, il admirait l'esprit d'initiative dont elle avait fait preuve en échappant à un mariage dont elle ne voulait pas. Il ne put contenir son sourire plus longtemps lorsqu'il se remémora Nigel tel qu'il l'avait découvert, au lit avec « Main de Fer ».

— Vous trouvez ma situation amusante, Heath ?

— Non, Jane. C'est la vie qui m'amuse.

Il se leva pour prendre la théière sur la desserte, et revint servir deux grandes tasses de thé fumant.

— Les domestiques sont remarquablement bien dressés dans cette maison. Ils n'apparaissent jamais si on ne les appelle pas.

Jane referma les mains autour sa tasse.

— Je suppose que cela convient très bien à votre frère.

Heath reprit sa place en face d'elle.

— En fait, je ne pense pas que Grayson ait jamais amené une femme ici. Je sais que c'est la mode de loger sa maîtresse dans une villa au bord de la mer. Mais cette maison a toujours été réservée à la famille. Ne lui répétez pas ce que je vous dis.

Jane reposa sa tasse, et essaya de se rappeler ce que Grayson lui avait raconté sur Heath. Un espion et un militaire. Il avait réussi à obtenir des renseignements sur Nigel. Elle étudia discrètement son beau visage aux traits réguliers. À première vue, c'était un homme patient et agréable, mais elle devina qu'il ne fallait pas le sous-estimer. Avait-il découvert son secret ? Non, à en juger par son expression amène et ses manières engageantes. Ou alors il était maître dans l'art de masquer ses sentiments. Ce qui, pour un agent secret, était une qualité essentielle. Elle avait peur de l'interroger sur ce qu'il avait découvert, mais pourtant il fallait qu'elle sache.

— Grayson a dit que…

Heath tourna la tête vers la porte une fraction de seconde avant que son frère aîné apparaisse dans l'encadrement. Jane se demanda s'il était là depuis longtemps, et s'il avait entendu leur échange. Il se dirigea droit vers elle. Il portait une élégante redingote gris foncé, sur une chemise blanche et un pantalon couleur chamois. Ses cheveux rejetés en arrière mettaient en valeur ses traits harmonieux. Une flèche brûlante lui perça le cœur lorsque leurs regards se croisèrent.

Malgré la confusion qui régnait dans son esprit, les incertitudes concernant leur avenir, elle se sentit fondre de tendresse. La nuit qui venait de s'écouler avait fait de nouveau pencher la balance, mais elle ne savait pas encore ce qu'il en résulterait. Il lui avait pris son cœur. Elle avait partagé son lit. Qu'obtiendrait-elle en retour ?

Tout. Elle le voulait tout à elle. Pour toute la vie. Quel couple scandaleux ils formaient ! La bonne société serait terriblement choquée par leur conduite. Elle rougit en sentant le regard de Heath sur elle. Difficile de dire ce qu'il pensait de tout cela.

— J'ai entendu prononcer mon nom.

Grayson s'inclina pour déposer un baiser sur sa nuque, avant de s'asseoir près d'elle, au bout de la table.

— Parlait-on de moi en termes flatteurs ?

Il arborait un sourire satisfait qui donna envie à Jane de disparaître sous la table, en dépit du frisson de plaisir provoqué par son baiser.

— D'après vous ?

— Je pense qu'après la nuit dernière, je mérite bien quelques flatteries, déclara-t-il, les yeux brillants.

Heath toussota et reposa sa tasse.

— Toujours aussi modeste, n'est-ce pas ?

— Je suis de trop bonne humeur pour me soucier de modestie, déclara Grayson en coulant à Jane un regard sensuel qui la ravit. Pourquoi ne mangez-vous pas, mon ange ? s'inquiéta-t-il en posant la main sur la sienne. Est-ce mon frère qui vous intimide ?

Il était si viril, si possessif, et faisait si peu de cachotteries à propos de ce qui venait de se passer entre eux qu'elle ne savait comment réagir. Visiblement, il n'avait pas l'intention de dissimuler quoi que ce soit à son frère, que son comportement semblait plonger dans une certaine perplexité.

— Je n'ai pas faim, dit-elle en essayant de dégager sa main.

— Comment est-ce possible après ce…

Il s'interrompit et lança à Heath un regard désapprobateur.

— Tu lui as parlé de Nigel ? C'est cela qui lui a coupé l'appétit ?

Heath s'adossa à sa chaise avec un sourire résigné.

— Pourquoi ne lui dis-tu pas toi-même, Grayson ? Je déteste annoncer les mauvaises nouvelles.

— De mauvaises nouvelles ? intervint Jane, le cœur battant. Au sujet de Nigel ?

— Très bien, reprit Grayson en lui pressant la main. Heath l'a retrouvé, Jane. Ce n'est pas facile à expliquer, aussi serai-je un peu brutal. Mon cousin a épousé une autre femme. Elle porte son enfant.

Un silence de plomb s'abattit dans la pièce. Les deux hommes la regardaient si attentivement qu'elle osa à peine respirer. Jane n'avait jamais été une très bonne comédienne, et son premier mouvement fut de se confesser.

— Je vois, murmura-t-elle. C'est donc cela.

— Je vous trouve bien résignée, s'étonna Grayson. À votre place, je réagirais plus violemment.

— Je ne peux pas dire que ce soit une totale surprise.

Elle leva les yeux et s'obligea à soutenir le regard des deux hommes.

— Je vous ai déjà dit que Nigel et moi n'avions jamais été amoureux l'un de l'autre.

Grayson lui lâcha la main, et fit glisser le bout de son doigt sur la lame d'un couteau.

— Pourtant, il va falloir qu'il paie. Vos parents y tiendront. Quant à moi, j'insiste. Je songe même à le provoquer en duel.

— Mais c'est votre cousin, protesta-t-elle. Cela causerait un terrible scandale, sans compter qu'il risque d'être blessé ou tué. Je ne voulais pas l'épouser. Je…

Grayson la regarda sans ciller tout en jouant avec le couteau.

— C'est une question d'honneur, Jane. Il est de mon devoir de défendre le nom de notre famille.

Heath s'éclaircit la gorge avant d'intervenir.

— Je ne suis pas sûr d'être d'accord.

Grayson le foudroya du regard.

— Quoi ? Naturellement que tu es d'accord. Mais, après tout, il y a des moyens légaux de lui demander réparation. Jane pourrait l'attaquer en justice pour avoir rompu leurs fiançailles, encore que, personnellement, je préférerais lui loger une balle dans le cœur.

Heath arqua les sourcils d'un air de reproche.

— Et tu ferais du même coup une veuve et un orphelin ? Où as-tu la tête ?

Grayson haussa les épaules avec désinvolture.

— Jane doit être vengée.

— Pas nécessairement, risqua-t-elle dans un filet de voix. Avec le temps le scandale s'éteindra…

— Jamais ! s'exclama Grayson d'une voix tonnante. Sa conduite est déplorable. Je refuse d'en rester là, et je ne reviendrai pas sur ma décision.

— Le Seigneur a parlé, commenta Heath avec un sourire ironique à l'adresse de Jane.

Celle-ci se leva, estimant n'avoir d'autre choix que de battre en retraite.

— Je vous laisse discuter de tout cela en tête à tête.

— Ne vous sentez pas obligée de partir, mon ange, dit Grayson avec un froncement de sourcils. Vous avez le droit de savoir comment je compte laver votre honneur.

L'expression de Jane s'assombrit.

— À dire vrai, je préférerais faire comme si rien de tout cela n'était arrivé.

« Je n'en doute pas, songea Grayson, narquois, en contemplant son couteau. Mais ne vous inquiétez pas, ma chérie, je veillerai à ce que tout se termine bien. Après tout, nous devons une fière chandelle à Nigel, car sans lui nous ne nous serions pas connus. Notre histoire entrera dans la légende familiale. »

— Voudriez-vous que Nigel présente des excuses publiques avant le duel ? demanda-t-il avec sollicitude.

Elle pâlit visiblement.

— C'est inutile, Grayson. Je me moque qu'il soit marié à présent. Il pourrait bien avoir sept femmes, comme Barbe-Bleue, que cela me serait égal.

— Les femmes sont beaucoup trop indulgentes, déclara-t-il en secouant la tête, désapprobateur. Du reste, Nigel est un Boscastle, et j'ai pris sur moi de vous protéger. Que penseraient les gens si je manquais une occasion de faire un exemple ? Que penserait mon père s'il savait que j'ai renoncé à défendre l'honneur de ma famille ?

Jane ferma brièvement les yeux.

— Heath, je vous en prie, tentez de raisonner votre frère. Je suis apparemment incapable de le détourner de cette idiotie masculine dans laquelle il s'entête.

Heath baissa les yeux, tout aussi perplexe qu'elle.

— Je ferai de mon mieux, mais mon frère écoute rarement mon avis.

— Je sais, fit-elle en contournant sa chaise. Mais essayez tout de même. Je remonte dans ma chambre.

Grayson lui saisit la main avant qu'elle ait pu faire un pas de plus.

— Nous sommes invités aux courses de Plumpton demain, si cela vous dit. Et il y aura un spectacle de marionnettes sur la promenade, cet après-midi. J'ai pensé que nous pourrions y aller, avant de nous rendre au bal.

Il sourit et ajouta d'un ton délibérément provocateur :

— À moins que vous ne préfériez passer la soirée ici avec moi. Je trouve cette perspective assez séduisante, Jane.

Pétrifiée, elle sentit sa main glisser sur ses reins. Loin de résister, elle s'abandonna malgré elle contre lui, attirée comme un aimant par son corps viril. Son frère les contemplait en silence, fasciné.

— Arrêtez immédiatement, ordonna-t-elle d'un ton ferme.

— Embrassez-moi avant de sortir.

— Ôtez votre main, monstre, chuchota-t-elle en se contorsionnant pour lui échapper.

En réponse, sa grande main se posa sur ses fesses rondes.

— Pas tant que vous ne m'aurez pas embrassé.

— Votre frère nous regarde.

— Ce ne sera pas la première fois.

— Grayson, vous êtes...

— Un baiser, quémanda-t-il. Heath, tourne la tête.

Elle se pencha et effleura sa joue rasée de frais d'un air guindé. La seconde d'après, elle se retrouvait assise sur ses genoux, les bras noués autour de son cou. Il prit ses lèvres avec une ardeur qui les laissa tous deux haletants. Les yeux brûlant de désir, il finit par la relâcher à contrecœur.

Elle se dirigea vers la porte dans une atmosphère aussi tendue que celle qui précède un orage, et sortit sans pouvoir se résoudre à jeter un coup d'œil à Heath. Aurait-elle osé qu'elle aurait peut-être intercepté le regard entendu que les deux hommes échangèrent. Elle aurait peut-être vu aussi l'amour et le désir que Grayson essayait en vain de dissimuler.

— Eh bien, commenta Heath, après cette petite démonstration, je me sens moi-même plutôt frustré. Félicitations, mon vieux. Je comprends tout à présent. Pas besoin de feu pour se réchauffer quand vous êtes ensemble dans une pièce !

— Ne me félicite pas encore, fit Grayson d'une voix rauque.

Le contrôle qu'il avait dû exercer sur lui-même pour ne pas la suivre était extraordinaire. Cette femme le mettait à genoux sans même s'y efforcer.

— Je ne l'ai pas encore traînée jusqu'à l'autel. Elle trouvera peut-être un moyen de se débarrasser de moi avant.

Heath le contempla pendant quelques secondes avec incrédulité, avant de renverser la tête en arrière et d'éclater de rire. Grayson craignait de perdre la femme qu'il désirait ? Grayson, déstabilisé dans son rôle de séducteur ?

— C'est une grande première dans l'histoire de la famille. Un Boscastle usant de ruses pour capturer une femme dans ses filets et en faire son épouse ?

— La mémoire te fait défaut, Heath, rétorqua son frère avec flegme. Nos ancêtres, qui ne s'embarrassaient pas de scrupules, enlevaient leurs femmes. Et regarde Nigel, qui n'a pas hésité à en venir aux pires extrémités pour épouser celle qu'il aimait.

Heath sourit jusqu'aux oreilles en songeant aux circonstances dans lesquelles il avait retrouvé leur cousin.

— Mais nous n'avons jamais considéré Nigel comme l'un des nôtres, n'est-ce pas ? Si je me souviens bien, il n'a pas réussi le rite d'initiation que nous imposions aux garçons quand ils atteignaient l'âge de treize ans.

— C'est exact, admit Grayson. J'avais oublié. Tu te souviens de sa tête quand la fille de ferme a entrepris de se déshabiller devant lui ?

— Mais il a été sauvé par l'arrivée de…

— … de Main de Fer !

Heath parut tout à coup abasourdi.

— Mon Dieu, mais oui ! C'est là qu'a dû commencer leur infâme histoire d'amour. Esther ne l'a sauvé de la corruption que pour mieux le corrompre à son tour, des années plus tard.

— Nous battait-elle avec une badine ou à mains nues ?

— Je ne m'en souviens pas, avoua Heath. Quoi qu'il en soit, ça faisait rudement mal.

— Qui a eu l'idée de saboter le mariage ? interrogea Grayson avec curiosité. Nigel ou Jane ?

— Nigel a refusé de me le dire. Ce qui était soit très courageux soit très stupide de sa part, car je tenais un pistolet pointé sur lui.

— C'est Jane, décida Grayson. Nigel n'aurait jamais eu l'audace ni le cran nécessaires. Je suppose que personne n'aurait rien soupçonné si je ne m'en étais pas mêlé. Pas étonnant que Jane ait été aussi effondrée lorsque je lui ai offert de l'aider !

Les deux frères demeurèrent un moment silencieux. Heath fut le premier à reprendre la parole.

— Ne perds pas de vue que ton plan risque de se retourner contre toi, Grayson. En dépit de tous ses péchés, Jane est une jeune femme délicieuse. Aucun de vous deux n'est ce qu'il est convenu d'appeler faible de caractère. Ce n'est pas juste de jouer avec son cœur alors qu'il est évident qu'elle t'adore.

— Je l'adore aussi. La licence spéciale que j'ai obtenue avant de quitter Londres est en sécurité dans mon bureau. Dans vingt-quatre heures tout au plus, Jane sera une femme respectable.

— Alors, avoue-lui que tu sais tout. Il faudra bien t'y résoudre tôt ou tard.

— Je le ferai. Le moment venu.

Grayson était plus que jamais convaincu qu'une femme aussi forte que Jane ne le respecterait pas s'il se laissait duper. Elle était allée jusqu'à faire échouer son propre mariage. Son partenaire devait lui prouver qu'il était au moins aussi rusé qu'elle.

— Je ne voudrais pas la décevoir, vois-tu, ajouta-t-il, pensif. Je ne peux quand même pas paraître moins malin que ma future femme.

— Tu risques gros en jouant avec elle de cette façon. Tu n'es peut-être pas aussi malin que tu le penses.

— Le jeu prendra bientôt fin.

— Es-tu certain de gagner ?

— Comment pourrais-je perdre ?

Heath secoua la tête. L'amour et la sincérité qu'il avait lus dans les yeux de Jane l'avaient profondément touché. Jane et Grayson étaient parfaitement assortis, ensemble ils possédaient l'énergie requise pour rassembler une famille qui menaçait de voler en éclats. Maintenant qu'il connaissait la jeune femme, il comprenait mieux l'attirance que Grayson éprouvait pour elle. Où ce dernier trouverait-il une femme qui ait autant de courage que Jane ? Une compagne capable de défier sa nature obstinée ? Ils se complétaient merveilleusement.

— Dis-lui, Grayson. Crois-en mon instinct. Il faut que tu lui dises ce soir, après le bal, ou tu risques d'avoir plus d'ennuis que prévu.

Il eut un petit rire et ajouta :

— Il me tarde de voir comment tout cela va se terminer.

21

Jane s'adossa à la porte de sa chambre, le cœur battant à grands coups désordonnés. Si Heath avait retrouvé Nigel et Esther, ce n'était plus qu'une question de temps avant que la vérité n'éclate.

Nigel était son ami. Il la défendrait jusqu'à un certain point, mais elle ne pouvait s'attendre qu'il tienne tête à un homme de la trempe de Grayson. Surtout si ce dernier s'entêtait dans son idée de duel. Nigel s'évanouissait à la vue d'une goutte de sang. Sa femme était plus susceptible que lui d'affronter Grayson sur le terrain. Et au train où allaient les choses, c'était Jane elle-même qui lui servirait de témoin!

Il ne lui restait plus qu'une seule chose à faire. Tout avouer. Présenter des excuses à toutes les personnes impliquées. Puis s'en remettre à la pitié de Cécile et de son duc, pendant que le reste du monde la renierait impitoyablement. Elle tenterait de trouver un poste de gouvernante et gagnerait sa vie en corrigeant d'odieux garnements. Le pire de tout, ce serait la réaction de Grayson. Il ne montrerait même pas combien sa tromperie l'avait blessé. Il se contenterait de la rayer de sa vie.

Elle n'était pas stupide au point de croire qu'elle pourrait lui confesser sa faute et continuer de vivre normalement. Grayson ne lui pardonnerait jamais. Il lui rirait au nez si elle essayait d'expliquer qu'elle avait voulu à tout prix éviter un mariage arrangé. Et à vrai dire, elle était trop lâche pour seulement s'y risquer. Elle se contenterait de lui écrire une lettre qu'elle laisserait sur son oreiller.

Alors qu'elle s'approchait du secrétaire en bois de rose, près de la fenêtre, elle remarqua que la chambre avait été remise en ordre par l'un de ces domestiques si discrets et efficaces. Le tub caché derrière le paravent avait été rempli d'eau chaude parfumée. Une pile de serviettes propres attendait sur le lit, et un bouquet de roses odorantes ornait la table de chevet.

Sur la coiffeuse, près de la broche en forme de souris qu'elle affectionnait tant, se trouvait un coffret de velours bleu sombre auquel était jointe une carte. Elle la lut deux fois, les yeux brouillés de larmes.

Un petit rien, en souvenir de la toute première d'une longue série de nuits.

G

Dans le coffret, elle découvrit un superbe diamant monté en pendentif sur une chaîne en or. Un bijou coûteux, et élégant. Le cadeau d'un homme généreux à sa maîtresse, en remerciement d'une nuit de passion.

— Cela te plaît ? demanda doucement Grayson, debout sur le seuil.

Elle fit glisser la chaîne entre ses doigts.

— C'est extravagant. Je voudrais pouvoir l'accepter.

— Mais tu peux l'accepter. Tu ne veux pas te déshabiller et me montrer l'effet qu'il fait sur toi ?

— Pardon ? À cette heure de la journée ?

Il l'enveloppa d'un regard sensuel.

— Qu'il soit midi ou minuit, je ne pense qu'à toi, Jane, avoua-t-il en refermant la porte derrière lui. Cela me fait plaisir de t'offrir des bijoux.

Comment une femme était-elle censée se défendre quand un homme lui faisait ce genre de remarques ? Comment aurait-elle pu réfléchir, alors qu'il l'enlaçait et l'attirait sur une chaise avec lui ? Il enfouit les doigts dans sa chevelure et fit taire ses protestations d'un tendre baiser. Elle avait partagé son lit et n'en nourrissait aucun regret.

— Jane, chuchota-t-il. Merci pour la nuit dernière.

Elle ferma les yeux, imaginant son expression quand il trouverait sa lettre, le dégoût et la colère qui déformeraient ses traits. Il se montrait si impitoyable face aux rébellions de Chloé, tellement convaincu qu'il était du devoir d'un homme de diriger la vie d'une femme. Il ne comprendrait jamais les raisons qui l'avaient poussée à agir comme elle l'avait fait.

— Quelque chose ne va pas, Jane ? s'enquit-il avec douceur. Ce ne sont pas des larmes que je vois dans tes yeux ?

— Promets-moi quelque chose, Grayson.

— Tout ce que tu voudras, dit-il en lui caressant la joue du dos de la main.

— Promets-moi que tu ne feras pas de mal à Nigel.

Il se figea.

— Je trouve intolérable de t'entendre prononcer son nom alors que tu es dans mes bras.

— Acceptes-tu de me faire cette promesse ?

Il la dévisagea, le regard pénétrant.

— Les gens méritent d'être punis quand ils blessent ceux qui les entourent. Tu n'es pas d'accord ?

— Je n'en suis pas sûre.

Elle se sentait mal à l'aise sous ce regard qui la transperçait. Elle avait beau aimer Grayson, elle l'aurait volontiers assommé pour lui faire oublier toute cette histoire.

— Il y a un temps pour pardonner.

— Pas chez moi. Si nous parlions d'autre chose ?

— Je t'en prie, Grayson. Je ne te demande rien d'autre.

— Que m'offriras-tu en échange ?

Elle était prête à lui accorder n'importe quoi, quand des pas lourds résonnèrent soudain dans l'escalier, puis se dirigèrent vers la chambre.

— Grayson ! cria une voix masculine irrévérencieuse. Où diable te caches-tu ? Je viens de quitter Hélène à Londres, cette femme t'en veut à mort. Tu es là ?

— Dieu tout-puissant, marmonna Grayson en lançant un regard furieux vers la porte. C'est Drake. Attends-moi là, je vais me débarrasser de lui.

Elle se coula hors de ses bras.

— Promets-moi que tu ne feras rien à Nigel, insista-t-elle.

Il se leva et tira sur les pans de sa redingote, le visage songeur.

— Il faudra que j'y réfléchisse, Jane. N'oublie pas que Nigel et ses parents ont vécu des largesses de ma famille pendant des années. Sa conduite est une insulte pour moi comme pour toi.

Tandis que les voix des deux hommes s'éloignaient dans le couloir, Jane se déshabilla et entra dans le tub de cuivre en songeant à ce que l'avenir lui réservait, maintenant qu'elle était une femme perdue. Dès qu'elle aurait fini sa toilette, elle écrirait deux lettres. Une pour Grayson et l'autre pour sa famille. Bien que, à en juger par la façon dont son père l'avait pratiquement jetée dans la fosse aux lions, il restât peu d'espoir qu'il lui pardonne d'avoir attiré la honte sur sa famille.

La réaction de celui-ci semblait tellement irrationnelle, songea-t-elle, les sourcils froncés. Et sa mère soutenait-elle la volte-face morale de son époux qui poussait littéralement leur fille à adopter cette vie de sybarite ? Cela leur ressemblait si peu. Après tout, ils avaient choisi Nigel en raison de sa gentillesse et de son naturel généreux, de sa loyauté indéfectible et de son désintérêt pour la vie dissolue qu'affectionnaient certains jeunes aristocrates.

En résumé, ils avaient choisi Nigel parce qu'il était tout le contraire de Grayson. Leur trahison en paraissait d'autant plus mystérieuse. À moins que...

Jane jeta son éponge dans l'eau.

À moins qu'ils n'aient appris la vérité. À moins qu'une de ses sœurs n'ait vendu la mèche. De victime, Jane était devenue traîtresse.

Et si toute sa famille connaissait son secret, il y avait des chances pour que Grayson le connaisse aussi. L'arrogance des Boscastle n'était pas étrangère à la situation humiliante dans laquelle elle se trouvait.

Il savait tout.

L'épisode chez la couturière. Son brusque changement de manières. La lueur impitoyable dans son regard. Ce soudain désir de l'amener à Brighton.

Il savait.

Et elle n'était qu'une marionnette stupide dans son plan diabolique. Mais combien de temps comptait-il jouer ainsi avec elle ? Et à quelles fins ?

Il savait.

Elle sortit de la baignoire, telle Vénus sur le sentier de la guerre, et traversa la chambre à grands pas, l'eau gouttant sur le tapis persan.

— Le monstre, marmonna-t-elle en se plantant nue, devant la coiffeuse. Il joue avec moi, comme un lion jouerait avec…

Son regard se posa sur la broche.

— Avec une souris !

Le fait que ses propres manigances soient à l'origine de cet imbroglio lui effleura l'esprit, mais elle l'enfouit promptement sous une vertueuse indignation. Ah, il voulait la transformer en courtisane ? L'exhiber à son bras, couverte de diamants et de soie ? Jamais son père si collet monté n'aurait donné son accord à une telle comédie sans une bonne raison.

Eh bien, il faudrait s'appuyer sur un Boscastle pour venir à bout d'un autre Boscastle. Et Jane savait où trouver le maillon faible de la famille.

Elle s'habilla en hâte et gagna pieds nus la suite de Chloé, chassant la femme de chambre qui s'efforçait de remettre un semblant d'ordre dans le salon de sa maîtresse. Apparemment, Chloé avait été reprise d'un accès de passion pour les réformes sociales en apprenant que William, son officier de cavalerie, avait été expédié dans le Devon. Elle était recroquevillée dans un fauteuil, les genoux recouverts de lettres qu'elle comptait envoyer à ses amis du Parlement, une boîte de chocolats à portée de main ainsi qu'une liste des tâches à entreprendre. Les volets étaient fermés afin de renforcer l'atmosphère solennelle du moment. C'est à peine si la jeune femme haussa un sourcil lorsque Jane entra comme une tornade.

— Ah, fit-elle, compatissante, en rejetant sa somptueuse chevelure brune en arrière. Vous venez d'avoir votre première querelle avec ma brute de frère, je parie. Je ne comprends pas ce que vous lui trouvez. Un chocolat pour vous consoler ?

— Je veux la vérité, Chloé.

— La vérité ? fit celle-ci, l'air soudain intéressé. C'est un tyran, qui détruit ce que les autres ont de plus cher au monde. Voilà, la vérité. Il a fait envoyer William dans le Devon pour lutter contre les contrebandiers. Mon frère a détruit toutes mes chances de jamais revoir cet homme. Ce n'est pas que j'y tenais, mais j'aurais bien aimé lui dire au revoir.

— Je suis désolée, Chloé. Mais il faut que je sache quelque chose. Pourquoi Grayson m'a-t-il emmenée ici ?

— Cela me paraît évident, répondit la jeune fille avec une certaine douceur. Pauvre Jane. J'espérais tellement que vous lui résisteriez.

— Répondez-moi.

Chloé la dévisagea en silence, en proie à des émotions contradictoires.

— Je n'ai jamais, jamais dans toute ma vie, trahi les secrets d'un Boscastle. Mais, comme vous êtes vous-même presque une Boscastle, et du même sexe que moi, de surcroît, l'honneur m'oblige à le faire.

Jane se laissa tomber dans un fauteuil. Le ton vengeur de Chloé réveilla ses appréhensions.

— Que voulez-vous dire ?

— Grayson et Heath ne savent pas que je sais, avoua Chloé d'une voix hésitante.

— Que vous savez quoi ?

— Ils ne me l'ont pas dit.

— Ils ne vous ont pas dit quoi ?

— J'ai écouté aux portes, vous comprenez ? J'étais cachée dans la bibliothèque quand Grayson a envoyé chercher son notaire.

— Chloé, si vous ne vous expliquez pas immédiatement, je vous suspends à la fenêtre par les cheveux pour vous y contraindre !

— Vous parlez déjà comme une Boscastle, commenta Chloé avec une moue désapprobatrice.

— Pourquoi Grayson avait-il besoin de son notaire ?

Chloé se pencha vers elle et chuchota :

— Me protégerez-vous de sa colère quand il découvrira que c'est moi qui ai vendu la mèche ?

Jane se redressa, alarmée. Quel affreux complot Grayson avait-il fomenté derrière son dos ?

— Je ferai de mon mieux.

— Nigel a tout avoué à Heath. *Tout,* Jane. Comment vous avez conspiré tous les deux pour tromper vos familles afin qu'il puisse épouser Esther...

— Il m'avait pourtant juré qu'il ne révélerait jamais la vérité, même sous la torture ! s'écria Jane, horrifiée.

Pourtant, dans le fond, cette trahison n'aurait pas dû l'étonner.

— Oh, le lâche ! Le scélérat ! reprit-elle, étouffant d'indignation. Il mériterait que je l'étrangle, si Esther ne s'en est pas déjà chargé

— Heath peut être très intimidant quand il le veut, déclara Chloé, volant spontanément au secours de Nigel.

— Grayson aussi.

— C'est de famille.

— Revenons à nos moutons, Chloé.

— Eh bien, comme vous l'avez déjà deviné, Heath l'a raconté à Grayson, qui a réagi avec sa tyrannie habituelle. Vous a-t-il laissé une chance de vous expliquer ? Non. Il a fait venir ses hommes de loi au beau milieu de la nuit et il a rencontré votre père en secret.

— Quoi ? Il veut m'intenter un procès parce que j'ai saboté mon propre mariage ?

— Non. Il a fait établir un contrat de mariage et obtenu une licence spéciale. Pour vous et lui.

Le cœur de Jane manqua une série de battements. Elle imaginait mal son père complotant avec Grayson au beau milieu de la nuit.

— Je crois que j'ai mal compris. Grayson a l'intention de…

— … de vous épouser.

— Pas de faire de moi sa maîtresse ?

— Oh, doux Jésus, non ! Cela, c'était juste pour vous donner une bonne leçon.

Trop stupéfaite pour articuler un mot, Jane regarda Chloé fourrer un chocolat dans sa bouche.

— Vous êtes sûre que vous n'en voulez pas un ? proposa celle-ci.

— La crapule, dit Jane en exhalant un long soupir.

Un sourire se dessina sur son visage. Ainsi donc, il avait voulu jouer avec elle ? La punir pour lui avoir menti. Peut-être l'avait-elle bien mérité. Mais il n'avait pas encore gagné. L'esprit combatif de Jane se mit en branle. Il fallait réfléchir soigneusement à la contre-attaque. La nuit passée, elle était involontairement entrée dans son jeu en lui demandant de l'épouser. Comme son affolement avait dû le réjouir !

— J'aurais dû me douter que cette canaille avait une idée derrière la tête, grommela-t-elle.

— Vous ne le détestez donc pas ? s'étonna Chloé.

Jane eut un sourire contraint.

— Bien sûr que non. Si je ne l'aimais pas, je ne me serais pas fourrée dans une situation aussi impossible.

— J'aimerais fort me retrouver dans une situation impossible avec un homme que j'aime, fit remarquer Chloé avec malice. Chaque fois que je suis sur le point d'y parvenir, l'un de mes odieux frères s'arrange pour tout gâcher. Depuis la mort de notre père, Grayson et Heath s'efforcent tellement de me protéger que j'ai l'impression de vivre en cage ! Nous nous ressemblons beaucoup, vous et moi, Jane.

Cette dernière demeura silencieuse. Elle pensait à ce que Grayson lui avait dit de la conduite de Chloé. Quel genre d'homme lui conviendrait ? Il lui faudrait un soupirant très fort et cependant gentil. Il fallait avoir du tempérament pour entrer dans le clan Boscastle. Mais si personne n'intervenait, le frère et la sœur ne tarderaient pas à s'affronter violemment.

Jane elle-même était sur le point d'en venir aux mains avec Grayson. Se croire assez malin pour préparer leur mariage en secret ! Seul un esprit diabolique en viendrait à de telles extrémités pour la piéger aussi complètement ! Si elle n'avait pas eu conscience d'être à l'origine de toute cette affaire, elle lui en aurait voulu à mort.

— Que vais-je faire, Chloé ?

— D'après moi, vous devriez lui rendre la monnaie de sa pièce.

— Vous croyez ?

Cette idée plaisait infiniment à Jane. Oh, trouver un stratagème pour priver de sommeil ce diable d'homme !

— Nous pourrions peut-être demander conseil à Mme Watson ? suggéra Chloé, ravie à l'idée de tourmenter son frère. Elle connaît les hommes mieux que personne.

— Mme Watson… la célèbre courtisane londonienne ?

— Elle est à Brighton depuis hier après-midi. Les voitures arrivent de Londres toutes les heures, en cette saison.

— Cela vous ennuierait de m'emmener chez Mme Watson dès aujourd'hui ? J'aurais bien besoin des conseils d'une femme d'expérience.

— Pourquoi cela m'ennuierait-il ? De toute façon, je n'ai rien d'autre à faire, à part m'étioler dans cette maison sous la garde vigilante de Grayson !

— Pensez-vous qu'elle acceptera de m'aider ?

— À mon avis, elle en sera très honorée. Audrey a toujours eu un faible pour mon frère. Et elle adore s'amuser de la sorte !

Jane se leva d'un air décidé.

— Allons-y sans tarder. Surtout, ne dites pas à vos frères où nous nous rendons.

— Je leur ferai croire que nous allons à la bibliothèque, déclara Chloé, ravie. Pour parfaire notre éducation.

Mme Watson rentrait tout juste d'une promenade sur le front de mer en compagnie d'un groupe d'admirateurs. La voiture des deux jeunes femmes s'arrêta devant sa jolie maison dont le jardin était clôturé par une grille en fer forgé. Élégamment vêtue d'une robe de popeline jaune à taille haute, et coiffée d'un chapeau orné de plumes d'autruches, Audrey ressemblait plus à une respectable matrone qu'à une célèbre courtisane.

— Oh, mes chéries, que c'est gentil à vous de me rendre visite ! s'écria-t-elle en reconnaissant ses visiteuses.

Elle serra chaleureusement Chloé dans ses bras, et lui murmura à l'oreille :

— Petite sotte. Tomber amoureuse d'un officier alors que le pays regorge de princes étrangers venus nous féliciter de notre victoire sur Napoléon ! Je pensais que vous aviez plus de bon sens. Et vous, lady Jane ! Les commérages concernant Sedgecroft et vous vont croissant. Ils éclipsent tous les autres ! Entrez, et racontez-moi tout. Je raffole des cancans.

Audrey demanda des rafraîchissements et introduisit ses invitées dans un salon bleu et ivoire. Telle une impératrice, elle s'installa dans un imposant fauteuil damassé, incrusté d'ivoire, et écouta Chloé lui exposer l'objet de leur visite.

— Je suis flattée de votre confiance, dit-elle finalement, son troisième verre de cognac à la main. Et aussi un peu pompette, mais c'est tout aussi bien pour établir un plan de campagne.

Chloé s'étala confortablement dans le canapé.

— Mon horrible frère veut faire croire à Jane qu'il désire l'avoir pour maîtresse alors qu'il a déjà fait établir un contrat de mariage avec son père.

— Dans ce cas, elle se comportera comme une maîtresse, déclara Audrey, l'œil pétillant. Dites-moi, Jane, êtes-vous décidée à vous amuser ? Je dirais que vous avez le tempérament nécessaire pour affronter ce gredin.

— Je ne suis pas sûre d'en avoir le courage.

Audrey darda sur elle un regard perçant.

— Une femme qui a assez de cran pour faire échouer son mariage a forcément du courage en réserve, croyez-moi. La question est de savoir si vous êtes prête à battre Sedgecroft à son propre jeu ?

— Comment ? interrogea Jane, sceptique.

— En devenant la courtisane qui le fera renoncer à toutes les autres ! s'exclama Audrey, dont les joues se colorèrent sous les effets conjugués de l'excitation et de l'alcool. Nous allons vous expliquer comment séduire Sedgecroft, et l'obliger à demander grâce !

— Eh bien, je ne suis pas sûre...

— Nous réussirons, renchérit Chloé en posant son verre. Mais il faut s'y atteler sur-le-champ. Heath me surveille comme un vautour, et il va penser que je suis venue ici pour retrouver un amant. Non pas que je risque d'en avoir un jour, étant ainsi surveillée !

— Chloé, ma chère, intervint Audrey d'un ton doucement réprobateur, que j'apprenne à la future épouse de Sedgecroft à être une vraie séductrice, c'est une chose pour laquelle il me remerciera plus tard. Abondamment. En revanche, enseigner l'art d'aimer à sa jeune sœur est une autre histoire. Revenez quand vous serez fiancée.

— L'art d'aimer ? répéta Jane avec un rire nerveux. C'est, euh... plutôt simple, non ? Qu'est-ce qu'une femme a besoin de savoir ?

Audrey se leva et alla vers son secrétaire, l'air aussi digne qu'une maîtresse d'école.

— Il y a tellement de façons d'aimer. La plupart des femmes mariées l'ignorent totalement.

Elle dénoua le ruban bleu qui fermait un porte-documents et brandit un dessin.

— Examinez cette illustration.

Jane poussa une exclamation étouffée. C'était *à cela* qu'elle faisait allusion ?

— Oh, fit-elle à mi-voix.

— Vous savez ce que c'est ?

Chloé finit son cognac d'un trait.

— N'est-ce pas la fameuse fusée inventée par sir William Congreve ? Drake m'a montré un croquis dans le journal, mais je n'y ai pas vraiment prêté attention.

— Chloé, dit Audrey d'une voix ferme, voudriez-vous nous attendre dans la bibliothèque ? Toutefois, ne connaissant pas de terme plus délicat que celui-ci, nous nous contenterons de dire que ce dessin représente effectivement une fusée. Et une épouse bien informée doit savoir la manipuler si elle ne veut pas la voir exploser trop vite.

— Faut-il vraiment que j'apprenne ce genre de choses ? s'enquit Jane en avalant une longue gorgée de cognac.

— Voudriez-vous qu'une fusée vous explose dans les mains avant d'avoir atteint sa cible ? rétorqua Audrey.

Chloé se retourna, la main sur la poignée de la porte.

— Ce n'est pas juste, Audrey. C'est moi qui l'ai amenée ici, après tout. Je devrais avoir le droit d'écouter.

— Votre tour viendra, déclara Audrey en la congédiant d'un geste.

Elle sortit une autre gravure et la tendit à Jane.

— Et maintenant, regardez bien ceci.

Jane se pencha, et ses lèvres s'entrouvrirent de stupeur.

— Seigneur ! Mais c'est tout à fait impossible physiquement !

— Non seulement, c'est possible, répliqua Audrey avec assurance, mais les hommes adorent ça.

Chloé passa la tête dans l'embrasure.

— Elle va où, cette fusée ?

Jane ferma les yeux, et répondit en gloussant :

— Mieux vaut que vous ne le sachiez pas.

22

Jane et Chloé regagnèrent la villa un peu plus tard dans l'après-midi. Fortifiée par le cognac et par les toutes nouvelles connaissances qui avaient quelque peu ébranlé sa sensibilité aristocratique, Jane s'attarda dans le hall. Des voix masculines lui parvinrent du premier étage. L'une d'elles appartenait à l'homme qu'elle s'apprêtait à séduire. À mettre littéralement à ses pieds.

— Qu'est-ce que je fais, maintenant ? chuchota-t-elle.

— Passez à l'action pendant que le cognac fait encore son effet, conseilla Chloé en ôtant son bonnet.

— Je ne peux pas.

— Haut les cœurs, Belshire, répliqua Chloé en la poussant vers l'escalier.

Jane prit une longue inspiration, se débarrassa de sa cape qu'elle remit à Chloé, et gravit l'escalier. Elle tomba sur Grayson qui sortait de son bureau, tandis que Heath et Drake étaient engagés dans une conversation animée à l'autre extrémité du corridor.

Ils se turent en la voyant, et elle frissonna d'appréhension à l'idée de mettre en pratique les leçons d'Audrey. Toutes les femmes se demandaient sans doute en secret si elles avaient l'étoffe d'une courtisane. Mais elle était consciente de relever un défi en cherchant à séduire un homme qui était lui-même passé maître dans l'art de la séduction.

— Jane, fit-il avec un regard sévère. Vous voilà, enfin. J'étais inquiet. Oncle Gilles et Simon sont partis à votre recherche. Je me suis moi-même rendu deux fois à la bibliothèque, en vain. Où êtes-vous allée ?

— Oh, par-ci par-là.

Elle s'avança vers lui de la démarche ondoyante qu'Audrey lui avait enseignée. Elle se sentit d'abord un peu stupide, mais fut vite rassurée en voyant les yeux de Grayson s'élargir.

— Vous êtes-vous blessée à la jambe, Jane ?

Elle se haussa sur la pointe des pieds pour nouer les bras autour de son cou.

— Comme c'est gentil de vous inquiéter pour moi. Je n'ai pas droit à un baiser ?

Il se dégagea en lançant un coup d'œil gêné par-dessus son épaule.

— Heath et Drake nous regardent.

— Et alors ?

— Ce n'est pas convenable, expliqua-t-il à mi-voix, intrigué par son comportement.

Elle fit courir ses doigts le long de son torse et rétorqua :

— Cela ne vous gênait pas ce matin, au petit déjeuner.

— Oui, mais... Je rêve ou vous venez de me toucher là où je pense que vous m'avez touché ?

— C'est le rôle d'une maîtresse, non ?

Il s'empourpra, et balbutia :

— Pas devant ma famille, ma chérie. Jane, êtes-vous certaine de vous sentir bien ? Je n'ai peut-être pas pris cet accès de fièvre assez au sérieux. Je vous ai épuisée la nuit dernière.

— Ne faites pas tant de chichis, fit-elle en le poussant dans le bureau dont elle referma la porte d'un coup de pied. Voilà, nous sommes seuls. Allongez-vous sur le sofa.

— Je pense que c'est vous qui devriez vous allonger. Vous a-t-on servi du cognac à la bibliothèque, Jane ?

— J'ai bien réfléchi à votre proposition, annonça-t-elle en l'entraînant vers le sofa. Ce n'est pas une si mauvaise idée, après tout.

— Eh bien...

Elle s'assit et l'attira près d'elle en tirant sur les pans de sa redingote.

— Mais j'ai besoin de m'exercer un peu.

— De vous exercer ? fit-il en haussant les sourcils. Pourquoi...

Elle commença de déboutonner sa veste, puis le gilet noir qu'il portait dessous.

— Pour vous plaire.

— Vous me plaisez déjà suffisamment.

— Mais on peut toujours faire mieux, contra-t-elle en promenant la main sur sa poitrine.

Il la lui immobilisa, et elle vit un muscle tressauter sur sa joue.

— Vous faites mieux que toutes celles que j'ai connues. Où voulez-vous en venir ?

— Au désir, Grayson. À la passion. Aux explosions.

Il toussota, et la prit sur ses genoux.

— Tout cela est très excitant et très inattendu, mais…

Il se figea en entendant la voix de Drake, de l'autre côté de la porte.

— Tu descends ou notre réunion est-elle annulée ?

— Quelle réunion ? s'enquit Jane en bénissant cette interruption.

Elle doutait de plus en plus de pouvoir mettre le plan d'Audrey à exécution sans se trahir. Elle n'avait pas affaire à un benêt. Son adversaire avait le sang chaud, et il était malin.

Grayson l'embrassa longuement avant de la relâcher.

— Une réunion familiale, répondit-il en soupirant. Mes frères et moi espérons trouver un mari convenable à Chloé avant qu'elle ne ruine définitivement sa réputation.

— Quelle délicate attention de votre part, Grayson, de vouloir prendre cette décision à sa place. Dieu sait que nous, les femmes, sommes incapables de choisir quoi que ce soit, fût-ce une paire de chaussures.

Il se leva, et l'observa avec un drôle de petit sourire.

— Je n'ai jamais rien dit de tel. Allez vous préparer pour la soirée, voulez-vous ? Je veux qu'on vous admire.

— En tant que nouvelle maîtresse ?

Il eut une brève hésitation, puis lâcha d'une voix neutre, tout en reboutonnant sa veste :

— Bien sûr, ma chérie. Quoi d'autre ?

Ils arrivèrent en retard à la réception du vicomte de Lawson. Une foule d'attelages étaient déjà garés le long de la route. Drake s'était éclipsé au dernier moment, probablement pour aller retrouver une de ses maîtresses tout juste arrivée de Londres. Simon, Heath et l'oncle Gilles gagnèrent la salle de jeu, tandis que Grayson escortait Jane et sa sœur vers la salle de bal qui brillait de mille feux

Il avait longuement réfléchi aux mises en garde de Heath, et décidé de se fier à l'intuition de son frère. Le temps des révélations était venu. D'autant que Jane semblait avoir une idée derrière la tête.

Une fois de plus.

Il songea aux deux Jane qu'il avait appris à connaître, et à aimer. L'une était la jeune femme raisonnable et pragmatique qu'il avait escortée à Londres sous prétexte de guérir son cœur brisé. Il adorait cette facette de sa personnalité. Polie, raffinée, respectable, elle correspondait en tous points à l'épouse que ses parents auraient voulu qu'il choisisse. Cette Jane-là était la fiancée idéale pour un marquis.

Mais l'autre Jane... La mystérieuse beauté voilée, seule devant l'autel déserté. Cette femme énigmatique réveillait d'obscures pulsions en lui. Ces pulsions qui le poussaient à se moquer des conventions, à la dépouiller de ses voiles pour mettre son âme à nu en sombrant avec elle dans le péché le plus exquis.

Laquelle de ces deux Jane préférait-il ?

Ni l'une ni l'autre. C'était le mélange des deux qui le faisait succomber. C'était cette femme tout entière, avec ses contradictions, qu'il aimait et voulait percer à jour.

Ils avaient presque atteint le terme de leur mascarade.

Lorsqu'ils se séparèrent devant le vestiaire, Grayson caressa la joue de Jane.

— Vous êtes brûlante, enveloppée dans ce lourd manteau. Personne ne devinerait quelle tentatrice se cache sous ce vêtement. Il me tarde de découvrir ce que vous me réservez cette nuit.

Elle baissa modestement les yeux et songea, amusée : « J'ai une surprise pour toi, mon bel arrogant. Attends un peu. »

— Je suis un peu intimidée, Grayson. Être ainsi exposée aux regards... comme votre maîtresse.

— Ne dites pas de sottises, rétorqua-t-il en jetant un regard soupçonneux à Chloé, qui baissait la tête avec une feinte indifférence. Vous allez faire sensation.

« C'est bien mon intention », eut-elle envie de lui répliquer.

— Avez-vous dit quelque chose, Jane ? s'enquit-il en fronçant les sourcils. Je n'ai pas entendu à cause de la musique.

— Je n'ai pas dit un mot.

Il l'observa, les yeux plissés.

— Otez ce manteau avant de vous trouver mal. C'est étouffant au milieu de cette foule.

— Comme vous voudrez, Grayson. Je n'existe que pour vous plaire.

Elle s'était exprimée d'une voix détachée, mais son cœur battait la chamade. Allait-elle faire sortir le lion de sa cage, ce soir ? Et comment en viendrait-elle à bout ensuite ?

— Qu'avez-vous dit ? demanda-t-il en se retournant vivement.

— Que j'espère ne jamais vous déplaire, répondit-elle avec douceur.

Chloé le poussa sans ménagement.

— Nous te retrouverons devant le vestiaire, Grayson. Nous ne sommes pas venues pour passer la soirée dans le hall.

Une fois dans le vestiaire, Jane se débarrassa de son manteau en murmurant :

— Je ne peux pas sortir habillée comme ça. J'ai l'air d'une… d'une catin de l'East End !

— Vous êtes magnifique, répliqua Chloé en contemplant Jane dans la robe de soie rose qu'elle lui avait prêtée. Voulez-vous encore un peu de rouge pour votre…

— Non ! s'exclama Jane, mortifiée. Je montre assez de chair comme ça ! Cette robe est plus transparente qu'un napperon de dentelle.

Chloé émit un petit gloussement amusé.

— Vous avez un corps de déesse. Je ne manquerais pour rien au monde la tête de Grayson quand vous apparaîtrez dans cette tenue.

— Il va être hors de lui.

— N'est-ce pas le but recherché ?

Il ne fallut qu'une minute à Jane pour repérer la haute silhouette de Grayson au milieu du groupe de femmes élégantes et d'aristocrates issues de vieilles familles qui l'entouraient. Il semblait si à l'aise dans cet univers que Jane douta de pouvoir le déstabiliser. Les joues en feu, elle s'avança vers lui. Des jeunes gens s'écartèrent sur son passage, soudain muets devant cette nouvelle étoile qui venait d'apparaître dans leur galaxie.

L'un d'eux s'autorisa un sifflet admiratif. Un autre glissa un billet dans la main du maître de cérémonie pour connaître son nom. Un troisième pressa la main sur son cœur. Grayson se tourna à demi tout en continuant de parler, l'air amusé. Son regard croisa celui de Jane, puis glissa le long de son corps, avant de remonter vers son visage. Quoique contenus, le choc et la fureur qu'elle lut dans ses yeux manquèrent de la faire défaillir.

Dans sa robe de gaze, qu'elle avait humidifiée pour accentuer son effet, elle avait l'impression d'être... un fruit prêt à être croqué. Le tissu arachnéen couvrait à peine son buste dépourvu de corset. L'étoffe était si légère et transparente qu'elle osait à peine respirer.

— Jane.

Il lui sourit sans laisser paraître son déplaisir, mais l'étreinte de sa main autour de la sienne ne la trompa pas.

— Je ne connais pas cette robe. D'où vient-elle ?

— Je l'ai empruntée à une amie. Elle vous plaît ?

— Elle plaît à tous les hommes présents dans cette pièce, répliqua-t-il sèchement. Ne faites plus jamais ça.

— Quoi donc ?

— N'exposez plus jamais en public ce qui n'appartient qu'à moi.

— Je pensais pourtant que cette robe convenait à mes débuts de courtisane.

— Vraiment ? fit-il, le regard noir.

— Eh bien, mon chéri, une maîtresse ne peut se permettre de ressembler à une... souris.

Il l'attira à l'écart, avec un regard d'excuse à l'adresse de leur hôte.

— Peut-être devrions-nous danser, dit-il d'un ton cassant.

— Comme vous voudrez, mon chéri.

— J'aimerais que vous cessiez de parler ainsi.

Elle feignit d'être blessée par sa remarque.

— Je peux me taire si vous préférez. Mais il faut pourtant aborder le sujet de ma pension. Je crois vraiment qu'il faut régler cela avant d'aller plus loin.

— Sur la piste de danse ? répliqua-t-il sombrement.

— Faut-il faire publier les négociations dans les journaux ?

— Cela ne me paraît pas nécessaire.

Elle s'immobilisa au bord de la piste, et se mordit la lèvre en se demandant jusqu'où elle pouvait aller avant que sa colère n'éclate. Maintenant qu'elle était lancée, elle semblait ne plus pouvoir s'arrêter.

— Mais si je dois me faire un nom dans la bonne société… Il est peu probable que vous soyez mon seul protecteur, Grayson. J'aurai besoin d'une autre source de revenus. Une femme doit avoir l'esprit pratique, vous comprenez.

Une voix hésitante s'éleva derrière eux :

— Excusez-moi. Puis-je interrompre votre conversation pour inviter cette dame à danser ?

— Puis-je vous coller mon poing sur la figure ? répliqua Grayson d'un ton féroce.

— Votre… poing…

Le jeune homme cligna des paupières, puis recula de quelques pas, avant de disparaître dans la foule.

Grayson et Jane prirent place sur la piste comme l'orchestre attaquait un quadrille. Il s'inclina, elle fit une révérence. Mais aucun des deux ne se souciait de la danse. Grayson était trop occupé à jeter des regards menaçants aux hommes qui osaient lorgner sur elle. Jane, quant à elle, essayait de couvrir son corps de ses bras.

— Pour l'amour du ciel, tenez votre jupe à deux mains, chuchota Chloé en passant à sa hauteur.

— Je ne peux pas.

— Pourquoi ?

— Parce qu'elle est complètement transparente.

Dès que le quadrille fut terminé, Grayson lui prit la main et l'entraîna d'un pas déterminé dans le coin le plus sombre de la salle, où étaient assis les invités les plus âgés.

— Pourquoi restons-nous là à faire tapisserie ? s'enquit-elle d'une voix innocente. Ne devrions-nous pas être plus sociables ? Personne ne peut nous voir, ici.

— C'est mon objectif, Jane, riposta-t-il, le visage sombre. Je vous trouve un peu trop voyante, ce soir.

— Vous aimeriez peut-être aller jouer aux cartes ?

— Peut-être. Encore faudrait-il que je ne sois pas occupé à vous protéger des regards lascifs de tous les aristocrates de Brighton.

Elle scruta la salle, évitant soigneusement de croiser son regard.

— Tiens. N'est-ce pas votre amie, Mme Watson, là-bas ?

— En effet.

— Ne serait-il pas convenable d'aller la saluer ?

— Je ne suis pas d'humeur, répliqua-t-il, les mâchoires serrées.

— Eh bien, que voulez-vous faire, alors ?

Il s'abstint de répondre. Pourtant, la réponse était on ne peut plus simple : il voulait lui faire l'amour. Comme la plupart des hommes présents, il l'imaginait sans cette robe. Jane exposée sur l'autel de la sensualité, avec son corps pulpeux, ses cheveux couleur de miel répandus sur ses épaules rondes. Telle une déesse inaccessible, elle défiait les pauvres mortels qui quémandaient en vain son attention. Eh bien, Heath l'avait prévenu. La Jane mystérieuse s'en donnait à cœur joie.

Il lui prit brusquement le coude et l'entraîna vers la porte.

— Où allons-nous ? Au buffet ? demanda-t-elle, au bord de la panique.

— Non. Nous rentrons.

— Pourquoi ?

— Pour avoir cette discussion dont vous avez parlé.

— Mais… et Chloé ? Et les autres ? Nous ne pouvons pas les abandonner.

— Je renverrai la voiture les chercher un peu plus tard.

Elle balaya la salle d'un coup d'œil circulaire. Audrey lui adressa un petit hochement de tête approbateur. Leur objectif était de désarçonner un certain gredin de leur connaissance mais, soudain, Jane était assaillie par le doute. Un doute qui se confirma quand elle se retrouva captive entre deux bras puissants, plaquée contre un torse d'acier, les lèvres de Grayson à quelques centimètres des siennes.

— Essayez-vous de me rendre fou ? demanda-t-il d'une voix calme. Si c'est cela, vous avez réussi.

Entre ces bras, elle était toute prête à oublier que cet homme avait disposé de son avenir sans son consentement. Ou qu'elle devrait lutter contre ce genre de comportement sa vie durant. Tout ce qu'elle savait, c'était qu'elle lui appartenait déjà. Son sort avait été scellé dans une chapelle bondée. Un seul regard avait suffi. Ce jour-là, elle aurait dû unir sa vie à un autre. Mais Sedgecroft avait pris sa place. Se révélant le meilleur des alliés, mais aussi la pire des menaces qu'une femme puisse affronter.

— Que se passe-t-il ? s'enquit Chloé en s'approchant.

— Jane a… froid, fit-il en laissant son regard glisser sur la silhouette de sa compagne.

Une lueur espiègle apparut dans les yeux bleus de sa sœur.

— Oh, ciel ! Il faut la ramener à la maison, Grayson. Audrey me servira de chaperon.

Si la remarque lui parut étrange, il était trop troublé pour s'y attarder. Jane en revanche comprit que Chloé faisait allusion à la seconde partie de leur plan, qu'elle devait mettre à exécution sans attendre. Elle croyait encore entendre les recommandations d'Audrey : « Prenez-le au dépourvu, ma chère. Un homme n'est jamais aussi vulnérable que dans le boudoir. »

Une femme l'était-elle moins ? Jane se posa soudain la question, regrettant de ne pouvoir garder Audrey auprès d'elle pour profiter de ses conseils à mesure que la soirée avançait. C'était une chose de discuter tranquillement dans un salon des différentes façons de séduire un homme. Mais c'en était une tout autre que de passer à l'action. De calmer sa colère avant d'éveiller son désir.

Certes, Audrey était experte dans ce domaine. Elle avait révélé à sa jeune élève certaines techniques qui auraient fait rougir une tenancière de bordel. Mais Grayson était aussi un expert. Ce qui n'était pas le cas de Jane.

Elle leva les yeux sur lui et sentit le sol vaciller sous ses pieds. Existait-il une femme au monde capable de désarmer un tel homme ?

— Ne fais pas de sottises, ordonna-t-il à sa sœur d'un ton bref. J'ai mon compte de problèmes pour ce soir.

— Attends ! cria Chloé alors qu'ils s'éloignaient. Jane a oublié son manteau.

— Va le chercher.

Comme il se retournait, Chloé eut le temps de chuchoter à l'oreille de Jane :

— Je vais penser toute la nuit à la fusée de Congreve. Soyez courageuse. Vous me raconterez tout demain matin.

Si elle survivait à cette nuit, songea Jane avec un frisson où se mêlaient l'impatience et l'appréhension.

23

La mauvaise humeur de Grayson fut épargnée à Jane pendant le court trajet jusqu'à la villa, grâce à la présence de l'oncle Gilles, qui avait décidé de quitter la réception en même temps qu'eux. Jamais Grayson ne s'était montré aussi glacial avec elle. Jamais non plus elle ne l'avait vu en proie à une telle fureur, aussi fut-elle ravie que l'oncle Gilles leur serve involontairement de bouclier.

— À mon âge, expliqua le vieil homme, je suis plutôt un embarras dans ces réceptions mondaines. Ma présence n'amuse plus personne, et ma vue n'est plus aussi bonne qu'autrefois. Je jouais aux cartes avec un charmant jeune vicomte… du moins, c'est ce que je croyais. Un valet a eu la gentillesse de me glisser à l'oreille que mon adversaire était en réalité une vicomtesse. Je ne l'aurais jamais deviné à son costume. Des épaulettes militaires, une veste de hussard avec des boutons dorés. Jane, vous au moins, vous ressemblez toujours à une dame. Vous n'êtes pas d'accord, Sedgecroft ?

Ce dernier tourna les yeux vers la vitre.

— Personne n'oserait dire le contraire.

Jane frissonna, pelotonnée dans son manteau. Lui avait-elle déjà entendu un ton aussi coupant ?

— Vous avez attrapé froid, mon enfant, fit remarquer l'oncle Gilles avec sollicitude. Il faut aller au lit tout de suite.

Jane ne se le fit pas dire deux fois. Dès qu'ils furent dans le hall, et qu'elle vit que l'oncle Gilles retenait Grayson, elle mit à profit ce moment de répit pour se précipiter dans sa chambre. En vrai gentleman, Grayson répondit aimablement au vieil homme. Mais il n'y avait rien d'aimable dans son regard quand il suivit des yeux Jane qui s'enfuyait dans le grand escalier. À en juger par son expression, elle devina qu'elle ne pourrait échapper bien longtemps à sa colère.

Prenez-le au dépourvu, ma chère...

La voix d'Audrey résonna dans sa tête, moqueuse, tandis qu'elle se sauvait lâchement.

— Je ne peux pas faire ça, marmonna-t-elle. Je ne peux pas, je ne peux pas. Je ne prouve rien à personne, je me donne juste en spectacle.

Qu'avait-elle fait ce soir ? Avait-elle donné une leçon à Grayson, ou avait-elle libéré le fauve en lui ? Elle aurait dû savoir, après le scandale de son mariage, que les meilleurs plans n'étaient pas sans conséquences.

Moins de vingt minutes plus tard, elle l'entendit aller et venir dans la chambre voisine. Anxieuse, elle s'assit devant sa coiffeuse et entreprit de se brosser ses cheveux. La porte de communication s'ouvrit, et sa haute silhouette se refléta dans le miroir. Les doigts de Jane se crispèrent sur le manche en argent. Il lui lança un regard si froid que la température de la pièce parut baisser de plusieurs degrés.

— Vous avez gardé votre tenue de soirée, remarqua-t-elle, le souffle court, alors qu'il approchait lentement.

Il s'arrêta derrière elle, dans une posture rigide.

— Et si nous parlions de cette robe ?

— Ce... ce n'était qu'une robe.

— Sur une autre femme, elle n'aurait peut-être rien eu de remarquable, dit-il d'une voix veloutée qui lui arracha un frisson de crainte. Mais sur vous, c'était scandaleux.

— J'avais pourtant cru comprendre l'autre jour, chez la couturière, que... vous vouliez le moins de complications possible dans ma toilette.

— Cela ne signifie pas qu'il faut dévoiler vos charmes à l'univers entier, répliqua-t-il d'un ton pincé.

— Notre relation pourra difficilement demeurer secrète, Grayson.

— Sans doute. Mais je tiens à ma vie privée, et je n'ai pas l'intention de vous partager.

Elle fit glisser la brosse sur ses cheveux. Leurs regards se croisèrent dans le miroir, et sa gorge se noua. Comment avait-elle osé le provoquer sur son terrain ? À un jeu auquel il excellait ?

— Qu'espériez-vous gagner ? demanda-t-il en lui ôtant la brosse des mains pour continuer de démêler lui-même sa chevelure.

Elle se leva, fit glisser son déshabillé qui tomba au sol dans un froissement de soie. Elle était entièrement nue, hormis le bijou qu'il lui avait offert le matin même.

— Cette robe vous déplaisait. Je l'ai enlevée. Êtes-vous satisfait ?

Grayson s'immobilisa, stupéfait. Sa Jane de l'ombre venait de faire une nouvelle action d'éclat.

Il posa la brosse sur la table de toilette et laissa son regard errer lentement sur son corps, sur ses seins fardés de rouge, sur son ventre plat, sur le triangle de boucles mousseuses. Son cœur se mit à cogner à coups redoublés. Elle le battait de vitesse, une fois de plus ? Eh bien, il était beau joueur et ne détestait pas les défis. Si elle le désirait, pourquoi se dérober ? En fait, il ne pouvait lui refuser ce qu'elle lui demandait avec tant d'audace.

— Le sujet n'est pas clos, la prévint-il en dénouant sa cravate, les pupilles dilatées par le désir. Mais cette discussion peut attendre.

Elle glissa les mains sur ses épaules.

— Laisse-moi faire. Une maîtresse se doit de déshabiller son amant.

— Comme tu voudras, mais... par Dieu, Jane, doucement. Tu déchires ma chemise.

Elle esquissa une moue boudeuse.

— Ce n'est pas ma faute si je suis impatiente de prouver mon affection à mon merveilleux protecteur.

Il baissa les yeux, éberlué.

— Un bouton. Tu as arraché un bouton de ma chemise.

— Cela t'ennuie ?

— Pas vraiment, mais ça risque de contrarier mon tailleur.

Elle lui prit le visage entre mains et l'embrassa avec fougue, jusqu'à ce qu'il l'enlace et la plaque contre lui. Là, prenant la direction des opérations, il s'approcha du lit à reculons. Elle bascula sur lui, son corps nu prisonnier de ses jambes solides.

Il demeura allongé sur le dos, vaguement intrigué, mais décidé à la laisser faire tandis qu'elle s'agenouillait pour continuer de le déshabiller.

— Par simple curiosité, Jane… que fais-tu ?

Elle jeta sa chemise sur le sol et s'attaqua à son pantalon.

— Je te séduis.

— Qu'avez-vous fait, Chloé et toi, aujourd'hui ?

— Ne prononce pas le nom de ta sœur dans le boudoir.

— Tu as bien dit *boudoir* ?

— Ce mot convient mieux à une maîtresse, non ? Tu ne vois pas d'objection à ce que je t'attache au lit ?

Avec son sourire sensuel, son corps musclé dénudé jusqu'à la taille, il était le péché incarné.

— Qu'est-ce qui t'a donné cette idée ?

— Oh, une gravure dans un livre.

— Ah. Un livre.

Il referma les mains sur les seins de Jane.

— Pas un livre que tu as consulté à la bibliothèque, j'imagine ?

Elle eut un sourire coquin et tendit le bras vers la table de chevet.

— Non.

— Dans ce cas…

Il se tut et plissa les yeux comme elle s'emparait d'un bas qu'elle lui noua habilement autour du poignet avant de l'attacher au montant du lit.

— Intéressant renversement de situation, murmura-t-il. Tu m'attaches comme un vulgaire paquet ?

— Ce ne sont pas des nœuds ordinaires, précisa-t-elle. Mes sœurs et moi les avons testés sur Simon lorsque nous étions enfants. Ils sont particulièrement efficaces sur les mâles arrogants qui se font une fierté d'assujettir les autres.

Il en éprouva la solidité en bandant les muscles de ses bras et de ses épaules.

— Très bien. Continue, s'il te plaît.

Jane constata avec étonnement que ce jeu de pouvoir l'amusait beaucoup. Se rappelant les recommandations d'Audrey, elle afficha un sourire enjôleur, et fit glisser le pantalon de Grayson sur ses hanches. Elle promena lentement les doigts à l'intérieur de ses cuisses, puis sur la toison qui entourait son sexe.

— Ne bouge pas, ordonna-t-elle.

— Je n'y songe même pas, murmura-t-il en arquant le corps tandis que les doigts de la jeune femme se refermaient sur sa virilité.

— Tiens-toi tranquille, mon amour, souffla-t-elle.

Comme toujours elle le surprenait, le défiait d'entrer dans son jeu. Mais il n'avait d'autre choix que de se soumettre à sa fantaisie. Il se moquait bien de savoir ce qu'elle avait en tête, tant qu'elle continuait ses caresses affolantes.

Elle fit glisser ses doigts avec légèreté sur sa peau soyeuse, et murmura :

— N'essaie pas de t'échapper. Ces liens sont solides. Je ne voudrais pas que tu te blesses.

En vrai gentleman, il se garda de lui faire remarquer qu'il aurait pu se libérer d'un seul mouvement, et la renverser sur le lit sans effort. Il ne voyait pas d'objection à ce que, pour une fois, ce soit elle qui mène la danse. Quand elle se pencha et que sa chevelure lui effleura les cuisses, quand du bout de la langue elle effleura son sexe dressé, il faillit exploser. Tout son corps se crispa dans un effort désespéré pour retenir sa jouissance.

— Tu aimes cela ? murmura-t-elle.

Il ne put articuler un mot.

Ses lèvres se refermèrent sur lui, et il projeta les hanches en avant en grognant :

— Viens sur moi.

— Mais je n'ai pas fini...

Il se libéra les poignets d'un mouvement brusque, l'attrapa sous les bras et la hissa sur lui.

— Montre-moi tout ce que t'a appris Audrey aujourd'hui.

Elle le contempla avec un mélange de stupeur et de déception.

— Comment le sais-tu ?

— Tu crois pouvoir me rouler indéfiniment, Jane ?

— Je ferais peut-être mieux de partir.

— Tu plaisantes ? Tu es exactement là où je voulais que tu sois !

Quelques terribles minutes s'écoulèrent, pendant lesquelles Jane, emprisonnée par les mains solides de son bourreau, ne put esquisser le moindre geste. Hélas, le fait de découvrir que Grayson était encore pire gredin qu'elle ne le pensait ne diminua en rien le désir qu'il lui inspirait.

Au contraire. Quand il l'attira doucement vers lui pour saisir la pointe d'un sein entre ses lèvres, elle était déjà prête à l'accueillir en elle.

— Je suis un meilleur maître que tous les livres, Jane, souffla-t-il en la renversant sur le dos. Il y a des choses qu'on ne peut comprendre qu'en les expérimentant.

Elle pouvait difficilement le contredire. Et elle renonça tout à fait à protester quand il lui souleva les jambes pour les caler sur ses épaules avant d'enfouir le visage entre ses cuisses. Il ne lui fallut que quelques secondes pour atteindre le paroxysme du plaisir.

— Qu'as-tu appris d'autre ? demanda-t-il avec un regard de défi, lorsqu'elle émergea, le cœur battant, de l'océan de jouissance dans lequel elle venait de sombrer.

— Laisse-moi te montrer, dit-elle doucement en se dégageant.

— Je suis tout à toi.

Elle se plaça à califourchon sur lui, le prit en elle d'un mouvement souple, persuadée de pouvoir le contrôler. Il poussa un grognement sourd, et lui caressa les seins. Creusant les reins, elle commença à bouger lentement, cherchant le rythme qui convenait à son partenaire. Celui-ci la laissa faire un moment, puis il lui agrippa les hanches et pénétra en elle si profondément qu'elle eut la sensation de se liquéfier sur place.

— Grayson… oh, Grayson…

— C'est bien, Jane, haleta-t-il. Ne t'arrête pas.

— Je vais…

— Encore, Jane, marmonna-t-il en se cambrant à sa rencontre.

— C'est… c'est…

— *Encore.*

Elle gémit, et se plia à son rythme, absorbant ses coups de boutoirs jusqu'à n'avoir plus la force de bouger. Alors il lui prit fermement les hanches, tandis qu'elle se laissait emporter par une nouvelle vague de plaisir ineffable.

— Grayson… par pitié…

Ignorant ses supplications, il continua d'aller et venir jusqu'à succomber à son tour en tremblant de la tête aux pieds.

— Je n'ai jamais fait l'amour comme ça, avoua-t-il d'une voix rauque, quand il eut enfin retrouvé ses esprits.

Jane demeura silencieuse. Comment traduire par des mots ce qu'elle éprouvait ? La pensée qu'elle devrait envoyer une lettre de remerciements à Audrey l'effleura vaguement tandis qu'elle fermait les yeux et se blottissait contre Grayson. C'est alors que la voix sardonique de ce dernier perça la brume de sommeil qui l'avait enveloppée :

— Tu ne crois pas qu'il serait temps de se confesser, Jane ?

Consciente que l'heure de rendre des comptes avait enfin sonné, elle soupira et ouvrit les yeux pour contempler son profil à la lueur de la bougie. Ils avaient enfin tombé les masques, tous leurs secrets allaient être révélés.

— Je dirais même qu'il est grand temps, admit-elle dans un souffle.

24

Elle s'assit devant la coiffeuse, vêtue de son déshabillé de soie, un verre de bourgogne à la main. En pantalon, le torse nu, son juge arpentait la chambre en fourrageant dans ses cheveux. Son expression, bien que concentrée, ne laissait point paraître la colère qu'elle redoutait.

— Tu n'aimais pas Nigel, dit-il lentement, comme s'il s'efforçait de reconstituer un puzzle. Il ne t'aimait pas, ce qui est plus difficile à concevoir. Mais des tas d'autres couples se marient sans s'aimer, parce que leurs fiançailles ont été arrangées par les familles. Vous auriez fort bien pu avoir des liaisons après le mariage.

Elle lui décocha un regard réprobateur.

— Tu vois peut-être les choses ainsi, mais Nigel aimait Esther, et celle-ci était enceinte. Je ne m'attendais pas que tu comprennes le sacrifice que représentait pour lui le fait de renoncer à elle. Ou ce que ressent une femme obligée de partager la vie d'un homme qu'elle n'aime pas.

— Il est vrai, dit-il en s'arrêtant pour la regarder, que je ne peux pas me mettre à la place d'une femme. Je comprends toutefois ta répugnance à t'engager dans un mariage sans passion. Ce que je trouve en revanche difficile à comprendre, dit-il en posant les main sur la table de toilette de part et d'autre de son fauteuil, la piégeant entre ses bras, c'est pourquoi tu m'as menti.

Il semblait soudain vulnérable, et blessé.

— Je ne sais plus très bien comment c'est arrivé, dit-elle vivement. La situation entre nous a évolué si vite, que je n'ai pas eu le temps de m'expliquer. Je n'ai pas cherché délibérément à te tromper. Une chose en a entraîné une autre, et soudain, sans savoir comment, je... je suis tombée amoureuse de toi.

Il fixa sur elle un regard de marbre, dont toute trace de vulnérabilité avait disparu.

— Et tu me prenais pour un tel parangon de vertu, poursuivit-elle, que j'en étais presque morte de honte.

— Ce n'est pas un parangon de vertu qui m'a attaché à ce lit, Jane, fit-il observer.

— Non. C'est une femme très... coquine.

— J'admire ce trait de caractère chez toi, tu le sais. Mais qu'espérais-tu prouver en mettant une telle audace à me séduire ?

— J'ai découvert que tu avais préparé un contrat de mariage, et que tu n'avais pas l'intention de faire de moi ta maîtresse. Que ce n'était qu'un tissu de mensonges destinés à me punir.

— Ah, fit-il en retenant un sourire.

— Ah ? C'est tout ce que tu trouves à dire pour ta défense ?

Il retrouva son habituelle expression d'arrogance.

— Nous allons nous marier, Jane. Qu'y a-t-il d'autre à dire ?

— Je refuse de me laisser imposer un nouveau mariage sans avoir mon mot à dire.

— Mais que veux-tu donc ? demanda-t-il avec curiosité.

Sa décision de se marier était irrévocable, et il ne doutait pas un instant d'avoir le dessus. Il n'était pas allé aussi loin pour admettre maintenant qu'il avait perdu la partie.

Elle prit une profonde inspiration et lâcha de but en blanc :

— Je veux être courtisée.

Courtisée ? Était-ce bien le mot qu'elle avait prononcé ? Bon sang, les femmes avaient vraiment l'esprit tortueux. Surtout celle-ci. *Courtisée.*

— Et que diable crois-tu que je fais depuis deux semaines ?

— Grayson, si tu ne vois pas de différence entre courtiser une femme et la séduire, je ne sais plus quoi dire.

Il leva les bras au ciel en riant.

— Mais je n'ai jamais déployé autant d'efforts pour une femme !

— À t'entendre, il semblerait que le fait de me courtiser soit... une corvée.

— Eh bien...

— Me laissera-t-on enfin décider avec qui je veux me marier, et quand ?

Il eut alors un sourire plein d'assurance.

— Tu vas te marier avec moi, Jane. Cela, c'est déjà décidé. D'ailleurs, pour autant que je me souvienne, tu m'as fait une proposition. Tu peux même m'offrir une bague si ça te plaît.

— C'est la façon dont tu as mené cette affaire qui m'a agacée. Papa et toi avez décidé de ma vie en pleine nuit, dans le secret de ton bureau.

— Comment le...

Il s'interrompit. Bien sûr. Une seule personne au monde pouvait être au courant. Il se promit intérieurement de faire enfermer Chloé dans la Tour de Londres. Et décida aussitôt de contre-attaquer :

— Et toi, tu n'as peut-être jamais comploté sournoisement ?

— Je sais. Je t'en demande pardon.

Il lui prit son verre des mains avec un sourire narquois.

— Inutile de t'excuser. Curieusement, je trouve ton côté retors particulièrement attirant.

Elle se leva, et le regarda dans le miroir.

— Alors, tu comprends mon désir d'être courtisée ?

— Mais je t'ai fait la cour ! protesta-t-il.

— Non ! Tu as voulu me conquérir comme on prend une citadelle. J'ai besoin de romantisme, Grayson. De fleurs, de billets doux, de promenades en tête à tête dans le parc.

— Nous sommes allés faire du cheval dans le parc, et je t'ai acheté une pleine charrette de fleurs, répliqua-t-il en repoussant une mèche blonde sur l'épaule de la jeune femme. Que veux-tu de plus ?

— Personne ne m'a jamais fait la cour, dit-elle à mi-voix.

— Cesse donc de te plaindre. Tu n'as jamais manqué d'attentions. Nigel était peut-être un imbécile, mais il t'a emmenée dans le monde.

Elle eut un petit reniflement navré.

— Tout ce dont il me parlait, c'était d'Esther. Esther parci, Esther par-là. La superbe poitrine d'Esther, sa voix de velours...

— Esther a une voix de général prussien, fit remarquer Grayson en riant.

— C'est aussi mon opinion mais, visiblement, Nigel y est sensible.

Elle marqua une pause, et reprit d'un ton mélancolique :

— J'ai souhaité toute ma vie que quelqu'un m'aime ainsi.

— Eh bien, donne-moi une chance. Je crois pouvoir faire aussi bien que Nigel, tu ne penses pas ?

— Pourtant, tout a commencé comme une comédie, entre nous, répliqua-t-elle en espérant qu'il balayerait ses craintes d'un mot. Comment puis-je être sûre que je ne deviendrai pas simplement une autre Hélène ?

— Il n'y a aucune comparaison entre vous.

— Tu as toujours laissé entendre que tu ne te marierais jamais.

— Et je t'ai rencontrée, rétorqua-t-il comme si cela expliquait tout.

— Je croyais avoir tout perdu, et tu as volé à mon secours.

— Peu de femmes auraient osé prendre le risque que tu as pris.

— Misérable, tu m'as laissée croire que tu ne me voulais que comme maîtresse !

— Et si je te courtise, tu pourras me pardonner ce tour cruel que je t'ai joué ?

Grayson aurait voulu trouver un moyen radical d'apaiser son anxiété. Il ne supporterait pas qu'elle le mette une fois de plus à l'épreuve ! Mais, avant qu'elle ait pu répondre, on frappa doucement à la porte, et la voix de l'oncle Gilles s'éleva derrière le battant :

— Jane ? Comment va ce rhume ?

— Quel rhume ? répéta-t-elle, abasourdie, tandis que Grayson l'attirait vers lui.

— Le rhume que tu as attrapé ce soir au bal où tu t'es rendue presque nue afin de me donner une leçon, ma chérie, murmura le marquis en lui caressant les épaules.

Ses lèvres viriles se posèrent sur sa nuque, lui arrachant un frisson.

— C'est de pire en pire, oncle Gilles. Il m'est tombé sur la poitrine, à présent.

La main de Grayson se glissa sous le déshabillé pour cueillir un sein.

— Le meilleur remède, c'est une bonne nuit de repos, conseilla le vieil homme.

— Je suis entièrement d'accord, murmura Grayson en pinçant délicatement la pointe durcie.

— Je me sentirai sûrement mieux demain matin, lança Jane. Grayson, arrête, ajouta-t-elle dans un chuchotement. Oncle Gilles est vieux, mais il n'est pas idiot.

— Je n'ai pas entendu, Jane, répondit Gilles. Voulez-vous une compresse chaude ? C'est excellent. Je vais vous en apporter une, avec un verre de lait.

Les pas du vieux monsieur s'éloignèrent dans le couloir. Jane se dégagea.

— Acceptes-tu de me faire la cour ?

— Jane, j'affronterais toutes les armées de Napoléon à moi tout seul pour avoir le droit de t'épouser.

S'étant ainsi confessé, il se crut obligé d'ajouter :

— Bien que cela aille à l'encontre de toute logique. Faire la cour à sa propre femme !

Il écarta les pans de son déshabillé pour la contempler.

— Oh ! s'exclama-t-elle, exaspérée. Le but est que tu me fasses la cour pour que j'accepte de devenir ta femme.

— Mais puisque j'ai déjà fait ta conquête ?

— Grayson, ces paroles ne sont qu'une preuve supplémentaire de ton incroyable arrogance. Sors d'ici.

Il soupira de plaisir en pressant son corps contre le sien.

— Puis-je te rappeler que cette maison est la mienne ?

— Tu pourras me rendre visite plus tard, quand je me sentirai mieux.

— Je te rends visite quand j'en ai envie.

Il tira sur la ceinture de son déshabillé pour lui montrer qui était le maître. Du moins pour le moment.

— Bon sang, Jane, nous avons tout fait à l'envers. Nous nous sommes rencontrés devant l'autel, nous sommes devenus amis, nous avons fait l'amour, et maintenant, je dois te courtiser !

— Quelle importance ? L'essentiel, c'est que tout finisse bien.

— Si c'est ce que tu exiges comme preuve de mon amour, je le ferai, dit-il doucement.

— Vraiment, Grayson ?

— Pour toi et pour nos familles, Nous devons nous conduire convenablement, cette fois-ci.

— Convenablement ? Toi et moi ? répéta-t-elle en riant.

— Eh bien, aussi convenablement que possible pour des gens tels que nous, rectifia-t-il.

Les bras croisés derrière la tête, Grayson regarda pensivement Heath.

— Bon, vas-y, tu peux rire. Elle m'a refusé sa main.

— Qui l'eut cru ? railla Heath. Mon irrésistible frère repoussé par une femme.

— Cela n'a rien de drôle, Heath. Elle refuse de m'épouser si je ne me soumets pas à certaines conditions.

— Personne ne t'a jamais obligé à faire ce que tu ne voulais pas. Donc, la question est réglée.

Une lueur d'amusement passa dans les prunelles bleues de Grayson.

— Ce n'est pas si simple. Cette petite sournoise porte probablement l'héritier de la famille. Crois-tu qu'il y ait la moindre possibilité que je ne l'épouse pas ?

Heath posa de côté le livre qu'il était en train de lire, plutôt content de ce qu'il entendait. Il n'aurait jamais pensé éprouver autant d'affection pour Jane. Il l'admirait en secret de tenir ainsi tête à son frère.

— Cela pose un problème. Que comptes-tu faire ? L'enlever ?

Grayson se rembrunit.

— L'idée m'a effectivement traversé l'esprit.

— L'Écosse est une région agréable à cette époque de l'année. Je suppose que ses parents ne feraient pas d'histoire si tu partais avec elle pour Gretna Green ?

— Belshire est si furieux du tour qu'elle leur a joué, qu'il la jetterait sans doute lui-même dans une voiture de louage. Mais ma chère Jane veut décider elle-même. Et je n'ai pas envie de me retrouver avec une épouse qui refuse de m'adresser la parole pendant notre lune de miel.

— Je te comprends.

— Toi ? fit Grayson en observant attentivement son frère. Tu n'as jamais songé à te marier. Si ?

Heath eut un sourire évasif.

— J'ai d'autres obligations.

— Donc, tu travailles toujours pour les services secrets ?

— Je ne sais pas. J'attends d'être approché officiellement.

— Il y a du danger dans l'air ?

— De toute évidence. Le seul espoir de Napoléon depuis son exil, c'est de semer la discorde entre les puissants, expliqua Heath, choisissant ses mots avec soin. L'Europe est déstabilisée. Les pauvres se massent à nos frontières.

— Et les caisses sont vides.

— Pourquoi parler politique alors que tu as des problèmes de cœur, Grayson ? fit Heath, coupant court à leur discussion. Franchement, entre la guerre et l'amour, je ne sais pas où l'on gagne le plus facilement.

— Tu as sans doute raison. Cela dit, ma bataille comporte plus de plaisir, je te le garantis.

— Dans ce cas, je ne peux que…

Avant que Grayson ait compris ce qui se passait, Heath sortit une arme du tiroir et se dirigea à grands pas vers la porte. Un vacarme infernal leur parvint du vestibule. Il y eut des bruits de pas précipités, la voix stridente d'une femme, le hennissement de chevaux dans la rue.

— Sacrebleu ! Qui cela peut-il être à une heure pareille ? s'exclama Grayson en suivant son frère dans le corridor.

Les appliques du hall avaient déjà été éteintes pour la nuit si bien que les deux frères eurent du mal à reconnaître les nouveaux arrivants. Un jeune homme insignifiant, vêtu d'un pardessus marron, et une femme en manteau bordé de fourrure, dont la silhouette épanouie signalait une grossesse bien avancée.

— Nigel, voilà cette canaille rôdant dans l'ombre ! s'écria la femme en jetant ses gants au majordome qui les prit sans se départir de son flegme.

— Seigneur ! marmonna Grayson. La voix de mes cauchemars.

— Et des miens, renchérit Heath, mi-amusé, mi-horrifié. Que veut-elle, selon toi ?

Grayson hésita, et leva les yeux. Jane se tenait en haut de l'escalier, seulement vêtue d'une chemise de nuit en batiste.

— Voilà peut-être la réponse à ta question, dit-il à mi-voix.

Esther Chasteberry, à présent lady Boscastle, à qui aucun manquement à la bienséance n'avait jamais échappé, poussa une exclamation scandalisée.

— Elle est en chemise de nuit, Nigel ! Où va le monde, je vous le demande ! Elle est perdue !

Nigel regarda Jane, bouche bée. Jamais il n'aurait imaginé sa petite Jane, si sage et si généreuse, en arriver là. Mais le pire, c'était qu'il se savait responsable de cette catastrophe. S'il l'avait épousée, ils auraient sans doute été très malheureux ensemble, mais au moins ils auraient formé un couple respectable. Elle ne serait sûrement pas devenue la maîtresse d'un dépravé et n'aurait certes pas accueilli ses visiteurs en chemise de nuit !

— Oh, Jane, gémit-il en secouant la tête d'un air désespéré. Comment as-tu pu ? Et avec mon propre cousin !

— Ce n'est pas sa faute, rétorqua Esther, indignée. C'est ce... ce... vilain garçon, qui a abusé de son innocence ! ajouta-t-elle en pointant sur Grayson un doigt accusateur.

Heath se mit à rire.

— Je pense, commença Grayson, tout juste revenu de sa surprise, qu'il s'agit d'un malentendu.

— Ne te laisse pas intimider, Nigel. Fais quelque chose.

Nigel déglutit. À vrai dire, si sa chère femme l'intimidait un peu, Grayson l'avait toujours effrayé. Il avait vu son cousin envoyer un adversaire au tapis d'un seul coup de poing. Mais il s'arma de courage en sentant son épouse lui agripper le bras.

— Vas-tu intervenir ou dois-je m'en charger moi-même ? demanda-t-elle.

— Méfie-toi, Grayson, plaisanta Heath, elle a peut-être apporté sa badine.

Nigel fit un pas en avant. Il avait une tête de moins que son cousin, des cheveux bruns ondulés, un début de double menton. Son visage était plutôt agréable, quoique sans beauté, et son allure celle d'un humble baronnet, et non d'un courageux défenseur des demoiselles en détresse.

Mais, bon sang, Jane n'était pas une femme perdue ! C'était sa meilleure amie, qui avait courageusement consenti à se sacrifier pour lui. La colère surpassa soudain sa lâcheté. Quand il recouvra la parole, il s'exprima d'une voix si forte et si virile qu'il en fut effrayé lui-même.

— Tu devrais avoir honte, Sedgecroft. Que signifie tout ceci ? Explique-toi sur-le-champ.

Grayson eut le plus grand mal à garder son sérieux. Seul le souvenir de la peur que lui inspirait autrefois la gouvernante le retint d'éclater de rire.

— C'est moi qui devrais te poser cette question, Nigel, tu ne crois pas ?

— Eh bien, je…

— C'était incroyablement égoïste de ta part d'abandonner ta fiancée à la merci des grands méchants loups, cher cousin.

Tout en parlant, Grayson adressa un petit froncement de sourcils à Jane, qui s'éclipsa en hâte, probablement pour aller revêtir une tenue correcte.

— C'est un beau scandale que tu m'as laissé le soin d'étouffer. Je ne t'en veux pas, note bien. Cela m'a beaucoup diverti. Mais, bon, c'était quand même un scandale.

Nigel baissa la tête, penaud, déjà vaincu par la logique implacable de son cousin.

— Le scandale n'aurait pas été aussi important sans votre intervention, affirma Esther, comprenant que Nigel avait déjà épuisé sa réserve de courage. Rien d'étonnant, d'ailleurs. C'est toujours votre branche de la famille qui a provoqué les pires esclandres.

— Merci, Esther, fit Heath en souriant à son frère. C'est bien la première fois que vous nous faites un compliment.

— Je m'en serais bien passée, avoua-t-elle d'une voix tendue. Mais nous appartenons à la même famille, désormais. Et je ne laisserai personne critiquer les miens.

— Si je puis me permettre, que faites-vous ici, au juste ? s'enquit Grayson en croisant les bras d'un air résigné.

Esther leva crânement le menton. Elle n'allait pas se laisser intimider par un garnement à qui elle avait administré la fessée quelques années plus tôt !

— Nous sommes venus dans l'espoir de sauver ce qui reste de réputation à Jane.

— Dans ce cas, baissez la voix, fit Grayson tranquillement. Son frère et son oncle dorment à l'étage.

Nigel tourna la tête. Jane, vêtue d'une robe de mousseline tout à fait convenable pour une femme déchue, descendait l'escalier pour les rejoindre. Il éprouva un profond sentiment de culpabilité à la pensée qu'il était à présent un époux comblé, alors qu'elle était devenue la honte de la famille. Quoique… Bonté divine ! Quel était ce regard de connivence qu'il venait de surprendre entre Sedgecroft et elle ?

Un regard ardent. Aussi soudain et surprenant qu'un éclair dans un ciel d'été. L'air parut tout à coup chargé d'électricité. Nigel demeura là, les bras ballants, assommé. Comment allait-il réussir à convaincre Sedgecroft de réparer ?

Ce dernier s'éclaircit la voix.

— Je propose que nous nous retirions dans un salon pour discuter de tout cela, messieurs.

Nigel carra ses épaules étroites. Tant qu'il s'agissait simplement de discuter, il se sentait à la hauteur.

— Reste ici, Esther, dit-il avec autorité.

Puis, avant de se retourner pour emboîter le pas à Grayson, il ajouta à mi-voix :

— S'il te plaît.

25

— Je n'aurais jamais consenti à tout ceci si j'avais su que la situation deviendrait aussi compliquée, confia Esther à Jane dès que les hommes les eurent abandonnées dans le vestibule.

— Moi non plus, répondit Jane.

Ce qui, à la réflexion, était complètement faux. Elle avait apprécié chaque minute passée auprès de Sedgecroft, de même qu'Esther, à n'en pas douter.

— Personne ne pouvait prévoir que les choses tourneraient ainsi.

Cela au moins était exact.

— J'espère que Nigel saura se faire entendre, dit Esther d'un air soucieux.

Jane hocha la tête sans conviction. Quelle chance avait Nigel contre Heath et Grayson ?

— On ne parle que de vous deux, en ville, reprit Esther, de son ton sévère de gouvernante. Nigel et moi étions plus discrets.

— Forcément, je vous ai couverts, lui rappela Jane.

— Oui. Oui, c'est certain. Et nous vous en sommes reconnaissants. Naturellement, le père de Nigel nous coupera les vivres quand notre mariage sera rendu public. Mais, pour l'heure, il faut parer au plus pressé, et vous tirer de ce mauvais pas. Bon sang, que vous est-il passé par la tête, ma petite ?

— La même chose qu'à Nigel et à vous, je suppose.

— Vous n'imaginez pas le choc que nous avons éprouvé en découvrant que vos parents étaient partis à la campagne en vous laissant derrière eux.

— Eh bien…

— Mais n'ayez crainte, nous ne vous abandonnerons pas à la honte et au désespoir, s'empressa de la rassurer Esther.

— C'est très aimable à vous, mais je vais tout à fait bien. En outre, j'ai l'oncle Gilles auprès de moi.

— Vous n'allez pas bien du tout, décréta Esther. Votre passion pour Sedgecroft vous aveugle.

— Comment pouvez-vous le savoir ?

— Parce que j'ai dû lutter contre des tentations du même ordre, au cours de ma carrière de gouvernante.

Esther s'interrompit. Ses yeux s'embuèrent à l'évocation d'un souvenir lointain.

— Il y a eu un duc, autrefois, qui… Oh, peu importe ! Le problème, c'est ce que vous allez devenir.

— Je suis parfaitement capable de m'occuper de moi-même.

— Le seul fait que vous soyez dans cette maison prouve le contraire. Nous trouverons peut-être une solution une fois de retour à Londres.

— À Londres ?

— Oui, Jane. Nigel et moi devons rencontrer ses parents et vous placer sous notre protection. À moins, bien sûr, que Nigel ne persuade Sedgecroft de réparer sur-le-champ.

— Grayson a déjà demandé ma main, annonça Jane avec un sourire.

— Oh, c'est très bien. Mais il faut quand même que vous restiez avec nous, Jane. Le temps que les commérages cessent.

— Pour une fois, juste pour une fois, Esther, j'aimerais avoir mon mot à dire. Juste un mot, voyez-vous. La possibilité de donner mon opinion.

Esther la regarda sans ciller.

— Vous n'auriez pas dû tomber amoureuse d'un Boscastle.

— Je n'avais pas vraiment le choix.

Jane se rappela sa première rencontre avec Grayson, le tour inattendu qu'avait pris sa vie à partir de ce moment-là.

— En fait, je ne comprends toujours pas comment j'ai pu tomber amoureuse de lui.

— Aucun de nous ne comprend ces choses-là, Jane. Malgré toute ma sagesse et mon expérience, je n'ai pu, moi non plus, résister à mon cher Nigel. Et chaque jour, je remercie le ciel qu'il n'ait pas été corrompu par ses cousins.

Nigel engloutit deux verres de porto avant de trouver le courage d'aborder la question qui lui tenait à cœur. L'idée qu'Esther écoutait probablement derrière la porte lui donna l'audace nécessaire, tout en le terrifiant aussi un peu. Il aurait volontiers affronté Grayson en duel, les yeux bandés de surcroît, plutôt que de devoir supporter la fureur de son épouse.

— Je ne vois qu'une solution, annonça-t-il en balayant discrètement de la main la fumée du cigare de Heath.

— Une solution à quoi ? s'enquit Grayson, allongé sur le canapé, les yeux mi-clos.

— Eh bien… à la situation embarrassante dans laquelle se trouve Jane.

Voilà. Il avait réussi à le dire sans accuser son cousin d'être responsable de la chute de la jeune femme.

— Je pense que Grayson doit l'épouser, déclara Heath.

— Vraiment ? fit ce dernier en se redressant.

Nigel hocha la tête, dissimulant son soulagement.

— Cela arrangerait tout.

— Donc, vous pensez, tous les deux, que c'est une solution acceptable ? s'enquit Grayson, comme si cette idée ne lui avait jamais traversé l'esprit. Je peux compter sur toi, Nigel, pour convaincre Jane d'accepter ma demande, puisque tu es son meilleur ami ?

— Mais bien sûr, répondit Nigel, si flatté de conspirer avec ses cousins qu'il perdait totalement de vue son objectif initial. Je ferai de mon mieux, à condition…

— À quelle condition ? fit Heath, aussitôt sur ses gardes.

— Je demanderai d'abord l'avis Esther, naturellement. C'est une simple question de courtoisie.

— Elle se sert toujours de sa badine ? demanda Grayson à brûle-pourpoint.

Nigel s'empourpra et retrouva sa gêne d'autrefois, lorsque ses cousins se moquaient de lui et l'excluaient de leurs jeux tapageurs.

— Je ne sais que répondre à cette question bizarre, bredouilla-t-il.

— Je suis sûr qu'elle s'en sert encore, déclara Grayson.
Heath acquiesça avec un sourire narquois.
— Je pense que tu as raison.

26

Ils en étaient donc arrivés là, songea Grayson. Planté devant sa fenêtre, il surveillait le chargement des bagages dans la berline de voyage. Il allait retourner à Londres, avec la femme qu'il aimait. Jane et lui s'apprêtaient à revivre les étapes de leur scandaleuse histoire d'amour de manière socialement acceptable.

Jusqu'à se retrouver à leur point de départ. Devant l'autel. Cette fois, aucun des deux fiancés ne s'échapperait. Ils seraient mariés, dût-il pour cela enchaîner la jeune femme aux bancs de l'église. Pas question de la laisser lui jouer de nouveau un de ses tours.

Il balaya du regard cette chambre où ils avaient connu une telle intimité que ses reins s'embrasaient rien que d'y penser. Dieu seul savait combien de pique-niques et de soirées dansantes il devrait encore endurer avant de refaire l'amour avec Jane. Toutefois, il ne doutait pas de la posséder de nouveau.

Il se demanda si l'équilibre qu'ils avaient trouvé se prolongerait ou s'ils connaîtraient des périodes plus instables au cours de leur mariage. Ils se comprenaient, à présent. Et il avait le sentiment qu'il n'y aurait plus de mensonge entre eux. Et cependant, il était certain que seule Jane, entre toutes les femmes, était à ce point capable de le déstabiliser. Et qu'elle lui lancerait encore de nombreux défis au fil des années.

Du reste, il ne souhaitait pas qu'il en aille autrement.

Jane contempla l'élégante villa à travers la vitre de la voiture. Elle ressentit un pincement de regret à l'idée de quitter la maison où Grayson et elle avaient mis fin à leur mascarade. Pourtant, elle était rassurée de savoir qu'il n'avait jamais emmené d'autre femme qu'elle dans cette demeure. Si cela avait été le cas, elle lui aurait peut-être demandé de la revendre. Désormais, ils pourraient y passer chaque année des vacances nostalgiques.

Elle se renversa contre les coussins en soupirant. Il lui manquait déjà bien qu'il se trouvât dans la voiture qui les suivait. Elle aurait préféré être avec lui plutôt qu'avec Nigel et Esther qui l'étouffaient de leurs attentions et la traitaient comme une enfant abandonnée qu'ils venaient de sauver de l'orphelinat.

Ce fut avec soulagement qu'elle découvrit que toute la famille avait réintégré la maison de Grosvenor Square. Le visage tendu par l'émotion, son père l'étreignit avec chaleur. Elle était si heureuse de retrouver ses parents qu'elle leur pardonna spontanément le mauvais tour qu'ils lui avaient joué.

De fait, le pardon semblait être à l'ordre du jour. En vrais aristocrates, ils firent comme si le mariage manqué entre Nigel et Jane n'avait jamais eu lieu.

— Eh bien ! s'exclama lord Belshire tout en offrant du cognac et des gâteaux à la ronde. Il ne manque plus que Sedgecroft. Où est ton fiancé, Jane ?

Jane, qui s'apprêtait à avaler un petit four, s'immobilisa.

— Nous ne sommes pas fiancés officiellement, papa.

Son père parut sur le point de s'évanouir.

— Sedgecroft doit faire sa cour, Howard, expliqua son épouse, qui en savait un peu plus grâce à Simon.

Le visage de lord Belshire prit une teinte grisâtre.

— Mais pourquoi ? Le contrat est signé, Sedgecroft a courtisé Jane ici même. Je l'ai vu de mes yeux. Je...

Le sourire que lui adressa sa femme était sans équivoque. Il comprit qu'il n'aurait pas gain de cause.

— Je pensais qu'il lui faisait la cour, marmonna-t-il piteusement. Me serais-je trompé ?.

Athena pinça les lèvres d'un air d'avertissement. Elle avait éprouvé tant d'angoisse et de culpabilité à l'idée d'avoir abandonné sa fille, qu'elle comptait bien se rattraper en la choyant. Même si cela signifiait qu'elle devait tenir tête à son mari pour la première fois de sa vie.

— Ce n'était pas une cour faite selon les convenances, Howard.

— Les convenances ? répéta-t-il en clignant des yeux. Comme si les convenances étaient encore respectées dans cette maison ! Une gouvernante enceinte. Un mariage saboté. Des complots dans tous les coins !

Nigel baissa le nez sur son assiette. Jane mordit pensivement dans son petit four. Caroline et Miranda parurent s'absorber dans la lecture d'un journal de mode. Esther prit un troisième petit gâteau.

— Cette période de fiançailles, reprit Athena, fera définitivement taire les mauvaises langues.

— À condition que cela se termine par un mariage.

Il se figea soudain, comme frappé d'horreur.

— Cela se terminera par un mariage, n'est-ce pas ? Jane ne va pas *encore* changer d'avis ?

— Honnêtement, mon cher, fit son épouse avec un petit geste d'agacement, répondre à une telle question gâcherait tout le charme !

27

La patience était une des rares vertus que Grayson avait toujours cultivées, parmi une multitude de vices. Si Jane souhaitait être courtisée, il se plierait à son désir. Il savait déjà qui sortirait vainqueur du jeu auquel ils se livraient. Elle pouvait bien le taquiner de toutes les façons possibles, à la fin, l'homme dominerait. Mais en attendant il était prêt à tout pour prouver au monde qu'il l'adorait.

Cela dit, Jane était un défi permanent, et tant qu'ils ne se tiendraient pas côte à côte devant l'autel, il ne connaîtrait pas de répit. Il continuerait de la poursuivre de ses assiduités, ne serait-ce que pour lui montrer sa dévotion. Pour lui prouver que, quel que fût le plaisir qu'il avait éprouvé à la séduire, cela n'avait pas été son seul but.

Il était extrêmement sérieux quand il lui avait dit avoir besoin d'elle pour l'aider à remettre de l'ordre dans sa famille. Entre Chloé, si rebelle et si malheureuse ; Heath, qui semblait sur le point de s'engager dans une voie des plus dangereuses ; Emma qui, en tant que veuve, se trouvait dans une position vulnérable, même si elle refusait de l'admettre ; sans parler de Drake et de Devon, qui avaient le don de s'attirer des ennuis, il y avait fort à faire.

Les Boscastle avaient besoin de la force de Jane et de son bon sens pour survivre aux périls du siècle qui s'ouvrait. Grayson, lui, avait besoin d'elle pour sa survie personnelle.

Ce soir-là, il devait les accompagner à l'opéra, sa famille et elle. Ils demeurèrent quelques minutes en tête à tête dans le salon. Jane portait une robe de satin blanc dont le col retombait sur ses épaules tels les pétales d'une fleur exotique.

Ils allaient si bien ensemble. Quelle autre femme était capable d'exciter et de dompter tout à la fois ses démons intérieurs ?

Il la tourna lentement autour d'elle, tel un lion observant sa proie.

— Cette robe est un peu trop flatteuse, commenta-t-il.

— Elle devrait pourtant vous plaire. C'est vous qui l'avez commandée lorsque j'étais votre *maîtresse*. C'est la seule de toute la collection que je peux porter en public.

Il se pencha pour lui effleurer l'épaule de la joue.

— Je pense que j'avais une soirée privée en tête quand je l'ai choisie. Le voyage ne vous a donc pas assagie ?

— Et vous, monsieur ? Êtes-vous toujours aussi dévoyé ?

Il déposa un baiser au creux de son cou.

— Je forme des plans insensés pour vous avoir de nouveau toute à moi. Vous me manquez, Jane. Combien de temps devrons-nous attendre ?

— Je ne peux pas me marier avant Cécile. Et un mariage ne s'organise pas en une semaine.

— Enfuyons-nous.

— Grayson, je tiens à avoir une vraie cérémonie de mariage, dont je pourrai me souvenir plus tard…

— Vous en avez déjà eu une inoubliable.

— Eh bien, cette fois j'envisage d'inviter le fiancé.

Il soupira et demanda, résigné :

— Quand Cécile doit-elle se marier ?

— Dans une quinzaine de jours. La cérémonie aura lieu dans le Kent, dans le manoir de son père. Vous viendrez ?

— Pourquoi pas ? Le dernier mariage auquel nous avons assisté vous et moi était fort divertissant.

— Toute ma famille sera là, dit-elle, enchantée à l'idée d'être vue au bras de son beau séducteur. Vous risquez d'effrayer mes sœurs avec vos manières viriles.

— Il faudra que je m'habitue aux réunions familiales, je suppose, dit-il calmement.

Il la fit pivoter vers lui, la buvant littéralement des yeux. Se pouvait-il qu'elle porte son enfant ? Son joli ventre avait-il commencé à s'arrondir ? Ils avaient tellement fait l'amour à Brighton que cette possibilité n'était pas exclue. Il lui caressa la joue, prit d'une soudaine envie de la protéger.

— Je veux que nous fixions une date.

— Une date pour quoi ? demanda-t-elle dans un sourire.

Il lui effleura les seins, et la vit avec satisfaction se troubler et rougir.

— Pour préparer le pudding de Noël, bien entendu.

— Cette date n'était-elle pas précisée dans le contrat clandestin que vous avez fait établir ?

— Le despote que je suis a omis ce détail.

— Je suis étonnée que mon père, cet autre despote, n'y ait pas songé.

— Le choc lui avait fait perdre ses moyens.

Il lui vola un baiser. Trois secondes plus tard, le père en question entra dans le salon, accompagné de sa femme.

— Vous comptez rester plantés là toute la soirée, ou nous accompagner à l'opéra ? grommela lord Belshire, cachant sous un ton bourru sa satisfaction d'avoir un gendre comme Sedgecroft pour veiller sur sa fille. Je ne connais rien de pire que d'arriver au beau milieu d'un *aria*.

— Quelle que soit l'heure à laquelle nous arriverons, nous ferons sensation, déclara Athena, très élégante dans sa robe de satin bleu moiré. Les gens meurent d'envie de savoir où en sont les choses entre Jane et Grayson, mais j'ai l'intention de les regarder de haut toute la soirée.

La prédiction d'Athena se confirma.

Même les personnes les mieux informées ne savaient que penser. Lord Belshire en compagnie de sa famille, sa fille aînée au bras d'un superbe coquin ! Elle était particulièrement radieuse pour quelqu'un dont la réputation était, paraît-il, ruinée. N'avait-on pas lu dans les journaux qu'un certain marquis avait offert toute une garde-robe à sa *maîtresse ?* Et cette couturière indiscrète qui avait rapporté une conversation très polissonne, surprise dans les salons d'essayage d'un établissement connu de Bond Street…

Les dames s'empressèrent de saisir leurs jumelles de théâtre pour examiner la robe de satin blanc. Elles reconnurent là le travail de Mme Devine, la modiste préférée des demi-mondaines. Personne ne se souvenait d'avoir vu cette robe sur Jane et… Oh ! Le superbe Sedgecroft venait juste de l'embrasser sur le lobe de l'oreille ! Encore un de ses pieds de nez aux convenances. Embrasser une femme en public ! Au même instant, ils se baissèrent tous deux pour ramasser le programme que Jane venait de laisser tomber.

— Tout le monde vous a vu, chuchota-t-elle, les joues cramoisies.

— Mais pas votre père, rétorqua-t-il avec un sourire. C'est tout ce qui compte.

— Les mauvaises langues vont s'en donner à cœur joie, et les journaux vont encore imprimer leurs horribles ragots.

— Les ragots ne tuent pas, Jane, sinon, je serais mort depuis longtemps.

Elle s'efforça de lire le programme, luttant contre l'envie de lui jeter les bras autour du cou pour l'embrasser.

— Vous avez sans doute raison.

Il se carra confortablement dans son fauteuil et déclara :

— La vérité, ma chère, c'est qu'ils espèrent tous être bientôt invités aux soirées de la nouvelle lady Sedgecroft. C'est-à-dire vous.

— Vraiment ? fit-elle.

Elle sourit en les imaginant tous deux recevant la bonne société londonienne dans la demeure de Park Lane.

— En tant que chef de famille, ajouta-t-il, j'aurai le privilège de voir mes frères harcelés par les matrones qui espèrent caser leurs filles, pendant les réceptions organisées par mon épouse. Encore vous.

Elle tourna les yeux vers lui, le cœur gonflé de bonheur. Oui, cet homme lui appartenait. Ce terrible Boscastle. Elle porterait ses enfants, tous de terribles garnements, à coup sûr. Cette seule perspective aurait dû la faire défaillir, mais Jane avait toujours aimé les défis.

— D'après vous, lequel de vos frères se mariera le premier ? Drake ?

Grayson se rembrunit.

— Pour le moment, je concentre mes efforts pour obtenir moi-même ce statut. Peut-être devrais-je faire en sorte que vous me désiriez davantage.

— Mais comment ? chuchota-t-elle, abasourdie.

— À partir de ce soir, Jane, je ne vous toucherai plus. Vous n'aurez pas même un baiser jusqu'à notre mariage.

— Vous, Sedgecroft, vous parviendriez à vous contrôler à ce point ?

— Nous verrons bien qui faiblira le premier, répliqua-t-il avec suffisance.

— Est-ce un défi ?

— Oui, je le crois.

— Que voulez-vous parier ?

— Qu'avez-vous à m'offrir ?

— Excusez-moi, fit le père de Jane qui se pencha pour leur taper sur l'épaule. J'espère que les chanteurs ne gênent pas trop votre conversation ? Voulez-vous que je demande à la signora Nicola d'aller chanter dans le foyer ?

— Je vous prie de nous excuser, monsieur, répondit Grayson d'un ton grave. Jane, ma chère, soyez plus attentive au spectacle, ajouta-t-il d'une voix assez forte pour être entendue de leurs voisins.

Elle lui lança un regard courroucé qui aurait peut-être eu de l'effet si Caroline et Miranda n'avaient pas pouffé de rire.

Grayson se retourna à demi pour leur adresser un sourire charmeur.

— C'est bon, vous deux. Je vous ajoute à la liste des membres de la famille qu'il faudra marier au plus vite, dans l'intérêt de la bonne société.

— Tout cela est très bien, ronchonna lord Belshire en se penchant de nouveau. Mais commencez par vous marier le premier, d'accord ?

28

Durant la semaine qui suivit, Grayson se comporta en fiancé modèle. Il emmena Jane et ses sœurs au musée ou à des conférences. Il les escorta aussi dans des réceptions mondaines. Il offrit des fleurs à sa promise et mit un point d'honneur à ne pas la toucher, bien que cela se révélât une vraie torture, pour elle comme pour lui.

Elle voulait respecter les convenances, soit. Ils auraient tout le temps de se conduire de manière inconvenante une fois mariés.

Deux semaines plus tard, Cécile épousa le duc de Hedleigh dans le Kent. Jane fut sa demoiselle d'honneur. Grayson provoqua un autre petit scandale en s'asseyant à côté de lord Belshire à l'église. Ce dernier ne cessa d'ailleurs pas de s'extasier devant l'heureux couple en répétant qu'il avait hâte de voir sa propre fille mariée.

Comme la procession pénétrait dans le parc, un nuage de tourterelles blanches fut lâché depuis la tour est du château. Les cloches de l'église se mirent à sonner joyeusement tandis que les oiseaux s'éparpillaient dans le ciel de printemps.

— Comme c'est beau ! s'exclama Jane en les suivant des yeux.

— J'espère qu'elles ne vont pas survoler le buffet, grommela son père en s'installant devant une table. Pourquoi ne peut-on manger tranquillement à l'intérieur ?

Jane avala une gorgée de champagne en cherchant Grayson du regard. Elle l'aperçut enfin, qui s'engageait dans une allée du parc en compagnie de deux jeunes filles. Le trio bifurqua sur la droite et disparut derrière un bosquet. Le regard de Jane s'assombrit. Fidèle à sa parole, Grayson ne l'avait pas touchée depuis cette soirée à l'opéra, et elle brûlait de se retrouver dans ses bras. Une fois de plus, il jouait avec elle.

Quelques secondes plus tard, elle entendit des gloussements s'élever derrière les haies de fusains. En moins d'une seconde, toute sa bonne éducation fut réduite à néant.

— Que font-ils ? s'exclama-t-elle en reposant sa fourchette.

— Qui ça ? demanda distraitement son père.

— Grayson et ces filles.

Lord Belshire regarda autour de lui.

— Je ne vois pas Grayson.

— Justement. Ils se cachent, ce qui rend leur comportement encore plus suspect.

— Je suppose que Grayson serait un peu plus discret si vous annonciez vos fiançailles.

Jane se leva.

— Vous croyez qu'il cherche à me rendre jalouse ?

— Me chère enfant, j'ai renoncé depuis longtemps à comprendre quoi que ce soit vous concernant. Tout ce qui m'importe, c'est que vous fixiez une date. Une fois que vous serez mariés, vous vous conduirez comme bon vous semblera.

Jetant sa serviette sur la table, elle se précipita vers le bosquet où le coquin avait disparu. Badiner ouvertement pendant un déjeuner de mariage ! Quel culot ! Alors que tout le monde avait les yeux fixés sur eux. Et cette brute qui s'appliquait à ne pas la toucher depuis deux semaines.

Elle parvint au tournant du chemin. Un cupidon de marbre se dressait au milieu de l'allée, pointant sa flèche sur elle.

— Tire si ça te chante, murmura-t-elle, mais tu arrives trop tard.

— Trop tard pour quoi ? s'enquit une belle voix grave derrière elle.

Elle fit volte-face, et se heurta au torse solide de Grayson. Une onde de chaleur se propagea dans tout son corps. Mais il demeura immobile, les bras ballants, la laissant se consumer de désir.

— Je parlais à Eros, précisa-t-elle. Où sont passées vos conquêtes ?

— Ah, les demoiselles Darlington ? Eh bien, nous avons secouru la tourterelle, puis elles sont retournées auprès de leur maman.

— Quelle tourterelle ?

— Une de celles qu'on a lâchées tout à l'heure. Elle s'était coincée dans une branche, et je me suis héroïquement porté à son secours, avec l'aide d'un jardinier. Vous étiez jalouse, Jane ? s'enquit-il en la scrutant.

Elle posa la main sur son torse.

— Horriblement. Grayson, ne vous aventurez plus jamais dans un parc avec une autre femme que moi. Vous vouliez me rendre jalouse, n'est-ce pas ?

— Moi ? Vous me croyez capable d'un acte aussi puéril ? Eh bien, c'est vrai. Et de toute évidence, j'ai réussi.

Il lui prit la main, rompant sa promesse de ne pas la toucher, et déclara :

— Nous annoncerons notre mariage ce soir, pendant le bal.

— Vous croyez…

— Oui.

Elle noua les bras autour de son cou et l'embrassa.

— Oh, Grayson, je ne supporte pas d'être séparée de vous. Je suis réellement une femme perdue.

Un toussotement discret les interrompit. Grayson tourna la tête, furieux de cette intrusion.

— Que diable…

— Pardonne-moi, je cherchais Chloé, expliqua Heath en réprimant un rire.

Grayson prit la main de Jane.

— Je te pardonne parce que c'est toi. Mais tu aurais pu attendre une minute. Nous célébrons nos fiançailles.

— Félicitations, dit Heath en fouillant l'allée du regard.

— Quelque chose ne va pas ? s'enquit Jane.

— Je ne sais pas. Chloé a disparu.

— Elle est forcément quelque part dans le domaine, répliqua Grayson avec désinvolture.

— Oui, mais avec qui ? murmura Heath. Le baron de Brentford a disparu en même temps qu'elle.

— Il ne l'a pas quittée des yeux pendant toute la cérémonie, fit Jane, soucieuse. Et Chloé est vraiment malheureuse d'avoir dû renoncer à son bel officier.

Un mouvement à l'extrémité de l'allée attira soudain leurs regards. Deux silhouettes chevauchaient en direction des grilles du parc. Un gentleman vêtu de noir de la tête aux pieds. Et une jeune femme brune en robe bleu nuit, qui riait de bon cœur. Aucun valet ne les accompagnait. Jane soupira. Qui était-elle pour juger la jeune femme ? Ces Boscastle utilisaient leur charme comme une arme.

Grayson jura entre ses dents.

— Trop tard. Le mal est fait.

— Ce qui ne signifie pas que cela doit se reproduire, ajouta Heath, le front plissé. Je me demandais pourquoi Brentford avait pris cette bouteille de vin sur la table.

— À présent, nous le savons.

— Il est temps que j'aille me présenter à ce jeune homme, décréta Heath en pivotant sur ses talons. Je suppose que tu auras également quelques mots à lui dire, Grayson. Je vais chercher Drake ?

— Non, répondit Grayson en le rejoignant. Jane, ajouta-t-il, vous nous excuserez auprès de nos hôtes.

— Écoutez-moi, vous deux, je vous interdis d'embarrasser de nouveau votre sœur…

— N'ayez crainte, lança Heath en riant. Je suis la subtilité incarnée.

Elle les regarda s'éloigner en songeant que telle serait sa vie désormais. Toutes ses actions seraient soumises à l'approbation de Grayson, les soucis de la famille Boscastle deviendraient les siens. Elle se tourna vers la statue de Cupidon en imaginant les années mêlées de bonheur et d'orages qui se préparaient. Mais la flèche avait atteint son but, et il était trop tard pour revenir en arrière. Elle ne pouvait qu'espérer qu'un jour Chloé trouverait l'amour qu'elle cherchait désespérément, et qu'elle serait aimée en retour.

Grayson et Jane annoncèrent leur mariage ce même soir, à la fin du bal. Lord Belshire en éprouva un tel soulagement qu'il vida toute une bouteille de champagne pour célébrer l'événement. Les règles implacables de la bonne société s'appliquèrent sur-le-champ. Ces fiançailles annihilèrent instantanément tous les ragots qui avaient couru les salons la semaine précédente. Le comportement scandaleux de Grayson fut oublié, et on n'y vit plus que la preuve d'une cour empressée et romantique.

Jane se retrouva bientôt entourée de femmes venues la féliciter.

— Finalement, je m'étais trompée sur son compte, reconnut Cécile, penaude. Ce n'est pas le vaurien que l'on croyait.

— Eh bien, ce n'est pas un saint, admit Jane en serrant son amie sur son cœur. Mais après tout, moi non plus.

Cécile ne feignit même pas de nier.

— Ton père semble enchanté. On croirait qu'il a arrangé ce mariage lui-même.

— En parlant de mariages arrangés, fit Jane en baissant la voix, tu ne saurais pas, par hasard, ce qui s'est passé aujourd'hui entre Chloé, ses frères et Brentford ?

Cécile fronça les sourcils.

— Ma femme de chambre m'a raconté qu'elle avait vu Brentford quitter le château, un peu secoué, mais vivant. Chloé joue aux cartes avec Drake dans le salon.

— Grayson a sûrement terrorisé tout le monde, murmura Jane en parcourant des yeux les groupes d'invités. Je me demande où mon père et lui sont passés !

Les deux hommes s'étaient réfugiés dans la salle de billard.

— Eh bien, Sedgecroft, voilà qui est fait ! s'exclama lord Belshire en réprimant une furieuse envie de danser de joie.

— Il faut encore que je la traîne jusqu'à l'autel.

— Elle y sera, croyez-moi, sinon je prendrai sa place ! Au fait, vous serez là aussi, j'espère ? L'histoire ne se répétera pas…

Grayson, qui ajustait son coup, leva les yeux et sourit.

— J'étais là, la première fois, monsieur, vous ne vous souvenez pas ?

29

Il y eut une telle agitation au cours des journées précédant le mariage que Grayson et Jane trouvèrent à peine le temps d'échanger quelques mots. Et encore moins celui de succomber à la tentation. La sœur de Grayson, Emma, vicomtesse de Lyons, était arrivée d'Écosse. En femme énergique, elle prit en charge l'organisation de la cérémonie.

Connue pour son comportement irréprochable et ses réceptions exquises, elle se révéla aussi une source de conseils précieux pour les infortunés qui étaient peu au fait des convenances. Ce qui, selon elle, incluait malheureusement tous les membres de sa propre famille.

Connaissant la réputation des Boscastle en matière de scandale, la crème de la noblesse attendait la cérémonie avec impatience. D'autant que la première expérience de la jeune mariée avait été on ne peut plus inattendue.

Le grand jour arriva enfin. Jane s'éveilla le cœur battant, en se demandant si Grayson éprouvait la même émotion. Seigneur, et s'il décidait de lui jouer encore un tour en ne venant pas à l'église ?

Heureusement, Emma serait là pour le garder dans le droit chemin. La belle Emma, dont le comportement contrastait tellement avec celui de sa famille !

À Park Lane, le valet du marquis aiguisa joyeusement son rasoir, puis enduisit de savon les joues de son maître.

— C'est un grand jour, monsieur. Oserai-je dire que je n'aurais jamais cru assister à un tel événement ?

— Moi non plus, avoua le marquis. En fait, je n'arrive toujours pas à y croire.

Et pourtant, trois heures plus tard, Grayson Boscastle, cinquième marquis de Sedgecroft, se retourna pour regarder sa fiancée s'avancer vers l'autel. Une chose était certaine : elle avait la plus belle chute de reins qu'il ait jamais vue. Sans parler du reste.

Et bientôt, elle lui appartiendrait. Du moins, c'était presque certain puisqu'ils étaient là tous les deux. Il redressa les épaules tandis que son père l'escortait jusqu'à l'autel.

— C'est fait, marmonna Belshire en la lui confiant.

— Merci, du fond du cœur, murmura Grayson en prenant la main de la jeune femme. Je l'aimerai ma vie durant.

Un murmure approbateur courut parmi les invités. Tous s'accordaient à dire que la mariée n'aurait pu être plus belle. Elle portait une coiffe de soie brodée, et des rubans de perles étaient tressés dans ses cheveux. Sa robe de satin crème semée de minuscules roses se terminait par une traîne somptueuse en dentelle de Valenciennes. Le corsage ajusté mettait en valeur son buste gracieux.

Grayson sentit sa gorge se nouer. Voilà. Ce n'était pas la fin, mais le commencement. Il serait à ses côtés jusqu'à la fin de ses jours. Pour les naissances, les baptêmes, les bals, jusqu'à son dernier souffle. Il la contempla avec adoration.

Levant les yeux, il regarda ses frères et sœurs. Ils étaient tous si beaux et il les aimait si tendrement... aussi incroyable que cela puisse paraître !

Seigneur ! Non, pas elles. Ses maîtresses... Son regard s'arrêta sur le banc occupé par les deux jeunes femmes et leurs enfants. Mme Parks lui envoya un baiser, tandis que ses deux grands dadais de fils lorgnaient Jane en se poussant du coude. Grayson se promit de procurer dès le lendemain des postes dans l'armée à ces deux balourds.

— Je vous jure que je ne les ai pas invités, souffla-t-il à sa fiancée.

— Je sais, c'est moi qui leur ai envoyé des cartons d'invitation, rétorqua-t-elle en se mordant la lèvre pour réprimer un rire espiègle.

— Oh !

— Je voulais que tout soit comme le jour de notre rencontre.

— En tous points ?

— Sauf que, cette fois, j'ai pensé à inviter le fiancé.

Il étouffa un rire en songeant combien ils s'amuseraient, plus tard, en se remémorant ces moments.

Le prêtre se racla la gorge, et le silence se fit. Les yeux de Jane s'embuèrent lorsque Grayson lui pressa la main. Le lieu était le même, les invités aussi, mais le marié était complètement différent. Les sentiments de Jane également. Cette fois, elle offrait son cœur sans regret. Elle prononça ses vœux d'une voix ferme et claire, et les invités tendirent le cou pour voir le marié embrasser son épouse.

— Tout le monde s'attendait à un scandale, chuchota-t-elle contre ses lèvres.

Il haussa les sourcils tandis qu'il l'attirait contre lui.

— Donnons-leur ce qu'ils attendent.

— Que...

Elle poussa une exclamation étouffée et éclata de rire lorsqu'il la souleva dans ses bras et la hissa sur son épaule.

— J'ai eu envie de faire ça le jour où tu as failli épouser Nigel, dit-il par-dessus les cris de surprise.

— Et j'ai eu envie que tu le fasses, avoua-t-elle en repoussant sa coiffe. Mais je n'aurais jamais cru que...

— Grayson Boscastle, fit une voix féminine derrière eux, un peu de correction, je vous prie. Reposez la marquise sur-le-champ.

— C'est Esther ? chuchota Jane, tandis que son époux s'exécutait en douceur.

— Non. C'est ta belle-sœur, Emma. Mme Rabat-Joie.

Emma adressa un regard bienveillant à Jane.

— Rappelez au Tout-Puissant marquis qu'il doit aller déjeuner avec ses invités avant de passer... au reste.

Grayson posa une main possessive sur les reins de sa jeune femme. Il ferait acte de présence au déjeuner, comme l'exigeait la bienséance. Mais, après cela, malheur à celui qui l'empêcherait d'emmener son épouse au lit !

Pour la deuxième fois de l'année, un déjeuner de noces fut offert dans la grande salle de réception de la maison de Park Lane. Mais, cette fois, le jeune couple occupait la place d'honneur, au bout de la table.

Au milieu du repas, la mère de Nigel regarda Jane et fondit en larmes.

— Pendant presque dix ans, je l'ai considérée comme ma belle-fille.

— Allons, allons, maman, ne pleurez pas, dit Nigel. La naissance de votre premier petit-enfant vous consolera.

— Oui, fit-elle avec un reniflement de regret. À en juger par le tour de taille de sa mère, ce sera un gorille…

Emma reposa sa fourchette, alarmée.

— Oh, non. La mère de Nigel est en larmes. Je savais qu'il serait maladroit de donner une grande réception après cette débâcle.

— Ne vous inquiétez pas, fit Caroline en souriant. Grayson et Jane ont déjà provoqué tous les scandales possibles. Rien ne pourra les surpasser.

— Vous avez raison, fit Emma avec un sourire résigné. À qui le tour, maintenant ? À vous ?

La réponse se perdit dans le brouhaha, tandis qu'à la table voisine, Drake déclarait tout de go :

— Voilà pourquoi je déteste les mariages. Toutes ces émotions. Regardez la mère de Nigel, en train de pleurer dans sa coupe de champagne ! Tous ces désastres en préparation…

— Sauf que votre frère semble très amoureux de sa jeune épouse, chuchota Mme Parks.

C'était l'évidence même. Les invités en conclurent que ce mariage était la preuve qu'un Boscastle pouvait être apprivoisé. Certains de ses amis songèrent cependant, en remarquant le regard de braise dont Grayson couvait sa femme, que les liens du mariage n'avaient pas étouffé sa sensualité.

Deux heures plus tard, il prouva qu'ils avaient vu juste.

— Du champagne au lit, et au milieu de la journée, fit Jane, ravie, tandis que son mari se débarrassait de sa veste. C'est follement décadent.

— N'est-ce pas ce que tu voulais ? La décadence sous des apparences de bienséance ?

Il lui prit sa coupe des mains, et elle se hissa sur la pointe des pieds pour l'embrasser.

— Tu me connais trop bien, se plaignit-elle à mi-voix.

Il referma les mains sur ses seins, mais elle s'écarta avec un sourire coquin, pour se dévêtir.

Grayson s'allongea sur le lit pour la contempler à son aise.

— Continue comme ça, murmura-t-il en desserrant sa cravate et, dans quelques minutes, tu me supplieras.

— Je ne sais pas de quoi tu parles ! s'exclama-t-elle en rejoignant le lit d'une pirouette.

— Ça m'étonnerait.

Comme elle posait le pied sur le lit pour lui permettre de lui enlever sa jarretière et son bas de dentelle, il sentit son sang bouillonner dans ses veines. Le cœur battant sourdement, il s'exécuta en prenant tout son temps.

Puis il se leva et, le visage échauffé par la passion, finit d'ôter ses propres vêtements. Elle s'approcha pour l'aider, glissant les mains sous sa ceinture.

— Si tu me touches ainsi, petite tentatrice, ce sera à tes risques et périls, grogna-t-il.

— Comme ça ? fit-elle avec une moue ingénue, en caressant son sexe gonflé.

— Tu cherches vraiment les ennuis.

— Comme toujours.

— Et tu les trouves, non ? dit-il en la plaquant contre lui pour lui faire éprouver la force de son désir.

— Oui, mais pas assez souvent.

— Nous allons remédier à cela, décida-t-il en ôtant ses derniers vêtements.

Il l'enlaça, ses mains parcourant avidement son corps délicieux, tout en courbes et en rondeurs.

— Nous avons réussi, chuchota-t-elle. Il n'y a pas eu le moindre scandale le jour de notre mariage.

— Tu te rends compte ? Le marié et la mariée étaient là tous les deux.

— Dommage qu'ils ne soient pas restés pour le déjeuner.

— Choquant. Je sais que c'est mal mais, pendant toute la cérémonie, je n'ai pensé qu'à mettre la mariée dans mon lit.

— J'avais moi aussi un œil sur le marié.

— Vraiment ? Et pourquoi ? demanda-t-il en l'attirant vers le lit.

— Parce que je brûle de désir pour lui, avoua-t-elle en soutenant son regard. Mais ne le dis à personne. Une dame convenable ne pense pas à ces choses-là pendant le déjeuner.

Il s'assit sur le lit et l'attira sur lui. Elle s'assit à califourchon, le ventre pressé contre son sexe dur et gonflé.

— J'ai eu moi-même des pensées indécentes, admit-il.

— Tu peux me dire lesquelles ?

Il l'entoura de ses bras et la fit basculer sur le lit

— Il vaut mieux que je te montre. Certaines choses demandent une explication détaillée.

Elle rit, cachant son visage contre son bras.

— Grayson...

— Ne m'interromps pas, ma chérie. Ce genre de démonstration est à prendre très au sérieux.

Il lui effleura les seins, puis le ventre, avant de glisser les doigts dans les boucles humides de son sexe.

Elle laissa échapper un gémissement en s'appuyant sur les coudes. Comme il lui écartait doucement les jambes, exposant les replis les plus secrets de sa féminité, elle creusa les reins avec un soupir sensuel.

— Grayson, je t'en prie...

— La patience est une vertu.

— Ne me parle pas de vertu en ce moment. Je te désire.

Il se laissa glisser sur le sol, lui agrippa la taille à deux mains pour l'attirer au bord du lit. Doucement, il insinua son sexe entre les replis délicats de son intimité et pénétra le fourreau humide. L'espace d'un instant d'absolue félicité, il sentit sa chair si douce palpiter autour de son sexe. Alors, d'un puissant coup de reins, il plongea jusqu'à la garde. Il se mit à aller et venir en elle, encore et encore, comme s'il devait ne jamais s'arrêter.

— Plus fort, intima-t-elle.

Poussé par un pur instinct, il se laissa emporter, l'amenant chaque fois au bord de la jouissance, puis se retirant. La minute d'après, le corps tendu comme un arc, elle bascula dans l'extase. Il la suivit aussitôt, savourant cette sensation d'assouvissement que seule l'amour procurait.

Comblés, ils demeurèrent allongés dans les bras l'un de l'autre. Le soleil de fin d'après-midi les réchauffait de ses rayons. Jane songea qu'elle avait enfin ce qu'elle avait tant désiré, ce pour quoi elle avait risqué sa réputation. Cette intimité délicieuse, ce bien-être merveilleux. L'issue avait sans doute paru incertaine, elle aurait pu faire montre de plus de prudence. Mais elle tenait sa récompense, à présent. L'amour de Grayson emplissait sa vie.

Comment aurait-elle pu prévoir que ses manigances avec Nigel aboutiraient à un bonheur aussi total ? Qui aurait pu deviner que sous ses allures de gredin se cachait le plus dévoué des compagnons, l'homme qui lui ferait découvrir le véritable amour ?

— Je voudrais qu'ils soient tous aussi heureux que nous, murmura-t-elle. J'ai trouvé Chloé et Emma un peu tristes, aujourd'hui. Et que dire de ce pauvre Drake, entouré de toutes ces femmes ?

Grayson ne put s'empêcher rire.

— À peine a-t-elle exécuté un plan qu'elle en élabore un autre ! Ma jolie marquise se prépare déjà à faire des mariages. Ne peux-tu oublier tes complots pour quelques heures ?

— Aurais-tu quelque idée derrière la tête ?

— Maintenant que tu en parles…

Elle se tourna à demi pour suivre du doigt les contours de son beau visage.

— C'était vraiment un mariage magnifique.

Il l'étreignit, le cœur gonflé de tendresse. Sa femme, sa maîtresse, son adorable petit stratège. Elle l'avait aidé à trouver sa place alors qu'il s'égarait.

— Je t'aime, Jane.

— Je t'ai toujours aimé, gredin.

Des rires leur parvinrent du rez-de-chaussée, suivis du bruit de portes qui claquaient, et de cris de joie. Le vacarme de toute une famille réunie pour célébrer le bonheur de deux êtres qui s'étaient enfin trouvés.

AVENTURES
& PASSIONS

Retrouvez les autres romans de la collection en magasin :

Le 3 mai :

Le brigand aux yeux d'or ☙ Karen Robards (n° 3142)

Le corsaire des Caraïbes ☙ Meagan McKinney (n° 3490)

Escorte de charme ☙ Sabrina Jeffries (n° 8015)

La belle et le corsaire ☙ Sasha Lord (n° 8016)

Le 22 mai :

Les frères Malory - 4: Magicienne de l'amour ☙ Johanna Lindsey (n° 4173)

Découvrez les prochaines nouveautés de la collection :

Le 1er juin :

L'ange nocturne ☙ Liz Carlyle (n° 8048)

Le jour, Sidonie Saint-Godard est une jeune femme correcte qui enseigne les bonnes manières aux jeunes filles de la bourgeoisie. La nuit, elle devient le séduisant Ange noir, évoluant dans les milieux interlopes et détroussant les gentlemen. Seulement voilà, elle n'aurait pas dû voler le marquis Devellyn !

Le trésor de la passion ☙ Leslie LaFoy (n° 8049)

Tout accuse Barret du meurtre de Megan Richard. Isabella, la cousine de la victime, croit en son innocence et lui offre son aide. Selon elle, le meurtre est lié à une mystérieuse carte indiquant l'emplacement d'un trésor. Une forte complicité naît entre eux lorsqu'ils se lancent à la recherche du coupable…

Nouveau ! 2 rendez-vous mensuels aux alentours du 1er et du 15 de chaque mois.

Le 16 juin :

Les frères Malory - 5: Une femme convoitée ☙ Johanna Lindsey (n° 4879)

Audrey n'a pas le choix : pour éponger les dettes de son oncle, elle est contrainte de vendre sa virginité aux enchères. Derek Malory n'a pas l'habitude d'acheter des femmes, mais il lui semble criminel d'abandonner cette malheureuse au désir pervers d'Ashford. Un motif de plus à la haine qui les oppose...

L'honneur des Lockhart ☙ Julia London (n° 8052)

Pour payer la dette familiale, Mared Lockart doit se marier avec Payton Douglas, voisin et ennemi de toujours. Pour échapper à cette perspective peu glorieuse, les Lockart proposent une solution : Mared sera la gouvernante de Payton pendant un an. Un moindre mal ? Non, pour Mared, c'est l'humiliation... surtout lorsqu'elle réalise que le mariage avec un homme aussi séduisant que Payton n'aurait finalement pas été une si mauvaise chose !

Nouveau ! 2 rendez-vous mensuels aux alentours du 1er et du 15 de chaque mois.

Retrouvez également nos autres collections :

SUSPENSE

Le 3 mai :

Lune rouge ༄ Anne Stuart (n° 4638)

James McKinney, ancien agent de la CIA, est avant tout un tueur. Impitoyable, mais tellement séduisant ! Et il est le seul à pouvoir donner des réponses à Annie, à la recherche de l'assassin de son père, qui a lui aussi travaillé à la Compagnie. Si elle veut la vérité, a-t-elle d'autre solution que de faire confiance à cet ange déchu, au risque de succomber ?

Au cœur de l'enquête ༄ Meryl Sawyer (n° 8017)

Sam McCabe, agent du FBI, est aux prises avec un serial killer qui l'appelle avant chacun de ses meurtres. Maddie, qui dirige avec brio son agence de publicité, échappe par miracle à un homme entré dans sa chambre pour la tuer. L'assassin n'abandonne pas pour autant sa proie, et Maddie se voit contrainte d'accepter la protection de Sam. Mais Maddie n'est pas celle que l'on croit...

Nouveau ! 1 rendez-vous mensuel aux alentours du 1er de chaque mois.

Comédie

Le 16 juin :

Chaque homme a son revers ༄ Vicki Lewis Thompson (n° 8053)

La grand-mère d'Ally meurt en lui léguant son argent. La jeune femme peut enfin s'installer en Alaska pour devenir la photographe de paysages qu'elle a toujours rêvé d'être. Seulement, en plus de la fortune, Ally a aussi hérité du bras droit de sa grand-mère : Mitchell, ringard à souhait !

Gloire et déboires ༄ Jane Heller (n° 8054)

Stacey Reiser ne voulait qu'une chose : que sa mère abusive lui fiche la paix ! Elle a 34 ans tout de même ! Mais sa mère devient une icône publicitaire adulée qui n'a plus une minute pour sa fille... Alors, qui surveille ses fréquentations, ses finances, et même... ses amours ? Stacey bien sûr !

Nouveau ! 2 titres tous les deux mois aux alentours du 15.

MONDES MYSTÉRIEUX

Le 3 mai :

Fouilles maléfiques ☙ Shannon Drake (n° 8018)
Des fouilles archéologiques ont lieu dans un village près de Paris. Tara, américaine d'origine française, y est envoyée par son grand-père pour surveiller le chantier. Celui-ci est inquiet et il n'a pas tort : les recherches ont réveillé Louisa, une femme vampire qui veut à tout prix récupérer ses pouvoirs...

Nouveau ! 1 rendez-vous mensuel aux alentours du 1er de chaque mois.

Et toujours la reine du roman sentimental :

Barbara Cartland

Le 3 mai :

Si près des étoiles (n° 8014)
Fiancés sans amour (n° 1178) - *Collect'or*

Le 22 mai :

La captive du cheikh (n° 3729)

Nouveau ! 2 rendez-vous mensuels aux alentours du 1er et du 15 de chaque mois.

8019

Composition Chesteroc Ltd
Achevé d'imprimer en France (Manchecourt)
par Maury-Eurolivres
le 21 avril 2006.
Dépôt légal avril 2006. ISBN 2-290-35155-5

Éditions J'ai lu
87, quai Panhard-et-Levassor, 75013 Paris
Diffusion France et étranger : Flammarion